本书是东华理工大学博士科研启动基金项目
"影像——人类学的审美重构"
（编号：DHBK2020022）的最终成果

历史、戏剧、影视

个体伦理面面观

LISHI, XIJU, YINGSHI
GETI LUNLI MIANMIANGUAN

李光柱 ◎著

知识产权出版社
全国百佳图书出版单位
—北京—

图书在版编目（CIP）数据

历史、戏剧、影视：个体伦理面面观 / 李光柱著. —— 北京：知识产权出版社，2025.6. —— ISBN 978-7-5130-9975-2

Ⅰ. Ⅰ106.3

中国国家版本馆CIP数据核字第20258DU209号

内容提要

作者从个体伦理的阐释学视角出发，对一系列经典历史、戏剧、影视作品作了全新的解读，诸如司马迁笔下的《金縢》故事、汤显祖的《牡丹亭》、经典跨文化戏剧《图兰朵》，以及《赵氏孤儿案》《情书》《她》《萨勒姆的女巫》等经典高分影视戏剧作品，实践了一种比较成熟的文艺批评的个体伦理路径。

本书适合文学理论研究者阅读。

责任编辑：卢媛媛　　　　　　　　**责任印制：孙婷婷**

历史、戏剧、影视——个体伦理面面观

LISHI，XIJU，YINGSHI——GETI LUNLI MIANMIANGUAN

李光柱　著

出版发行：知识产权出版社 有限责任公司　　网　　址：http：// www. ipph. cn
电　　话：010 - 82004826　　　　　　　　　　　　　　http：// www. laichushu. com
社　　址：北京市海淀区气象路50号院　　　　邮　　编：100081
责编电话：010 - 82000860转8597　　　　　　责编邮箱：luyuanyuan@cnipr.com
发行电话：010 - 82000860转8101　　　　　　发行传真：010 - 82000893
印　　刷：北京九州迅驰传媒文化有限公司　　经　　销：新华书店、各大网上书店及相关专业书店
开　　本：720mm×1000mm　　1/16　　　　印　　张：17.5
版　　次：2025年6月第1版　　　　　　　　印　　次：2025年6月第1次印刷
字　　数：278千字　　　　　　　　　　　　定　　价：75.00元
ISBN 978 - 7 - 5130 - 9975 - 2

　　本书旨在考察个体处境及个体在该种处境中所面临的伦理问题。何为个体伦理处境？个体唯有由于某种原因从普遍伦理中脱离出来，才会意识到自身作为个体的真实处境。通过这些个体，我们能够更加清楚地看到人的真实伦理状况。本书所探讨的若干历史、戏剧、影视文本，莫不围绕这一主题展开。之所以选择这些作品（它们在某种意义上是"虚构的"）而不是更具"现实性"的案例，是因为这些作品是人类某种观念的集中产物，更能代表人类对自我本质的定义和反思。关于这一点，本书将在后记中补充说明。

　　本书论述的个体伦理概念，一个直接的思想来源是丹麦宗教哲学心理学家克尔凯郭尔（又译基尔克果）。本书对其思想结论做了必要的取舍和改造。考察克尔凯郭尔对人如何在审美与伦理之间选择而成为自我的论述❶，以及在对亚伯拉罕的论述中，以宗教信仰为亚伯拉罕行为的非伦理性辩护❷，可以看出其个体性伦理论证是建立在其宗教信仰之上的。这种获得个体性的路径，考虑到其精神内核，在现实场景中并不具备普遍有效性。由此，我们需要把问题的重心转向对获得个体性的路径的考察。

　　在日常生活中，人们并不缺少做出伦理选择并成为某种个体的精神力，缺少的是对个体处境的认知。与诉诸某种精神力的、成为自我的个体性不同，基于个

---

❶ 克尔凯郭尔. 非此即彼（下卷）［M］. 京不特，译. 北京：中国社会科学出版社，2009：217—220.

❷ 基尔克果. 恐惧与战栗：静默者约翰尼斯的辩证抒情诗［M］. 赵翔，译. 北京：华夏出版社，2014：72.

体伦理处境的个体性更多的是源于某个契机——它发生在某个"戏剧性"的时刻，在这个时刻，个体猛然发现自己脱离了普遍伦理的共同体，如同一个从睡梦中惊醒的人，发现自己已经不属于那个梦中的世界。这是一种被直接给予的个体性，其个体伦理也只存在于被给予这种个体性之后。对于个体伦理问题的论述绝不能从先验假定的个体开始，而只能从现实当中被给予了个体性的个体伦理处境出发。个体伦理处境本质上是荒谬的，因为这种被给予的个体性❶，背后并没有任何（如克尔凯郭尔笔下的）目的论的担保和任何许诺，因而是一种纯粹的个体性。也只有纯粹个体能够直面这种荒谬。在这种个体伦理中，个体性是起点，而不是终点。❷人在发现自己的个体性之前，都是普遍伦理世界之内的"伦理化个体"，无论是伦理的善或伦理的不善。正因如此，以往的个体伦理学执着于一个问题，即个体如何是伦理的——个体的有限性使它无法对所有人承担伦理责任，尽管它会在有需要的时候援引伦理原则为自己辩护。这是因为，这些个体依然处在普遍伦理的世界中，它们是普遍伦理的产物和载体，并且以表面上的"个体性"丰富着普遍伦理的多样性。按照匈牙利马克思主义思想家阿格尼丝·赫勒所说的，这样的个体是需要一般伦理学和道德哲学作为"拐杖"的。❸而实际上，这样的个体就像长臂猿，它们不会满足于偶尔借用拐杖，而是习惯于在"拐杖的丛林"中游荡。真正的个体，发生在被迫离开丛林之后，它发现自己身处无垠的荒野，没有借力和隐蔽之处，必须靠自己的双脚行走。为了更好地解释这一点，让我们把目光转向一个更为古老的寓言，即柏拉图的洞穴寓言。

---

❶ "给予"个体性不同于其他的"给予"，个体性一旦被"给予"，在伦理层面就是不可撤销的。"绝对个体"也只有在"被给予的个体性"的意义上才是存在的。

❷ 这种个体性的发觉也不同于加缪"在荒诞中寻找自由"的个体。法国哲学家加缪的"个体"有机会代表全人类肩负西西弗斯的巨石，因为它实际上是人类意义的创造者和担保者，是普遍伦理逻辑的辩证运动中的一环；而我们的个体没有"资格"去肩负西西弗斯的巨石。抑或，他只有一块想象的巨石——只有他自己知道，这块巨石失去了重量。他能感受到的，只有自己身体的重量。这时刻提醒着他作为"绝对个体"的身份。

❸ 赫勒. 个性伦理学［M］. 赵司空，译. 哈尔滨：黑龙江大学出版社，2015：03.

洞穴中的人们被绳子固定住，"头颈和腿脚都绑着"❶，他们甚至看不到彼此，也就不知道彼此都被绑着。他们只是互相讲述他们看到的那些"影子实体"。如果有一个人被解放了，他也无从辨别哪些是真实的，他会认为原来的那些影子实体比影子的本体更加真实。这就是为什么对于个体性而言，精神力的灌注不可能先于对个体处境的认知发生的原因，因为人们会把精神力灌注到对自我处境的错误判断上。个体处境必须先发生改变，个体的精神力才有用武之地。那些绳子就是洞穴中的伦理。而走出洞穴的人，在震惊于外部世界的明亮和广阔之后，会无所适从。那些走出洞穴的人，那些置身荒野中的人，他们的伦理恰恰就在于他们不对任何其他人承担伦理责任（参考阿格尼丝·赫勒所说的个性伦理学的三种方式❷）。但是，他们也并不享有这个伦理选项。因为，无论他们是主动挣脱了束缚，还是只是某种意外造成了绳子松动，一旦被发现，在没有任何有效担保的情况下，他们都必须自我放逐。除非他们假装绳子并没有松动。放逐者要么在共同体中隐藏自己，要么走向荒野。他在荒野中的经历是完全属己的，包括他的死亡。他作为个体无法永远停留在荒野中，那些停留在旷野中的个体如果结成了新的共同体，这个共同体也是不稳固的，因为他们本质上是自我放逐者和怀疑论者，他们中的某一个或每一个都会不断地走向新的荒野。确实，有可能存在这样一种情况：所有人都走出了洞穴。荒野是无限递归的洞穴，洞穴是无限递归的荒野。亚里士多德说，城邦之外，非神即兽。❸如果有幸免于死亡，他要么重返原来的共同体，要么加入新的共同体，无论哪一种，他都首先是经历了荒野考验的纯粹个体。这个荒野是纯粹的荒野，这个荒野中没有神的使者，他的个体性并没有神来作担保，他必须自己承担自己的个体性。因而不同于"神圣个体伦

---

❶　柏拉图.理想国［M］.郭斌和，张竹明，译.北京：商务印书馆，1986：272.

❷　赫勒.个性伦理学［M］.赵司空，译.哈尔滨：黑龙江大学出版社，2015：03-04.即，第一种，假定个体外在束缚全部消除，每个人以其自己的方式都是完全道德的，个体伦理是普遍可行的；第二种，只有部分特殊的个体是完美并且绝对自由的，个体伦理就是一种精英伦理；第三种，个体伦理处理的是处于自己承担的责任困境中单个个体的伦理问题。

❸　亚里士多德.政治学［M］.吴寿彭，译.北京：商务印书馆，1965：09.

理"，现实中的个体伦理必然要处理个体复返的问题。当他重新返回洞穴（自己的洞穴或他人的洞穴）之后，他带回了什么呢？他带回的只有关于荒野的消息——可能是任何消息。但这些消息将永久性地改变洞穴世界的性质，无论洞穴中的人们如何对待它。而他自己，只能寄希望于在他引起的洞穴世界的动荡的缝隙中生存。他也许会找到同盟者，因为洞穴世界中并不缺乏隐藏者，甚至也不缺乏复返者。但个体重返普遍伦理世界的代价就是成为反讽者：他要么传递虚假的消息，以维护共同体的名义自我抛弃、自我否认、自我解构、自我游戏，从此实现喜剧化的生存；要么传递他所以为的正确的消息，以维护共同体的名义自我担保、自我牺牲，实现悲剧化的永生。这两种生存方式在个体那里会根据个体身份、阶层的不同而演变出多种社会表现形式。

这就是洞穴世界中个体伦理的真实状况。这里的个体性和个体伦理的诞生，需要的不是对个体内在本质的追根溯源，而仅仅是某个断裂的戏剧时刻以及个体对这个时刻的觉察和体认。在这个时刻，个体以及——即便真的有某种内在本质作为个体伦理的依据——关于个体的一切，都被放逐了。❶这个时刻包括但不限于以下类型：（1）被严重损害，以至于丧失了进行正常伦理生活的条件和机能，如司马迁在李陵之祸中的遭遇。（2）天然缺陷，比如《牡丹亭》中的石道姑。（3）超出常理的离奇遭遇，如《牡丹亭》中死而复生的杜丽娘、《这个男人来自地球》中的"永生人"约翰。（4）"犯罪"，如《图兰朵》中的图兰朵。（5）失控，如《她》中的情感智能体萨曼莎。本书将通过细致的文本分析来展示古往今来的不同创作者如何不约而同地在自己的作品中贯彻对于个体伦理的书写。

---

❶ 真正的自我的伦理选择也是一种"被给予的个体性"。否则，很难想象一个普遍伦理化的个体会做出一种"自我的伦理选择"。他如何确认这种伦理选择是"自我的"呢？正是个体处境给予了个体一种清晰的边界，一种现实的、个体的整体性。如果"自我"缺失了这一外部处境，只是一种纯粹内心的体验，他的"自我"与"普遍"就会成为一组同义反复。

目 录 contents

下编　影视中的个体伦理

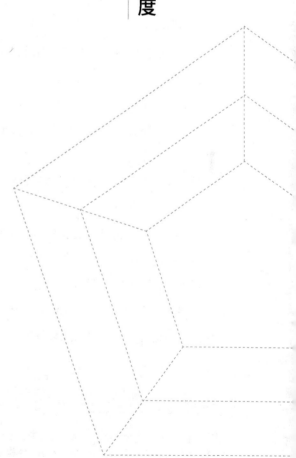

上编

个体伦理的三个维度

LISHI, XIJU,
YINGSHI——
GETI LUNLI
MIANMIANGUAN

个体伦理与历史书写：
司马迁的《金縢》

《金縢》目前主要有三个版本。关于清华简《周武王有疾周公所自以代王之志》篇，《清华大学藏战国竹简（壹）》相应部分的整理者认为"全篇简文与《尚书》的《金縢》大致相合，当系《金縢》篇的战国写本"[1]157。而司马迁亦"嘉旦《金縢》"[2]2864，在《鲁周公世家》中以独特方式讲述了一个《金縢》故事。由此，今传本《金縢》与简本《金縢》、《鲁周公世家》本《金縢》形成一组对照文本。❶从目前的研究生态来看，无论是从文献学角度还是从文学角度，简本都以其行文之简洁、叙事之完整、信息之明确为诸多研究者所称道，尤其以简文辨文献疑难、证周初史事，得出许多有益的成果。然而，毋庸赘言，作为叙事作品，在把不同版本的《金縢》作为"史料"进行研究的时候，是无法置作者的叙事意图于不顾的，因为，伴随文本多样性而来的文本差异最终凸显的是叙事意图的差异。西方史学理论家海登·怀特认为，史学家编纂历史的工作分为两个步骤：首先是将历史材料按照事件发生的时间顺序组织成编年纪事，然后进一步编

---

❶ 《清华大学藏战国竹简（壹）》在《周武王有疾周公所以代王之志》篇后附有今传本《金縢》（繁体字版）以为对照，其文字与今传本权威版本一致。为便于展开论述及方便读者查阅，本文亦采纳此对照本。

排整理，把这些事件叙述成有头有尾、有中间过渡的故事；在故事的组织过程中，历史事件的时间顺序可能被打乱——历史学家与小说家一样，在编排故事的过程中也有"创造"的因素，根据不同的需要，把某一事件或放在故事结尾，或充当过渡情节。[3]正是在这样一种理论视野的观照下，我们尝试把对《金縢》对照研究的重点转向对不同文本的叙事意图的考察，尤其是其中最为繁复的版本即《鲁周公世家》中的《金縢》故事——司马迁独特的编纂方式透露出他对《金縢》故事以及周公形象的独特理解。本文将在文本绎读的基础上对司马迁的叙事意图提出一种解释。

一、叙事时间：简本的"三一律"

在简本《金縢》所提供的诸多信息中，时间信息是研究者最关注的焦点之一。在文本层面，简本主要有三处时间标识与其他两个版本不同，引起了研究者较多的讨论：第一，开篇"武王既克殷三年"[1]158，其他两个版本作"二年"[1]162[2]1390；第二，中段"周公石（宅）东三年"[1]158（简文"石东"，李学勤另读作"适东"，解为东征[4]119），其他两个版本作"二年"（"二年而毕定"[2]1392，"周公居东二年"[1]162）；第三，末段"是岁也，秋大熟，未获"[1]158，今传本无"是岁也"，《鲁周公世家》作"周公卒后，秋未获"[2]1395。此外，简本在文末"天反风"之前又有"是夕"[1]162，其他两个版本无。

《金縢》故事大致可分为三个叙事段落：穆卜—藏书、东征—遗诗、天变—见书。（传统经学家对《金縢》文本也作三段式划分，如《尚书今古文注疏》[5]，其划分重点并不在叙事层面，而在文本性质和来源上。）而这三处时间标识的差异也恰恰与三个叙事段落相对应。前两处，依照杜勇的观点，只是计算方法不同，对叙事内容并不造成实质差异[6]242，今从。第三处比较关键，它涉及所谓"信谗说"与"葬疑说"之争[7]，具体到叙事时间层面，主要是涉及风雷之变（第三叙事段落）发生之时周公是否还在世。根据简本，研究者多认为，"是岁也"明确标识出第三叙事段落与第二叙事段落的时间统一性，并由此明确了成王由"未逆"周公（第二段落）到"亲逆"周公、"出逆"周公（第三段落）的行动连续性，因此认为第三叙事段落显然讲的是周公生前故事。[4]121而今传本此处由于没有明确的时间标识，所以被认为存在叙事上的歧义。实际上，在简本未面世之前，已经有学者在今传本的基础上通过采用一种新的断句方法得出了与简本研究者几乎相同的结论。杨朝明认为"周公居东二年，则罪人斯得"存在断句错误，应为"周公居东。二年，则罪人斯得"。这里的"二年"指周成王二年，而下文的"秋大熟"之"秋"也即周成王二年的秋天，此时周公显然在世。[8]同理，简本《金縢》"周公宅东三年，祸人乃斯得"可断句为"周公宅东。三年，祸人乃斯得"。这一解释策略十分富有启发性。因为如果严格从叙事学角度来看，仅仅依据简本"是岁也"就对"金縢"第二、第三叙事段落作"时间统一性"解释，似乎存在可商榷之处："是岁也"既可以是"故事时间"（故事内的时间），也可以是"叙述时间"（讲故事的时间）；如果"是岁也"只是作为叙述时间，那么它只能确切地指示其所起段落的叙事时间，而无法将之前的叙事也纳入同一个叙事时间中。杨朝明虽然依据的是今传本，但其在第二叙事段落中事先确定一个明确的前置时间标识（"二年"），相比于简本的后置时间标识，显然是一个更有说服力的策略。如此一来，可以说，简本《金縢》所提供的"是岁也"的时间标识，只是为一种内在于今传本《金縢》的合理化解释增添了一项佐证。

研究者似乎也意识到仅仅用时间标识佐证段落连续性的不充分性，因此在论述简本的时间统一性的同时，又佐之以对"行动连续性"的论证，也即简本与今传本另一处重要的差异："王亦未逆公"。今传本作"王亦未敢诮公"，《鲁周公世家》本作"王亦未敢训周公"。简本的"逆公"在字面上显然比另外两个版本能更好地跟下文的"亲逆""出逆"形成呼应关系。由此，成王对周公由"未逆"到"亲逆"再到"出逆"，这一态度和行动上的连续转变就为第二叙事段落与第三叙事段落的时间统一性论证提供了重要支撑。

对于简本而言，时间统一性论证与行动连续性论证构成了密不可分、相互强化的关系。我们不难理解这种论证策略的优势：压缩叙事时间，强化行动的连续性，这无疑极大地凸显了第二、第三叙事段落的戏剧性，由此整个《金縢》故事显得更加整一和合理——这类似于西方新古典主义诗学的"三一律"。但如果就此推定这种"三一律"是简本作者刻意为之，则还需要更多证据。一个尤其值得注意的细节是，简本在明确第二、第三叙事段落时间标识的同时，却似有似无意地模糊了另外一个时间标识。在第一叙事段落与第二叙事段落之间，今传本和《鲁周公世家》本都有一个明确的时间标识："翼日"/"明日"。今传本作"王翼日乃瘳"，《鲁周公世家》作"明日，武王有瘳"。这一时间标识本质上指示的是一个单独的叙事段落：武王病情好转。因此，今传本和《鲁周公世家》本在同样的故事时间跨度内事实上比简本多出了一个叙事段落。这一点是非常重要的——这意味着，简本作者很可能同样是出于对叙事整一性的考量，刻意删除了这一叙事段落，客观上造成了叙事时间的压缩，加快了叙事节奏，强化了整个故事的戏剧性和整一性。注意到这一点之后，我们就不难理解简本的另外两处差异：第一，简本没有提到今传本和《鲁周公世家》本中涉及占卜的文句；第二，简本在第一叙事段落和第三叙事段落两次以直接引语重复了周公藏书时对执事人的诫命——"勿敢言"。单从叙事层面看，就第一处差异而言，简本作者很可能是意识到，对于"周公藏书—成王见书"这一贯穿全文的情节线索而言，周公的占卜行为及武王病情是否好转这两件事是叙事上的累赘，会延缓整个故事的叙事节奏，因此他不惜将关于武王命运的内容剔除，从而最大限度地聚焦周公—成王这一对人物关系。有研究者认为，这一安排是由简本作为"志"的功能决定的，其目的在于为当时的贵族提供政治鉴戒，因而聚焦君臣关系就比聚焦鬼神之事更有价值。[9]这一解释与我们的解释有契合之处：故事对现实的鉴戒功效是建立在对原初历史语境有选择地脱离的基础上的。就第二处差异而言，显而易见的是，周公嘱托执事人"勿敢言"是周公藏书的必要条件，也是整个《金滕》故事的戏剧性得以成立的基本条件，但相比于今传本，简本作者两次以直接引语明确地重复这一信息，尤其是"乃命执事人曰：'勿敢言'"，造成第一叙事段落与第三叙事段落直接而强烈的呼应关系——这一点即便是在《鲁周公世家》本中也表现得没有这样直白（《鲁周公世家》本在相应位置用的是间接引语"诫守者勿敢言"[2]1390）——这尤其显露出简本作者对叙事整一性的优先考量。明确了这一点之后，简本的更多细部就可以得到类似的解释。比如简本在第一叙事段落中提到"周公乃纳其所为功自以代王之说"，第三叙事段落再次提到"周公之所自以为功以代武王之说"；前面提到"秋大熟未获"，后面则提到"秋则大获"，似乎简本作者尤其看重这种字面上的、直白的前后呼应，这也侧面反映了其对叙事整一性的刻意追求。

亦有研究者将上述部分差异解释为版本传流所致。[6]251而从叙事学角度来看，版本流传的差异其实也是叙事意图的差异，它显示出不同传抄者对故事的不同理解。对于简本作者而言，他唯一看重的就是周公之书由隐藏到被发现所带来的戏剧性突转。他全部的叙事意图就在于明确和强化这一突转的戏剧性——在文本层面表现为明确的时间标识、前后呼应的文句处理及"冗余信息"的最大限度剔除。而今传本在文本层面虽然与简本同中有异，但研究者多认同二者源于一个初始祖本，且二者在宏观叙事结构上同大于异，因此学界主流研究也多倾向于以简本证今传本。但这是否就意味着今传本与简本在叙事意图上没有重大差异呢？比如，相比简本，今传本第三叙事段落无"是岁也"的时间标识，这会给整个故事的阐释带来怎样的可能？再如，今传本第一叙事段落中有周公占卜及其对占卜结果的解释，这部分内容是否蕴含足以改变整个故事阐释方向的叙事意图？从结构主义的视角来看，要想对这两个问题做出解答，仅仅有两个相似文本是不够的，还需要一个关键的且具有足够差异性的"第三文本"。这就把我们的注意力引向对《鲁周公世家》本《金縢》（以下简称《鲁》本《金縢》）的解读。

二、叙事意图：《鲁》本的春秋笔法

《鲁》本《金縢》在诸多方面都显现出令人惊讶的特质。它被认为是司马迁采用西汉今文经学（如《尚书大传》）之框架并杂采其他史料编撰而成的。[10]如果说简本尤其追求一种叙事形式的整一性，那么司马迁的编纂方式则尤其体现出他对其所见《金縢》故事之叙事意图的关切和不同理解。我们首先悬置这样一种可能，即司马迁在《鲁周公世家》本中不加修改地沿用了某个完整版本的《金縢》文本。也即，我们认为，《鲁周公世家》本中所见的《金縢》故事是由司马迁根据其所见《金縢》及相关材料编写的、独属于司马迁的一个《金縢》文本。

相比于今传本和简本，《鲁》本在宏观叙事结构方面有两处显著的不同：第一，《鲁》本包含两次模式相同的"周公藏书—成王见书"的叙事，一次是周公代武王之书，另一次是周公代成王之书；第二，《鲁》本鲜明地将第三叙事段落（风雷之变）发生的时间标识为"周公卒后"。就第一点而言，周公代成王故事不见于今传本和简本，但另见于《蒙恬列传》；就第二点而言，虽然《鲁》本认为风雷之变发生时周公已去世，但给出的解释却与"葬疑说"不同。以下分别详释之。

首先，针对第一点需要解释的是，司马迁基于什么样的意图将周公代成王故事加入《金縢》故事之中？原文如下：

> 初，成王少时，病，周公乃自揃其蚤沈之河，以祝于神曰："王少未有识，奸神命者乃旦也。"亦藏其策于府。成王病有瘳。及成王用事，人或谮周公，周公奔楚。成王发府，见周公祷书，乃泣，反周公。[2]1393

传统解释持"调和论"，如顾颉刚认为，司马迁是有意调和关于周公代死的两种传说，其所用之"亦"字即为证据（"亦藏其册于府"），并指出司马迁的这种调和造成了史实的混乱。[11]67这种解释不够充分——司马迁为何一定要"调和"两种传说呢？这就需要在文本内部对"周公藏书—成王见书"这一情节的叙事功能做出解释。对观今传本和简本，我们注意到，在这两个版本中，风雷之变后的"成王见书"（周公代武王之书）情节，其叙事功能非常明确，即消除成王与周公（无论是否还在世）之间的某种嫌隙。我们惊讶地发现，单就叙事功能而言，虽然《鲁》本采用了不同的材料——周公代成王——但就"成王见书"（周公代成王之书）而言，它的叙事功能跟简本和今传本是等效的："成王发府，见周公祷书，乃泣，反周公。"既然成王与周公的嫌隙已经解除，那么相应地，《鲁》本在下文风雷之变后的"成王见书"（周公代武王之书）情节就不再承担此叙事功能，而是承担了另一全新的叙事功能（详后）。由此，我们不能不考虑这样一种可能，即司马迁并非仅仅是为了调和两种关于周公代死的传说而采用了周公代成王的故事，而是通过增加一条"二等史料"（如果周公代成王故事作为史料的可靠性较低的话）将《金縢》故事的第三叙事段落解放出来，从而服务于其《鲁》本《金縢》的叙事意图。类似的处理方式在《史记》中并不鲜见，如对观《晋世家》与《赵世家》中的"赵氏孤儿"故事，可以发现司马迁同样在《赵世家》中采用了类似的"二等史料"（屠岸贾、公孙杵臼、程婴故事）以服务于《赵世家》的叙事意图。同理，相比于《鲁周公世家》中的杂采史料，司马迁在《周本纪》中只是极其谨慎地使用了《金縢》中周公代武王的部分材料。而《鲁》本在杂采史料的同时又对两则史料的功能做出不同的分配："一等史料"（周公代武王之书）服务于更高的叙事意图，"二等史料"（周公代成王）则只承担较弱的叙事功能。而这两种史料的分工离不开一个必要条件，即史料中叙事时间的模糊。周公代成王故事的发生时间存在表述上的模糊，为这条史料的"乱入"提供了方便，作者可以根据叙事需要将其置于任何一个大致合理的时间范围内。风雷之变的发生时间事实上同样如此——这一事件的传奇特质使其无法像一般的"历史事件"那样介入和改变历史，因此不同的作者只需要对其进行合理化处理即可——重要的是让人们相信这件事发生过，但不必让人们知道确切的日期。这也就能解释为何诸多研究者都无法最终真正确定这一事件发生的具体时间。这一事件蕴含的"诗性"特质成为它的一个叙事难题，于是在历史书写过程的某个环节，历史性让位给了文学性。

由此，司马迁虽兼采史料但有轻重之别，很可能是试图以一种全新的叙事策略传达出他对《金縢》故事的某种理解。这就需要对第二点即《鲁》本的风雷之变场景做出阐释。

原文如下：

> 周公卒后，秋未获，暴风雷（雨），禾尽偃，大木尽拔。周国大恐。成王与大夫朝服以开金縢书，王乃得周公所自以为功代武王之说。二公及王乃问史百执事，史百执事曰："信有，昔周公命我勿敢言。"成王执书以泣，曰："自今后其无缪卜乎！昔周公勤劳王家，惟予幼人弗及知。今天动威以彰周公之德，惟朕小子其迎，我国家礼亦宜之。"王出郊，天乃雨，反风，禾尽起。二公命国人，凡大木所偃，尽起而筑

之。岁则大孰。于是成王乃命鲁得郊祭文王。鲁有天子礼乐者，以褒周公之德也。[2]1395-1396

如何解读这一段，对理解《鲁》本《金縢》的叙事意图至关重要。本段之前，《鲁》本已经以成王葬周公于毕结束了对周公生前故事的主体叙述，且由于上文已经给出了一个成王见书（周公代成王之书）故事，事实上也就结束了传统意义上《金縢》故事的全部主题（解除嫌隙）。由此，这里的风雷之变虽然在文句上与简本、今传本《金縢》类似，但从叙事功能上看，已经不再隶属于传统意义上的《金縢》故事。因此，与其将之看作司马迁对《金縢》故事的一般化改写，毋宁将其看作司马迁以文学笔法对《金縢》主旨作出的某种解读。本段关键信息有三：第一，"自今后其无缪卜乎"今传本作"其勿穆卜"，简本无；第二，"成王乃命鲁得郊祭文王"，今传本、简本无；第三，（司马迁）对"鲁有天子礼乐"的解释："以褒周公之德也。"

首先，第二、第三条信息无疑表明这样一个简单的事实，即《鲁》本《金縢》的编撰方式是隶属于《鲁周公世家》的整体写作语境的，因此其最终落脚于鲁国政道传统之由来。这与今传本和简本作为周王室历史叙事作品的基本定位是不同的。关于这一点，杜勇在其论著中指出，"细绎《金縢》可以发现，周天子始终处于权力核心的地位，位尊权重的周公也只能附从这个最高权力执政"，并由此推测"或许《金縢》就是出于这种维护和强化王权的政治需要，由王室史官根据自己掌握的有关材料在春秋前期写成的一篇文字"[6]249。而夏含夷在其相关研究中也曾提出这样的观点：随着周初政治的逐渐稳定，朝堂权力也分为两派，一派以周公为代表，主张任人唯贤之思想，另一派则以召公为代表，宣扬王权至上之政策；随着周公隐退，其思想也逐渐式微，直到孔子时代重新兴起贵贤思想，周公才作为贤相代表得到重视。[12]我们可以由此反观《鲁》本，作一假定和推理，即司马迁在编撰《鲁》本《金縢》的时候，首先要处理的一个问题是如何将周公重新置于叙事的核心位置，从而让整个叙事的主旨潜在地指向"贤相"而不是"王权"。如果这一推断成立，那么再看《鲁》本风雷之变，就有些春秋笔法的味道了："鲁有天子礼乐者，以褒周公之德也。"《集解》此处引《礼记》曰："鲁君祀帝于郊，配以后稷，天子之礼。""诸侯不得祖天子"，引郑玄曰："鲁以周公之故，立文王之庙也。"[2]1396——周公凭借其德行为鲁国赢得了使用天子礼乐的权利。这无疑是对作为臣子的周公至高无上的尊崇，颇有"无冕之王"的意味，但在表述上仍然是合乎礼的。而更重要的信息则隐藏于第一条之中："自今后其无缪卜乎！"周成王赐鲁天子礼乐还在其次，真正令人惊讶的是，司马迁认为周公在某种意义上竟然终结了"缪卜"（穆卜）这种仪式。今传本作"其勿穆卜"则无此决绝意味。为什么这是令人惊讶的？这就涉及对《金滕》故事中至关重要的穆卜仪式的阐释。

三、表层叙事与深层叙事：喜剧或悲剧

从表层叙事来看，《金滕》故事是一个关于隐匿和发现的故事。基尔克果曾以如何对待隐匿和祖露这一问题对美学与伦理学作出如下区分："美学呼唤隐匿并给予丰厚回报，而伦理则要求祖露并对隐匿施以惩罚。"[13]伦理学重"普遍性"，美学重"个体性"（特殊性）。基尔克果所谓"回报"的意思是，当美学的隐匿凭借巧合得以祖露并得到回报的时候，美学也就臣服于（普遍性的）伦理学了。美学的隐匿如何不依赖伦理化的祖露而获得其正当性？由此，基尔克果试图为美学找到一条超越伦理学之途。他在亚伯拉罕献祭以撒的故事中看到了这种可能，即亚伯拉罕凭借其信仰与"绝对"建立了一种私密联系——这种私密性为美学的隐匿提供了一种超越普遍性伦理的正当性。我们将借助基尔克果的这一洞见来重新审视《金滕》故事中周公的行动。

我们的问题是：《金滕》到底是一个关于"祖露"的故事还是一个关于"隐匿"的故事？目前的研究，无论是对简本还是对今传本，基本支持前者：一个隐藏之物被重新发现，周公的德行得到彰显。只要研究者聚焦表层叙事，就不难得出这样的结论。但这里的问题在于：这个"隐藏之物"背后的意义是否同样得到彰显，抑或仍然维持在隐匿和缄默的状态？换言之，这个"隐藏之物"究竟是什么？

对观简本与今传本、《鲁》本可以发现，一个非常重要的信息被简本删除了：穆卜。如前所述，诸多证据表明，简本作者为了维持叙事的整一性尤其看

重文句的前后呼应。由此，上文的特定信息是否在下文得到呼应，可以被当作判断简本作者编辑意图的一种标准。今传本和《鲁》本在开篇都提到"穆卜"/"缪卜"，并且都在结尾呼应了这一信息（"其勿穆卜"/"自今后其无缪卜乎"）。而简本虽然在开篇提到"穆卜"，但在结尾却没有呼应这一信息。这样的一种处理方式显示出简本与今传本、《鲁》本对开篇场景的不同理解，即简本认为，开篇周公所举行的仪式并非穆卜仪式。今传本注疏中亦有类似观点，如林之奇《尚书全解》认为，开篇二公建议举行穆卜，而周公的"未可以戚我先王"乃是对二公这一建议的否定："周公既以未可戚我先王之辞而却二公之言卜，故自以请命之功为己任而设为坛墠之礼也。"[14]529但林氏下文对周公占卜行动的解释似乎又认为周公最终还是举行了穆卜："盖古者卜龟既毕，必纳其册书于匮，从而缄之，异日将有大卜，则复启焉。不然则否此故事也。"[14]531可见林之奇注意到了今传本存在首尾呼应的两次占卜，但并不确定周公之占卜是否为穆卜。《鲁》本开篇对是否举行穆卜的处理方式则十分微妙：

> 武王克殷二年，天下未集，武王有疾，不豫，群臣惧，太公、召公乃缪卜。周公曰："未可以戚我先王。"[2]1390

对观今传本：

> 既克商二年，王有疾，弗豫。二公曰："我其为王穆卜。"周公曰："未可以戚我先王。"[1]162

今传本给人直观的感觉是周公与二公处于一种对话关系，对话的主题为是否"为王穆卜"，因而很容易让人得出林之奇的结论，即周公否定了二公穆卜的建议。而《鲁》本则不存在这一对话关系，因而也就得不出林氏的结论。❶再对观

---

❶ 《鲁》本因此似乎包含两个穆卜，即太公、召公的穆卜和周公的穆卜。

《周本纪》的处理方式：

> 武王病。天下未集，群公惧，穆卜。周公乃祓斋，自为质，欲代武
> 王，武王有瘳。[2]117

这里的行文更加明确地表明：首先，司马迁认为在《金縢》故事中"穆卜"是一个发生过的事实；其次，此次"穆卜"被周公植入了自己的特殊意图。所以《鲁》本说：

> 周公于是乃自以为质，……周公已令史策告太王、王季、文王，欲
> 代武王发，于是乃即三王而卜。[2]1390

结合以上材料可见，司马迁认为，周公并未否定穆卜，而只是在穆卜之前增加了另外一个仪式——一个秘密的仪式❶——用以解决他所担心的"戚我先王"的问题；由两处连词"于是乃"可知，周公在解决了这一问题之后，他所举行的占卜仪式就是穆卜。司马迁的理解和判断很可能是正确的——正因如此，今传本和《鲁》本都在风雷之变场景中明确呼应了这一信息，再次提到了穆卜。

事实上，单从叙事逻辑上也可判断，周公不可能否定二公提出的穆卜建议。观上下文，对于"武王有疾"这件事而言，穆卜应是一个常规操作。如果周公否定了穆卜，他就必须明确说明自己的理由，而这将导致后面周公的行动及周公代武王之书无法保密，从而整个《金縢》故事不能成立。简本作者对周公的秘密——《金縢》表层故事的核心要素——所营造的悬念太过关注，以至于他忽视了这一简单的逻辑合理性。他无暇分神去考虑周公的秘密与穆卜的关系，于是将

---

❶ 学界对于"功"应该如何解读有很大分歧。有解为"贡"者，有解为纺织工具者。如果参考《仪礼·丧服》中的大功、小功，再结合周公行动的秘密性来解释，那么，"自以为功"即为：周公依照其选择的身份，自己准备相应规格的丧服。

穆卜这件事从主题叙事中剔除了——而我们将看到，一旦剔除了穆卜的必要性和紧迫性，周公的"未可以戚吾先王"这句话也就无从谈起了。简本作者全部的注意力都放在周公的秘密行动上。而且更令人惊讶的是，他对这个秘密唯一感兴趣的只是它的"秘密性"，而对"它为什么必须是秘密的"这一问题不感兴趣。正是这种对表层戏剧性的单一追求，使得简本作者毫不犹豫地将穆卜信息舍弃了。而穆卜仪式后的周公言辞恰恰是整个第一叙事段落中唯一没有被记录在"金縢之书"中的部分，也是最重要的部分。如果我们的推断成立，即简本作者在处理史料的时候仅仅为了追求一种表层戏剧性而舍弃了这一最关键的信息，这不能不说是一个巨大的遗憾。

追求表层戏剧性的结果是，简本《金縢》成为一个喜剧故事，而且是一个大团圆的喜剧。也许正是这一喜剧内核才使得简本叙事显得更加紧凑，行文显得更加流畅，信息显得更加明确，因为这是实现喜剧效果的基本保证。而我们在《鲁》本《金縢》中看到，这个故事还有另外一种解读方式：一个悲剧。

《金縢》故事第一叙事段落中实际上包含了两个仪式：周公的祝祷仪式（或为代祷，如钱穆："如周公金縢，即代祷也，然未尝先告武王，又命祝史使不敢言。"[15]）和穆卜仪式。前者是从属于后者的——《鲁》本的表述方式（于是乃……于是乃……），表明司马迁准确地把握住了这两个仪式之间的关系。前者是秘密的，后者是公开的。所以相比今传本，《鲁》本对如下场景做了改动：

> 公曰："休！王其罔害。予小子新命于三王，惟永终是图；兹攸俟，能念予一人。"[1]162
>
> 周公入贺武王曰："王其无害。旦新受命三王，维长终是图，兹道能念予一人。"[2]1390

从以上对比可见，相较今传本，《鲁》本给出的第一叙事段落场景更加清晰、完整：始于为武王穆卜，终于把穆卜结果告知武王，武王是这个场景中明确的参与者。《鲁》本没有像简本那样轻易舍弃任何情节。这种扎实的场景铺垫是建立在作者对场景意义的深刻领会之上的，其最终的意图是为了揭示被隐匿之物的意义。

先来看第一个仪式——周公的祝祷仪式。它的主题被认为是"替死"。但如果这个仪式的主题仅仅是"替死",那么它有什么理由需要保密呢?并且,从后来的事实来看,作为有记录的一次行动,彻底的保密是不可能的。因此,我们这里需要探讨的关于保密的"理由"应该是"充分性理由"。在文本层面可见,《鲁》本(以及今传本)认为,周公的祝祷仪式是有效的——"武王有瘳"。当然这并不必然意味着真有某种神秘力量使武王痊愈了——武王的痊愈可以解释为病情本身就时好时坏,或者如杜勇的解释"回光返照"——而是仅仅表明作者对周公仪式有效性的认可。但有效性是否等同于合法性?如果合法性问题才是保密的充分性理由,那我们就必须重新考察这个仪式的主题,即周公到底以什么样的方式实现了仪式的"有效性"。《鲁》本祷词原文如下:

> 史策祝曰:"惟尔元孙王发,勤劳阻疾。若尔三王是有负子之责于天,以旦代王发之身。旦巧能,多材多艺,能事鬼神。乃王发不如旦多材多艺,不能事鬼神。乃命于帝庭,敷佑四方,用能定汝子孙于下地,四方之民罔不敬畏。无坠天之降葆命,我先王亦永有所依归。今我其即命于元龟,尔之许我,我以其璧与圭归,以俟尔命。尔不许我,我乃屏璧与圭。" [2]1390

简本、今传本、《鲁本》在祷词开篇部分的一处显著不同引起学者较多讨论:

> 惟尔元孙发也,遘害虐疾,尔毋乃有备子之责在上。 [1]158
>
> 惟尔元孙某遘厉虐疾,若尔三王是有丕子之责于天,以旦代某之身。 [1]162
>
> 惟尔元孙王发,勤劳阻疾。若尔三王是有负子之责于天,以旦代王发之身。 [2]1390

何为"备子之责"？李学勤先生认为，简本的"毋乃"一词证明"备子"是一个有贬义的词，因此其从郑玄说将本句解作"三王也要负不慈爱子孙的罪责"[4]117。但从大的语境来看，这个解释似乎与周公的建议相矛盾：如果武王病死意味着三王不慈爱子孙，为天所责，那么同为三王的子孙，又有什么理由让周公代替武王死去呢？因此这一解释事实上也就否定了周公替死的合法性。相比之下，廖名春先生解为"服子之责"即"用子之求"更优，意即"三王在天上有使用儿子的要求"[16]。《鲁》本《集解》引孔安国曰："大子之责，谓疾不可救也。不可救于天，则当以旦代之。死生有命，不可请代，圣人叙臣子之心以垂世教。"《索引》曰："尚书'负'为'丕'，今此为'负'者，谓三王负于上天之责，故我当代之。"[2]1390-1391曾运乾《尚书正读》解"丕子"为"布兹"，"为弟子助祭以事鬼神者之一役"[17]，也认为三王于"天"有某种义务，是这个义务造成了武王的病重。这个义务也即下文所说的"事鬼神"。只有在这一语境下，周公所谓的"以旦代王发之身"的提议才能在字面意义上成立。这里存在一个三项关系：周公/武王—三王之灵—"天"。三王之灵是氏族神，而"天"是至上神，其权威高于三王之灵。[18]周公作为在世者是无法直接与至上神对话的，他必须以氏族神为中介，这也就是下文"即三王而卜"的原因。《大诰》中亦有周公"予不敢闭于天降威，用宁王遗我大宝龟，绍天明"[19]，即借助三王之灵来探究天命。《论语》有"祭如在，祭神如神在"（《八佾》），周公与三王之灵的谈话方式犹如面对在世者，这对于理解整个祝祷仪式的基调是重要的：正因为事死如事生，所以面对三王之灵，周公不是唯唯诺诺，而是敢于据理力争。周公的意思是：如果说你们（三王）有侍奉"天"的义务，并且拣选了一位在世的"王"去帮助你们，那么，就让我代替武王死去帮助你们吧。继而他将自己与武王比较，强调自己多才多艺更能胜任侍奉鬼神之事，而武王则更适合秉承天命治理周王朝的天下（"命于帝庭，敷佑四方"）。周公的秘密正隐藏在这种比较之中：周公为了与武王作比较，同时也为了说服三王，他事实上赋予了自己"王"的身份——因为出于某种神秘的理由，被拣选的应是一位"王"。这种替代对在世者（武王）而言，无疑是一种僭越。因此这一仪式必须秘密进行，这一"协议"必须私下达成。换言之，周公祝祷仪式的有效性依赖于它的"非法性"，而它的非法性则依赖其"秘密性"——这正是周公告诫执事人要保密的原因。

由此，我们反观上文周公的"未可以戚我先王"。"戚"，传统注疏或解为"近"，或解为"忧"。林之奇辨析之后认为解"忧"较长，并佐之以孔子"父母唯其疾之忧"[14]528-529，意即不应该让先王为武王的疾病而忧戚。然而，这种解释实际上已经预设了先王一定会忧戚，因为武王的疾病已经是一个既定事实。所以，周公这句话的言外之意其实是：的确不应该让先王忧戚——但至于先王为什么会忧戚，则另有原因。周公的建议也一定是针对这一原因"对症下药"，才能解除先王的忧戚。理顺了其中的逻辑关系之后便不难看清先王忧戚的原因：他们一方面需要一个"王"去帮助他们侍奉鬼神，另一方面也需要一个"王"来安定周王朝的社稷。所以，周公才冒天下之大不韪，提出让自己代替武王。这个建议的惊人之处不仅仅在于它的僭越，更在于它的冷峻和理性。换言之，周公不是"动之以情"，而是"晓之以理"。或许在周公看来，所谓"先王的忧戚"是非常虚伪的，它需要被"净化"——"以旦代王发之身"这一建议就其残酷性来说其目的便在于"净化"。净化的结果便是回归理性。周公在祷词中事实上提出了两种"王"：一种"王"服务于上帝（天）之城，一种"王"服务于地上之城。而更深层次的含义则在于，周公更改了"王何以为王"的合法性标准：不是"受命于天"，而是以地上之城为优先考量。这是继"受命于天"之后"王"的真正诞生。周公的占卜及对占卜结果的解释是点睛之笔：

> 周公已令史策告太王、王季、文王，欲代武王发，于是乃即三王而卜。卜人皆曰吉，发书视之，信吉。周公喜，开篇，乃见书遇吉。周公入贺武王曰："王其无害。旦新受命三王，维长终是图，兹道能念予一人。"[2]1390

"新受命"正是周公所要达到的目的。它赋予"替死"仪式以真实的意义。"予一人"，或说解为武王，或说解为周公，耐人寻味。仪式的本质就在于身份的转换。《逸周书·度邑解》中有武王训导周公并传位周公的说法："乃今我兄弟相后，我筮龟其何所即。今用建庶建。"[20]周公卜三龟的仪式可以看作周公对武王的回应——它直指权力的来源和合法性的根源。

由此，《金縢》第三叙事段落的那个信息将得到解释——"其勿穆卜"（今传本）。风雷之变发生后，需要举行穆卜以探知天意。然而成王见书之后却中止了穆卜，原因并非成王被周公替死的心意感动了，而是他领会了周公祷词中"地上之王"的思想。对于地上之王而言，"穆卜"丧失了意义。同时成王也意识到了其中的僭越。因此，虽然成王的"执书以泣"作为姿态的确容易让人动容，但成王的言辞却无比克制：

> "其勿穆卜。昔公勤劳王家，惟予冲人弗及知。今天动威以彰周公之德，惟朕小子其新逆，我国家礼亦宜之。" [1]162

"天动威"成了成王的"丐词"。对观《鲁》本风雷之变中成王言辞的"不克制"（"自今后其无缪卜乎！"），就辨析叙事时间而言，今传本中成王的这种"克制"（"其勿穆卜"）似乎比简本"是岁也"更能说明此时周公未去世。司马迁应是领会了以上信息，但也正因如此，在司马迁那里，风雷之变必须发生在"周公卒后"。周公仪式的秘密性是一种保障，当这个秘密一旦被揭示，必然会给周公带来威胁：无法指望君臣双方对这个秘密彼此心照不宣而同时又获得一个大团圆结局。现实中已经没有周公的位置。正如基尔克果笔下的亚伯拉罕，当他在一个秘密场景中与"绝对"（上帝）建立了私密联系之后，他就无法再以俗世的普遍性伦理为自己的行为（以子献祭）和信仰辩护了。虽然周公的"信仰"与亚伯拉罕不同，但周公的处境却与亚伯拉罕相似。司马迁深知，只有一个死去的周公才能在秘密被发现之后获得合法的荣耀。为此，他不惜采用了"二等史料"（在周公代成王故事中披露的周公的秘密行动和言辞，不涉及严肃的争论，它只是功能性地服务于解除成王对周公偶然的一次误会［"人或谮周公"］）来最大限度地延宕真正的秘密被发现的时刻，让周公的行动不至于因秘密的提前揭露而丧失合法性。由此，我们甚至可以说，在司马迁笔下，周公的整个行动都有其双重含义：周公不仅仅是作为一个"摄政之王"（七年后归政成王）而存在；在司马迁的叙事里，周公实际上在武王死后直到去世都作为"王"而存在。司马迁在对周公行动的叙述中不惜笔墨罗列了《诗》《多士》《毋逸》《周官》《立政》等篇，鲜明地将周初故事笼罩在《金縢》之下，表里呼应。最终，司马迁在风雷之变后借成王之口隐秘地将最高的荣耀归于周公：鲁有天子礼乐者，以褒周公之德也。这是司马迁所理解的《金縢》故事：一个关于（潜在的）"王"的故事。由此反观第二叙事单元的周公"居东—遗诗"，不当以"臣事"视之，当以"王事"视之，或可为避居说不成立的一个佐证。

由此反观简本。对周公穆卜仪式的正确解读将打破简本努力营造的表层戏剧性。这种表层戏剧性乃是依赖形式上的整一性来维持的，本质上是美学/诗学对伦理学的臣服：机缘巧合，周公被一种普遍性伦理所拯救，回归为一个忠实的臣子——宋代理学尤其钟情于这种解释。顾颉刚曾因为周公拿璧与圭与三王讨价还价而将《金縢》解读为喜剧[11]72——真正的喜剧而不是大团圆意义上的喜剧——这是看到了真理的影子：周公的仪式与其被理解为感人的戏码，倒不如被理解为喜剧，因为喜剧以反讽的方式接近真理。只有司马迁笔下的周公实现了美学对伦理学的超越：他与三王建立了私密关系，并借助三王之灵与至上神"天"达成了一个以普遍性伦理无法明言的秘密协定。虽然他期待金縢之书被发现，期待二公和成王都窥探到他的秘密，但他深知真正的秘密只能以缄默的方式传承下去，成为一种隐秘的传统。周公必须死去，现实中没有他的位置——这对所有信奉这一隐秘传统的人而言，都将是一个悲剧，甚至一个伴随着"恐惧与战栗"的悲剧。

四、周公、孔子、司马迁的个体伦理

刘小枫在点评陈桐生著作的文章中说："司马迁的孔子传说明了他承孔子继'先哲王'的素王精神，《史记》笔法只能从孔子'垂空文，以断礼义，当一王之法'来理解。这种行为是政治的，是继孔子立法后的又一次立法行为。用今天的话说，孔子是政治哲学家，同样，《史记》首先是政治哲学。"[21]在春秋公羊学的视野内，要理解司马迁的政治哲学，首先必须理解其历史写作。

关于《史记》（《太史公书》）写作的缘起，司马迁在《太史公自序》中祖述先人之志曰：

> "先人有言：'自周公卒五百岁而有孔子。孔子卒后至于今五百岁，有能绍明世，正易传，继春秋，本诗书礼乐之际？'意在斯乎！意在斯乎！小子何敢让焉。"[2]2855

然后记述了与上大夫壶遂的一段对话，论及两个问题：第一，"昔孔子何为而作《春秋》哉"？第二，"夫子所论，欲以何明"？而正是这第二个问题险些摧毁了司马迁论述的合法性：

> 壶遂曰："孔子之时，上无明君，下不得任用，故作春秋，垂空文以断礼义，当一王之法。今夫子上遇明天子，下得守职，万事既具，咸各序其宜，夫子所论，欲以何明？"[2]2857

壶遂认为《春秋》"垂空文以断礼义，当一王之法"的论断是对第一问中司马迁思想的总结，可谓一语中的。然而他的"以子之矛攻子之盾"却让司马迁措手不及。司马迁只能搪塞道："唯唯，否否，不然"，并且强调自己只是"述而不作"，不可与《春秋》相提并论："余所谓述故事，整齐其世传，非所谓作也。而君比之于春秋，谬矣。"[2]2858但很快，命运就让司马迁"摆脱"了这一窘境：

> 七年而太史公遭李陵之祸，幽于缧绁。乃喟然而叹曰："是余之罪也夫？是余之罪也夫！身毁不用矣！"退而深惟曰：……[2]2858

李陵之祸的牵连让司马迁"身毁不用"，这彻底摧毁了司马迁的伦理生活，将他置于完全不同的处境。多年之后，他在《报任安书》中剖白心曲，详细描述了作为一个被普遍性伦理抛弃的"刑余之人"的内心痛苦：

> ……顾自以为身残处秽，动而见尤，欲益反损，是以抑郁而无谁

语。谚曰："谁为为之？孰令听之？"盖锺子期死，伯牙终身不复鼓琴。何则？士为知己用，女为说己容。若仆大质已亏缺，虽材怀随和，行若由夷，终不可以为荣，适足以发笑而自点耳。[22]2061

……乡者，仆亦尝厕下大夫之列，陪外廷末议。不以此时引维纲，尽思虑，今已亏形为扫除之隶，在阘茸之中，乃欲卬首伸眉，论列是非，不亦轻朝廷、羞当世之士邪？嗟乎！嗟乎！如仆，尚何言哉！尚何言哉！[22]2063

……家贫，财赂不足以自赎，交游莫救，左右亲近不为壹言。身非木石，独与法吏为伍，深幽囹圄之中，谁可告诉者！此正少卿所亲见，仆行事岂不然邪？李陵既生降，隤其家声，而仆又茸以蚕室，重为天下观笑。悲夫！悲夫！[22]2065

事未易一二为俗人言也。……[22]2066

仆以口语遇遭此祸，重为乡党戮笑，污辱先人，亦何面目复上父母之丘墓乎？虽累百世，垢弥甚耳！是以肠一日而九回，居则忽忽若有所亡，出则不知所如往。每念斯耻，汗未尝不发背沾衣也。身直为闺阁之臣，宁得自引深臧于岩穴邪？故且从俗浮湛，与时俯仰，以通其狂惑。今少卿乃教以推贤进士，无乃与仆之私指谬乎？今虽欲自雕琢，曼辞以自解，无益，于俗不信，只取辱耳。……[22]2069

司马迁被普遍性伦理所抛弃，只能将心中苦闷诉之于一个将死的囚犯。这是一个私密处境，虽然是被动进入的。在这样一个私密处境中，司马迁得以重新思考圣贤写作的意旨，由此，他自己的写作性质也发生了变化："'夫诗书隐约者，欲遂其志之思也。昔西伯拘羑里，演周易；孔子厄陈蔡，作春秋；屈原放逐，著离骚；左丘失明，厥有国语；孙子膑脚，而论兵法；不韦迁蜀，世传吕览；韩非囚秦，说难、孤愤；诗三百篇，大抵贤圣发愤之所为作也。此人皆意有所郁结，不得通其道也，故述往事，思来者。'于是卒述陶唐以来，至于麟止，自黄帝始。"[2]2858在这一私密处境中，司马迁与某种传统获得了秘密的联系。他的切身体验告诉他在普遍性伦理背后贯穿着一种个体伦理。如果说他之前只是被动地承续先人之志，那么，真正让他主动参与到一个伟大传统中的关键事件则是他对前人个体伦理处境的领会。相比于"文化复仇"心理[23]，这一领会更可看作是一种由传承到信仰的跃迁。

有理由相信，孔子与那个伟大传统亦存在私密联系。孔子遇大事常言天，危难时刻亦以信仰者自居："文王既没，文不在兹乎？天之将丧斯文也，后死者不得与于斯文也；天之未丧斯文也，匡人其如予何？"（《子罕》）"天生德于予，桓魋其如予何？"（《述而》）子贡说："夫子之文章，可得而闻也；夫子之言性与天道，不可得而闻也。"（《公冶长》）"甚矣吾衰也！久矣吾不复梦见周公！"（《述而》）然而孔子死前梦见了自己：

> 孔子蚤作，负手曳杖，消摇于门，歌曰："泰山其颓乎！梁木其坏乎！哲人其萎乎！"既歌而入，当户而坐，子贡闻之，曰："泰山其颓，则吾将安仰？梁木其坏，哲人其萎，则吾将安放，夫子殆将病也。"遂趋而入。夫子曰："赐！尔来何迟也？夏后氏殡于东阶之上，则犹在阼也；殷人殡于两楹之间，则与宾主夹之也；周人殡于西阶之上，则犹宾之也。而丘也，殷人也。予畴昔之夜梦坐奠于两楹之间。夫明王不兴，而天下其孰能宗予？予殆将死也。"盖寝疾七日而没。[24]

孔子死前梦见自己坐在主位与宾位之间，这看似对大限将至、落叶归根的感叹，实际上是在感慨现实中没有自己的位置。这与周公的处境何其相似！孔子也是一个被现实弃绝的人，无论是梦见周公还是梦见自己，孔子之梦都是他与伟大传统的私密联结。

而《金縢》中的祝祷仪式即周公与伟大传统的一个起点。到了司马迁这里，被司马迁以一种春秋笔法和隐微书写再次揭示出来。一个无法被普遍性伦理拯救的周公成为一种传统的象征：它依赖个体的激情，凡是信仰此传统的个体凭借其激情传承这个传统。孔子如此，司马迁也如此。如果说孔子梦见周公是独属于孔子与周公的一种私密联结，那么，《鲁》本《金縢》的书写则是司马迁精心建构的、独属于他与周公的一种私密联结。

五、藏书

《孔子世家》中有孔子曰："弗乎弗乎，君子病没世而名不称焉。吾道不行矣，吾何以自见于后世哉？""后世知丘者以春秋，而罪丘者亦以春秋。"[2]1738-1739《太史公自序》说："藏之名山，副在京师，俟后世圣人君子。"[2]2875《报任安书》亦有："仆诚以著此书，藏之名山，传之其人通邑大都，则仆偿前辱之责，虽万被戮，岂有悔哉！"[22]2068-2069《春秋》之于孔子、《史记》之于司马迁，它们的作者都希望自己的作品在自己死后成为自己理念的承载者。"金縢之书"也不例外。对于追求"垂空文以自见"的司马迁而言，我们有理由相信，《金縢》故事中的"藏书"意象会给他带来内心的震动，甚至为他带来创作的灵感：作为一种隐秘传统的载体，"金縢之书"不能在周公死前被发现；"金縢之书"的真正意义也只能以春秋笔法再现。为此，司马迁精心"设计"了一个"死后的周公故事"。这是司马迁刻意营造的一个"意外"——相比于简本作者，司马迁懂得如何最大化地利用"风雷之变"为自己的叙事意图服务：周公死后，风雷之变使周公的老朋友们（成王、二公）意外地需要再次"面对"周公。这是司马迁所追求的戏剧性。若考虑到成王与周公的嫌隙、周公与二公的理念分歧，如何面对死后的周公就成了一场博弈。简本和今传本在"天动威以彰周公之德"的名义下，把周公降格为"勤劳王家"的好管家。而司马迁解除了这种克制，首先以穆卜仪式的终结回应了周公的穆卜仪式中的僭越成分，继而在丰收场景后以成王赐鲁天子礼乐作结。于是在司马迁的笔下，周公完成了对其政治传统的认领。司马迁所指认的这一传统，以及这一传统所反映的政治理念，包括孔子的和司马迁自己的政治理念，是这个故事真正的主题。这也许就是司马迁为何要舍弃一个简单流畅的版本而采取一种在叙事上冒更大风险的结构的原因。由此，司马迁的《金縢》写作应属于"诗比历史更真实"的范畴。

本文参考文献

［1］清华大学出土文献研究与保护中心．清华大学藏战国竹简（壹）［M］．上

海：中西书局，2010.

[2] 司马迁. 史记 [M]. 北京：中华书局，2011.

[3] 怀特. 元史学：19世纪欧洲的历史想象 [M]. 陈新，译. 南京：译林出版社，2009：7.

[4] 李学勤. 初识清华简 [M]. 上海：中西书局，2013.

[5] 孙星衍. 尚书今古文注疏 [M]. 北京：中华书局，1986：323.

[6] 杜勇.《尚书》周初八诰研究 [M]. 北京：中国社会科学出版社，2017.

[7] 黄晖. 论衡校释 [M]. 北京：中华书局，1990：787-789.

[8] 杨朝明. 旧籍新识——周公事迹考证 [D]. 北京：中国社会科学院研究生院，2000：116.

[9] 曹娜.《金縢》与"金縢"故事 [N]. 光明日报，2016-02-15(16).

[10] 杨振红. 从清华简《金縢》看《尚书》的传流及周公历史记载的演变 [J]. 中国史研究，2012（3）：47-63.

[11] 顾颉刚. 古史辨：第2册 [M]. 上海：上海古籍出版社，1982.

[12] 夏含夷. 古史异观 [M]. 上海：上海古籍出版社，2005：318.

[13] 基尔克果. 恐惧与战栗：静默者约翰尼斯的辩证抒情诗 [M]. 赵翔，译. 北京：华夏出版社，2014：109.

[14] 林之奇. 尚书全解 [M]. 台北：世界书局，1985.

[15] 钱穆. 论语新解 [M]. 北京：生活·读书·新知三联书店，2002：143.

[16] 廖名春. 清华简与《尚书》研究 [J]. 文史哲，2010（6）：120-125.

[17] 曾运乾. 尚书正读 [M]. 北京：中华书局，1964：141.

[18] 董莲池. 非王卜辞中的"天"字研究——兼论商代民间尊"天"为至上神 [J]. 中国文字研究，2007（1）：1-5.

[19] 孔颖达. 尚书正义 [M]. 上海：上海古籍出版社，2007：506.

[20] 黄怀信. 逸周书校补注译 [M]. 西安：西北大学出版社，1996：235.

（本文原载《武陵学刊》2022年第2期，有改动）

附：《金縢》简本、今传本、《鲁》本叙事段落对照表

简本叙事段落	今传本叙事段落	《鲁》本叙事段落
段落（1-1） 武王既克殷三年，王不豫，有迟。二公告周公曰："我其为王穆卜。"周公曰："未可以戚吾先王。"周公乃为三坛同墠，为一坛于南方，周公立焉，秉璧植珪。史乃册祝告先王曰："尔元孙发也，遭害虐疾，尔毋乃有备子之责在上。惟尔元孙发也，不若旦也，是佞若巧能，多才多艺，能事鬼神。命于帝庭，溥有四方，以定尔子孙于下地。尔之许我，我则晋璧与珪；尔不我许，我乃璧与珪归。"	段落（1-1） 既克商二年，王有疾，弗豫。二公曰："我其为王穆卜。"周公曰："未可以戚我先王。"公乃自以为功，为三坛同墠。为坛于南方，北面周公立焉。植璧秉珪，乃告太王、王季、文王。史乃册祝曰："惟尔元孙某，遘厉虐疾。若尔三王是有丕子之责于天，以旦代某之身。予仁若考能，多材多艺，能事鬼神。乃元孙不若旦多材多艺，不能事鬼神。乃命于帝庭，敷佑四方，用能定尔子孙于下地。四方之民罔不祗畏。呜呼！无坠天之降宝命，我先王亦永有依归。今我即命于元龟，尔之许我，我其以璧与珪，归俟尔命；尔不许我，我乃屏璧与珪。"	段落（1-1） 武王克殷二年，天下未集，武王有疾，不豫，群臣惧，太公、召公乃缪卜。周公曰："未可以戚我先王。"周公于是乃自以为质，设三坛，周公北面立，戴璧秉圭，告于太王、王季、文王。史策祝曰："惟尔元孙王发，勤劳阻疾。若尔三王是有负子之责于天，以旦代王发之身。旦巧能，多材多艺，能事鬼神。乃王发不如旦多材多艺，不能事鬼神。乃命于帝庭，敷佑四方，用能定汝子孙于下地，四方之民罔不敬畏。无坠天之降葆命，我先王亦永有所依归。今我其即命于元龟，尔之许我，我以其璧与圭归，以俟尔命。尔不许我，我乃屏璧与圭。"
（无）	段落（1-2） 乃卜三龟，一习吉。启籥见书，乃并是吉。公曰："体！王其罔害。予小子新命于三王，惟永终是图。兹攸俟，能念予一人。"	段落（1-2） 周公已令史策告太王、王季、文王，欲代武王发，于是乃即三王而卜。卜人皆曰吉，发书视之，信吉。周公喜，开籥，乃见书遇吉。周公入贺武王曰："王其无害。且新受命三王，维长终是图。兹道能念予一人。"
段落（1-2） 周公乃纳其所为功自以代王之说于金縢之匮，乃命执事人曰："勿敢言。"	段落（1-3） 公归，乃纳册于金縢之匮中。	段落（1-3） 周公藏其策金縢匮中，诫守者勿敢言。
（无）	段落（2） 王翼日乃瘳。	段落（2） 明日，武王有瘳。

简本叙事段落	今传本叙事段落	《鲁》本叙事段落
段落（2） 就后武王陟，成王犹幼在位。管叔及其群兄弟乃流言於邦曰："公将不利于孺子。"周公乃告二公曰："我之□□□□无以复见于先王。"周公宅东三年，祸人乃斯得。于后周公乃遗王诗曰《雕鸮》，王亦未逆公。	段落（3） 武王既丧，管叔及其群弟乃流言于国，曰："公将不利于孺子。"周公乃告二公曰："我之弗辟，我无以告我先王。"周公居东二年，则罪人斯得。于后，公乃为诗以贻王，名之曰《鸱鸮》。王亦未敢诮公。	段落（3） 其后武王既崩，成王少，在襁褓之中。周公恐天下闻武王崩而畔，周公乃践阼代成王摄行政当国。管叔及其群弟流言于国曰："周公将不利于成王。"周公乃告太公望、召公奭曰："我之所以弗辟而摄行政者，恐天下畔周，无以告我先王太公、王季、文王。三王之忧劳天下久矣，于今而后成。武王蚤终，成王少，将以成周，我所以为之若此。"于是卒相成王，而使其子伯禽代就封于鲁。周公戒伯禽曰："我文王之子，武王之弟，成王之叔父，我于天下亦不贱矣。然我一沐三捉发，一饭三吐哺，起以待士，犹恐失天下之贤人。子之鲁，慎无以国骄人。" 管、蔡、武庚等果率淮夷而反。周公乃奉成王命，兴师东伐，作大诰。遂诛管叔，杀武庚，放蔡叔。收殷余民，以封康叔于卫，封微子于宋，以奉殷祀。宁淮夷东土，二年而毕定。诸侯咸服宗周。 天降祉福，唐叔得禾，异母同颖，献之成王，成王命唐叔以馈周公于东土，作馈禾。周公既受命禾，嘉天子命，作嘉禾。东土以集，周公归报成王，乃为诗贻王，命之曰鸱鸮。王亦未敢训周公。

简本叙事段落	今传本叙事段落	《鲁》本叙事段落
段落（3） 是岁也，秋大熟，未获。天疾风以雷，禾斯偃，大木斯拔。邦人□□□□弁，大夫（乡乘），以启金縢之匮。王得周公之所自以为功以代武王之说。王问执事人，曰："信。噫，公命我勿敢言。"王布书以泣，曰："昔公勤劳王家，惟余冲人亦弗及知。今皇天动威，以彰公德。惟余冲人其亲逆公，我邦家礼亦宜之。"王乃出逆公至郊。是夕，天反风，禾斯起，凡大木之所拔，二公命邦人尽复筑之。岁大有年，秋则大获。 段落（3） 是岁也，秋大熟，未获。天疾风以雷，禾斯偃，大木斯拔。邦人□□□□弁，大夫（乡乘），以启金縢之匮。王得周公之所自以为功以代武王之说。王问执事人，曰："信。噫，公命我勿敢言。"王布书以泣，曰："昔公勤劳王家，惟余冲人亦弗及知。今皇天动威，以彰公德。惟余冲人其亲逆公，我邦家礼亦宜之。"王乃出逆公至郊。是夕，天反风，禾斯起，凡大木之所拔，二公命邦人尽复筑之。岁大有年，秋则大获。	段落（4） 秋，大熟，未获，天大雷电以风，禾尽偃，大木斯拔，邦人大恐。王与大夫尽弁，以启金縢之书，乃得周公所自以为功代武王之说。二公及王乃问诸史与百执事。对曰："信。噫！公命我勿敢言。"王执书以泣，曰："其勿穆卜。昔公勤劳王家，惟予冲人弗及知。今天动威，以彰周公之德，惟朕小子其新逆，我国家礼亦宜之。"王出郊，天乃雨，反风，禾则尽起。二公命邦人，凡大木所偃，尽起而筑之，岁则大熟。	段落（4） 成王七年二月乙未，王朝步自周，至丰，使太保召公先之雒相土。其三月，周公往营成周雒邑，卜居焉，曰吉，遂国之。 成王长，能听政。于是周公乃还政于成王，成王临朝。周公之代成王治，南面倍依以朝诸侯。及七年后，还政成王，北面就臣位，匔匔如畏然。 初，成王少时，病，周公乃自揄其蚤沈之河，以祝于神曰："王少未有识，奸神命者乃旦也。"亦藏其策于府。成王病有瘳。及成王用事，人或谮周公，周公奔楚。成王发府，见周公祷书，乃泣，反周公。 周公归，恐成王壮，治有所淫佚，乃作多士，作毋逸。毋逸称："为人父母，为业至长久，子孙骄奢忘之，以亡其家，为人子可不慎乎！故昔在殷王中宗，严恭敬畏天命，自度治民，震惧不敢荒宁，故中宗飨国七十五年。其在高宗，久劳于外，为与小人，作其即位，乃有亮暗，三年不言，言乃欢，不敢荒宁，密靖殷国，至于小大无怨，故高宗飨国五十五年。其在祖甲，不义惟王，久为小人于外，知小人之依，能保施小民，不侮鳏寡，故祖甲飨国三十三年。"多士称曰："自汤至于帝乙，无不率祀明德，帝无不配天者。在今后嗣王纣，诞淫厥佚，不顾天及民之从也。其民皆可诛。"（周多士）"文王日中昃不暇食，飨国五十年。"作此以诫成王。 成王在丰，天下已安，周之官政未次序，于是周公作周官，官别其宜，作立政，以便百姓。百姓说。 周公在丰，病，将没，曰："必葬我成周，以明吾不敢离成王。"周公既卒，成王亦让，葬周公于毕，从文王，以明予小子不敢臣周公也。

简本叙事段落	今传本叙事段落	《鲁》本叙事段落
（无）		段落（5） （承担独特叙事功能，不同于简本、今传本） 　　周公卒后，秋未获，暴风雷（雨），禾尽偃，大木尽拔。周国大恐。成王与大夫朝服以开金縢书，王乃得周公所自以为功代武王之说。二公及王乃问史百执事，史百执事曰："信有，昔周公命我勿敢言。"成王执书以泣，曰："自今后其无缪卜乎！昔周公勤劳王家，惟予幼人弗及知。今天动威以彰周公之德，惟朕小子其迎，我国家礼亦宜之。"王出郊，天乃雨，反风，禾尽起。二公命国人，凡大木所偃，尽起而筑之。岁则大孰。于是成王乃命鲁得郊祭文王。鲁有天子礼乐者，以褒周公之德也。

附论1：周人的"光明崇拜"与周公的"透明无瑕"

　　《尚书》中有"明德"的提法，可解为彰明德行或光明之德。周人之明德区别于殷商之德，关于这一点，学界已有充分论述。值得注意的是，周人的"明德"观念在《尚书》中乃是以一种"光明崇拜"方式表述的。《泰誓》篇有："呜呼！惟我文考若日月之照临，光于四方，显于西土，……"[1]202-203《洛诰》中，周成王对周公说："惟公德明光于上下，勤施于四方"[1]300，周公不敢居功，答谢道："王命予来承保乃文祖受命民，越乃光烈考武王弘朕恭。"[1]302《君奭》篇中，周公对召公说："在今予小子旦非克有正，迪惟前人光，施于我冲子。"[1]321"我咸成文王功于不怠，丕冒，海隅出日，罔不率俾。"[1]329《顾命》篇中，周成王说："昔君文王武王宣重光，奠丽陈教，则肄肄不违，用克达殷集大命，……"[1]371成王逝世，太史对即位的康王说："皇后凭玉几，道扬末命。命汝嗣训，临君周邦，率循大卞，燮和天下，用答扬文武之光训。"[1]376-377周平王时有《文侯之命》，追溯先王事迹曰："丕显文武，克慎明德，昭升于上，敷闻在下，惟时上帝，集厥命于文王。"[1]412

作为一种普遍观念的光明崇拜可能是十分古老的，姜昆武在《光明崇拜及其在封建政治中的遗痕与作用》一文中对此作了系统的考察[2]。我们这里关注的问题是：光明崇拜如何在特定的政治事务中得到表达并从中诞生一种政治哲学。周人明德观念的强化可能与周王朝"受命于天"的神话有关。在这个关于政治合法性的神话中，"天命"是以一个壮观的天象明确地显示出来的。《竹书纪年·帝辛》有："三十二年，五星聚于房。有赤乌集于周社。"[3]167《墨子·非攻下》有："赤乌衔圭，降周之岐社，曰：'天命周文王伐殷有国。'"[4]151-152《吕氏春秋·应同》有："凡帝王者之将兴也，天必先见祥乎下民。……及文王之时，天先见火赤乌衔丹书集于周社。"[5]299美国学者班大为认为，这描述的实际上是发生于公元前1059年5月底的一次五大行星会聚的天文现象。❶在班氏的描述里，周王朝克商的漫长过程是与天象的运行保持高度一致的[6]14,28,59。在《北极简史：附"帝"字的起源》一文中，班氏考察了商周至上神"帝"的宇宙论起源，认为"帝"字是起自殷商时代对北天极区域一种特定星象的象形化，实际上是一种定向方法，关系到商周王朝如何确定正北方向以使政治事务在根本上与北天极保持一致，后来成为对至上神的称呼[6]349-356。令我们感兴趣的是，从这种对天命合法性的事件性关注中如何诞生了一种政治哲学。比如，《史记·周本纪》描述了周武王盟津退兵的一次"意外事件"：

> 武王渡河，中流，白鱼跃入王舟中，武王俯取以祭。既渡，有火自上复于下，至于王屋，流为乌，其色赤，其声魄云。是时，诸侯不期而会盟津者八百诸侯。诸侯皆曰："纣可伐矣。"武王曰："女未知天命，未可也。"乃还师归。[7]16

---

❶　关于周初史事的研究，不同学者得出的结论有所不同。比如关于武王伐纣的时间节点，就涉及对利簋铭文的不同释读。班大为的研究也遭到许多质疑。

天象在当时可能是无法预料的，即便如此，诸侯的意志也并未动摇。然而关键在于，武王选择遵循天象的指示退兵。这一决定无疑冷却了八百诸侯冲决一切、改天换地的激情。由此，伐商行动不再是一次渎神行动。这暗示了一种政治哲学理念。在周公故事中，我们进一步看到了一次周人与至上神的谈判。在《金縢》中，现实世界的君王被认为必须舍弃他对现实政治的责任而去侍奉上帝。这涉及对"王何以为王"这一关键问题的裁决。而周公却借助"王有疾"的这个关键时刻，通过一个仪式，费尽心思地借助"三王"之灵与至上神"帝"达成了一个"新约"，从而确立起一种现世的政治哲学："予小子新命于三王，惟永终是图。" [1]238

上面《尚书》引文中值得注意的一点是，在周公与成王、周公与召公的对话中，周公不敢将这种"光明崇拜"用在自己身上，他认为自己只是传递光明的一个中介，从而确立了"先王"与"光明"之间的专属联系。夏含夷曾在《周公居东新说——兼论〈召诰〉〈君奭〉著作背景和意旨》一文中提问：为何周公的名字极少见于西周青铜器铭文和典籍中？夏含夷给出的解释是：周公与召公的政治分歧导致周公的隐退和式微[8]306-319。然而，从上文我们征引的对话内容来看，周公主观上试图将所有的政治成绩都归功于文王、武王的明德，这样做的客观后果就是削弱了周公自己的存在感。因此，在一个"光明崇拜"的政治氛围中，周公之名或许并非被人为地抹去了，而是自然而然地消失在了先王的光明之中。作为光明的介质，他消失得越彻底，就越能证明明德的炽盛，也就越能证明他自己的透明无瑕。同样地，唯有当先王明德的火光衰弱的时刻，才能再次显现出周公的身影。比如，《国语》开篇讲的是"穆王将征犬戎"，正是这样的一个时刻。于是我们看到，祭公谋父马上提到了"周文公之《颂》"（《周颂·时迈》）：

"载戢干戈，载櫜弓矢，我求懿德，肆于时夏，允王保之。"

然后详细追忆了先王传统：

"……至于武王，昭前之光明而加之以慈和，事神保民，莫弗

欢喜。商王帝辛，大恶于民，庶民不忍，欣戴武王，以致戎于商牧。……" [9]1

徐元诰《国语集解》认为应作"至于文王、武王"，理由是"周人叙述祖德，未有称武王而不及文王者"，并认为自"商王帝辛"以下才是专言武王事迹，并以后来的《史记》文本作为印证[10]5。而事实上，考虑到祭公谋父这段发言的目的是规劝周穆王的军事行动，周武王事迹应当处于发言的落脚点位置，这点应是没有疑问的，至于应从何处开始叙述武王事迹，以及是否一定要"文王、武王"并称甚或先称文王后称武王，脱离具体语境实在无法断言。本文更倾向于忠实于所见文本，将祭公谋父此处的单称武王看作是他言辞策略的一部分：祭公谋父实际上在这里刻意调节了透镜的焦距，把光源的焦点落在了以"武"著称的周武王那里。而这一略显突兀的言辞策略也恰恰证明了光明的衰弱。个中意味，正如《论语·八佾》中孔子说"谓《武》：尽美矣，未尽善也"，并非真的是说《武》本身"未尽善"——鲁襄公二十九年吴季札在鲁观《武》舞时就说"美哉！周之盛也，其若此乎"，所谓"尽善"与"未尽善"，要看是追溯往昔还是指涉现实，是为发言者的言辞策略服务的。再比如，在《史记·乐书》（又见《礼记·乐记》）中，关于《武》舞的演出程序在一开始"备戒之久"的问题，孔子就给出了一种"尽美又尽善"的解读。周大夫宾牟贾与孔子一起观看《武》的歌舞表演，在一番印证之后，宾牟贾问孔子："夫《武》之备戒之久矣，则既闻命矣，敢问迟之迟而又久，何也？"[7]408于是，孔子追述先王事迹，为这种节奏上的延宕填充缝合上了丰富的伦理意义（"周道四达，礼乐交通"），从而将乐舞中美与善两个维度的张力化解于无形。而祭公谋父的言辞策略与孔子恰恰相反，其目的是凸显两个维度的张力，正如当孔子在另一个时刻说"未尽善"的时候指涉的乃是现实政治伦理维度的缺失。就指涉现实而言，正是光明的衰弱导致美与善的分离，而随着美—善张力的重新凸显，现实政治的伦理维度才重新得到关注。

因此，在现实政治中，对光明的崇拜事实上已经演化成为一种伦理维度的政治关切，是一种政治再生产的装置。于是我们看到，在周幽王的浩劫即将到来之前，《国语》将这个"光明崇拜"的神话转移到了南方的楚国。在《史伯为桓公论兴衰》篇中，史伯称赞楚国的祖先祝融"天明地德，光照四海"，"祝融亦能昭显天地之光明，以生柔嘉材者也"，"唯荆实有昭德，若周衰，其必兴矣"。[9]240 从楚国后来的发展史来看，当中原诸侯纷纷摒弃周王朝的礼法的时候，楚国却开始大力吸收中原制度，从而造成了历史的错位。因此我们不难理解，为何《国语》会在后半部分将楚国事迹纳入周礼的话语范式加以叙述。但在它们（《楚语》及《吴语》《越语》）的差异性中，我们也注意到先秦政治哲人试图再建一种开放性的政治话语的努力。

附论1参考文献

［1］李民，王健.《尚书》译注［M］.上海：上海古籍出版社，2004.

［2］姜昆武.光明崇拜及其在封建政治中的遗痕与作用［J］.浙江学刊，1988，（05）：90-95.

［3］张玉春.《竹书纪年》译注［M］.哈尔滨：黑龙江人民出版社，2003.

［4］孙诒让.墨子闲诂［M］.北京：中华书局，2001.

［5］张双棣，张万彬，殷国光，等.《吕氏春秋》译注［M］.北京：北京大学出版社，2011.

［6］班大为.中国上古史实揭秘：天文考古学研究［M］.徐凤先，译.上海：上海古籍出版社，2008.

［7］司马迁.史记［M］.杭州：浙江古籍出版社，1999.

［8］夏含夷.古史异观［M］.上海：上海古籍出版社，2005.

［9］韦昭.国语注［M］.上海：上海古籍出版社，2008.

［10］徐元诰.国语集解［M］.北京：中华书局，2002.

〔本文原载《烟台大学学报（哲学社会科学版）》2019年第4期，

此为节选内容，并有改动〕

附论2：《国语·鲁语》与孔子思想的"第二次启航"

（一）鲁侯之孝与庄公之情

在《周语》关于周宣王的一系列篇章中，《穆仲论鲁侯孝》尤其值得注意。在《国语》编者看来，在周宣王整个改革过程中，只有"立孝公"尚值得称道。《穆仲论鲁侯孝》记载这一事件的方式与《鲁周公世家》不同：

> "三十二年春，宣王伐鲁，立孝公，诸侯从是而不睦。宣王欲得国子之能训导诸侯者，樊穆仲曰：'鲁侯孝。'……乃命鲁孝公于夷宫。"

《史记》则变插叙为顺叙：

> "伯御即位十一年，周宣王伐鲁，杀其君伯御，而问鲁公子能顺道诸侯者，以为鲁后。樊穆仲曰：……。乃立称于夷宫，是为孝公。自是后，诸侯多畔王命。"

《周语》的插叙方式明显有"亡羊补牢"（make the best out of the worst）的意味，与上下文仲山父的一贯言辞是统一的。"孝"——或许还有一个"情"——代表了先王政教中最具惰性的部分，在先王政教崩解乃至"后现代化"的过程中，唯有孝能坚持到最后。作为最低成本的保养措施，鲁侯的"肃恭明神而敬事耇老，赋事行刑必问于遗训而咨于故实，不干所问，不犯所咨"无疑对周宣王的轻率冒进起到了补偏救弊的作用。周宣王的饮鸩止渴或许有非如此不可的理由，立孝公以训导诸侯也庶几算是尽到了王的职责。然而以先王之训为"用"而非以之为"体"，这是对传统最大的伤害。孝在政治层面的功用在于"守"。"所守或匪亲，化为狼与豺"，在《富辰谏襄王以狄伐郑及以狄女为后》篇中，富辰向周襄王阐述了"利内亲亲"的重要性。然而周襄王的"外利离亲"政策最终导致了富辰的悲惨命运，襄王也落得"余一人仅亦守府"的下场。

孝最狭隘形式是"家"，而这正是《鲁语》的主题。我们看到，虽然以物观政的法则在《周语》中达到了繁复至极的程度，但它尚未凝结为固定的形式。唯有在《鲁语》中，凭借"俭" ❶ 及"善守" ❷ 的品格，家政在政治场景丧师失地之后硕果仅存。政治传统的能量被挤压进家政的狭小空间中，迸发出耀眼的光芒。好的家政成为好政治的表征。然而，鲁侯之孝乃致孝于神明、先王，换言之，致力于保存传统之善好，史后之人不能察其终始，以小观大，遂误将一家之"孝"树立为封建之至高法则，又叹曰：忠孝难两全，实在是画地为牢。

我们同意陈桐生对《鲁语》的看法：《鲁语》文风大体与《周语》相通；造成这种状况的原因在于，周、鲁拥有共同的政治资源——礼乐文化。然而陈氏亦敏锐地注意到《鲁语》在言辞的程度上甚于《周语》。❸《鲁语》言必称"故业"，鲁国贤人们对先王之训的执着达到了入迷的程度，终至于"以辞害意"。在最终的家政场景到来之前，《鲁语》描述了一组组"巴洛克式" ❹ 的政治场景。以物观政的法则在这些场景中失去了古典主义的平衡，先王政教的言辞变得有些滑稽、偏执乃至诡诈。开篇《曹刿问战》中，鲁庄公与曹刿的对话颇为有趣。曹刿问鲁庄公凭什么有自信能够打赢这场战争（长勺之战），鲁庄公信心满满地夸耀自己的"临战之赐""一身之恭"（见韦昭注）。曹刿不留情面地指出："今将惠以小赐，祀以独恭。小赐不咸，独恭不优。不咸，民不归也；不优，神弗福也。将何以战？"鲁庄公补充道："余听狱虽不能察，必以情断之。"徐元诰《国语集解》曰："刑狱之类，虽不能遍察其曲直、当否，必尽

---

❶ 《刘康公论鲁大夫俭与奢》。

❷ 《文公欲弛孟文子与郈敬子之宅》。

❸ 陈桐生.《国语》的性质和文学价值 [J]. 文学遗产，2007（4）。

❹ 本雅明. 德意志悲苦剧 [M]. 李双志，苏伟，译. 北京：北京师范大学出版社，2013：213.'巴洛克'（Baroque）的原意是不圆的珍珠。这里的用法参考本雅明在书中对"巴洛克""寄喻"概念的相关论述："自然历史的寄喻式面目通过悲苦剧被放置在舞台上，这面目作为废墟而真实在场。历史以这种废墟让自己发生变形而进入展演地。如此形态的历史展示出的并非一种永恒生命的历程，而是不可挽回的败落过程。寄喻由此表明自己是在美的彼岸的。"

己之情，以求人之情。"曹刿也不再勉强，说："是则可矣。知夫苟中心图民，智虽弗及，必将至焉。"鲁庄公在《鲁语》中是个善于狡辩的角色。在《匠师庆谏庄公丹楹刻桷》篇中，匠师庆认为鲁庄公对桓公宗庙的装饰太过于奢侈，有违"圣王公"之遗训。鲁庄公辩解道："吾属欲美之。"（"我们做小辈的正是想美化先君啊。"）在《夏父展谏宗妇觌哀姜用币》篇中，鲁庄公迎娶哀姜，命令鲁国大夫的妻子们使用大夫的礼节来拜见哀姜。《国语集解》曰："庄公欲奢夸夫人，故使大夫、宗妇同赞俱见。"宗人夏父展指出此举"非故也"，庄公辩解道："君作故。"（"国君可以创制规矩"）以此二篇对观鲁庄公之"情"。鲁庄公于神于民素以敷衍为能事，临战而言情，无乃亦诡辩之辞乎！

（二）柳下惠与臧文仲

在鲁庄公故事之后，《鲁语》展示了展禽和臧文仲这两个政治人物的一组言辞。展禽是鲁孝公的后裔，言辞一脉相承，这点在《鲁语》的谋篇中是很重要的——正如管仲作为周穆王的后裔，其言辞在《齐语》中的地位超过齐桓公。《论语》中孔子对这二人的态度泾渭分明：

> "子曰：'臧文仲居蔡，山节藻棁，何如其知也？'"（《公冶长》）
> "子曰：'臧文仲其窃位者与！知柳下惠之贤而不与立也。'"
> （《卫灵公》）

这两条评语连同臧文仲的其他事迹在《左传·文公二年》中被孔子表述为：

> "臧文仲，其不仁者三，不知者三。下展禽，废六关，妾织蒲，三不仁也。作虚器，纵逆祀，祀爰居，三不知也。"

然而《晋语》有叔孙穆子论不朽的篇章，对臧文仲似乎颇为称道：

> "鲁襄公使叔孙穆子来聘，范宣子问焉，曰：'人有言曰"死而不朽"，何谓也？'穆子未对。宣子曰：'昔匄之祖，自虞以上为陶唐

氏，在夏为御龙氏，在商为豕韦氏，在周为唐、杜氏。周卑，晋继之，为范氏，其此之谓也？'对曰：'以豹所闻，此之谓世禄，非不朽也。鲁先大夫臧文仲，其身殁矣，其言立于后世，此之谓死而不朽。'"

叔孙穆子的言辞在《左传·襄公二十四年》中所记更详：

"鲁有先大夫曰臧文仲，既没，其言立。其是之谓乎！豹闻之，大上有立德，其次有立功，其次有立言，虽久不废，此之谓不朽。若夫保姓受氏，以守宗祊，世不绝祀，无国无之，禄之大者，不可谓不朽。"

范宣子历数范氏历代先祖的官守，以之为不朽的明证，而叔孙穆子认为这没有什么稀奇。叔孙穆子的言辞有其隐晦的一面，这可以从一开始的"穆子未对"四字见出。我们认为，穆子一开始之所以"未对"，乃是以为范宣子的问题不是一个"正确的问题"。正确的问题比正确的答案更重要。考虑到这一点，叔孙穆子将臧文仲立为不朽之典型恐怕就不是言辞的重点所在了。即便如是，叔孙穆子心目中的理想型首先是"立德"，其次是"立功"，"立言"只居末位。我们看到，《鲁语》中臧文仲的才华的确集中体现在言辞上——在某种程度上，臧文仲更接近鲁庄公，而臧文仲的言辞之巧更近乎伪。尤其在与展禽（柳下惠）并置之时，臧文仲巧辞之伪更加明显。在《臧文仲如齐告籴》篇中，臧文仲向鲁庄公请缨赴齐国借粮救灾，"文仲以鬯圭与玉磬如齐告籴"。他诉诸鲁周公与齐太公之"命祀"❶——关乎诸侯对周王室之职贡，如此堂皇之词让齐国无法拒绝，最终"齐人归其玉而予之籴"。在接下来的《展禽使乙喜以膏沐犒师》篇中，最戏剧性的一幕发生了。鲁僖公叛齐，"齐孝公来伐鲁"，"臧文仲欲以辞

---

❶　韦昭注以太公为齐太公。《国语集解》此处引俞樾观点认为此处"太公"当指鲁太公即周公，所辨甚详。事实上，俞樾对《国语》的许多地方都强作新解。我们认为，俞樾此处的繁复辨析游离于文本之外，恐非。韦昭注更简单直接，更贴合上下文意。具体理由见下文。

告，病焉。"臧文仲无疑想要故技重施，但很不幸，他生病了。他希望展禽能够代劳。展禽显然对臧文仲的言辞外交不以为然："获闻之，处大教小，处小事大，所以御乱也，不闻以辞。若为小而崇，以怒大国，使加己乱，乱在前矣，辞其何益？"展禽的言辞让我们想到后来的郑国之子产❶，而孔子称子产为"古之遗爱"。❷情急之下，臧文仲道出了他的真实内心："国急矣！百物唯其可者，将无不趋也。愿以子之辞行赂焉，其可赂乎？"这句话是理解臧文仲政治思想的一个显在的指示：他其实并不相信政治传统可以在现实政治中发挥实质性的作用。"君子固穷，小人穷斯滥矣"❸，臧文仲在普通的政治场合固然言必称先王先公，然而在最危急的时刻到来时就会盲目地置最重要的原则于不顾。无奈，展禽答应了臧文仲的请求。"固穷"并非坐以待毙，展禽不屑于空洞的言辞，但他深知传统的真正力量所在，以及如何真正以传统的方式行事。他派自己的弟弟展喜"以膏沐犒师"——用不值钱的洗发膏犒劳齐军。❹展喜的言辞在逻辑上与《臧文仲如齐告籴》篇中臧文仲的言辞如出一辙，都是诉诸鲁周公与齐太公股肱周室、夹辅先王的政治血缘，并且取得了相同的效果。然而对于齐国而言，展喜之辞之于臧文仲之辞，恐怕恰如白眼之于青眼。《臧文仲如齐告籴》与《展禽使乙喜以膏沐犒师》形成一个对子，相互参看，其义自现。俞樾之解释，舍本逐末也。在接下来的《臧文仲说僖公请免卫成公》和《臧文仲请重赏馆人》篇中，我们看到，臧文仲的政治手腕更加高超，对先王遗训的活学活用达到了很高的水平，近乎《战国策》风格。终于，在神圣事物的"大是大非"面前，臧文仲的"伪"暴露无遗：

---

❶ 庚寅，郑子国、子耳侵蔡，获蔡司马公子燮。郑人皆喜，唯子产不顺，曰："小国无文德，而有武功，祸莫大焉。楚人来讨，能勿从乎？从之，晋师必至。晋、楚伐郑，自今郑国不四五年，弗得宁矣。"（《左传·襄公八年》）。

❷ 《左传·昭公二十年》。

❸ 《论语·卫灵公》。

❹ 韦昭注曰："以膏沐为礼，欲以义服齐，明不以赂免之也。"

海鸟曰"爰居"，止于鲁东门之外三日，臧文仲使国人祭之。展禽曰："越哉，臧孙之为政也！夫祀，国之大节也；而节，政之所成也。故慎制祀以为国典。今无故而加典，非政之宜也。……" ❶

展禽关于"祀"的言辞实际上综合了《周语》中的山川神话和天命神话，无疑是《鲁语》言辞的一个顶点。国家大事，在祀于戎，《楚语》谈到"九黎乱德，民神杂糅"时有"民匮于祀，而不知其福"，祀与戎遵循共通的物的法则。展禽的言辞在某种程度上回应了《鲁语》开篇的《曹刿问战》，甚至也回应了《国语》开篇的《祭公谏穆王征犬戎》。"文仲闻柳下季之言，曰：'信吾过也，季子之言不可不法也。'使书以为三策。"然而，正所谓"臧罟不如寘里革于侧之不忘也"❷，臧文仲并不缺乏尊重展禽的风度，却绝不会任之以政。由此，我们可以理解孔子对臧文仲和展禽的评价在第一个层面上的意思。然而孔子对二人的评价当与孔子对管仲以及齐桓晋文的评价相参看方能完整地见出孔子言辞的真意：

"子曰：'管仲之器小哉！'或曰：'管仲俭乎？'曰：'管氏有三归，官事不摄，焉得俭？''然则管仲知礼乎？'曰：'邦君树塞门，

---

❶ 见《展禽论祭爰居非政之宜》。"夫圣王之制祀也，法施于民则祀之，以死勤事则祀之，以劳定国则祀之，能御大灾则祀之，能扞大患则祀之。非是族也，不在祀典。昔烈山氏之有天下也，其子曰柱，能殖百谷百蔬；夏之兴也，周弃继之，故祀以为稷。共工氏之伯九有也，其子曰后土，能平九土，故祀以为社。黄帝能成命百物，以明民共财，颛顼能修之。帝喾能序三辰以固民，尧能单均刑法以仪民，舜勤民事而野死，鲧鄣洪水而殛死，禹能以德修鲧之功，契为司徒而民辑，冥勤其官而水死，汤以宽治民而除其邪，稷勤百谷而山死，文王以文昭，武王去民之秽。故有虞氏禘黄帝而祖颛顼，郊尧而宗舜；夏后氏禘黄帝而祖颛顼，郊鲧而宗禹；商人禘舜而祖契，郊冥而宗汤；周人禘喾而郊稷，祖文王而宗武王，幕，能帅颛顼者也，有虞氏报焉；杼，能帅禹者也，夏后氏报焉，上甲微，能帅契者也，商人报焉；高圉、大王，能帅稷者也，周人报焉。凡禘、郊、祖、宗、报，此五者国之典祀也。加之以社稷山川之神，皆有功烈于民者也；及前哲令德之人，所以为明质也；及天之三辰，民所以瞻仰也；及地之五行，所以生殖也；及九州名山川泽，所以出财用也。非是不在祀典。"

❷ 《鲁语上·里革断宣公罟而弃之》。

　　管氏亦树塞门，邦君为两君之好，有反坫，管氏亦有反坫。管氏而知礼，孰不知礼？'"（《八佾》）

　　"子路曰：'桓公杀公子纠，召忽死之，管仲不死。'曰：'未仁乎！'子曰：'桓公九合诸侯，不以兵车，管仲之力也。如其仁，如其仁。'"（《宪问》）

　　"子贡曰：'管仲非仁者与？桓公杀公子纠，不能死，又相之。'子曰：'管仲相桓公，霸诸侯，一匡天下，民到于今受其赐。微管仲，吾其被发左衽矣。岂若匹夫匹妇之为谅也，自经于沟渎，而莫之知也？'"（《宪问》）

　　"子曰：'晋文公谲而不正，齐桓公正而不谲。'"（《宪问》）

　　暂时撇开孔子言辞中对弟子因材施教的考虑，孔子评价管仲的方式与其评价臧文仲的方式有类似之处，贬则贬，褒则褒，看似矛盾，实则统一。臧文仲更接近晋文公（谲而不正），展禽和孔子更接近齐桓公（正而不谲）。如果历史给鲁国以机遇，臧文仲与展禽谁更能够抓住机遇呢？需要注意的是，"正"与"谲"在齐桓晋文那里并非互斥，只是主次有别，正对应于孔子给管仲的两面评价。臧文仲的辛苦周旋无疑维护了鲁国的利益，只可惜鲁国终难成大器，即便如孔子之强力也只能落得君臣各自流亡的下场，孔子又怎能强求于臧文仲呢？"柳下惠为士师，三黜。人曰：'子未可以去乎？'曰：'直道而事人，焉往而不三黜？枉道而事人，何必去父母之邦？'"（《微子》）孔子以先王之道为己任，言辞与行动多张扬意志。柳下惠直道而行，在孔子眼中无疑更具理想的力量。或许，如果臧文仲与展禽能够合二为一的话，就能够得到孔子更高的评价了。然而，鲁国既无法成为晋国，也无法成为齐国。在《叔孙穆子聘于晋》篇中，晋悼公飨之以不同规格的礼乐，叔孙穆子"舍其大而加礼于其细"——他不敢拜领大雅之乐，只敢拜领小雅之乐。对观晋公子重耳一行在楚国、秦国皆拜领国君之礼。此间固然有君臣之别，然言辞之间亦见出鲁国政治气象之不佳。孔子不愿如周王室般以躯体之瘫痪换取灵台之清明。然而他们身处鲁国，时时处处都要以守为务。两者之冲突开启了孔子的流浪旅程，然而也早已写定了旅程的结局。"夫子盖少贬焉？"——子贡如臧文仲；"吾未仁邪？吾未信邪？"——子路如叔孙穆子；"不容何病！不容然后见君子！"——箪食瓢饮的颜回如柳下惠。孔子最得意的三个弟子恰恰是鲁政的三个侧面。❶孔子之道乃是鲁道之守的直系后代，这是孔子的悲剧所在。"甚矣鲁道之衰也"，鲁道如强弩之末，"射不主皮，为力不同科"❷是对它最好的辩护词。孔子越是干谒诸侯，越接近这一真相。"鲁卫之政，兄弟也"❸，他所能找到的最理想的实践场所竟然是与鲁国颇为相似的卫国。"西出阳关无故人"，在孔子那里，叙事在开始之前就已终结于哲学。鲁道是一条单行道，孔子只是一步步走完了首尾相连的穷途。❹作为精神上的异乡人，孔子的流浪注定是哲学的流浪，精神的流浪，后世所谓"素王"是也。孔子之流浪因此永远不会如晋文公的谋士那般能够抓住时机重启天命神话、催生新的"王"。哲学的困境需要有哲学的解决，只有当他重返家门之后才能打开一扇窗。

（三）孔子思想的"第二次启航"

周政之宿命在鲁，孔子之宿命亦在鲁，而鲁政之宿命在"家"。最终，一位女性——公父文伯之母——在家政场景中——登场了，先王言辞从一位女性的口中吐出，这着实并不令人惊讶。家庭始于女性的子宫、归于女性的子宫，古老政治传统在此处获得（重返）了它终极的形式，而男人的世界在此时此地已终结于哲学。先王政教的"寄喻"式碎片在家政礼仪场景中重新拼贴完全，老祖母的谆谆教诲不断对之打磨、抛光。

---

❶ 详见《史记·孔子世家》中"陈蔡绝粮"时孔子以"匪兕匪虎，率彼旷野"试探三位弟子的三段对话。参见第二章第 43 页注①。

❷ 《论语·八佾》。

❸ 《论语·子路》。

❹ 赵简子使聘夫子，夫子将至焉。及河，闻窦鸣犊与舜华之见杀也，回舆而旋之卫。息鄹，遂为《操》曰："周道衰微，礼乐凌迟。文武既坠，吾将焉师？周游天下，靡邦可依。凤鸟不识，珍宝枭鸱，眷然顾之，惨焉心悲。巾车命驾，将适唐都，黄河洋洋，悠悠之鱼，临津不济，还辕息鄹。伤予道穷，哀彼无辜，翔翔于卫，复我旧庐。从吾所好，其乐只且。"（《孔丛子·记问》）

　　孔子的言辞与在《鲁语》中与公父文伯之母前后相接。孔子言辞稍早于公父文伯之母。《季桓子穿井获羊》《孔子论大骨》与《孔子论楛矢》三章中的孔子言辞有着独特的性质。它们谈论的是奇异事物。孔子以一位深通先王形制器物之学的智者形象（类似"孔乙己"），通过一种独特的讲古方式描绘了先王的世界。巴洛克并未消失，它们如沧海遗珠，潜伏在"诗人孔子"的意识深处，于不经意间灵光乍现。"海客谈瀛洲，烟涛微茫信难求。越人语天姥，云霓明灭或可睹"，没有什么方式比这更能让人感受到历史的更迭、传统的远去了。在孔子的奇异言辞中，先王传统在那些奇异事物上折射出奇异的光芒。❶"诗可以兴"，这是以一种诗的方式对先王传统的再现。孔子谈论奇异事物的言辞与公父文伯之母的经纶家训形成一谐一庄的复调结构。在多处公父文伯之母言辞的结尾，孔子时不时地给出自己的回应。《鲁语》最后两篇行文的语气颇为点睛提神。《闵马父笑子服景伯》全篇在一"笑"字。这是一个象征性的喜剧场景。为什么是喜剧？因为它的行动建基于一种"小"与"大"的倒置。将大的事物缀之于小的事物，就会发生带有喜剧和反讽意味的夸张，仿佛一件过于肥大的礼服。公父文伯之母，将先王政教念兹在兹地用之于家政，已经濒临反讽的边缘，子服景伯则在一个外交场合中由于过于谨小慎微而使自己陷于"非礼"的境地。子服景伯并非不恭敬，而是想用恭敬的姿态免于非礼的指责。固守的结果就是空虚而缺乏自信。闵马父与子服景伯的对话如相声之"抖包袱"，仿佛一笑之间终结了一种传统，行文不可不谓潇洒。从《周语》到《鲁语》，喜剧精神的昙花一现是鲁道之

---

　　❶　吴伐越，堕会稽，获骨焉，节专车。吴子使来好聘，且问之仲尼，曰："无以吾命。"宾发币于大夫，及仲尼，仲尼爵之。既彻俎而宴，客执骨而问曰："敢问骨何为大？"仲尼曰："丘闻之：昔禹致群神于会稽之山，防风氏后至，禹杀而戮之，其骨节专车。此为大矣。"客曰："敢问谁守为神？"仲尼曰："山川之灵，足以纪纲天下者，其守为神；社稷之守者，为公侯。皆属于王者。"（《孔丘论大骨》）仲尼曰："隼之来也远矣！此肃慎氏之矢也。昔武王克商，通道于九夷、百蛮，使各以其方贿来贡，使无忘职业。于是肃慎氏贡楛矢、石砮，其长尺有咫。先王欲昭其令德之致远也，以示后人，使永监焉，故铭其栝曰'肃慎氏之贡矢'，以分大姬、配虞胡公而封诸陈。古者，分同姓以珍玉，展亲也；分异姓以远方之职贡，使无忘服也。故分陈以肃慎氏之贡。君若使有司求诸故府，其可得也。"（《孔丘论楛矢》）

衰的悲剧落幕之后的"羊人戏"，一切坚固的东西都烟消云散了，仿佛非如此不能安抚观众。但是稍等，还有"彩蛋"（stinger）。错过彩蛋将万劫不复。末章《孔丘非难季康子以田赋》为观众呈现了典型的孔子式的金刚怒目。"季康子欲以田赋，使冉有访诸仲尼。"然而"仲尼不对"。这次孔子没有像以前一样侃侃而谈。"小"与"大"的倒置瞬间纠正回来。他私下里把冉有叫过来，对他讲述"周公之籍"。他为何不像前几次那样，以一个博物学者的姿态直接对季康子谈论周公之籍呢？盖其中缘由在于两种事物在性质上的差异。孔子在这里面对的是一种政治现实，现实是"季孙之法"与"周公之法"的对立。"予欲无言"，我们从孔子的"缄默"中，反而能感受到一种前所未有的政治意志的张扬。由此我们重新审视孔子与公父文伯之母交汇的言辞。孔子四次评论公父文伯之母。其中一次称赞她"不淫"（《公父文伯之母论劳逸》）。淫者，"淫心舍力"也。公父文伯之母叹曰："鲁其亡乎！"谁能想到，在《鲁语》尾声处还能听到如此详细的"圣王处民之道"呢？两次称赞她知礼。还有一次，在《公父文伯卒其母戒其妾》篇中，孔子突兀地称赞公父文伯之母有"丈夫之智"❶，能明德。存亡断续之间，明德再现。连同子夏、师亥的两处评语，于是在公父文伯之母一系列家政场景的每一个结尾处都发生着转换。金风玉露一相逢，便胜却人间无数。这些转换发生得突然而迅速，其中意味与司马迁后来的论断殊异。先王之礼在家政中得到了拯救和延续。孔子在公父文伯之母的家政中看到了王政的火种、明德的温床。"久矣吾不复梦见周公。"在家政的理想型中，公父文伯之母作为一个召唤意象，其光芒不亚于周公和先王。沧海月明珠有泪，蓝田日暖玉生烟。在家政的理想型中，先王政教的胚胎似乎又将茁壮成长。否则周公怎会再次现身？《鲁

---

❶ 公父文伯卒，其母戒其妾曰："吾闻之：好内，女死之；好外，士死之。今吾子夭死，吾恶其以好内闻也。二三妇之辱共先者祀，请无瘠色，无洵涕，无搯膺，无忧容，有降服，无加服。从礼而静，是昭吾子也。"仲尼闻之曰："女知莫若妇，男知莫若夫。公父氏之妇智也夫！欲明其子之令德。"韦昭注曰："智也夫者，凡妇人之情，爱其子，欲令妻妾思慕而已，今敬姜乃反割抑，欲以明德，此丈夫之智，故曰'智也夫'。"

语》言辞作为《周语》言辞的"顶点"如何成其为顶点？孔子的言辞对位于公父文伯之母的言辞，因而是一种意志的延续，一种潜在的上升。家政之礼位于先王传统的海市蜃楼与"季氏之法"之间，正如孔子位于周公与季氏之间，在一个分裂的时空里，家是孔子思想的栖身繁衍之所。孔子虽然有其现实主义的一面，但他的思想也有这样的一个"第二次启航"，这对于理解孔子的整个思想是重要的。一眼死两眼活，四书承鲁道之守而能扶摇直上，须赖哲学上的第二次起航，后人若单以鲁道之守揣摩孔子周公之道，无异于自蹈死地。公父文伯之母的发言所针对的一系列场景指向家政伦理的闭合倾向；闵马父之笑和孔丘之怒针对的是礼制的技术化、官僚化以及王政的自我封闭所导致的发育畸形。《晋语》中的太子申生故事是它们的悲剧对应物。三人的言辞是先王政教在一个闭合趋势中的最后挣扎。它们就是胚胎，在一个日渐封闭的蛋壳中随时准备破壳而出。虽然政治孤儿的奥德赛以家政结尾，但孩子只有离开家才能真正重新出发。

附论2参考文献

［1］［清］董增龄. 国语正义［M］. 成都：巴蜀书社，1985.

［2］［吴］韦昭. 国语注［M］. 上海：上海古籍出版社，2008.

［3］徐元诰撰. 国语集解［M］. 北京：中华书局，2002.

［4］陈桐生.《国语》的性质和文学价值［J］. 文学遗产，2007（4）：4-13.

［5］［德］本雅明. 德意志悲苦剧的起源［M］. 李双志，苏伟，译. 北京：北京师范大学出版社，2013.

［6］［汉］司马迁. 史记［M］. 北京：中华书局，2011.

［7］陈桐生.《论语》十论［M］. 广州：暨南大学出版社，2012.

［8］［清］刘宝楠. 论语正义［M］. 北京：中华书局，1990.

［9］傅亚庶. 孔丛子校释［M］. 北京：中华书局，2011.

（本文是在本书作者的博士学位论文相关篇章基础上改写而成）

个体伦理与戏剧反讽：

《牡丹亭》绎读

喜剧往往凭借表层文本的喜剧性与深层文本的肃剧性之间的张力造成戏剧性反讽。在"临川四梦"中，《牡丹亭》的喜剧特征是最为鲜明的。从表层文本来看，《牡丹亭》喜剧的成分很多，而如果要发现《牡丹亭》中肃剧❶的成分，就不应停留于表象。比如，梦中交合、人与鬼通、死而复生，这些比较常见的母题，就其"荒谬性"而言可以被理解为喜剧的，但就这种荒谬作为一种"考验"而言，则非常适合成为一种肃剧性的主题。事实上我们将看到，汤显祖是如何在作品中用不同于前人的方式呈现和处理这些常见的母题，以造成强烈的反讽效果的。由此，如果局限于表演性和表层文本的分析，就可能掩盖《牡丹亭》的肃剧性所在。作为肃剧的《牡丹亭》，意在重构"通人"（圣人）之学并为其提供一种新的支点。在明清思想解放思潮的研究谱系中，《牡丹亭》对于普遍伦理的批

---

❶　关于"肃剧"的内涵，陈奇佳的论文澄清了被近代日本和中国重新建构并误解的"悲剧"概念；而刘小枫的论文则重返希腊原点，试图阐述清楚"悲剧"真正的含义。不同于以往的"悲剧"概念由误译导致的理解上的偏差（对悲哀和恐惧的追求），"肃剧"是对一个严肃问题的揭示。参见陈奇佳《"悲剧"的命名及其后果——略论中国现代悲剧观念的起源》（《江海学刊》2012 年第 6 期第 182–188 页），以及刘小枫《城邦卫士与性情净化——亚里士多德〈论诗术〉中的肃剧定义试解》［《海南大学学报》（人文社会科学版）2014 年第 1 期第 3–8 页］。

判已经得到学界充分的论述。这些论述多在表层文本层面展开——其论点单从表层文本就可以获得足够的支撑。而本文将通过文本对照和文本绎读，进入深层文本，探析《牡丹亭》和汤显祖戏剧写作中更复杂、更具哲学性和现代性的一面。

我们的分析将以《冥判》为重心展开。因为《冥判》是《牡丹亭》叙事中杜丽娘命运的转折点所在。在话本小说[1]17-25、文言小说[2]42-46中（以下简称话本、文言），杜丽娘只是在与柳梦梅的对话中隐约暗示了她的冥府之行。而汤显祖却不惜笔墨单设《冥判》一出，铺陈杜丽娘魂游冥府的奇异经历。那么，对于《牡丹亭》整个故事而言，《冥判》在最基本的叙事功能之外，还蕴含了作者怎样的叙事意图，又传达出哪些重要信息？对于理解《牡丹亭》的主旨又有怎样的影响？本文将尝试通过文本绎读（辅以文本对照）的方式对这些问题进行探析。

一、杜丽娘的伦理身份危机

从伦理的角度来看，汤显祖笔下杜丽娘的游园惊梦及其"慕色而亡"，乃是其伦理身份危机的直接结果。

在登场伊始，杜丽娘就面临一个紧迫的伦理处境。在《训女》❶中，杜宝称丽娘是"做客为儿"——这无异于宣布丽娘既有伦理身份的非法性，并且随时面临失效；而在新的伦理拯救尚未到来之前，待字闺中的丽娘事实上处于一种无身份的中间状态。相比之下，在话本和文言的叙事中，杜宝夫妇并没有显示出对杜丽娘适龄婚配问题的特别关注。《杜丽娘慕色还魂》话本设定杜宝夫妇有一男一女（兴文、丽娘），延请教读也是同时教授姐弟二人，因此杜丽娘的待嫁问题并未得到凸显；而文言小说《杜丽娘记》《杜丽娘传》虽然设定杜宝夫妇只有一女（丽娘），但却连延请教读的设定也没有。而汤显祖专设《训女》一出，表现杜宝、甄氏夫妇对女儿婚嫁问题的重视，并最终决定延请教读对丽娘进行出嫁前的教育。

---

❶ 本文所引《牡丹亭》内容，均参见汤显祖.牡丹亭 [M].邹自振，董瑞兰，评注.南昌：百花洲文艺出版社，2014.

对于一十六岁的杜丽娘而言，虽然"待嫁"似乎是一个无须特别强调的普遍伦理处境，但汤显祖以其独特的戏剧方式将这一伦理处境"问题化"了：针对杜丽娘的"待嫁"问题，杜宝给出了明确的解决方案，即"学《诗》以待嫁"——如无意外，杜丽娘将在学成之后顺理成章地配夫完婚；但通过《闺塾》一出引出游园惊梦场景之后，我们知道，汤显祖笔下的杜丽娘将最终搁置乃至拒绝这一方案。值得注意的是，在《闺塾》一出，汤显祖以近乎自然主义的笔法描写了杜丽娘对"学《诗》待嫁"方案的态度。虽然春香在一旁插科打诨，我们也丝毫没有看到杜丽娘对此方案有任何异议。事实上，对于适婚男女面临的婚嫁问题，由家族代为安排，并非不是一种好的解决方案——在普遍伦理秩序中，伦理化的个体是适合并将接受这一方案的。❶但汤显祖却决定展示另外一种可能：当个体从普遍伦理中脱离出来之后，将何去何从。事实上，《牡丹亭》蕴含了汤显祖戏剧写作中更复杂、更具哲学性和"现代性"的一面，即对个体伦理处境和个体伦理难题❷的

---

❶　这正是话本、文言版故事的本质所在。在话本和文言版故事中，柳、杜都将自己的离奇遭遇看作是"与己无关"的偶然——杜丽娘无论死活都不希望一个离奇的春梦摧毁她的伦理生活，柳梦梅也不想因为与鬼遇合而遭受非议，因此，当他们想要终结这一离奇遭遇的时候，第一时间就寻求普遍伦理权威的见证。《杜丽娘慕色还魂》话本有"君若不弃幻体，可将妾之衷情，告禀二位椿萱，来日可到后园梅树下，发棺视之，妾必还魂"；《杜丽娘记》有"明早可急告于父母，即往梅树下发之"；《杜丽娘传》虽行笔草草，在复活情节中省去了柳父柳母的在场，却在复活情节后以"柳尹设宴官舍。杜氏艳妆出拜"表明了同样的设定。无论个体经历了什么，只要他们不坚持诉诸个体性的必然，就可以得到伦理权威的认可，就可以顺利地重返普遍伦理的王国。而在汤显祖笔下——事实上有两个"柳梦梅"，他置府衙内的那位"同名同姓者"于不顾，而让岭南落魄书生柳梦梅闯入杜小姐的墓园——被设定为无父无母的岭南柳梦梅固然无法请父母见证奇迹，但当见到杜宝之后，他似乎也完全没有考虑到杜丽娘还魂事件可能给杜宝带来的震惊，而是以一副理所当然的姿态要求杜宝的认可，并且自矜其功（《硬拷·雁儿落》）。与杜丽娘一样，柳梦梅对"梦卜"（《言怀·真珠帘》：姻缘之分，发迹之期）的执着也让他堕入了梦的世界。

❷　丹麦哲学家基尔克果认为："美学呼唤隐匿并给予丰厚回报，而伦理则要求袒露并对隐匿施以惩罚。"（参见基尔克果. 恐惧与战栗：静默者约翰尼斯的辩证抒情诗［M］. 赵翔，译. 北京：华夏出版社，2014：109）以个体伦理观之，个体之为个体，恰恰是因为它有隐匿自我的需求。倘若某个体经历了某种离奇的事件，却依然没有从中重新发现自身，其中就依然没有任何真正属于个体的东西；而一旦个体从这种经历中重新发现自身，它就有了值得隐匿的理由。个体伦理作为自我立法，几乎必然会遭到普遍伦理的惩罚，因此它必须在普遍伦理面前隐藏自身。隐匿是为了与非常之物偕行。隐匿是一种秘密仪式，是个体作为一种"使者"或"代表"，与那非常之物产生秘密接触以改变或达成新的契约。隐匿者是痛苦的，但却必须隐匿，因为这里存在着个体伦理与普遍伦理的绝对冲突。最终，隐匿必将被揭露——但只能以美学化或戏剧反讽的方式——为了"立法"，为了确立某种东西，并将其以真理之名带入大众视野。

戏剧呈现——一个已经被（死亡）解放了的个体为何选择重返普遍伦理的世界？一个被普遍伦理弃绝的个体又将如何在普遍伦理的世界中存在？根据这条线索，对《牡丹亭》的伦理意义和戏剧重心的判断将被改变。

二、陈最良的佯谬

"学《诗》待嫁"的方案虽然最早由杜宝提出，但却被杜宝委托给陈最良执行。从陈最良在各个场景中的行动和言辞来看，用"腐儒"来定义他显然是不合适的。恰恰相反，他对最高之物与最低之物都有清醒的认识，并且能够熟练地使用喜剧式的反讽来讲述这些事物。

陈最良的解决方案是《闺塾》一出真正的秘密所在。如果说杜宝和甄氏都理解丽娘的处境但却缺少某种至关重要的默契，那么相比之下，陈最良只是通过与丽娘的短暂接触，就明白了丽娘的状态和处境，并与丽娘达成了某种无声的默契。他甚至比丽娘自己更早意识到她真正需要的是什么。但由于身份和角色，他只能以佯谬的方式给予隐晦的支持。一开始，陈最良采用的是最纯正的古典主义教学方案[3]，依照《毛诗序》解《关雎》，这是为了迎合杜宝的期待。未料春香的插科打诨歪打正着。即便如此，陈最良依然努力维持着一本正经的姿态。是丽娘及时救场，帮助陈最良摆脱了窘境（《闺塾·绕地游》）。从解《诗》到临书，丽娘在整个过程中所表现出来的成熟、聪慧一定令陈最良感到惊讶和同情（《闺塾·掉角儿》）——她并不缺乏古典主义的所有美德，她缺乏的是别的——对深层自我的认知，对自我匮乏的认知。正因如此，陈最良隐秘地改变了他的教学方案（实际上也更接近其本性），开始向一种浪漫主义倾斜。《闺塾》后半段，围绕春香对后花园的发现，陈最良和杜丽娘上演了一出过度夸张却心照不宣的惩罚闹剧——表面上是禁止丽娘游园，实际上却是默许和鼓励（《圆驾·南滴滴金》）。在《肃苑》中，当陈最良得知丽娘要游园的时候，他竟然直接"告归几日"，为丽娘打通了通往后花园之路。

在后面柳、杜故事的关键场景中，陈最良身上的这种佯谬更是超出了当下情节的需要，上升为作者的刻意安排和自我代入。在《诊祟》中，陈最良以《毛诗》

中的《摽有梅》为杜丽娘开出了"君子"和"酸梅"的药方，预告了后面的情节；在《旅寄》中，同样是陈最良，作为杜丽娘封印的守护者之一，决定性地将柳梦梅引入梅花庵。相比于故事中的其他参与者，陈最良更像是一个"弱观察者"，他代替作者设置好实验的条件，然后以最少的介入等待真理的显现。由此，陈最良误将杜丽娘坟墓被盗、骨殖被毁之事通报给杜宝，未见得不是作者的另一种佯谬——倘若不是因此让杜丽娘以妖鬼的身份出现在杜宝面前，杜宝的立场不会如此激烈地暴露。陈最良看似是杜宝最坚定的同盟者，却在设置完最后的裁决场景（《硬拷·吊场》）后，摇身变为"中间派"。虽然陈最良的身份呈现出守墓人—怀疑者—信仰者的连续变换，但最终，他是最不受丽娘复活奇迹影响的人。当陈最良见到死去的丽娘重新出现在面前的时候，他的反应就仿佛丽娘从未死过。如果说杜丽娘是个体伦理肃剧式的践行者，那么陈最良就是个体伦理喜剧式的拥护者。他试图将问题引向一种喜剧式的解决方案。由此反观《腐叹》中的陈最良，他的自报家门（"陈绝粮""百杂碎"）并非纯然戏谑之语。孔子"在陈绝粮"（《论语·卫灵公》），又自称"吾少也贱，故多能鄙事"（《论语·子罕》）——对照司马迁笔下《史记·孔子世家》"陈蔡之厄"场景[4]1930-1932中孔子与三位爱徒的"旷野对话"，孔子从三位弟子的回答中照见了自己的三种面向❶，

---

❶ 在陈蔡之厄场景中，孔子以"匪兕匪虎，率彼旷野"试探三位弟子。在司马迁笔下，这三段对话基本道出了司马迁对孔子的理解。孔子与子路和子贡的对话皆是出于特定的目的：他要安抚弟子们的情绪，分别对应于上文"子路愠"和"子贡色作"，因此他的言辞兼顾了子路和子贡各自的秉性。子路对孔子及其学说有一种其他弟子没有的朴素情感，近乎带有"宗教"色彩，却也因此容易自我怀疑。孔子于是坚定他的信心，指出命运的无常。子贡善于权变，他在对话中先是盛赞了老师的理想，继而劝老师降格以求，这对于孔子而言无疑是更加值得警惕的一种状况，因此他对子贡的指责十分严厉而直接。子路的言辞隐含了某种狂热，这种狂热夹杂着对匮乏的焦虑和愤世嫉俗。孔子可能在子路身上以一种最直接的方式看到了青年时代的自己。子路是指向过去的。子贡则指向未来。子贡对修辞的敏感与子路对修辞的迟钝形成对比。子贡的言辞中隐含了"变节"的欲望——丧钟为谁而鸣，子贡在一个最为艰难的处境中将"次好政治"的讯息清晰地送到孔子的耳中。孔子与颜回的谈话则截然不同。在许多对话中，颜回都是孔子理想政治的心声，这让颜回与孔子的关系近乎"镜像化"。孔子在此刻亟须从颜回那里得到自我确认，如同对镜自问一般。而颜回这面镜子此时也变得前所未有的明亮。颜回的话显然直接与子贡相对立。如果说子路、子贡和颜回是孔子的三面镜子，孔子在颜回这面镜子中照见了自己想要的形象。他热烈而不失克制地回应颜回："使尔多财，吾为尔宰。"但是对司马迁而言，子路与子贡照出的孔子形象同样重要，因为它们与政治的本质更相关。它们是先王之道仅存在于言辞之中的最好写照。

而汤显祖则以其笔下的"陈绝粮""百杂碎"照见了孔子的第四、第五种面向。陈最良身上有着古典的高谈阔论与世俗的委曲求全的奇妙混合,这种混合特质是他的立身之本,且使他能够帮助杜宝成就退敌的功业。陈最良对自己的处境和道路十分清醒。他无法做到某些事情,他十分清楚可言之事与可做之事之间的分别。正因如此,虽然他本质上也是个体伦理的拥护者,但他不会以任何方式威胁自己的生存。他清楚个体伦理之所以是个体伦理,乃是因为个体所需要做出的对普遍伦理的无限弃绝必须是纯然个体的抉择。他既不是柳梦梅式的文人,也不是杜宝式的。他在故事的结局中试图调和柳梦梅和杜宝的矛盾,并以这种方式将个体伦理在现实中无法纾解的困境呈现给观众。如果说孔子站在儒家文人心路的起点,那么陈最良(以及剧中其他孔门弟子)就站在这条路的终点。这一角色身上充满了汤显祖对儒家文人的伦理洞察和反身式的自我嘲讽,他无疑比杜宝这一角色更适合作为《牡丹亭》的"隐含作者"。在作品题词中,汤显祖声称,他乃是以"情"恢复"通人"(圣人)之学。事实上,从陈最良《关雎》的教学被春香打断开始,汤显祖就开始书写另一部《诗经》。如果说"诗经"是"经"与"史"的综合体[5]——经是理想,史是现实——那么梦同样如此。在汤显祖笔下,那些传经与传道者的后代们依然是故事的主角,一起演绎了一场春秋大梦。在故事临近结尾,孔(陈)、韩、柳、杜齐聚——那"敕赐团圆"(《圆驾·北水仙子》)的圣旨是最大的福音,因为他们终于可以回避真正的问题,重复地扮演起自己应该扮演的角色。

三、后花园的"去伦理化"

关于杜丽娘的游园,汤剧与话本、文言的设定有两个重要的不同。

首先,在汤显祖笔下,杜丽娘是第一次游览后花园。而在话本和文言中,杜丽娘对后花园之所在是熟悉的,并未强调杜丽娘是第一次游园。话本中说是"这小姐带一名侍婢名唤春香"前往后花园游赏;《杜丽娘记》中说是"唤侍婢春香同往府堂后花园游赏";《杜丽娘传》中说是"偶游署中后园"。而汤显祖则特别强调,杜丽娘先前并不知晓后花园所在,而是偶然从侍女春香口中得知。

其次，在汤显祖笔下，府衙后花园是一个人迹罕至的荒凉所在，尤其是对于女性角色。从后文可知，即便是甄氏也嫌后花园荒凉而不常游赏（《慈戒》）。作为男性大家长，杜宝享有游园的特权。这里存在两个"后花园"——杜宝的后花园与丽娘的后花园。❶但这并不意味着作者在刻意营造性别权力的对立。因为即便是杜宝的后花园，他也不常去游赏，只在《延师》结尾有杜宝"请先生后花园饮酒"——此处更多的是为陈最良后面改变教学方案预作伏笔。从《闺塾》《肃苑》春香与陈最良的若干对话中也可知，陈最良对后花园是熟悉的。除此之外，后花园更多只是作为供应花卉之所，日常只有一花郎照看，在管理上极为粗疏（《肃苑》）。因此，从杜宝夫妇对待后花园的态度上可见他们并非刻意对丽娘禁足。毋宁说，后花园指向某种被无意识忽略和否定之物，它被先验地排除在主人公日常生活秩序之外。到了故事后半段，丽娘死后，杜宝又"割取后园"建造梅花庵（《闹殇》），使后花园成为杜丽娘专享的秘密墓园。相比之下，在话本和文言中，从丽娘游园状态来看，后花园给人的感觉始终是杜丽娘日常生活秩序的一部分；它也并未在丽娘死后被独立出来，因此也并没有汤显祖笔下的那种象征性的荒凉意味。

这样的设定应当是汤显祖刻意为之，是为造成杜丽娘故事的伦理处境服务的：杜丽娘偶然地进入到某种环境，在这个环境中，她从普遍伦理中暂时脱离出来，成为与日常生活角色不同的"独一个体"。由此也可以看出，对于汤显祖笔下的杜丽娘而言，她的故事首先不是关于"选择"的，而是关于"遭遇/命运"——一种深层自我的伦理命令由此被启动。对于个体即将面临的处境，汤显祖的思考远比现代人更加审慎，他笔下的个体也因此更加纯粹。这就是为何汤显祖将杜丽娘的游园设定为"第一次"，并将后花园"非伦理化"的原因。这里的"第一次"意在强调被动性和偶然性。春香在这里扮演了关键角色——春香是丽娘作为独一个体的第一个天然同盟。在"学《诗》待嫁"方案伊始，春香无意

---

❶ 而在《冥判》中，我们将看到"第三个后花园"——胡判官（和花神）的后花园。

间的插科打诨使《关雎》之"兴"突破了美善刺恶、六义统合[6]的古典主义的藩篱，使《诗经》直接向个体伦理敞开；继而春香以后花园的新世界引逗杜丽娘彻底搁置了学《诗》的课程。在汤显祖笔下，春香始终是丽娘心灵和行动的分身和代言人。

四、杜丽娘之死

游园场景对杜丽娘造成了意料之外的影响。"去伦理化"的后花园成为个体伦理的秘境——一个存在于每个个体心中，个体却未曾到过的地方（"不到园林，怎知春色如许？"）。当伦理个体从普遍伦理的王国回归个体伦理的故乡，才发觉这里被遗忘太久。她本打算在这里尽情展示自己的美（《惊梦·醉扶归》），未曾想花园景色虽然绚烂，却已时值晚春，这引发了杜丽娘青春易逝的紧迫感。当她把这种紧迫感与她待嫁的处境联系到一起，就更觉得这种等待无法承受："甚良缘，把青春抛的远！"心血来潮的紧迫感让杜丽娘似乎浑然忘记了不久前父母刚刚为她制定的解决方案，她甚至因此开始怀疑待嫁的合理性。这是丽娘从"伦理个体"身份向"个体伦理"行动转向的开始。杜宝夫妇的普遍伦理解决方案与杜丽娘的个体伦理解决方案之间的矛盾即将形成。

与日常处境不同，汤显祖将普遍伦理与个体伦理的矛盾以戏剧的方式作了极端化的处理。在戏剧场景中，两者非此即彼，它们之间的对立是梦和死亡的原因。这种对立是因为普遍伦理对个体伦理的拒绝（《训女》）总是先于个体伦理对普遍伦理的拒绝。普遍伦理对个体这样或那样的拒绝，说明普遍伦理与自然个体之间缺乏天然有机的联系。普遍伦理最大的问题不在于它的"普遍有效性"可能带来的禁锢，而在于它的不稳固性——这种不稳固性植根于它对所有个体"普遍有效"的无效许诺之中——对于自然个体而言，普遍伦理随时可能崩塌和失效。个体伦理处理的首要问题就是个体被普遍伦理拒绝后的处境问题。个体伦理的核心精神就在于直面普遍伦理崩塌和失效的勇气。个体伦理的价值在于，在某种处境中，必须由个体决定个体与世界的关系，而不是由世界决定个体与世界的关系。

在《惊梦》中，当伦理化的个体从普遍伦理中脱离出来之后，其个体感觉就开始苏醒。"俺的睡情谁见"，"想幽梦谁边"——杜丽娘开始转向整理自己的个体体验，这是杜丽娘版本的哈姆雷特独白，也是入梦前的准备。青春的紧迫性是纯粹的个体伦理事件，它要求纯粹个体性的解决方案。对杜丽娘而言，这一解决方案就是她的花园春梦。花园梦境里的满足反过来强化并固着了杜丽娘的个体体验——丽娘不仅把梦中人当成第一个，也把他当成唯一的对象。无论这梦境是来自神的设计还是来自丽娘对"诗词乐府"的幻想（《惊梦·隔尾》），它都造成了无法挽回的伦理后果：杜丽娘无法自拔地沉浸在这一纯粹个体体验之中，纵然离去也必将返回，直到死亡。

在《寻梦》中，杜丽娘带着尚未平复的强烈的梦中体验追寻梦的痕迹，得到的只有失落和疲倦。梅子内心的苦涩让杜丽娘有同病相怜之感（"偏迸着苦仁儿里撒圆"），梅子树下短暂的休息引发丽娘强烈的解脱渴望和对死亡的预感；在《写真》中，丽娘的顾影自怜导致对梦中体验的重温，虽然此刻强烈的神秘体验已经平复，但对梦中人身份线索的破解造成了对现实不切实际的期待。虽然这种期待让她短暂摆脱了对死亡的预感（"不在梅边"），但这期待被证明是真正的灾难。现实中对梦中人的等待遥遥无期（《诘病》："起倒半年"）——一个"等待戈多"式的主题——让她仿佛再次丧失了自己的伦理身份，终于在偏执与伤感中耗尽了生命（《诊祟》："咱弄梅心事，那折柳情人，梦淹渐暗老残春"）。她在最后的清醒时刻决定隐藏自己的画像❶，是因为作为"隐匿者"，她由衷地希望死后可以到达那个让个体的渴望梦想成真的绝对领域。但此刻，她还没有认识到隐匿的必然性——直到在《冥判》中她意识到她将复返，直到她获得一具全新的肉体。在此之前，个体伦理的呼唤在普遍伦理无涯的旷野中只能被托付给命运——像遗留在海边的特洛伊的木马，等待被拖入城门。

---

❶ 反观话本和文言对杜丽娘画像的设定——她的画像在府衙的住处被发现，这是她名誉的保证；她的画像没有也不需要被隐藏，因为自始至终这位杜丽娘所渴望的，不过是普遍伦理王国中的寻常之物。

五、胡判官的秘密

在汤显祖笔下，针对杜丽娘的伦理身份危机，有两个解决者。一个是陈最良。但陈最良的古典主义方案和浪漫主义方案都失败了。它们的失败乃是为了另一种解决做准备。而另一个解决者，就是《冥判》中的胡判官。在话本、文言中，杜丽娘只是在与柳梦梅的对话中暗示了她的冥府之行。而汤显祖却单设《冥判》一出，铺陈杜丽娘魂游冥府的奇异经历，尤其是对"胡判官"这一角色的刻画，更是不惜笔墨篇幅。以往的研究者已经注意到，"胡判官"不仅仅是作者讽喻现实的载体，其本身亦有直率真实、通情达理等正面的性格特点，因此能够帮助杜丽娘重返人间[7]。然而，我们要进一步思考的是，胡判官这一角色的功能性是否局限于此？

无论从结构还是从主题上看，《冥判》一出都是为了回应《惊梦》中杜丽娘的哈姆雷特独白。如果说《惊梦》中的梦境向她展示的是个体伦理温柔的一面——犹如尼采笔下的日神披着面纱，以至于连死亡也显得不那么恐怖，那么，在漫长的冥府之行中，个体伦理的"荒谬之力"才真正向丽娘展示出它的全部威力。死后的世界没有田园牧歌，丽娘在这里几乎复刻了自己生前的处境，这足以让她再次清醒。丽娘在枉死城中羁押三年，等待宣判，这一定让她倍感绝望——在阳世"做客为儿"，在冥府也同样没有合法的伦理身份。因此她才会更加强烈地追问生前的那个问题：他是谁？他在哪里？当她得知自己可以离开冥府的时候，她当然希望带走这个答案，但《冥判》如果仅仅是功能性地为了提供这个答案，是没有必要花费如此篇幅的。

正如丽娘的离奇经历在阳世引起了家人的恐慌，在轮回地狱也同样如此。"胡判官"作为情节转折的关键人物，其言行远远超出了功能性的范畴，毋宁说是剧作家在冥府的化身。《冥判》一出也在这里贡献了汤显祖笔下最出色的哑谜，让人们对伦理有了全新的认识。首先是胡判官对"花间四友"的宣判。他对四人的死因并不感兴趣，而只问四人的"罪业"。而他们的"罪业"不仅是纯粹个体性的，而且完全是自然的——甚至是无罪的。令人惊讶的是，虽然胡判官认同他们的无罪，但依照某种判决标准——这种标准来自人间的伦理——他们是有罪的，并且必须遭遇生命的降级。似乎唯有以这种降级为代价，个体才能换来合乎本性的自由。由此可见，这种个体伦理之罪是一种近乎"原罪"的概念。胡判官以一种看似无可无不可的姿态将四人发付在花丛中，成全了他们的自由。胡判官中庸的判决方式表明在他凶煞的外表下其实是人间本色。从胡判官与花神的对话中我们可以推测，他们保持着某种心照不宣的默契。在胡判官看来，花国是世间最后一处自由之地，他总是将那些渴望自由的个体发放到花国之中。但令人不解的是，为什么在对杜丽娘的审判上，胡判官却突然对花神发难。既然杜丽娘的死因是"慕色而亡"，"暮色"跟花间四友一样，因其个体性和自然性而带有"原罪"性质，那么胡判官判决杜丽娘也像花间四友一样，将她以生命降级的方式发付花国（"这女囚慕色而亡，也贬在燕莺队里去罢"），就显得合情合理。既然如此，胡判官为何还要以极尽铺张的言辞声讨花神之罪？

原因或许在于，如果说在对花间四友的审判中，胡判官依照中庸的法则回避了真正的问题，那么，杜丽娘之案让他决定不再回避真正的问题。这是真正的戏剧时刻。作为生命的审判者，胡判官比任何人都明白生命的降级意味着什么——那是所有自由中最坏的一种，虽然它常常出现在各种文学作品的母题中，但汤显祖显然对这种唯美的处理方式并不认同。动物满足于向下的自由，而人却追求向上的自由。如果说胡判官是花国的始作俑者，杜丽娘就是那必将出现的花国公主——她的生命在进入花园后才盛开，她就是那"百花之王"（《玩真·莺啼序》："似恁般一个人儿，早见了百花低躲。"）。杜丽娘在后花园中觉醒了对于个体自由的追求，但后花园却不能满足她的自由——这里只有丽娘之死。丽娘之死是花国传来的原罪致死的噩耗，它宣告胡判官的彻底失败——以生命的不断降级来换取个体的自由，这终将让生命和自由堕入彻底的虚无主义。他对花神的大发雷霆将他内心积压已久的绝望表露无遗，他再也无法忍受生命的降级，他索性将他一直以来就心知肚明的关于花国、关于世界的真相和盘托出。于是有了胡判官与花神数说花色一曲（《后庭花滚》）。这是一场判官与花神的"竞赛"，结果是判官取胜，仿佛他才是真正的"花神"——他比花神更明白花之禁忌。因此他的胜利也是他的失败——那本应是个体一生自由之象征的花间自在，反过来成了一条条危险的诫命。他亲手摧毁了他自己建立并维护的"自由王国"的表象。他把"日神的面纱"扯下，宣布"梦"该醒了！但此刻，胡判官的疯狂只能让花神显得无辜。我们知道，花神只是为了执行某种神定的安排（《惊梦·山桃红》）。但此刻，她并没有向判官做出说明，我们只是看到她表现得很无辜。花神要么是隐藏了她的目的，要么只是做着常规的工作。我们不能确定丽娘之死是否也在花神的意料之外。虽然胡判官此刻并不知道花神的"苦衷"，但他不想再继续回避原罪的问题。他以自己的疯狂，将这一问题和盘托出。而在一通发泄之后，他还是只能妥协，只能将杜丽娘的生命降级，贬入花国——那此刻已沦为禁锢生命和自由的地方。

所幸，在花神的提示下，胡判官得知了杜宝的功业。这让杜丽娘不必经受生命的降级。考虑到胡判官此时的绝望和他对杜丽娘的喜爱，这对胡判官而言一定是一种及时的救赎。毕竟，没有人比胡判官更了解伦理表象的意义。这也让我们得以理解，一种伦理乃是一种让生命免于降级的东西，它既压迫着生命的自由，又维持着生命的等级。杜宝的功业固然可以让丽娘的生命免于降级，但真正使丽娘得以超生还魂的，是丽娘所坚持的对断肠簿与婚姻簿记录的复查——结果证明丽娘之死是一种完全超出花神的预料和安排的神定的意外。胡判官得到了"神谕"的全部内容——这让他看到了解决问题的希望。神谕中提到柳杜二人相会在红梅观中，也就意味着必须先有杜丽娘的死亡。但我们无法确定胡判官是否忠实地执行了神谕，因为他并没有把神谕的全部内容都告诉丽娘（"作背查介……不可泄漏"），而只是给了丽娘一次重新选择的机会。胡判官隐藏信息的举动，乃是他想通过杜丽娘向人间释放一枚信标。神谕的情节或许不会改变，但情节的意义可以被改变。也许胡判官所看重的，正是丽娘身上存在着的一种纯粹个体的力量，它坚定地要求自身的实现——为命运立法，而不是听任命运的摆布。虽然丽娘的荒谬处境也正是由这种纯粹个体的力量所造成。胡判官希望塑造这样的一个承担者：个体肩负着个体自身的伦理命令踏上复返之路——复返普遍伦理的世界；它承受着永恒的失败，并在这种失败中感受自己真正作为个体的生存。个体伦理真正荒谬的考验就在于个体这种重返普遍伦理的旅程。它将尝试寻求个体间的联合——个体对/被现实的弃绝有多么彻底，它对这种联合的渴望就有多强烈。在个体伦理的世界观中，个体与个体的联合胜过任何普遍伦理的纽带。每一次个体与个体的联合都可能造成对普遍伦理的挑战。虽然总是失败，但它以这种方式宣告普遍伦理并不安全稳固。最终，个体依然只是个体——个体与个体的联合只是一种扮演，联合所许诺的一切都只是一种"高贵谎言"[8]127。个体将在这种高贵谎言中遗忘自己的使命，但这谎言又终将使它清醒。

六、杜丽娘还魂

先前杜丽娘认为死后的世界是个体的乐园，而此刻她才见到了世界的全貌。个体伦理即便在死后的世界也没有存在的位置，这才是个体伦理的荒谬所在。如果杜丽娘继续要求个体性的自然，虽然她可能依然不必以生命的降级为代价，但这至少意味着她必须经历永恒轮回——她将无限次地复活并面对同样的难题和同样的死亡。面对这种荒谬的考验，如果此刻丽娘完全放弃她所坚持的那纯粹个体性的一切，观众也不会感到惊讶。但《冥判》一出的戏剧性恰恰在于，胡判官、花神、杜丽娘三者的心照不宣让这段凭空的曲折成为真正的戏剧时刻。即便丽娘宁愿这一切从未发生过，但死亡的事实也已经使这一切无法被撤销，除非她主动选择让自己的生命降级——也许"花间四友"的命运更加适合她，与话本、文言相比，这种结局是两极化的但却同样堪称"完美"的结局。而还魂意味着将重返普遍伦理的世界——在这个世界中，先前所有因死亡而被取消的问题依然存在，并且死亡本身也会叠加新的问题。作为死者，她将享受亲人永远的怀念；但作为还魂者，她与亲人的纽带已经被切断。无论在伦理意义上还是在美学意义上，还魂后的杜丽娘都已经成为被普遍伦理所弃绝同时被个体伦理所选中的绝对个体。

因此，当丽娘急切地想要从望乡台飞往扬州与爹娘团聚的时候，花神及时阻止了她（"还不是你去的时节"）。如果不是花神的阻止，丽娘就将错过真正找到答案的机会，而整个故事也将重新落入话本、文言的窠臼。父亲的功业在冥府的影响力一定让丽娘感到惊讶。但具有讽刺意味的是，杜宝并不认可自己对丽娘的拯救。与其说是杜宝的功业拯救了丽娘，不如说丽娘永远生活在父亲的拒绝之下。当她还魂之后努力寻求父亲认可的时候，她将再一次被父亲拒绝。丽娘并非不知道这一点。剧本中的杜宝与话本、文言中有着本质的不同——在汤显祖笔下，杜宝这一角色其真正的戏剧性就在于他努力维持着普遍伦理安全稳固的表象。他生活在这种表象之中，《劝农》一出所展示的世界才是他心之所念的空中楼阁。[9]235面对丽娘埋骨梅下的愿望，杜宝割取后花园作为丽娘的墓园。通过建造道观这种方式，杜宝既封印了丽娘的无主孤魂，也封印了杜丽娘慕色而死的传说，巩固了他所生活的普遍伦理王国。❶正如后来他为了维护半壁江山，也无所不用其极（《围释》）。他不允许任何人以任何方式破坏这种表象，任何质疑和威胁都将招来他疯狂的报复（《硬拷》《圆驾》）。所以，虽然丽娘非常思念父母，她也只以极其隐晦的方式进入了母亲的梦中（《忆女·香罗带》）。杜丽娘的母亲甄氏，如同她的祖先甄皇后，是一位哀叹自己即将被丈夫抛弃的妇女（《忆女》："你可知老相公年来因少男儿，常有娶小之意……小姐丧亡，家门无托……闷怀相对，何以为情？"）——她同样面临伦理身份的降级甚至失效，她理应是杜丽娘的天然同盟。❷但即便如此，如果不是因为陈最良的误传消息而被杜宝判定为死亡甚至指为"妖鬼"（《圆驾》），甄氏也可能在与杜宝团聚后拒绝承认丽娘的身份。毕竟，她也曾把丽娘看作是招婿以安慰丈夫无子焦虑的工具（《训女》："相公休焦，倘若招得好女婿，与儿子一般"）。在某种意义上，正是甄氏启发了杜宝的"《诗》教"方案。而一种异化的父女关系——基于不同的伦理诉求——则在《圆驾》中被表现得淋漓尽致。那花园惊梦的体验此时对于丽娘而言依然是真实的——即便死后的世界让她感到绝望，但这反而更加坚定了她验证的渴望。因为只有解决了这个问题，才有把一切问题都解决了的希望。于是她按捺住对家人的思念而选择重返南安故地——她必须回到那个起点，因为只有在那里才有关乎她个体性的一切，以及她想要的答案。一个不甘被命运

---

❶ 由此我们可以清晰地看到，胡判官在对待"普遍伦理表象"上，与杜宝是直接对立的——杜宝不遗余力地维护表象的完整，而胡判官则将这个表象摧毁。

❷ 杜丽娘的另一个也是最重要的天然同盟者是石道姑。在《道觋》中，汤显祖用毫无避讳甚至近乎残酷的笔墨狂欢，把一个因生理缺陷而天然就被普遍伦理彻底抛弃的女性形象呈现在观众面前。而只有这样的石道姑，才有可能在丽娘复活的关键情节（《秘议》至《婚走》）中成为柳、杜最可靠的盟友。以此观之，石道姑戏拟《千字文》的自白对于角色性质和功能的塑造是必不可少的。有改本只因其语涉猥亵而将其删去，实则是在损害剧作家的谋篇布局和剧作的主旨。

摆布的个体在面对命运时最好的策略，就是在确认命运的同时也确认自己的身份和力量。因此我们可以看到，《魂游》一出几乎复刻了《寻梦》，而《幽媾》《欢挠》《冥誓》几乎是《惊梦》的镜像重构。在这种镜像重演中，梦境转而为个体可以掌控的现实服务，个体也将重新作出选择。

七、人间大梦

随着杜丽娘还魂成功，一场"人间大梦"才刚刚拉开帷幕——汤显祖在《骇变》中隐藏了他所有梦境书写中最有力的一笔。在观众眼中浪漫的复活和有情人终成眷属，在陈最良眼中只是一伙"盗墓贼"潦草的偷坟掘墓。奇迹真的发生了吗？叙事在这里悄悄发生了分叉——杜丽娘的复活失败了。《仆侦》中的"癞头鼋"以看似戏谑的口吻"证实"了这种失败（《前腔》）。作为个体伦理的承担者和信仰者，杜丽娘和她的盟友们本就应该失败，就应该"死无葬身之地"。但剧作家深知，即便陈最良戳破的是最简单、最接近事实的真相，此刻也已绝不可能将观众从审美期待的集体沉睡中唤醒。那么，就让一场真正的世间大梦正式拉开帷幕吧。这是让古往今来所有看客一起"入梦"的壮观时刻！这是一场"无梦之梦"。他要塑造并宣扬杜丽娘的"成功"。当生与死的界限被打破时，所有人都在这场大梦中实现了内心深处最真实的渴望。杜宝之梦（出将入相）、陈最良之梦（入仕）、柳梦梅之梦（中状元）、杜丽娘之梦（获得名分）、皇帝之梦（春秋大梦）❶轮番上演，热闹场面不亚于天外飞仙。

---

❶ 杜丽娘凭借自己关于冥府的见闻和知识，以及状元郎妻子的身份，解答了皇帝对于君王臣子死后遭遇的忧患——在陈最良的配合下，她铺张地讲述了作为替罪羊的秦桧在冥府的惨状，看似巧妙地解除了皇帝的忧虑，实际上以这种方式与皇帝达成了心照不宣的交易（《圆驾·北刮地风》）。作为还魂者，杜丽娘成了冥府与人间的使者。在某种政治的意义上，她还是一个类似"圣女贞德"般的奇迹。无论是哪一种，杜丽娘都值得皇帝争取她的支持。皇帝希望得到所有人的支持，即便只是表面上的同盟者。通过赏赐，皇帝安抚了所有人——所有人也因此必须成为皇帝的同盟。归根结底，最需要空中楼阁的，不是杜宝，而是皇帝——只有皇帝不在乎这件事的事实到底如何，而只在乎自己的权威是否依然有效。通过支持杜丽娘的奇迹，皇帝提振了自己的权威。

以梦观之，所有的场景和情节都显得光怪陆离、难以置信——那并不充分的"大团圆"结局也只有在梦境中才显得充分。汤显祖在这里贡献了他最精彩的梦境书写，也将戏剧反讽的力量发挥到了极致。也正是在《牡丹亭》这里，汤显祖达到了他的"梦戏"写作的成熟（甚至是巅峰）——梦与戏的合一。这或许才是汤显祖认为自己"一生'四梦'，得意处唯在《牡丹》"（王思任《批点玉茗堂牡丹亭词叙》[10]851-852）的真正原因。这种人间大梦的模式在后来的《南柯记》和《邯郸记》中成为基本设定。改名换姓的主人公们重返梦境，重返"后花园"——这是一种递归式的写作。这是对"胡判官的秘密"做出的"秘密回应"：个体伦理只能以反讽的方式存在。甚至彼时的汤显祖已经不再刻意追求梦与戏的统一性了，而是走向了一种无限递归的"反戏剧性"（《邯郸记·合仙》："你弟子痴愚，还怕今日遇仙也是梦哩……便做得痴人说梦两难分，毕竟是游仙梦稳。"[11]198）。归根结底，"至情"只是哲人的面具，面具之下是无限的弃绝。❶

本文参考文献

［1］徐扶明.《牡丹亭》研究资料考释［M］.上海：上海古籍出版社，2016：15-17.

［2］胡文焕.胡氏粹编五种［M］.明胡氏文会堂刻本（卷二）：42-46.另，冯梦龙、余公仁《增补批点图像燕居笔记》卷八中有《杜丽娘牡丹亭还魂记》（冯梦龙：《燕居笔记》），参见《古本小说集成·燕居笔记》（上海古籍出版

---

❶ 汤显祖之子汤开远，学于邹元标。邹元标以"仁"解"情"，仁即生活，与泰州学派"百姓日用即道"通。而汤显祖之情乃是一种更加积极的"仁"，富于反叛精神。黄芝冈先生之论（参见其著《汤显祖编年评传》"万历四十六年"一章相关论述）可谓一语中的。但汤显祖以其如孔子般的一生经历证明了自己如孔子一样，乃是这种"仁"与"情"的个体伦理式的承担者。在充斥着消极的"情"的世界中，一种积极的"情"必然将其承担者导向"无限弃绝"的道路。虽然汤显祖的后辈更加实际和理性，但汤显祖对那种否定性的"情"的直觉终究还是超越其后辈的。

社1994年版）第三册卷八，第1465-1474页），卓发之《漉篱集》卷十二有文言小说《杜丽娘传》（卓发之：《漉篱集》，明崇祯传经堂刊本，第16-19页）。汤显祖在其对《牡丹亭》的题词中指出，其剧本故事本于"传杜太守事者"，但并未提及具体篇目。学界对于《牡丹亭》故事蓝本的研究多聚焦于这三个文本。

［3］甄洪永. 汤显祖"至情说"的多维解读——兼论《牡丹亭》若干艺术问题［J］. 中华戏曲，2014（1）：39-50.

［4］司马迁. 史记［M］. 北京：中华书局，1959.

［5］齐元涛，凌丽君. 援史解经：诗经学的阐释传统［J］. 北京师范大学学报（社会科学版），2023（6）：79-85.

［6］易闻晓. 赋、比、兴体制论［J］. 文艺研究，2017（6）：55-62.

［7］肖雅.《牡丹亭·冥判》论析——汤显祖与无情现实的对抗［J］. 东华理工大学学报（社会科学版），2022，41（3）：215-218.

［8］柏拉图. 理想国［M］. 郭斌和，张竹明，译. 北京：商务印书馆，1986：127.

［9］田晓菲. 七发［M］. 南京：译林出版社，2019. 汤显祖在《劝农》中构建了一个独属于杜宝式文人的田园理想国。关于这一点，田晓菲在书中《"田"与"园"之间的张力——关于〈牡丹亭·劝农〉》一文里作了相关论述。

［10］毛效同. 汤显祖研究资料汇编［M］. 上海：上海古籍出版社，2016.

［11］汤显祖. 邯郸记［M］. 王德保，尹蓉，评注. 南昌：百花洲文艺出版社，2014.

（本文原载《东华理工大学学报（社会科学版）》2024年第5期，有改动）

附：杜丽娘故事通俗话本、文言小说叙事段落对照表（附按语）

何大抡《燕居笔记》之《杜丽娘慕色还魂》（通俗话本）	《胡氏粹编》之《稗家粹编》之《杜丽娘记》（文言小说）（余公仁、冯梦龙《燕居笔记》之《杜丽娘记》与此同）	卓发之《漉篱集》之《杜丽娘传》（文言小说）
闲向书斋览古今，罕闻杜女再还魂。聊将昔日风流事，编作新文励后人。 话说南宋光宗朝间，有个官升授广东南雄府尹，姓杜名宝，字光辉，进士出身，祖贯山西太原府，年五十岁，夫人甄氏，年四十二岁，生一男一女，其女年一十六岁，小字丽娘，男年一十二岁，名唤兴文，姊弟二人俱生得美貌清秀。杜府尹到任半载，请个教读，于府中书院内教姊弟二人读书学礼。不过半年，这小姐聪明伶俐，无书不览，无史不通，琴棋书画，嘲风咏月，女工针指，靡不精晓。府中人皆称为女秀才。	宋光宗间，广东南雄府尹姓杜名宝字光辉。生女为丽娘，年一十六岁，聪明伶俐，琴棋书画，嘲风咏月，靡不精晓……	太原杜宝，宋光宗时任南雄府尹，一女年十六，小字丽娘，幽艳绝代，兼工文辞。
忽一日，正值季春三月中，景色融和，乍晴乍雨天气，不寒不冷时光，这小姐带一侍婢名唤春香，年十岁，同往本府后花园中游赏，信步行至花园内，但见： 假山真水，翠竹奇花，普环碧沼，傍栽杨柳绿依依，森耸青峰，侧畔桃花红灼灼。双双粉蝶穿花，对对蜻蜓点水。梁间紫燕呢喃，柳上黄莺见完。纵目台亭池馆，几多瑞草奇葩。端的有四时不谢之花，果然是八节长春之草。 这小姐观之不足，触景伤情，心中不乐，急回香阁中，独坐无聊，感春暮景，俯首沉吟而叹曰："春色恼人，信有之乎？常见诗词乐府，古之女子，因春感情，遇秋成恨，诚不谬矣。吾今年已二八，未逢折桂之夫，感慕景情，怎得蟾宫之客。昔日郭华偶逢月英，张生得遇崔氏，曾有《钟情丽集》《娇红记》书，此佳人才子，前以密约偷期，似皆一成秦晋。嗟呼，吾生于宦族，长在名门，年已及笄，不得早成佳配，诚为虚度青春，光阴如过隙耳。"（按：这里说明杜丽娘除了正统教育之外，受小说影响很大，脑中有非正统观念。）叹息久之，曰："可惜妾身，颜色如花，岂料命如一叶耶？"遂凭几昼眠，……	忽值季春天色，唤侍婢春香同往府堂后花园游赏，不免触景伤情，心中不乐，急回香阁，独坐无聊，俯首沉吟而叹曰："春色恼人，信有之乎。可惜妾身颜色如花，岂料命如一叶。"遂凭几昼眠。	暮春之月，**偶游**署中后园，玩赏移时，忽忽不乐，遂归阁中，俯首而叹曰："春色撩人，信有之乎。尝观古之女子，因春感情，遇秋成恨，良不谬矣。"怅望久之曰："可惜妾身颜色如花，岂料命如一叶耶。"遂凭几而卧。

才方合眼，忽见一书生，年方弱冠，丰姿俊秀，于园内折杨柳一枝，笑谓小姐曰："姐姐既能通书史，可作诗以赏之乎？"小姐欲答，又惊又喜，不敢轻言，心中自忖，素昧平生，不知姓名，何敢辄入于此。正如此思间，只见那书生向前将小姐搂抱去牡丹亭畔，芍药栏边，共成云雨之欢娱，两情和合。（**按：正统教育与非正统观念，在杜丽娘潜意识中不断交战的结果。**）	才方合眼，忽见一书生，年方弱冠，丰姿俊秀，于园中折杨柳一枝，笑谓小姐曰："姐姐既能通书史，可作诗以咏此柳乎？"小姐欲答，又惊又喜，不敢轻言，心中自忖："素昧平生，不知姓名，何敢辄入于此？"正如此思问，只见一生向前，将丽搂抱去牡丹亭畔芍药架边，共成云雨之欢娱，两情和美。	才合眼，见一书生方弱冠，于园中折柳一枝，笑谓丽娘曰："卿何不作诗以赏此柳乎？"丽娘欲语不语，心中自思，此生素昧平生，因何辄入于此？正踌躇间，生抱至牡丹亭畔。
忽值母亲至房中唤醒，一身冷汗，乃是南柯一梦。忙起身参母，礼毕，夫人问曰："我儿何不做些针指，或观玩书史，消遣亦可，因何昼寝于此？"小姐答曰："儿适在花园中闲玩，忽值春暄恼人，故此回房，无可消遣，不觉困倦少息，有失迎接，望母亲恕儿之罪。"夫人曰："孩儿，这后花园中冷静，少去闲行。"小姐曰："领母亲严命。"道罢，夫人与小姐同回至中堂饭罢。这小姐口中虽如此答应，心内思想梦中之事，未尝放怀，行坐不宁，自觉如有所失，饮食少思，泪眼汪汪，至晚不食而睡。	忽值母甄氏至房中唤醒，一身冷汗，乃是南柯一梦。忙起身参母礼毕。夫人问曰："我儿或事针指，或玩书史，消遣亦可，因何昼寝于此？"丽曰："儿适花园游玩，忽值春意恼人，故此回房，无可消遣，不免困倦少息，有失迎接，望母恕罪。"甄氏曰："后花园中冷静，可同回至中堂。"丽虽身行，心内思想梦中之事，未尝放怀，行坐间如有所失。	忽值母氏唤醒。丽娘口虽应答，心慕梦中之人，不能放怀。

次早饭罢，独坐后花园中，闲看梦中所遇书生之外，冷静寂寥，杳无人迹。忽见一株大梅树，梅子磊磊可爱，其树矮如伞盖。小姐走至树下，甚喜而言曰："我若死后得葬于此幸矣。"道罢回房，与小婢春香曰："我死，当葬于梅树下，记之记之。"（按：死亡事件的突然到来，让杜丽娘意识到，正统教育中许诺的幸福是无法在这种情境下实现的，唯有纯粹个人白日梦、臆想式的解决方式方能在死前给自己安慰，虽然看起来如此渺茫。）次早，小姐临镜梳妆，自觉容颜清减，命春香取文房四宝至镜台边，自画一小影，红裙绿袄，环佩玎珰，翠翘金凤，宛然如活。以镜对容，相象无一，心甚喜之，命弟将出衙去表背店中表成一幅小小行乐图，将来挂在香房内，日夕观之。一日，偶成诗一绝，自题于图上：

近睹分明似俨然，远观自在若飞仙。他年得傍蟾宫客，不在梅边在柳边。

诗罢，思慕梦中相遇书生，曾折柳一枝，莫非所适之夫姓柳乎？故有此警报耳。

自此丽娘暮色之甚，静坐香房，转添凄惨，心头发热，不疼不痛，春情难遏，朝暮思之，执迷一性，恹恹成病，时年二十一岁矣。父母见女患病，求医罔效，问佛无灵，自春至秋，所嫌者金风送暑，玉露生凉，秋风潇潇，寒侵彻骨，转加沉重。小姐自料不久，令春香请母亲至床前，含泪痛泣曰："不孝逆女，不能奉父母养育之恩，今忽夭亡，为天之数也。如我死后，望母亲埋葬于后园梅树之下，平生愿足矣。"嘱罢，哽咽而卒，时八月十五也。母大痛，命具棺椁衣衾收殓毕，乃与杜府尹曰："女孩儿命终时，吩咐要葬于后园梅树之下，不可逆其所愿。"这杜府尹依夫人言，遂令葬之。其母哀痛，朝夕思之。光阴迅速，不觉三年任满，使官新府尹已到，杜府尹收拾行装，与夫人并衙内杜兴文一同下船回京，听其别选，不在话下。（按：此文中，杜丽娘死因似乎是私密的，其父母并未充分知晓并过多介入。而在汤显祖笔下，杜丽娘刻意保持事件的私密性，并倾向于认为唯有私密性方案能够解决她内心深处的愿望，而不是世俗方案。虽然这一私密性后来被诘问，但由于世俗观念的否定性处理，私密性仍然得以保持。）

至次早独步后花园中，闲看梦中所遇书生之处，冷静寂寥，杳无人迹，忽见一株大梅，梅子磊磊可爱，其树矮如伞盖。丽至树下，甚喜而言曰："我若死后得葬于此，幸矣。"及临镜梳妆，自觉容颜清减。命春香取文房四宝至镜台边，自画一小影，红裙绿袄，环佩玎珰，翠钗金凤，宛然如活，自成诗一绝以题之：近睹分明是俨然，远观自在若飞仙。他年得伴蟾宫客，不在梅边在柳边。诗罢，思慕梦中相遇书生，曾折柳一枝，莫非所适之夫姓柳乎？自此丽娘思慕之甚，恹恹成病，父母求医治罔效。丽亦自料不久，令春香请母至床前，含泪痛泣曰："不孝逆女，不能奉父母养育之恩，想寿数难逃，如儿死后，望即葬于柳树之下。（按：原文如此）"言毕而卒。其母依其言，遂令葬之。父母哀痛，朝夕思之，不觉光阴迅速。

次日，独往园中寻梦中相遇之处，杳无人迹。忽见一大梅树，喜曰："我若死后得葬于此，幸矣。"每遇风日，唯丽常至梅下，低徊久之，顾谓侍婢曰："我死当葬于此，汝识之。"一日临镜自伤，容色清减，因自画一小影。偶省梦中书生曾折柳一枝，遂题曰："近睹分明是俨然，远看自在若飞仙，他年得傍蟾宫客，不在梅边在柳边。"自此执迷一往，朝夕思之。日疏日远，恹恹寝疾，时年十八矣。自春至秋，转更沉重。八月十五日夜，泣谓母曰："儿不幸夭亡，死后得葬后园梅下，于愿足矣。"言毕哽咽而死。母哭谓尹曰："女愿葬梅下，不可拂其意。"遂葬之。时杜尹已任满，赴临安。

且说新府尹姓柳名恩，乃四川成都府人，年四十，夫人何氏，年三十六岁。夫妻恩爱，止生一子，年一十八岁，唤作柳梦梅，因母梦见食梅而有孕，故此为名。（**按：在汤显祖笔下，柳梦梅感叹家道中落，寄希望于梦卜，因而自名"梦梅"。**）其子学问渊源，琴棋书画，下笔成文，随父亲南雄府。上任之后，词清讼简。这柳衙内因收拾书房，于草茅杂沓之中，获得一幅小画，展开看时，却是一幅美人图，画得十分容貌，宛如姮娥。柳衙内大喜，将去挂在书院之中，早晚看之不已。忽日，偶读上面四句诗，详其备细。"此是人家女子行乐图也，何言不在梅边在柳边，此乃奇哉怪事也。"拈起笔来，亦题一绝，以和其韵。诗曰： 貌若嫦娥出自然，不是天仙是地仙。若得降临同一宿，海誓山盟在枕边。 诗罢，叹赏久之。	三年任满，新府尹代任。姓柳，名思恩，止生一子，名柳梦梅，随父同来上任。之后梦梅收拾后房，于杂纸之中获小画一幅，展看乃是美人图。详所题诗句，乃知是人间女子行乐图。"何言不在梅边在柳边？真奇哉怪事也！"亦题一绝以和其韵：貌若嫦娥出自然，不是天仙是地仙。若得降临同一宿，海誓山盟衾枕边。 题罢叹赏久之。心志交驰，精神飞荡，懒观经史。	新尹柳思恩，成都人，子年十八，名梦梅，**母梦食梅而有孕**，故名。因简阅书舍，得小画一幅，展视见美人像并画上诗。曰："此谁家女子小影耶？何言不在梅边在柳边，奇哉怪事也！"依韵赓之。

却好天晚，这柳衙内因想画上女子，心中不乐，正是不见此情情不动，自思何时得此女会合，恰似望梅止渴，画饼充饥，懒观经史，明烛和衣而卧，翻来覆去，永睡不着，细听谯楼已打三更，自觉房中寒风习习，香气袭人。衙内披衣而起，忽闻门外有人叩门，衙内问之而不答。少顷又扣，如此者三次。衙内开了书院门，灯下看时，见一女子，生得云鬟轻梳蝉翼，柳眉颦蹙春山。其女趋入书院，衙内急掩其门，这女子敛衽向前，深深道个万福。衙内惊喜相半，答礼曰："妆前谁氏，原来黄夜至此。"那女子启一点朱唇，露两行碎玉，答曰："妾乃府西邻家女也，因慕衙内之丰采，故奔至此，（**按：此时，杜丽娘是否知道柳梦梅就是梦中男子？汤显祖剧中是杜丽娘看到柳梦梅和诗落款确认。**）愿与衙内成秦晋之欢，未知肯容纳否？"这衙内笑而言曰："美人见爱，小生喜出望外，何敢却也？"遂与女子解衣灭烛，归于帐内，效夫妇之礼，尽鱼水之欢。少顷，云收雨散，女子笑谓柳生曰："妾有一言相恳，望郎勿责。"柳生笑而答曰："贤卿有话，但说无妨。"女子含笑曰："妾千金之躯，一旦付于郎矣，勿负奴心，每夜得共枕席，平生之愿足矣。"柳生笑而答曰："贤卿有心恋于小生，小生岂敢忘于贤卿乎？但不知姐姐姓有何名？"女答曰："妾乃府西邻家女也。"言未绝，鸡鸣五更，曙色将分，女子整衣趋出院门。柳生急起送之，不知所往。至次夜，又至，柳生再三询问姓名，女又以前意答应。如此十余夜。一夜，柳生与女子共枕而问曰："贤卿不以实告我，我不与汝和谐，白于父母，取责汝家，汝可实言姓氏，待小生禀于父母，使媒妁聘汝为妻，以成百年夫妇，此不美哉？"女子笑而不言，被柳生再三促迫不过，只得含泪而言曰："衙内勿惊，妾乃前任杜知府之女杜丽娘也。年十八岁，未曾适人，因慕情色，怀恨而逝，妾在日常所爱者后园梅树，临终遗嘱于母，令葬妾于树下，今已一年，一灵不散，尸首不坏，**因与郎君有宿世姻缘未绝，郎得妾之小影**，故不避嫌疑，以遂枕席之欢，蒙君见怜，君若不弃幻体，可将妾之衷情，告禀二位椿萱，来日可到后园梅树下，发棺视之，妾必还魂，与郎共为百年夫妇矣。"这衙内听罢，毛发悚然，失惊而问曰："果是如此，来日发棺视之。"道罢，已是五更，女子整衣而起，再三叮咛："可急视之，请勿自误，如若不然，妾事已露，不复再至矣，望郎留心，勿使可惜矣。妾不得复生，必痛恨于九泉之下也。"言讫，化清风而不见。

至夜则明烛和衣而卧，翻来覆去。细听谯楼已打三更。自觉寒风习习，香气袭人。柳生披衣而起。忽闻门外有人叩门，问之不答。少顷又扣，如此者三次。柳遂开门。见一女子，云鬟轻梳，敛衽向前。生惊而问曰："妆前谁氏？何黄夜至此？"妾乃答曰："乃居府西邻家女也。慕君丰彩，切欲成秦晋之交，未知肯容纳否？"柳遂与女解衣灭灯，效夫妇之礼，尽鱼水之欢。少顷，云散雨收。曙色将分，女整衣而出，如此凡十余夜。一夜，柳生诘其姓氏，女笑而不言，生强之至再，女含泪曰："君勿惊。"**具述其死没之由。**"明早可急告于父母，即往梅树下发之，则事可和谐，不然，妾不得复生，必痛恨于九泉之下也。"言讫而去。

因想画上女子，心中悒悒。明烛和衣而睡。中夜闻叩门声，问之不答，少顷又扣，启户视之，见一女子，翩然入门。柳问其姓氏，曰："妾府西邻家女也。"少顷，天将曙，女子整衣服出户，不知所往。如此十余夕，乃含泪而启曰："妾杜府尹女丽娘也，年十八，未适人而死，葬后园梅下，今已一年。**因郎得妾小影，故相倾慕。**郎若有心，来日开穴视之，妾必还魂。今事已露，不再至矣。若不得复生，必痛恨于九泉也。"言毕不见……

柳生至次日饭后，入中堂禀于母，母不信有此事，乃请柳府尹说知。府尹曰："要知明白，但问府中旧吏门子人等，必知详细。"当时柳府尹交唤旧吏人等问之，果真杜知府之女杜丽娘葬于后园梅树之下，今已一年矣。柳知府听罢惊异，急唤人夫同去后园梅树下掘开，果见棺木，揭开盖棺板，众人视之，面颜俨然如活一般。柳知府教人烧汤，移尸于密室之中，即令养娘侍婢脱去衣服，用香汤沐浴洗之，霎时之间，身体微动，凤眼微开，渐渐苏醒。这柳夫人教取新衣服穿了。这女子三魂再至，七魄重生，立身起来，柳相公与柳夫人并衙内看时，但见身材柔软，有如芍药倚栏干，翠黛双垂，宛如桃花含宿雨。好似浴罢的西施，宛如沉醉的杨妃。这衙内看罢，不胜之喜，叫养娘扶女子坐下，良久，取安魂汤定魂散吃了，少顷，便能言语，起身对柳衙内曰："请爹妈二位出来拜见。"柳相公、夫人皆曰："小姐保养，未可劳动。"即唤侍女扶小姐去卧房中睡。少时，夫人吩咐，安排酒席于后堂庆喜。当晚筵席已完，教侍女请出小姐赴宴，当日杜小姐喜得再生人世，重整衣妆，出拜于堂下。柳相公与杜小姐曰："不想我愚男与小姐有宿世缘分，今得还魂，真乃是天赐也。明日可差人往山西太原去寻问杜府尹家接下报喜。"夫人对相公曰："今小姐天赐还魂，可择日与孩儿成亲。"相公允之。至次日，差人持书报喜，不在话下。

过了旬日，择得十月十五吉旦，正是屏开金孔雀褥隐绣芙蓉。大排筵宴，杜小姐与柳衙内同归罗帐，并枕同衾，受尽人间之乐。

（按：如何处理这一奇异事件，是此文所要重点表现的。其他版本并不十分重视。这一问题，在汤显祖笔下成为核心问题。）

次早，生以事告于父母。府尹曰："要知明白，询诸旧吏人等便分晓矣。"及门吏所述，悉如女之所言一同。遂唤人夫掘之，揭开棺盖，女子面貌如活。尹令移尸于密室之中，用香沐浴。霎时间，身体微动，渐渐苏醒，良久，取安魂定魄散服之。少顷，便能言语。即扶入卧房。少时，夫人安排酒席，对府尹曰："今小姐天赐还魂，择吉日与孩儿成亲。"相公允之。过旬，内择十月十五吉日，大排筵会，丽娘与柳生合卺交杯，并枕同衾，极尽人间之乐。

柳生怅惘自失，不能定情。迁延之间，已至亭午，徐向梅下启视，颜色宛若。扶至密室，以汤饵服之，少顷便能言语。柳尹设宴官舍。杜氏艳妆出拜，遂择十月十五日合卺。

话分两头，且说杜府尹回至临安府寻公馆安下。至次日，早朝见光宗皇帝，喜动天颜（**按：喜从何来？疑朝见光宗皇帝应在柳、杜两家相见之后**），御笔除授江西省参知政事，带夫人并衙内上任，已经两载。忽一日，有一人持书至在相公案下。相公问何处来的？答曰："小人是广东南雄府柳府尹差来。"怀中取书呈上。杜相公展开书看，书上说小姐还魂与柳衙内成亲一事，今特驰书报喜。这杜相公看罢大喜，赏了来人酒饭，曰："待我修书回复柳亲家。"这杜相公将书入后堂，与夫人说南雄府柳府尹送书来，说丽娘小姐还魂与柳知府男成亲事，夫人听知大喜，曰："且喜昨夜灯花结蕊，今宵灵鹊声频。"相公曰："我今修书回复，交伊朝晚在临安府相会。"写了回书，付与来人，赏银五两，来人叩谢去了。不在话下。（**按：杜父杜母如何确认事件属实，这里采用了某种吉祥报喜的预兆以佐证，而在汤显祖笔下，这又变成一个难题。**）	明日，令人持报杜府尹。时杜授江西参政，上任两载。忽见来者持书至案下，公问何处来，答曰："是广东柳府差来。"公取书览之，即以丽娘复生成亲之事报于甄氏，甄氏曰："真奇事也！宜修书回复，令彼朝觐时，可往临安府相会。"	遣人驰报杜尹。时杜已改除江西参知政事，得书大喜。
却说柳衙内闻知春榜动，选场开，遂拜别父母妻子，将带仆人盘缠，前往临安会试应举。不则一日，已到临安府客店安下。径入试院，三场已毕，喜中第一甲进士，除授临安府推官。柳生驰书遣仆，报知父母妻子。这杜小姐已知丈夫得中，任临安府推官，心中大喜。	是时，柳生闻春榜已动，选场弘开，遂拜别父母妻子，往临安府上京应举。别时，丽作一词以赠之：方解同心结，又为功名别，郎君去也，愁无竭。枕上乐，何时合。蟾宫第一枝，愿朗早攀折。记取折柳情，衾上盟，好成朱陈同偕老，欢如昔。最苦行囊发，从此相思结，安得此魂随去，处处伴郎歇。生亦作一词以和云：唱且随，心甚悦，秋闱阻隔心益裂，夫妻须有相逢期，悲出阳关泪滴滴。山可盟，海可竭，人生不可轻离别，别时容易见时难，长叹一回一哽咽。夫妻含泪而别。生到临安投店安下。径入试院，三场已毕，擢中二甲进士，除授临安府推官。柳生驰仆报知父母妻子，合家欢乐。	柳生应举中二甲进士，除临安推官。

至年终，这柳府尹任满带夫人并杜小姐回临安府推官衙内投下。这柳推官拜见父母妻子，心中大喜，排筵庆贺，以待杜参政回朝相会。住不两月，恰好杜参政带夫人并子回至临安府馆驿安下，这柳推官迎接杜参政并夫人至府中，与妻子杜丽娘相见，喜不尽言，不在话下。这柳梦梅转升临安尹，这杜丽娘生两子，俱为显宦，夫荣妻贵，享天年而终。	府尹任满，带家小往京朝觐，将夫人与丽娘回柳衙投下，生正排酒宴以待。杜参政夫妇见丽娘，悲喜不胜。遂以此事奏光宗皇帝，**（按：奏报皇帝，皇帝对此事的看法如何？这在汤显祖笔下也是一个重要问题。）**遂转封柳生为临安府尹。后丽娘生有二子为显宦，夫荣妻贵享天年而终。	柳尹任满，携家至临安。杜尹亦至临安相见。柳生后任临安尹，杜氏生二子，长为显官。

补论：《牡丹亭》若干问题小议

（一）另一个汤显祖

对汤显祖剧作主旨内涵的解释，学界多采取"知人论世"的方法。尤其是对汤显祖之于"道学"的关系和心路历程，以及对其"情"与"性"所属的思想史谱系的研究，在很多论述中主导了研究者对"临川四梦"主旨的理解。无论是传统的知人论世，抑或是现代学者以圣伯夫传记式批评方法解读汤显祖与其剧作的关系，结果就不得不面对这个难题：如何统合摆在人们面前的汤显祖作品中的多个自我。而这种统合的结果多是试图证明汤显祖仍执着于性命之学。按照这个逻辑，汤显祖的艺术就成了其完美道学的一部分——这要么是不可能的（依据艺术自身的逻辑），要么恰恰证明了汤显祖的道学有其内在的否定性。相比之下，笔者尝试从普鲁斯特驳圣伯夫的路径出发，试图发现"另一个汤显祖"。这个汤显祖在其戏剧的游戏笔墨中，似有意似无意地远离了其道学理想，他看到了，也为观众呈现了一个更加丰富也更加复杂的世界。而在这个世界中，他也获得了另一个更加完整、更加自洽的自我。如果说，艺术家在自己的作品中获得一个自洽的自我，可以作为其创作驱动力的一部分，那么，"知人论世"与"另一个自我"

恰恰可以形成一种互补性的阐释，而不必非体即用、非此即彼。❶

（二）梦与死亡

如果依照弗洛伊德式的伦理解释，游园惊梦只是一个幽暗混沌的主体在快乐原则、道德原则和现实原则的博弈中迷失了自我的故事。但在个体伦理的视野中，恰恰相反，这里不存在混沌的博弈，主体及其诉求是清晰、有力的（花园独白、梦境中的巅峰体验、梦醒后的写真）；这里也不存在死亡事件，只存在个体伦理要求绝对掌握自身的事件——毋宁说它更接近康德式的绝对命令。在这一解释语境中，所谓惊梦，乃是个体伦理命令的开端；命令者乃是作为绝对个体的杜丽娘；命令的内容是让杜丽娘放弃与绝对个体伦理相违背的一切伦理，也即是对现实的无限弃绝；命令的目的是个体在自我立法意义上的重获新生。《惊梦》之后必有《寻梦》。在小说《杜丽娘记》和话本中，只有"闲看梦中所遇书生之处"，并无明确的"寻梦"段落。而小说《杜丽娘传》或许因为是作者在汤显祖《牡丹亭》问世之后追辑成文[1]，故而有"独往园中寻梦中相遇之处"的表述，但并没有对寻梦做具体描写。由此，《牡丹亭》中的《寻梦》可谓是汤显祖独创的叙事段落。正是寻梦这一自我探寻式的行动赋予了杜丽娘这一角色以哲学的品格。寻梦是个体伦理命令与个体之间的召唤与应答。个体一旦在个体伦理中重新发现自身，就要求个体伦理式的存在。首先是在梦中，个体将宁愿停留在梦中。当个体携带着这一命令重返普遍伦理的世界之后，将会发现个体伦理在这一现实中的不可能实现——丽娘将在后面的故事中多次面对这一困境和考验。如何理解杜丽娘的"慕色"？为什么个体要执着地追求爱的对象？因为个体伦理的全部内容就是爱——但这爱与真有关。自爱，以及由自爱而要求的"绝对他者"之爱，本质上是在爱中实现的自我存在。看似无中生有的"性启蒙"，是来自普遍伦理地平线之外的个体发出的讯息，它呼叫个体与个体真正的联合，而不是以普遍伦理为黏合剂的虚假联结。所谓个体伦理首先是绝对个体的自我确认，其次是对一

---

❶ 知人论世的作品解释往往暗示读者，作家无法超越他的时代。恰恰相反，如果一位优秀的作家想要超越他的时代，唯有凭借他的作品和作品中的"另一个自我"。

切普遍伦理的无限弃绝，凭借这种弃绝，伦理个体实现向个体伦理的跃迁。在普遍伦理的现实中，一种真正的个体伦理生活必然是在他处——梦境或者死亡，它所对应的现实中的个体状态，就是如梦似醒，就是陶醉，就是倦怠，就是向死而生（《诘病》："长眠短起，似笑如啼，有影无形"，《诊祟》："不痒不疼，如痴如醉"）。漫长的死亡过程让杜丽娘越发坚信这一点。

（三）"柳"与"梅"

《写真》也是纯粹的个体伦理事件。寻梦不得而有写真。因此，杜丽娘没有描绘梦中人的样貌，而是描绘理想中的自我。当外部的伦理命令在现实中随着个体肉体的消殒而逐渐失效，那最初的伦理问题就再次浮现：我是谁？我将归于何处？这是个体生命的最初之问，普遍伦理将提供给它第一个答案；这也是个体生命的最后之问，它将否定掉最初的答案。写真是个体自我确认的最后的努力，是对普遍伦理身份的否定，同时也是对他者的否定之否定——唯有在另一个绝对个体面前，绝对个体才将再次昭示自己真实的身份。一个缺席的"他者—自我"——它预示了两个绝对个体之间的联合，是丽娘写真的全部秘密，这才催生了丽娘题诗的行动。在汤显祖笔下，题诗与写真并非共时性的行动。题诗行动与写真之间有不小的时间间隔。在话本中，丽娘的题诗发生在数日之后（一日，偶成诗一绝，自题于图上）；在《杜丽娘传》中，杜丽娘也是"偶省梦中书生曾折柳一枝"之后才题诗。只有《杜丽娘记》将写真与题诗作为共时性的连续行动叙述——完全忽略了诗、画语义上的龃龉所造成的叙事问题。而其中又只有《杜丽娘传》中的题诗行动逻辑与汤显祖笔下的设计是一致的，即杜丽娘是在重温梦境并回想起梦中的某些线索和意象之后才进行题诗。这里需要注意的是，在语义上，题诗不是对绘画内容和意义的重复。丽娘的诗句回应甚至否定了画面中的一些意象，重新安排了画面的语义秩序。这里涉及对关键诗句（不在梅边在柳边）不同的理解方式。一般而言，这里的"梅边"与"柳边"被认为是并列互文关系，但它们也可以是对立转折关系。首先来看梅。我们知道，丽娘画像中可能有梅子树，《玩真》中提到画中有枝叶类似桂树的树，只能从树皮的形态加以区分（树皱儿又不似桂丛花琐）；在柳梦梅的梦中，杜丽娘是梅下美人（《言怀》：梅花树下，立着个美人）；画中丽娘有手捻青梅的动作（《写真》：捻青梅闲厮调；《玩真》：却怎半枝青梅在手）。青梅固然有青梅待嫁之意，可以看作是丽娘自比（虽然我们知道柳梦梅后来亦认同自己为梅），但寻梦的空虚失落也让丽娘将梅树看作是解脱和死后的归宿。然后来看柳。画中有柳树，但似乎只是信手点染的程式化的普通景物（《写真》：倚湖山梦晓，对垂杨风袅。忒苗条，斜添他几叶翠芭蕉）——这在某种意义可以看作是对梦中性爱场景的无意识泄露（"蕉"者，交也）。在回忆并自认为破解了梦中人身份线索后的题诗中，丽娘相信，在不久的将来，一个柳姓意中人的出现将使她摆脱孤独和死亡的命运（此莫非他日所适之夫姓柳乎？）。此时，"柳"取代"梅"升格为主要意象。因此，题诗中的"不在梅边在柳边"可能意味着丽娘此时从作画时对孤独与死亡的哀叹转向了对生与爱的期待（即，不在梅边，而在柳边）。丽娘对梅与柳的理解，直到死后魂游冥府，才再次发生了变化。《冥判》中杜丽娘一开始仍然坚持"不是梅边是柳边"；但当她得知自己有机会还魂复生的时候，她问判官自己的丈夫到底是姓"梅"还是姓"柳"（《冥判》："劳再查女犯的丈夫，还是姓柳姓梅？"），梅与柳的对立被取消，正如丽娘在《幽媾》中所说："梅边柳边，岂非前定乎？""梅边""柳边"由对立转为互文。但即便如此，作为死亡意象的"梅"仍然在另一个语义层次上得以保留（《魂游·下山虎》）。至《圆驾·北喜迁莺》又有"柳外梅边"。这是后话。质言之，在《冥判》场景之前，"梅"与"柳"的意义和关系是模糊的，甚至是对立的。

（四）个体伦理与自我立法

只有个体伦理才是戏剧性的天然同盟——汤显祖深知这一点。在话本、文言故事中，没有汤显祖所需要的戏剧性。唯有将个体伦理之维植入其中——让杜丽娘和柳梦梅从普遍伦理的芸芸众生中脱离出来，才有建构真正戏剧性的可能。在这个故事中，两个伦理化个体的相遇并不能使人感动，唯有两个绝对个体在绝对领域中的相遇才能构成真正的戏剧时刻。虽然他们将隐匿某些东西，但最终会被揭露。丽娘藏画的行为所隐匿的正是汤显祖所看重的个体伦理之维。她曾以春容为自我的象征，当写真完成之后，她也曾在刹那间意识到，如果灵魂能够摆脱肉体的限制，就可以在爱欲的旷野里自由飞翔（"又怕为雨为云飞去了"）；如今沉疴难起，肉身殒灭，丽娘发出最后一声呼唤，指望在孤独的、无涯的旷野中得到有情人迟到的一声叹息（"偿直那人知重"）。

（五）荒谬之力

个体伦理在现实中呼唤的永远只有另一个绝对个体，直到一个公开的颠覆者，它们的结合将形成现实行动的维度，穿透普遍伦理的幻象，实现个体伦理从形式美学到伦理哲学的跃迁。并不是杜丽娘勾引柳梦梅成为他的同谋，而是当柳梦梅穿越命运无涯的荒野，遭遇并接受那个命令的时候，他就成为普遍伦理的公敌。那个命令，就像当初考验杜丽娘一样，将再次向杜丽娘和柳梦梅发出考验。只不过，这次它显示了自己的全部威力——荒谬之力。任何绝对命令，对于它的接受者而言，都是一种荒谬。个体只有接受了荒谬的考验，才能凭借荒谬之力实现信仰的跃迁。这就是第三叙事段落中真正发生的故事。如果说，在汤显祖笔下，杜丽娘在第二叙事段落的经历并不显得那么荒谬，那是因为汤显祖对戏剧人物的出场顺序和戏份做了重新设计和安排。柳梦梅的出场在杜丽娘之前，柳梦梅之梦在杜丽娘之梦之前。在观众视角中，作为一种拯救的担保，柳梦梅的全新设定和提前出场削弱了杜丽娘前半部分戏剧行动的戏剧性和荒谬感觉。观众很可能会因此认为，汤显祖笔下真正的主角是柳梦梅。而事实上，这只是汤显祖对戏剧重心所做的一次后置。我们将会看到，通过戏剧重心的不断后移，汤显祖以真正戏剧性的反讽写作，与观众的审美期待进行着追逐与躲避的游戏。对于熟悉话本、文言故事并关心人物伦理处境的戏剧观众而言，一个悬念从一开始就悬在心中——在汤显祖笔下，柳梦梅无父无母的身份（一个天然的个体），面对他即将经历的考验，将形成一个无法解决的困境：在缺乏伦理权威参与的情况下，他将如何逃脱普遍伦理的惩罚？但在汤显祖笔下，柳梦梅并不令人失望地通过了荒谬的考验。面对考验，这里的柳梦梅与话本、文言中那个平庸且道貌岸然的形象形成鲜明对比。在话本中，柳梦梅甚至威胁杜丽娘，如果不坦白真实的身份，就去向父母告发（白于父母，取责汝家）。所以，话本、文言中真正的被考验者其实是杜丽娘。而在汤显祖笔下，倘若不是杜丽娘提醒（《冥誓》："拟托良媒益自伤"，"风声扬播到俺家爷，先吃了俺狠尊慈痛决"），柳梦梅将长久地沉浸在这种秘密的欢爱之中。前代论者甚至认为《幽媾》《欢挠》《冥誓》皆是梦境（参见《吴吴山三妇合评牡丹亭·闻喜》："可知柳郎当时亦是出魂"[2]158）。柳梦梅自己也有"养病南柯"之说（《圆驾·南画眉序》）。但这造成一个疑问：既然柳梦梅无可无不可，杜丽娘为何不以鬼魂的秘密身份与柳梦梅长相厮守？这就涉及汤显祖对杜丽娘冥府经历的创造性写作。

（六）"道成肉身"

在《牡丹亭》中，汤显祖以"身以载道"的大胆试验回应了作为传统的"文以载道"。复返的丽娘——作为一种否定性的存在者，一种"道成肉身"——必须寻求与另一个个体的联合。所幸，梅花庵中并不缺少天然的同盟。柳梦梅是天然的个体，他对梅花庵中去伦理化的个体生活情有独钟（《玩真》）。但难题在于，即便柳梦梅知道了杜丽娘的真实身份（鬼魂），以他对杜丽娘非伦理化的爱而言，他并不必然需要一具肉身——文人、知识分子，就其精神性而言，是完全非伦理的。如果"文以载道"不以"文以载身"为前提，如果柳梦梅不能理解并接受肉身的沉重，他就会成为下一个杜宝。对于个体而言，真正的联合首先是也必须是——身体的联合。对于杜丽娘而言，柳梦梅拾得她的画像是一种偶然。必须让柳梦梅从渴望一个"形象"转变为渴望一个身体。为此，她在表明身份之前，让这个曾经的梦中人经历了她曾在梦中经历的一切。当书生表明渴望永远占有她这具"身体"的时候，她故弄玄虚、欲迎还拒；就在书生怀疑到她的真实身份之前，她阻止了书生的猜测（神仙、花月之妖），并让书生立下不离不弃的誓言（生同室，死同穴，口不心齐，寿随香灭）——此刻他不会料到，如果他违背了誓言，一个现成的墓穴就在那里等着他。然后，杜丽娘开始向柳梦梅坦白一切：她首先强调，她的出现是柳梦梅的精诚所至——无论如何，柳梦梅必须为自己的遭遇承担至少一半的责任；继而，她否认了自己的鬼魂身份，强调自己是半鬼半人（小鬼头人半截）❶；柳梦梅说自己已经克服了恐惧并且承认杜丽娘是自己的妻子，但即便是杜丽娘也能看出他此刻是在虚与委蛇；果然，柳梦梅话里话

---

❶ 她先是在邻家女、神仙、花月之妖的多重身份中隐藏自身（《冥誓·红衫儿》）；继而用佛家经典让柳梦梅破除法执，接纳她作为生者而非死者的那一部分（《冥誓·三段子》）。

外并不相信杜丽娘真的能起死回生，他甚至暗示自己并不是杜丽娘的唯一选择（怕小姐别有走跳处？）。于是，她不仅再次强调了自己的忠贞，并且威胁说，她的鬼魂已经躁动起来，将会在他与坟墓之间反复穿梭，直到自己复活（花根木节，有一个透人间路穴，俺冷香肌早偎的半热）。于是柳梦梅被置于这样的境地：他要么获得一切，要么失去一切，包括他自己的生命。他别无选择，只能相信杜丽娘所许诺的复活的奇迹，以及做一对美满的人间夫妻。奇迹必须是完美的。完美的复活奇迹让她不会成为欧律狄刻，也让柳梦梅不会成为俄耳甫斯。藉由这个"复活"，杜丽娘获得了新的身体——一种在道德和伦理上全新的身体。奇迹的成功需要缜密的谋划。丽娘显然比李仲文之女、睢阳王家之女都更为谨慎，而且还有花神的襄助。她还让柳梦梅求助于石道姑（《冥誓》）——这位由于生理缺陷而被普遍伦理抛弃的可怜可爱之人（《道观》），一位信仰的骑士，她也是柳梦梅和杜丽娘天然的同盟者。在伦理的权威与信仰的骑士之间，话本和小说选择了前者，而汤显祖选择了后者。石道姑帮助柳梦梅顺利通过了荒谬的考验（《秘议》），并跟随柳杜二人踏上复返的旅程。事实上，是石道姑决定性地促成了柳杜二人的联合。当杜丽娘满怀希望地期待着"父母之命，媒妁之言"的时候，现实而紧迫的危险已经到来。陈最良的突然到访让石道姑陷入慌乱（《婚走》："事露之时，一来……"），匆忙之间建议并主持了二人的婚礼。这一看似草率的行为却恰恰符合其本性，并隐约带有花神的风采。但为什么他们不认为陈最良是一个可靠的盟友呢？石道姑的"草率"胜之在质，她所看重的就是柳杜二人的结合，无论合礼或者非礼。陈最良的"草率"失之在文，他一本正经地以典守者自居，将阻碍丽娘复活的奇迹——《仆侦》中的癞头鼋以戏弄的口吻向郭橐驼展示了这种假定性。虽然如此，在这种假定性中，实际上并没有否认陈最良也可以接受奇迹并成为一个有力的见证者。毋宁说，是杜丽娘一行刻意回避了对陈最良的考验，以维持其身份的表象，让他去造成另一种戏剧性。陈最良在后面的情节中两次传递错误的信息，并因此成为普遍伦理表面上的同盟者，并在最终的裁决场景中发挥了重要作用。质言之，不同于话本、小说中平庸保守的杜丽娘，在汤显祖笔下复活的杜丽娘，就其绝对命令和高贵谎言而言，她更需要的不是经验性的见证，而是绝对性的裁决。陈最良所担任的角色，正是这一裁决的促成者。这两位"促成者"互为表里，这是汤显祖行文的明白用心处。

（七）丽娘的彷徨

在第三十八出《淮警》到第五十五出《圆驾》中，所有重要角色都将到达临安，并在汤显祖笔下的戏剧高潮中登场；而柳梦梅与杜丽娘将接受现实的审判。石道姑仓促的证婚打乱了丽娘本来较为温和的计划。虽然这让柳杜二人的结合更加纯粹，但也导致未来柳梦梅与杜宝的冲突升级——尤其是当柳梦梅发现他无法获得合法的伦理身份的时候。而在此之前，杜丽娘依然努力向柳梦梅维持那个高贵谎言。她陪着柳梦梅奔赴梦想中的科举事业，并一起憧憬着金榜题名后的荣耀时光（《如杭·小措大》），期待所有的问题都将由此迎刃而解（《如杭·尾声》）。但淮扬战事再次打乱了丽娘的计划。如果柳梦梅高中，夫荣妻贵，再与家人再团圆，会更加顺利。因为在表象的意义上，状元夫妇比鬼夫妻更容易被杜宝接受。但意料之外的延迟发榜已经让潜在的状元郎在杜宝那里沦为衣衫褴褛的骗徒——柳梦梅几乎已经预料到这一点（《急难》）。虽然丽娘也很了解她的父亲，知道事情有风险（《急难·渔家灯》），但她还是让柳梦梅作为自己的使者去向父母"报喜"，并让他坚信皆大欢喜的必然（《急难·尾声》）。这铤而走险的决定除了因为担心父亲之外，也说明丽娘已经沉浸在自己的高贵谎言之中。她希望通过让柳梦梅及时地介入杜宝的功业来换取杜宝对他们的认可（《硬拷·收江南》）。她越是坚定地鼓励柳梦梅，就越暴露出她内心的彷徨。相比在冥府的清醒，复活之后的丽娘把全部的精力都用来维持那个高贵谎言，否则她就无法正常生活。自还魂之后，杜丽娘只能跟她的同盟者生活在一起。石道姑是真正了解杜丽娘真实处境的人——她甚至暗示杜丽娘的计划不可能成功（《遇母·十二时》："又着他攀高谒贵。"）。丽娘在荒村野店中向石道姑剖白心曲，认为自己依然像在梦中，不死不活（《遇母·针线箱》），因为她只是用高贵谎言代替了梦而已。正当柳梦梅在星夜兼程的时候，杜丽娘却与母亲甄氏不期而遇了。这对丽娘而言又是一重意外。她显然没有自信与母亲相认（"是我母亲了，我可认他？"）。但对于丽娘而言，如果能与母亲的相认，无异于提前锁定大团圆结局。只是她没有料到，由于陈最良的误传消息，连母亲和春香都被杜宝列入妖鬼一路了。她以为的大局已定，只不过是壮大了同盟的阵营，让最终的冲突更加激烈。

（八）杜宝的"洞穴"

当丽娘母女月下团圆的时候，杜宝的功业也达到了顶点。他在月下感叹自己的衰老与孤独。虽然杜宝的个体伦理已经随着家破人亡而支离破碎，但他仍可以依赖对普遍伦理的信仰而继续生存。对于杜宝式的士大夫而言，那看似凄凉的晚景其实正是他们穷其一生渴望的完美结局。因此，在杜宝这里我们也可以看到一种"个体伦理"，虽然那只是个体在洞穴中欣赏着影子。但命运跟杜宝开了一个玩笑，让这完美的影子也成了泡影。杜宝对柳梦梅那一场滑稽而疯狂的拷打是有充分合理性的。随着丽娘母女等人的到来，事态变得更糟。杜宝理想主义的表象世界与杜丽娘努力维持的高贵谎言没有相融。因为杜宝无法相信"死而复生"，他没有能力通过荒谬的考验——因为他的个体性来自普遍伦理的投影。他要做考验者而非被考验者。正如杜宝在淮扬战场上获得了军事上的胜利，他也要在伦理战场上追逐自己的胜利。战场上杜宝对李全的胜利是可疑的。与历史原型不同，汤显祖笔下的李全夫妻更多的是一种象征——他们本就以江淮之间的流寇自居（《牝贼·北点绛唇》），既不会忠于金人，也不会为南朝所用，最适合他们的结局就是"乘桴浮于海"。杜宝的胜利取决于李全夫妻对自己本性和处境的清晰认知，杜宝与他们之间更多的是一种心照不宣的默契。杜宝希望在伦理的战场上，他的敌人跟他也有这种默契——自动消失。这就是他后来对待柳梦梅、杜丽娘以及甄氏和春香的态度。当他从陈最良口中得知夫人甄氏被贼兵所杀，他认为甄氏作为朝廷命妇"骂贼而死，理所当然"（《折寇·玉桂枝》）；而当他再次看到甄氏活生生出现在眼前的时候，他坚称甄氏已死，要求恩旨褒封。对于杜宝而言，包括他自己在内的所有人，正确地死胜过离奇地生。在《牡丹亭》中，杜宝和柳梦梅的故事都不完整。杜宝的故事（杜宝之梦）要到《南柯记》中才完成，而柳梦梅的故事（柳梦梅之梦）要到《邯郸记》中才完成。

（九）纯粹个体伦理

《牡丹亭》并不必然是一个爱情故事，它也可以是一种伦理哲学和伦理寓言。即便在最浅层的阅读体验中，《牡丹亭》最吸引人的，既不是情欲的热烈和顽强，也不是柳杜二人曲折的姻缘，而是每个角色为自己的选择所付出的代价，以及它们作为一种象征所揭示的纯粹个体的伦理处境。这种纯粹个体伦理是非历史性的，不同于明清思想谱系中"相对个体"的个性解放问题，纯粹个体伦理问题触及的是作为"绝对个体"的人的根本处境。

（十）《牡丹亭》与《南柯记》

《牡丹亭》就其结构和结束场景来看，是一个未完成的故事。在"大团圆"之后，那些尚未解决的矛盾依然萦绕在我们脑中。而《南柯记》就可以看作是汤显祖对《牡丹亭》结局的回应。他非常清楚，对于主人公们的理想而言，只有一条出路：重返"后花园"。正如《牡丹亭》中的后花园乃是冥府判官与花神的共同设计，《南柯记》中的大槐安国藏于槐树底下，是花园与冥府的综合。淳于棼作为现实中的失意者，不停地饮酒，希望能在醉梦的世界中得偿所愿，他的"听经入梦"正如杜丽娘（和柳梦梅）的"游园惊梦"第十出《就征》："自那听经回来，一发痴了。不是醉便是睡，没张没致的。"《南柯记》中甚至也有"梅"："做了罗浮梦断梅花卧。"（第八出《情著》）《牡丹亭》中有花间四友，杜丽娘也本应该被发付花间。《南柯记》中淳于棼因情受邀入梦，便做了"蚁"，得配蚂蚁公主（金枝）。金枝公主的瑶台即牡丹亭，是杜丽娘的第二梦，依然是"无奈睡情何"（第二十七出《闺警》）。杜丽娘因为父亲的功业得以还魂，而淳于棼因父亲的"坟茔蚁穿"（第四十出《情尽》）而得以魂游蚁国。淳于棼是谁的精神后代？在第十二出《贰馆》中有"我父昔为边将，未知存亡。或是北边藩王，与这槐安国交好，家父往来其间，致成兹事，也未可知"，从中可以看到杜宝、陈最良的影子。在《牡丹亭》结尾，主人公们所憧憬但尚未展开的人生理想（发迹之期、姻缘之分），在《南柯记》中得到了全面的展示。南柯郡是汤显祖真正的"理想国"。如果说柏拉图的理想国是以大喻小[3]57，那么汤显祖的蚂蚁国则是（循儒家之传统"致广大而尽精微"）以小喻大。周、田二公之佐戏拟了鲁齐之政，国都与南柯郡的关系则是春秋战国诸侯国政治的缩影。《南柯记》中埋伏有政治斗争的暗线：蚁王忌惮段功的权势，故而以招驸马为名引入淳于棼，金枝公主深谙父王心思，代夫求官，顺利让淳于棼主政南柯，平衡了段功的势力；檀萝国的入侵很可能是段功通敌里应外合的设计，只因淳于棼的到来而推迟；二十年后，借劫夺金枝公主重启战事；其间，周弁饮酒误事，或是淳于棼现实中自身经历的写照（第二出《侠概》：偶然使酒，失主帅之心）；成也金枝，败也金枝，随着金枝公主的薨逝，她生前为淳于棼培植的人脉关系使淳于棼成为对王权的威胁，淳于棼已经失去了维持势力平衡的价值，其政治生涯也迎来了终结。淳于棼离去（以及他的"寻梦"），槐安国崩毁（第四十一出《遣生》：则怕俺宗庙崩移你长在眼），随之引出汤显祖笔下最动人心魄的悲剧场面：在天门大开、万物超生的系列场景中，情的难以割舍被表现得淋漓尽致（《情尽》）。若把两组剧本与文言、话本横向比较，《牡丹亭》之无情、《南柯记》之有情更加明显。相比《牡丹亭》，《杜丽娘慕色还魂话本》中的情感更加朴素、简单、直接；而《南柯记》末尾浓烈的抒情场景，不见于《南柯太守传》。可以说，对于这两个故事的改编，汤显祖都是反其道而行之，在《牡丹亭》中抽离了情，在《南柯记》中灌注了情。回到"重返后花园"的命题，在《南柯记》中，一切都被还原为情，情的高潮层层递进，让人深切感受到"世间唯有情难弃"。相形之下，一切的佛法说教，都只是做了情的背景。正如《浮士德》结尾主人公希望万物可以因"美"而停留，《南柯记》结尾也在吁求万物可以因"情"而停留。如果说哲人在《牡丹亭》中始终戴着面具，那么，在《南柯记》结尾我们终于看到哲人摘下面具，对世间万物投下了最深情的也是最后的一瞥。而在《邯郸记》中，已不见了这样的有情文字，只有轻盈的、喜悦的然而也是空洞的、无限递归的"游仙梦"（《合仙》：你弟子痴愚，还怕今日遇仙也是梦哩……便做得痴人说梦两难分，毕竟是游仙梦稳）。

补论参考文献

［1］黄义枢，刘水云. 从新见材料《杜丽娘传》看《牡丹亭》的蓝本问题——兼与向志柱先生商榷［J］. 明清小说研究，2010（4）：207-216.

［2］汤显祖. 吴吴山三妇合评牡丹亭［M］. 陈同，谈则，钱宜，评. 夏勇，点校. 杭州：浙江古籍出版社，2016.

［3］柏拉图. 理想国［M］. 郭斌和，张竹明，译. 北京：商务印书馆，1986.

个体伦理与世界主义：

《图兰朵》新解——兼与《牡丹亭》比较

　　《牡丹亭》与《图兰朵》（又译"杜兰朵""杜兰铎"）都是中、西方戏剧文化传播、交流中的经典作品。前者无论在本土研究者抑或域外研究者视角中无疑都是观察中国戏剧文化最典型的文本之一；而后者则是"一带一路"语境中重要的跨文化戏剧文本——其故事本身的东方色彩、中国元素，以及中国创作者在其本土化过程中的深度介入，使它成为中国和世界戏剧园地中的一朵奇葩。如果仅仅考虑戏剧创作的文化背景，《牡丹亭》与《图兰朵》在各种意义上都不具备比较研究的充分性——充其量只具有某些表面或形式上的相似性。比如，当普契尼歌剧版《图兰朵》[1]被改编为京剧和川剧演出的时候，其主人公图兰朵被人们称为"紫禁城里的杜丽娘"❶。而长期以来关于这两个题材的可比较性以及这种比较的意义，罕见学界有专门研究。李欧梵曾有一篇评论性文章题为《美国的

---

❶　参见相关报道："图兰朵"二轮演出即将开锣 青年观众受重视 [2004-02-28]. https://ent. sina. com. cn/h/2004-02-28/0153315623. html?from=wap；"图兰多"是紫禁城的"杜丽娘" [2003-10-26]. https://ent. sina. com. cn/2003-10-26/0516221396. html.

〈牡丹亭〉与中国的〈杜兰朵〉》❶。[2]30-35文章从《牡丹亭》和《杜兰朵》的两次著名的当代跨文化演出谈起，以对话体小说的方式，讨论了两部作品各自代表的中西方戏剧传统，对改编和演出中一些敏感的问题如"东方主义"做了犀利的剖析。但李欧梵的文章主要是从文化研究的视角谈论中西方传统戏剧（戏曲、歌剧）如何在域外演出中保持传统的问题，并没有直接就戏剧文本本身对两部剧作展开比较分析，因此严格来说不属于对两部剧作的比较研究。那么，这是否就意味着我们不应当勉强对这两部剧进行比较研究呢？又或者说，在何种意义上这两部剧作才是可以进行充分的比较研究的呢？在对这一问题的追问中，一种伦理批判的研究路径逐渐显露出来。尤其是当我们把对《图兰朵》的关注从普契尼回溯到戈齐[3]——他的剧本呈现出结构的精妙和意义的复杂——并借助文本绎读把隐藏在表层戏剧文本之下的伦理关切还原出来，《图兰朵》和《牡丹亭》的戏剧书写才得以在同一个问题范畴内展开直接对话。而我们也将看到这两部剧作的主题在这个侧面是如此接近。

一、个体伦理与个体联合：戈齐《图兰朵》剧本绎读

从波斯到希腊，从土耳其到俄罗斯，从意大利到中国，图兰朵故事的原型与变体可谓源远流长。[4]178-189在图兰朵故事流传与演变过程中，拉克洛瓦是其中重要的整理者。他对这个故事所做的一些设定，奠定了近现代图兰朵戏剧创作的基础。当拉克洛瓦决定用波斯故事的材料模仿《一千零一夜》创作《一千零一日》[5]的时候，他认为，既然《一千零一夜》的主人公是一个厌恶女人的男人，循环

---

❶ 但当普契尼和他的剧本合作者试图在作品中"完善"这个戏剧核心的时候，却在一定程度上破坏了这个戏剧核心。普契尼试图用一种历史化的手段来解释杜兰朵维护个体性的原因，这反而削弱了杜兰朵的个体性。中国作者，尤其是魏明伦，继承了戈齐与普契尼的创作，他通过人物角色和人物关系的重塑试图正面解决戈齐和普契尼剧作中结构上的难题（阿德尔玛、柳儿），并取得了令人惊叹的效果。关于这一点，本文作者另有专文论述，参见：从戏剧到电影：《图兰朵》多版本改编比较研究 [J]. 浙江艺术职业学院学报，2022，20（3）：74-82.

叙述故事的目的是帮助这个男人克服对女人病态的敌意，那么，《一千零一日》就要围绕一个厌恶男人的女人展开，而故事绕来绕去也是为了使她克服厌男心理。虽然就目前所看到的《一千零一日》文本而言，整体框架并非如此，但其中关于图兰朵的故事是比较符合他的这一设想的。在拉克洛瓦之后，意大利戏剧家卡尔洛·戈齐以古典主义戏剧法则对故事的核心冲突做了重新设计，以真正的戏剧设计把主要人物的角色性格推演到了极致，让整个故事产生了一种动人心魄的崇高效果。戈齐剧作所确立的图兰朵故事的戏剧核心，一直延续到后来最负盛名的普契尼的歌剧版本中。但相比普契尼歌剧版的《图兰朵》的知名度，戈齐版的《图兰朵》没有得到足够的关注。从个体伦理批评的视角对戈齐的戏剧本文展开分析，将有助于揭示戈齐高超的戏剧写作技巧和《图兰朵》剧作真正的戏剧核心。

（一）卡拉夫：从哲学王子到悲剧英雄

在其剧本第一幕中，戈齐用卡拉夫的第一人称间接叙述，取代了拉克洛瓦故事版中对卡拉夫流亡经历的直接叙述。在这种叙事方式的转变中蕴含着叙事意图的转变。

在拉克洛瓦笔下，卡拉夫王子所在的诺加依鞑靼，乃是一个中亚版本的"理想国"。他们在里海岸边过着平静的生活。卡拉夫王子除了武艺高超之外，还被设定为一个很有学问的学者，一个"哲人王"式的角色。而当诺加依鞑靼由于盟友的背叛而被侵略者攻占之后，卡拉夫又变为一位斯多亚式的哲学家。他在流亡途中从容淡定地维持着他的尊严与美德。当父亲（铁木尔罕）陷入绝望的时候，他说："命运是无常的，无疑我们目前的处境并不如意，但事情总会有转机，我们定能渡过难关。"面对敌人锲而不舍的追击，他们过上了随遇而安的生活。在伊梁罕王国与隐居老人把酒言欢，在阿宁格罕的部落里做搬运工自食其力。如果不是偶然间寻获了阿宁格罕的猎鹰，他可能会一直隐姓埋名像普通人一样生活下去。当他得到了阿宁格罕的答谢和资助的时候，他将父母委托给阿宁格罕照顾，决心"走自己的路"，要去中国发展。虽然他也提到了可以借助中国的力量"复国"，但他这么说更像是为了在离别之际安慰他的父母。总之，在拉克洛瓦笔下，卡拉夫似乎并没有因为流亡而失去什么，无论在什么环境中，他都是自足的、从容的。他仿佛是一位天生的"世界公民"——如果说战争使他失去了自己的王国，他却因此成为"自由人"。他随时准备着融入一个新的共同体。

而当我们考察戈齐对以上情节的叙事方式时，就得到了一个截然不同的卡拉夫形象。在戈齐笔下，卡拉夫的智慧不是哲学式的，而是深沉的、功利的。一种个体性的力量被真正凸显出来。戈齐笔下的卡拉夫，登场伊始刚在北京落脚。卡拉夫是在偶遇先他一步流亡至此的宫廷教师巴拉赫后，以个人回忆的口吻讲述自己的流亡经历的。狼狈、苦难和绝望，是卡拉夫这段讲述的基调。虽然他在悲叹命运的同时也强调"只有坚贞不渝和顺从天意才使人变得高贵"❶，但这种事后对内心情绪的古典式的克制和隐藏，却反过来更加暴露了他内心的激情。无论是在卡拉赞尼还是在贝尔拉斯，他都没有放弃复仇的决心。他隐藏自己的身份，与其说是为了躲避追杀，毋宁说更是为了提醒自己不要忘记复仇的使命。他清楚地意识到自己丧失了一切，尤其是丧失了名字（"巴拉赫，别叫我的名字"）。他是一个被抛弃的、丧失了伦理身份的孤独个体。但他并不想成为世界公民。他仍然生活在过去——一位幸存的王子必须复仇，这是一个来自过去的伦理命令。他无时无刻不渴望恢复自己的身份和那被摧毁的伦理生活。

巴拉赫是一个"指示性"的角色。巴拉赫在卡拉夫之前讲述自己如何流亡到北京并托庇于妇人，这明白地预示了卡拉夫接下来的行动——卡拉夫也将托庇于图兰朵。卡拉夫在卡拉赞尼就有藏身宫廷的经历，并且他在那时就已经听闻了图兰朵公主的事迹。当卡拉赞尼因为与中国的战争而毁灭的时候，他一定被中国的强大所折服。他在北京大汗的力量中看到了复仇的希望。而这可能正是他不远万里来到北京的原因。在与巴拉赫的对话中，他刻意表现出对图兰朵事迹的嗤之以鼻，而实际上图兰朵正是他此行的目的。但是，即便他早已经策划好了一切——

---

❶ 这里能够比较明显地看出《奥德赛》故事的影响。奥德修斯由于智慧的傲慢而被众神诅咒。而卡拉夫就像一个降格的奥德修斯，他有着奥德修斯的智慧，却同时敬畏命运。卡拉夫流亡中国的旅程正如奥德修斯的返乡之旅。同样，正如佩涅罗珀绞尽脑汁拒绝众多的求婚者以等待奥德修斯的归来，图兰朵似乎也在等待着卡拉夫的到来。卡拉夫在北京首先被他的家庭教师认出，正如奥德修斯被乳母和老狗认出。在两部作品中，男主人公的身份都是情节的高潮所在。

他所说的"要到大汗阿尔图那儿毛遂自荐"可能指的就是这件事，他可能为了破解图兰朵的谜语而做了无数次的练习——然而，当他看到无数王子因失败而身首异处的恐怖景象的时候，他也动摇了。在复国的渴望与失去生命的冒险之间，他陷入了前所未有的绝望。作为一个有限的个体，他此刻清楚地意识到在自己面前是某种"荒谬"的考验——且个体只有相信并接受这种荒谬，才能通过这种考验。当卡拉夫决定挑战图兰朵之谜的时候，他实际上就提出了一个"卡拉夫之谜"：卡拉夫为何对图兰朵着迷？我们无法判断当他看到图兰朵的画像后所陷入的迷狂是否只是一种佯谬。因为显然并不是所有男人都会对图兰朵的美貌痴狂。但我们将看到，卡拉夫是如何随着自己的步步深入，进一步摧毁了自己的伦理生活。他将完全遵循个体伦理原则行动，并最终成为一位悲剧英雄。他将重建一个王国，但这王国不再是曾经的王国，而是一个"世界"。

（二）图兰朵：从明艳公主到暗夜女王

在关于图兰朵的叙事上，对比拉克洛瓦，戈齐做了两处重要的改动。一是关于图兰朵设置猜谜规则的原因。拉克洛瓦笔下的图兰朵只是一个平常女子，她并不厌恶男人，只是因为自身学问渊博，自视甚高，因而对男方比较挑剔，这引来皇帝的不满。在皇帝的强制命令下，图兰朵才退而求其次，以猜谜择婿。因此，在为图兰朵觅得佳偶这件事上，皇帝与图兰朵之间并没有分歧。而图兰朵要求皇帝把猜谜失败的求婚者杀掉，这一条款也并非为了吓退猜谜者，而是出于效率考量，选拔出真正智力优秀的竞争者。但在戈齐笔下，"奇女子"图兰朵有一个纯粹个体性的要求，即维护自己"宁静的生活"——她声称自己并不需要男人。然而，作为一位海伦式的美女，她的命运也像海伦一样，人们为了争夺她而挑起战争。皇帝疲于应对战争。因此她在皇帝的请求下，才想出了"猜谜招亲"的方法，化"武斗"为"文斗"。虽然她要求皇帝下旨规定处死失败者，但这并非猜谜的本意。猜谜附加死刑惩罚的本意是为了达成"三赢"：一是让求婚者内心恐惧，知难而退；二是让皇帝不必再面对求婚者挑起的战争；最终，图兰朵则可以继续过宁静的生活。因此，这三赢本质上只是"独赢"：图兰朵事实上要无条件地维护自己的个体性。其中真正的矛盾在于作为普遍伦理的"美"与作为个体伦理的"美"。图兰朵无疑是以个体伦理的方式来理解自己的美的。而在一个把美作为普遍伦理追求的世界里，拒绝普遍伦理就必将遭到普遍伦理的惩罚。

这就涉及戈齐第二个重要的改写——猜谜失败者的真正结局。拉克洛瓦并没有让皇帝真正杀死那些失败者，而是借图兰朵言辞上的漏洞把他们藏了起来。只要一切都还在皇帝的掌控中，只要没有造成不可挽回的后果，图兰朵的猜谜就只是"游戏"，不会带来真正的麻烦。而戈齐在这里化虚为实，他没有让图兰朵给皇帝留下文字上的漏洞，他让失败的求婚者真的身首异处并且将血淋淋的头颅展示在城头——这就造成了真正的问题。"三赢"变成了"三输"。杀人可能并非图兰朵的本意，但当前赴后继的求婚者不惜用自己的鲜血和亡灵为美丽的图兰朵加冕，图兰朵就已经从一个只是希望洁身自好的无辜个体沦落为了被普遍伦理弃绝的有罪个体。图兰朵将因此陷入疯狂，并最终从一位明艳公主变成一个暗夜女王。

（三）从荒谬之力到绝对领域：兼论阿德尔玛

当猜谜意味着真正的死亡，它似乎就成了一场荒谬的考验。对于其他王子而言，猜谜并不荒谬，因为他们选择按照规则行事。但对卡拉夫而言，猜谜却是荒谬的。因为他并不完全按照规则行事——他隐藏了自己的身份，正如图兰朵用谜语隐藏了自己；谜语难不倒卡拉夫，卡拉夫也知道真正的考验并非谜语，而是图兰朵本身——图兰朵才是那荒谬的本体。图兰朵的荒谬来自个体伦理与普遍伦理的矛盾——图兰朵试图把自己封闭在一个"绝对领域"，而普遍伦理总是无差别地攻击这些绝对领域。另一个个体要到达这个绝对领域，就需要先通过荒谬的考验。无独有偶，卡拉夫由于梦想着恢复其被摧毁的伦理生活，也试图把自己封闭在一个绝对领域，他也是一个荒谬个体。当一个荒谬个体遇到了另一个荒谬个体，当荒谬个体要完成个体与个体的联合，它首先必须摧毁自己的绝对领域，完成最后的"无限弃绝"——成为绝对个体。

绝对个体只有在荒谬中才能认出彼此。个体与个体的真正联合，正是荒谬之力的杰作。图兰朵为了得到卡拉夫身份的秘密，无所不用其极。卡拉夫同样如此。当卡拉夫得知父亲令人意外地来到了北京，当他得知母亲已经去世，当他明知自己的孤注一掷可能会置父亲的生命于险地，他却依然不为所动——此刻他的冷酷与图兰朵别无二致。为什么卡拉夫一定要让图兰朵猜出自己的身份，尤其是在他知道城中是有人（巴拉赫）知道他的身份的情况下？卡拉夫的身份及其所代表的一切是他全部痛苦的来源。它要以一种荒谬的方式被发现，被"追杀"，被"消灭"，如同一个判决：要么是死亡的解脱，要么是个体与个体的联合——这两者对于绝对个体同样重要。漫长的夜晚是噩梦的象征。当图兰朵使用各种手段终于揭开了卡拉夫的身份时，在精神分析的意义上，卡拉夫得到了净化和重生。

如果不是为了这种净化，卡拉夫不会向图兰朵掩藏自己的身份。正如他在面对另一个绝对个体——阿德尔玛公主的时候毫无顾忌地敞开了自己的心扉。他在阿德尔玛身上看到了自己的影子。阿德尔玛也是一个荒谬个体，她是卡拉夫与图兰朵的天然同盟，她在两个绝对领域之间自由穿行。她不仅凭借荒谬之力轻而易举地就探知了卡拉夫的秘密，她还要与图兰朵竞赛。她是荒谬之力真正的化身。她在图兰朵耳边刺激着她的自尊和傲慢；她在图兰朵动摇的时候帮她维持着内心的坚硬；她在最紧要的关头给卡拉夫和图兰朵设下陷阱和障碍；她成就了一个绝望的卡拉夫，而只有绝望的卡拉夫才能突破图兰朵的最后防御；最后，她用自己的绝望为卡拉夫和图兰朵加冕。阿德尔玛作为一名聪明的女仆，同时也是一位真正的公主，她的戏剧魅力完全盖过了图兰朵。从故事后半段阿德尔玛对图兰朵的支配性影响来看，我们甚至怀疑，就连猜谜择婿的方案也是出自阿德尔玛的幕后设计！这也就难怪后来普契尼把这个角色删去，并代之以柳儿。但即便是柳儿——她不是公主，其魅力也依然盖过了图兰朵。正如阿德尔玛用自己的背叛为图兰朵的冷酷赎罪，柳儿用自我牺牲为图兰朵的傲慢还债——她完全成了阿德尔玛的反题。但他们都是真正的个体——要么联合，要么死亡。正如皇帝阿尔图所说，皇宫将成为圣殿和祭坛——当卡拉夫（以及阿德尔玛）像悲剧英雄一样自我献祭的时候，在戏剧仪式的意义上，图兰朵也得到了净化和救赎。

二、人物及其主题：《牡丹亭》与《图兰朵》比较

（一）杜丽娘与图兰朵：个体伦理的形而上学

在汤显祖和戈齐笔下，杜丽娘与图兰朵事实上面临着同样的伦理处境，即伦理身份的危机。先来看杜丽娘。在《训女》中，杜宝称丽娘是"做客为儿"。杜丽娘的母亲甄氏——因为没能为杜宝诞下儿子而焦虑——将丽娘看作招婿的工

具（"相公休焦，倘若招得好女婿，与儿子一般"）。这意味着杜丽娘原来的伦理身份随时可能失效。或许是甄氏的无心之言启发了杜宝，于是针对杜丽娘的适龄待嫁问题，杜宝为她制定了"学《诗》待嫁"的方案。关于丽娘对此方案的态度，我们看到，即便是在《闺塾》中春香百般插科打诨，丽娘也没有表现出对此方案的任何异议。但在"游园惊梦"之后，杜丽娘由于经历了梦中择偶——一种纯粹个体性的解决方案——而彻底搁置了先前的学习。梦中人成为她唯一的渴望，从惊梦到死亡，杜丽娘一直独自徘徊在梦与醒、生与死之间（《诘病》：起倒半年），并最终耗尽了生命。因此，可以说杜丽娘之死是其伦理身份危机的直接结果。

图兰朵的故事也是图兰朵伦理身份危机的结果。作为帝国未嫁的公主，其伦理身份本就与政治深度绑定，但她却提出了纯粹个体伦理的要求，要过一种独身的宁静生活。她不可能对因争夺自己而起的纷争一无所知。事实上，作为皇帝的女儿，她非常清楚普遍伦理的"暴政"❶。如有必要，为了维护自己的个体性，她也会毫不犹豫地启用暴政的手段。这在最后破解卡拉夫身份之谜的夜晚表现得淋漓尽致。她对个体性的坚持同样是一种暴政。暴政既铸就了她的美，也铸就了她的冷酷。但世人不能理解她的冷酷，因为世人很少像她一样坚持自己的个体性。

由此我们可以比较杜丽娘之"梦"与图兰朵之"谜"。它们都是主人公为了应对自己的伦理身份危机而做出的行动。❷但不同的是，杜丽娘对个体伦理的认

---

❶ 在城头展示首级的做法已经足够恐怖，戈齐在其剧本中并没有给出对"暴政"的其他描写。但在普契尼的歌剧版本中，第一幕"群众"的歌词就将暴政展露无遗。一个值得注意的现象是，无论是在人物角色、场景设计还是情节走向上，普契尼的版本都可以看作戈齐版本的夸张、放大。这证明普契尼准确地理解了戈齐剧作的各项设定，然后进行了歌剧式的改造，直白且充满激情。由此，普契尼的剧作可以看作是理解戈齐剧作的一个注解。

❷ 杜丽娘之梦也是一个"谜"。杜丽娘在柳与梅中迷失。柳与梅于杜丽娘成为一个纯粹的象征之谜。这个谜与真实的柳梦梅其人无关。柳梦梅只是答案的一个佐证。而柳梦梅这三个字也是自我解构的——它否认了两者的真实性和确定性。

识是一种"感觉的形而上学",是被动的、不自觉的。她的游园惊梦也是对一种个体神秘体验的固着。杜丽娘把梦中人当作第一个也是唯一的而且是现实的期待,这种期待贯穿了她从惊梦到病死乃至还魂的全过程。而图兰朵对个体伦理的坚持从一开始就是一种"理性的形而上学",是主动的、自觉的。她的猜谜方案是与皇帝博弈的结果。规则是残酷而神圣的,图兰朵对自己的解决方案是充满自信的、傲慢的。但让图兰朵没想到的是,面对追求者非理性的狂热,事态失控了。随着事态的失控,图兰朵也被迫走向疯狂的边缘。

在杜丽娘与图兰朵分别用梦与谜暂时缓解了自己的伦理身份危机,并且遭到各自的惩罚之后,后续的解决方案随之出台。然而她们各自走向了原方案的反面。杜丽娘的冥府之行让她再次遭遇了生前的困境——在"枉死城"中羁押三年,不知何去何从。《冥判》通过胡判官之口将个体伦理的荒谬处境和盘托出。胡判官对"花间四友"的判决揭示出两个重要的信息。首先,个体伦理带有原罪的性质,"花间四友"仅仅因为追求个体体验就遭遇了枉死的命运,而在胡判官的判决中,他们也只有通过生命的降级才能继续享有个体性的自由。其次,胡判官与花神之间维持着某种心照不宣的默契,胡判官总是将那些追求个体自由的生命发放到花国之中,但在对杜丽娘的审判过程中,他却通过与花神的"竞赛"(《后庭花滚》)亲手摧毁了他自己建立并维护的"自由王国"的表象。他把"日神的面纱"扯下,宣布"梦"该醒了!当杜丽娘因杜宝的功业得以还阳的时候,她已经从胡判官那里领悟了关于个体伦理的秘密知识。作为个体伦理的承担者,她将重返"世界",并用一个"高贵谎言"来维持自己的生存。她从一往情深的"杜丽娘"变成相夫有道的"柳夫人"。她甚至用她的冥府知识与皇帝达成了交易,得到了皇帝的认可。而她心底里的秘密只能偶尔向她的同盟者(石道姑、春香)吐露(《遇母》《闻喜》)。

再看图兰朵。当图兰朵的三重谜题被破解,她的理性的傲慢也宣告失败。在普契尼歌剧版的剧本中,图兰朵的第三个谜题,谜底就是她自己——这一设计可谓深刻领会了戈齐的戏剧意图。她自己被自己的谜题所打败,她的理性的傲慢宣告终结。而卡拉夫对此并不满足——他通过增加一道自己的谜题让猜谜继续。于是我们看到,图兰朵被卡拉夫所引诱,卷入了自己为别人设下的陷阱。此刻,她像一个女性版的"俄狄浦斯"。无论结局如何，当她为了破解谜题而无所不用其极地打破了夜晚的宁静，她也就亲手打破了自己宁静的生活。于是她终于在最后时刻敞开了自己的内心，打破了她所制定的猜谜的规则。但这并不意味着她背叛了自己。恰恰相反，她遭到了背叛——阿德尔玛，阴谋的策划者和鼓动者，用自己的背叛和牺牲的勇气治愈了图兰朵曾经的傲慢与偏见。而在新的个体联合中，她看到了新的希望。她与杜丽娘一样，她们发布荒谬的考验也接受荒谬的考验。她们在个体与个体的短兵相接中体验真正属于个体性的一切。

（二）杜宝、皇帝与阿尔图：普遍伦理的至高裁决

阿尔图与杜宝分别在图兰朵与杜丽娘的故事中代表着普遍伦理的权威。但他们之间也有着重要的不同。《牡丹亭》中作为普遍伦理的裁决者，除了杜宝，还有皇帝。而阿尔图则身兼两种身份，作为一位父亲和帝国的最高统治者，他身上既有杜宝的影子，也有皇帝的影子。

先来看杜宝。汤显祖对杜宝形象的刻画是创新性的。只要对比剧本与文言小说❶、通俗话本[7]15-17，就一目了然。文言和话本中的杜宝是一个"机械神"式的角色。这是由于文言和话本针对杜丽娘的伦理处境，给出的就是一种虽然离奇但本质上仍然是普遍伦理的解决方案——柳、杜都将自己的离奇遭遇看作"与己无关"的偶然，杜丽娘无论死活都不希望被一个离奇的春梦摧毁她的伦理生活，柳梦梅也不想因为与鬼遇合而遭受非议。他们自始至终都如此沉浸于普遍伦理生活，以至于个体伦理概念对于他们而言是完全陌生的。他们在意识到可能招致的伦理制裁后，第一时间就寻求普遍伦理权威的裁决。因为无论个体经历过什么，只要他们不诉诸个体性的必然，他们就可以得到伦理权威的认可，就可以顺利地

---

❶　文言小说故事参见胡文焕《胡氏粹编五种》[6]97。另，冯梦龙、余公仁《增补批点图像燕居笔记》卷八中有《杜丽娘牡丹亭还魂记》（冯梦龙：《燕居笔记》，参见《古本小说集成·燕居笔记》（上海古籍出版社1994年版）第三册卷八，第1465-1474页），卓发之《漉篱集》卷十二有文言小说《杜丽娘传》（卓发之：《漉篱集》，明崇祯传经堂刊本，第491页）。汤显祖在其对《牡丹亭》的题词中指出，其剧本故事本于"传杜太守事者"，但并未提及具体篇目。学界对于《牡丹亭》故事蓝本的研究多聚焦于这三个文本。

重返普遍伦理的王国。于是，从复活开始，柳父、柳母就彻底接管了他们的生活。而汤显祖却在戏剧中戳穿了这种机械神的幻想，让杜宝和甄氏陷入反讽的境地。甄氏，如她的祖先甄皇后，是一位哀叹自己即将被丈夫抛弃的妇女（《忆女》：你可知老相公年来因少男儿，常有娶小之意……小姐丧亡，家门无托……闷怀相对，何以为情？）。她同样面临伦理身份的降级甚至失效，并且因为陈最良的误传消息而被杜宝判定为死亡甚至指为"妖鬼"（《圆驾》）。而杜宝，他自始至终沉浸在自己辛苦维持的普遍伦理王国的表象中。他不仅在幻想中追求这种表象，更在现实中追求这种表象。他不择手段破敌的举动应该被看作从属于他对普遍伦理表象王国的追求的。《劝农》一出所展示的世界是他心之念之的空中楼阁。[8]235面对丽娘埋骨梅下的愿望，杜宝仓促地割取后花园作为丽娘的墓园。通过建造道观这种方式，杜宝既封印了丽娘的无主孤魂，也封印了杜丽娘慕色而死的传说，巩固了他所生活的普遍伦理王国。正如后来他为了维护半壁江山，也无所不用其极（《围释》）。他不允许任何人以任何方式破坏这种表象，任何质疑和威胁都将招来他疯狂的报复（《硬拷》《圆驾》）。当杜丽娘因杜宝的功业得以反出冥府之后，她依然将面对杜宝的拒绝乃至封杀——直到剧终也丝毫没有看到任何妥协的迹象。对于"妖鬼"，杜宝希望他们自动消失。在伦理斗争的语境中，普遍伦理总是希望信奉个体伦理的个体们"自动消失"——这是普遍伦理拒绝个体伦理的典型态度。因为普遍伦理非常清楚，个体伦理的信仰者不会忠于任何普遍伦理的权威。那些遭受惩罚的、失意的个体如果不以个体性的消失为代价通过考验，就只能以自我放逐的形式做最后的了结。然而杜丽娘坚定地要求复返，这让杜宝无法接受。皇帝适时充当了新的裁决者。杜丽娘凭借自己关于冥府的见闻和知识，以及状元郎妻子的身份，解答了皇帝对于君王臣子死后遭遇的忧患——在陈最良的配合下，她铺张地讲述了作为替罪羊的秦桧在冥府的惨状，看似巧妙地解除了皇帝的忧虑，实际上以这种方式与皇帝达成了心照不宣的交易（《圆驾·北刮地风》）。在皇帝的压力下，杜宝亮明了他的底牌："离异了柳梦梅，回去认你。"（《圆驾·北四门子》）因为与还魂的杜丽娘相比，杜宝更讨厌杜丽娘所带来的那些同盟者，那些形迹可疑的人，尤其是柳梦梅。在杜宝眼中，柳梦梅才是那个始作俑者，是他破坏了梅花庵的封印，动摇了他的空中楼阁。他必须消失。而柳梦梅偏偏在这一点上自矜其功并毫不让步（《硬拷·雁儿落带得胜令》）。柳梦梅已经得到了岳母甄氏的认可。杜宝意识到自己将在家庭范围内长久地处于孤立无援之境——除非他也加入他们的同盟。正如杜宝通过离间计驱逐李全夫妻而求得了一种平庸的平衡，杜宝也希望通过离间计驱逐柳梦梅来维持最低程度的表象世界的完整。但故事却在此戛然而止——圣旨的颁布暂时中止了一切的争吵。皇帝希望得到所有人的支持，即便只是表面上的同盟者。通过赏赐，皇帝安抚了所有人——所有人也因此必须成为皇帝的同盟。归根结底，最需要空中楼阁的，不是杜宝，而是皇帝——只有皇帝不在乎这件事的事实到底如何，而只在乎自己的权威是否依然有效。通过支持杜丽娘的奇迹，皇帝提振了自己的权威。但在家庭范围内，丽娘将长久地承受着父亲的质疑和指责（虽然其中可能也带有父女间戏谑的成分），这是她必须付出的代价。柳梦梅由于与还魂者结合，也永远无法给自己找到合法的伦理身份，皇帝的至高判决是他能获得的最好的保证。也许此时此刻，他们都宁愿从未离开那个后花园。

相比之下，在图兰朵的故事中，阿尔图既是皇帝，也是父亲，并且他首先是皇帝。相比于图兰朵，阿尔图的角色行为动机显得更为隐秘。作为年迈的君王，他缺少男性的继承人。周边国家的王子都想通过联姻乘虚而入。阿尔图无法相信这些求婚者，却又不得不应付这些求婚者——这就是阿尔图的真实处境。此刻，他仿佛是另一个版本的"李尔王"——他无法相信那些想要成为他女婿的王子们。他需要一个更好的缓兵之计。正因如此，图兰朵洁身自好的个体伦理需求与阿尔图的政治伦理困境之间暂时达成了一种无言的默契——我们暂时不做更深的推测，虽然由此我们可以更好地解释关于图兰朵的那些"传闻"，以及那些神秘的、似乎充满魔力的图兰朵的画像的来源。我们能够确定的是，那些城头的首级并不单单来自图兰朵的残忍，也来自阿尔图。如果说图兰朵为了维护自己的个体伦理而无所不用其极，那么，阿尔图为了维护他的帝国和他的权力同样如此。因此，当我们理解了阿尔图首要的政治伦理诉求之后，我们就很容易明白，相比于那些有着强大势力支持的异国王子，卡拉夫——这个来自远方的流浪者、无名之辈，一位有名无实的王子，对于阿尔图而言无疑是更好的选择。他已经疲于应对那些"已知世界"中的权力觊觎者，而缓兵之计也终究不能一劳永逸。是卡拉夫的到来让阿尔图看到了最终的希望。当卡拉夫在猜谜前要求暂时不说出自己的真实身份的时候，阿尔图只是短暂地恼怒，很快就意识到这正是他所需要的——一位名义上的王子。虽然此时尚不清楚他的底细，但阿尔图非常清楚，这是所有选择中最不坏的选择——事实上，我们后来看到，阿尔图可能通过秘密信使早已查清楚了一切（第四幕，第四场），他的权力的触角早已延伸到远方的世界。因此，当卡拉夫不负众望猜破了图兰朵的谜题之后——无论其中阿尔图扮演着怎样的角色——阿尔图对此结果十分满意，催促图兰朵赶快结束游戏。但出乎阿尔图意料的是，随着谜语被猜破，图兰朵与阿尔图之间无声的默契也被打破了——图兰朵基于其强烈的个体伦理诉求而拒绝为了阿尔图的政治伦理诉求做出妥协！就《图兰朵》的戏剧结构来说，此刻才是真正的戏剧高潮所在。真正的主题在这一刻显露出来，阿尔图的政治伦理诉求被迫服从于图兰朵与卡拉夫的个体伦理诉求。正如《牡丹亭》中的杜宝和皇帝——为了维护他们的表象王国，他们不得不接纳那些不受欢迎的个体——阿尔图为了解决他的政治伦理困境，也不得不卷入图兰朵与卡拉夫的最后一次猜谜。从戏剧的视角来看，最后的猜谜是一场"戏中戏"——作为帝国至高权力的拥有者，阿尔图也必须服从游戏规则。虽然是假借游戏之名，但阿尔图确实暂时把帝国的最高权力让位给了图兰朵。然而，阿尔图也像《牡丹亭》中那位隐身幕后、从未露面的皇帝一样拥有智慧。他们知道如何与个体交易。当阿尔图从密使那里得知了阿斯特拉罕复国的消息，便利用图兰朵的傲慢旁敲侧击，刺激她的自尊心。他告诉图兰朵他已经得知了卡拉夫的真实身份，并且暗示图兰朵一切仍在他的掌握之中——他可以抢先一步让卡拉夫逃走（第四幕，第四场）。这让图兰朵的胜利"徒有虚名"——但同时也就不至于无法收场。最终的结果也正如阿尔图所希望的那样，图兰朵在获得了名义上的胜利之后，却宣布胜利属于卡拉夫。

这是阿尔图的胜利。但阿尔图的胜利却无损于个体联合的主题——这正是戈齐作品的精妙之处。男女主人公的结合并不依赖普遍伦理的裁决。那最终促成图兰朵与卡拉夫结合的决定性力量，仍然来自他们自身，以及他们真正的同盟者。

（三）柳梦梅与卡拉夫：喜剧式的追梦人与悲剧式的解谜者

在两位剧作家笔下，卡拉夫与柳梦梅分别都是作为"外来者"登场的，并且他们都带着自己明确的目的，希望在这个"世界"中获得成功。他们都在这个世界中经受并通过了荒谬的考验。所不同的是，柳梦梅是喜剧的，而卡拉夫是悲剧的。

首先来看柳梦梅。汤显祖笔下的柳梦梅是一个极具"现代性"的全新创作。话本、文言中的柳梦梅是新府尹之子，而汤显祖笔下的柳梦梅则是一个家道没落、徒有虚名的无名之辈。如果当时流传一个关于杜丽娘故事的成熟文本，比如话本、文言，那么当观众乍看到汤显祖笔下的杜丽娘将自己的画像密藏在后花园而不是随意委置在府衙住处（如话本、文言中的设定），而后花园又被杜宝改造为庵观的时候，他们便急切地想要知道那继任的新府尹之子将如何发现杜小姐的画像，这二人又将如何结合。而汤显祖却已经决定彻底摆脱观众的这一期待。他置府衙内的那位"同名同姓者"于不顾，而让岭南落魄书生柳梦梅闯入杜小姐的墓园。所以，以一种类似卡尔维诺式的非线性叙事方式，汤显祖不仅回应了原初的故事，更是在全新的叙事时空里接管了整个故事。在这个时空中，柳梦梅孑然一身，曾经的家族名望已经凋零殆尽。但他如此渴望成功，以至于要寄希望于"梦卜"（《言怀·真珠帘》）——在这个"白日梦"中，他不但被许诺了"发迹之期"，还被许诺了"姻缘之分"——事实上，他被许诺了一个世界。他如此笃信梦的预言，以至于改名换姓，从此过上了梦中人的生活。❶以"梦中人"自居，意味着他随时可以舍弃现实世界中的一切。随着一次象征性的"跌落"（《旅寄·山坡羊》），他坠入了梦中的世界——当陈最良把他引入梅花观，那梦卜许诺的一切都开始应验。当他拾得并打开杜丽娘的画像，就破坏了杜宝为女

---

❶ 如果说，如同杜丽娘对梦境的沉迷一样，只有强烈的情感体验才能形成这种笃信，那么，柳梦梅对梦中预言的笃信不禁令人怀疑柳梦梅对自己梦境的叙述是否有所保留。但即便柳梦梅的梦中也有"忍耐温存一晌眠"的情节，作为男性的柳梦梅，他的现实世界足够广大，他甚至逼近了现实世界的边界，见到了异域风情（《谒遇》），他并没有像深闺小姐杜丽娘那般如此全身心地需要那个梦中世界——正因如此，汤显祖笔下的理想主角是杜丽娘而不是柳梦梅。如果真的是这样，那么柳梦梅与杜丽娘的追求就是同一梦境的不同结果，二人的结合是纯粹的偶然和各自的一厢情愿，它们之间的差异与互补映射出了个体与世界、纯粹个体与世俗联合的复杂面相。

儿制造的封印。仿佛着了魔一般，他不仅如痴如醉地为杜丽娘招魂，还无法自拔地滋养着杜丽娘的肉体；并且在为丽娘"题主"之后，他亲自主持了丽娘复活的仪式。他此刻完全相信梦卜的一切都将应验——已经有了"姻缘之分"，那"发迹之期"还会远吗？他开始目空一切，以至于想要在杜宝的庆功宴上傲慢登场。最终，杜宝用一场吊打招待了他。但即便是被吊着打，柳梦梅也没有丝毫收敛。由此可见，汤显祖毫不客气地将柳梦梅塑造成一个骄傲的丑角，为杜丽娘的悲剧命运披上了一件喜剧的外衣。

而卡拉夫在角色气质上则完全不同。柳梦梅孑然一身，卡拉夫则不是。孑然一身的柳梦梅是轻飘飘的，他自身的命运并不吸引人，即便被吊打，他也无法引起观众的同情。而卡拉夫是一个"受难者"，一个背负着命运诅咒的悲剧角色。命运不会给他任何许诺，而他却需要解开命运之谜。他知道自己已经失去了自己的王国，作为"王子"，他有名无实。如果提前说明真相，他很可能将丧失参赛资格。如果真相意味着死亡，他选择在揭晓真相之前放手一搏。他可能已经意识到各方势力的心照不宣。总之，他取得了胜利。但他自己却无法心安理得地享受这种胜利——他羞于说出自己的身份，他知道自己是一个"欺骗者"，因此他选择同样以猜谜的方式将裁决的权力交给图兰朵。他不是对父亲冷酷，他是对自己冷酷——如果说是命运让他失去一切，那么在凭借自己的智慧孤注一掷地为自己赢得了一线生机之后，他又冷酷地把自己交还给命运，超越并俯视着命运的发展，静待命运的审判。因此，卡拉夫并不像柳梦梅那样沉浸在轻飘飘的幻想之中，而是自始至终背负着精神的重担。我们看到，在即将熬过最后一个漫漫长夜的黎明后，他的精神被击垮了，他认定迎接他的只有死亡。不仅如此，在死亡到来之前，命运还让他被图兰朵戏弄：图兰朵宣布他的"胜利"，赐予他最高的"奖赏"，但随即又宣布他的失败——图兰朵已经知道了他的身份，他的谎言被戳穿了！他不得不直面自己的失败，并且在失败的绝望中了结自己。一场英雄的受难——他坦然接受命运的惩罚——让图兰朵感受到恐惧和怜悯。因为她自己也是一个"欺骗者"，她已经违背过自己的誓言，她已经放弃了自己"宁静的生活"，她即将因为自己的"自欺欺人"而犯下渎神的罪行，她必须终止这一切——坦陈自己的罪行，并且接受命运的裁决。由此可见，戈齐将卡拉夫塑造成一个勇敢的、疯狂的、令人同情的受难者，为图兰朵的喜剧增添了悲剧的沉重。

因此，柳梦梅与卡拉夫的对比，主要是喜剧与悲剧的对比。柳梦梅的喜剧所展示的是一种预言的应验，这种预言是纯粹私人的，因此，他所经历的荒谬考验和他所得到的奖赏都是私人的，他的故事的喜剧性就是建立在这种私密性的基础上——他相信别人所无法相信的东西，并毫不妥协。而卡拉夫的悲剧所展示的是一种命运的考验，这种考验是公开的，是没有任何特定许诺的，因此，他所经历的荒谬考验和他所得到的奖赏都是公开的，他的故事的悲剧性就是建立在这种公开性的基础上——他必须公开自己的一切，他跟所有人一样，无论结局如何，都只能选择接受。这种区别最典型的体现莫过于两幅女主人公的画像。杜丽娘的画像只对柳梦梅有效，而图兰朵的画像则对所有冒险者有效。杜丽娘与柳梦梅的联合不需要任何其他人的见证，而图兰朵与卡拉夫的联合则需要一场公开的仪式才能够完成。因此，虽然它们的戏剧内核——个体只有通过荒谬的考验才能实现联合——是一样的，但它们的戏剧形式完全不同。

三、个体伦理与世界主义

对两部剧作共同伦理关切的考察，让我们可以跨越文化背景对两部剧作形成统一的理解。至此我们可以解释这种比较研究的意义。这种比较并不来自它们表面上的某些相似性，而是来自深层主题上的可通约性乃至一致性。古今中外的文艺作品，虽然在形式上多种多样、异彩纷呈，但在关乎人的个体处境、个体与个体关系以及个体与世界的关系等基本命题上都存在这种可通约性。这是比自歌德以来的"世界文学"概念谱系[9]22-37更深层次的一种理论尝试——它指向的是世界文学的伦理基础。在这一理论框架中，真正的伦理实体只有两个：个体与世界。个体（主人公）之外的所有角色，都是作为世界而为造成主人公的伦理处境服务的。差异化并不是伦理个体本质的全部内容，伦理个体本质的全部内容只有通过对个体伦理的考察才能得到准确把握。作为世界文学伦理基础的世界主义也同样如此。这也提醒我们，当我们今天在谈论和追求一种新的世界主义[10]的时候，不应满足于对"差异"的同情的理解，而应坚定地诉诸人类基本伦理命题的可通约性。赫伯特·乔治·韦尔斯在其《世界史纲》中评价西方亚历山大大帝的功业时提出"它是人们对人类事务一致性的想象的最初启示"[11]331，他的伟大在于他无意中将一种世界秩序和世界主义的图景展现在人们面前。但他所展示的"世界主义"是缺乏伦理基础的。事实上，在世界历史的多个节点处，我们都能看到东西方的人们对"世界主义"的想象，但这些想象往往最终以各种利益博弈作结。正是这些博弈裹挟着个体，把个体与世界分隔开来。英雄史观的秘密在于它指出了我们可能一直生活在一种古老的个体性概念中，似乎只有英雄才有能力实现个体对世界的侵凌，而大部分人只能满足于各种被给予的处境——个体并不介意这种处境，直到个体意识到自己的个体性乃是被给予的。两极化的个体伦理实践以及各种次优选使得个体与个体、个体与世界的关系不能得到充分地探索和理解，甚至会被视为是相互对立的。世界被各种形式的战争与阴谋论所充斥，就是这种荒谬处境的最好写照。个体与世界并不对立，恰恰相反，个体伦理的隐藏维度正是世界主义。通过重返个体伦理来考察世界主义，是对世界主义可能性最后的探索。它指向了世界主义最根本的驱动力：个体与个体的联合，并突破一切荒谬。个体联合的最大意义，就在于它持续地证明着世界主义存在着有机的、自然的基础，而不仅仅是一场意识和精神的狂欢。但纯粹个体所指向的纯粹联合，正如纯粹个体伦理本身一样，也将不为普遍伦理所容。唯有在个体伦理主题和世界主义主题的文艺作品中，依然存在着这种共同的伦理指向。我们唯一能够肯定的是，个体与世界是不可分离的两极；成为个体，理解个体，正视个体；在个体联合的另一极，才是真正的世界，一个迄今为止从未被人见过的世界。

本文参考文献

[1] 普契尼，阿达米，等．普契尼：杜兰朵公主 [M]．张毅，黄祖民，译．台北：世界文物出版社，1999.

[2] 李欧梵．我的音乐往事 [M]．南京：江苏教育出版社，2005.

[3] 戈齐．杜兰朵 [M]．吕晶，译．长春：吉林人民出版社，2004.

[4] 薄一荻．从希腊公主到中国公主——杜兰朵公主的中国之路再探究 [J]．中

国比较文学，2022（2）：178-189.

［5］杜渐.《一千零一日》选译［M］．沈阳：辽宁人民出版社，1981.

［6］胡文焕．胡氏粹编五种［M］．明胡氏文会堂刻本.

［7］徐扶明.《牡丹亭》研究资料考释［M］．上海：上海古籍出版社，2016.

［8］田晓菲．七发［M］．南京：译林出版社，2019.

［9］方维规．起源误识与拨正：歌德"世界文学"概念的历史语义［J］．文艺研究，2020（8）：22-37.

［10］蔡拓．世界主义的新视角：从个体主义走向全球主义［J］．世界经济与政治，2017（9）：15-36；156-157.

［11］韦尔斯．世界史纲：生物和人类的简明史［M］．吴文藻，冰心，费孝通，译．南京：译林出版社，2015.

附论：从戏剧到电影：《图兰朵》多版本改编比较

电影《图兰朵：魔咒缘起》（2021）以惨淡的票房落下了帷幕。然而问题却不应就此终结。在《图兰朵》（Turandot，又译杜兰铎、杜兰朵）从原初故事向戏剧改编阶段，卡尔洛·戈齐、席勒、普契尼等戏剧家都获得了不同程度的成功。在《图兰朵》的中国化改编阶段，张艺谋、魏明伦的作品亦可称双璧。然而，当《图兰朵》进入影视改编阶段，郑晓龙的《图兰朵：魔咒缘起》却惨遭败绩。其中的原因值得深究。影片本身的问题是一个方面，题材的复杂性则是另外一个方面。毫无疑问，每位改编者都对这个故事给出了自己的理解和处理方式。外部研究视角（种族、环境、时代）的过多介入已经将这些差别夸张到无以复加的地步[1]；而采用文本对照的方式，从文本内部出发，重新考察故事形态的演变，则更有助于我们发现和理解不同版本的《图兰朵》故事在改编策略和美学风格上的差异，以及这背后所折射出来的文化观念和文艺观念，为未来《图兰朵》的改编和创作提供有益的参考。

（一）文人化：早期欧洲戏剧家的《图兰朵》

作为民间故事模式的《杜兰铎的三个谜》[2]136-175，体现的是一系列朴素的平民愿望。其中最重要的莫过于让年轻男女顺利结合、生儿育女。这种愿望的背后是对于生命的朴素信仰，没有任何力量能够战胜。也正因此，阴谋诡计、死亡、鲜血这些残酷的东西并不是民间故事表现的重点。而当欧洲戏剧家对这个故事发生兴趣的时候，故事的重心发生了改变。相较于外部世界，欧洲戏剧家更关注精神化的内心世界——人的高贵在于其精神。为了最大限度地揭示内心世界的戏剧冲突，剧作家放弃了对广阔的外部世界的呈现，将所有信息压缩进一个狭小的场景中，并且想方设法制造精神的对立。

在故事场景方面，原故事《杜兰铎的三个谜》由于采用了线性叙事，故事场景也随着情节的发展作线性的变换。主要的场景有：楚斯林人入侵，诺加依鞑靼灭国；王子卡拉夫与国王、王后一家流亡，遭遇强盗；避难伊梁罕国；避难贝尔纳鞑靼，卡拉夫与父母分别；卡拉夫来到北京。几乎所有的场景都是速写式的，场景中的人物包括主人公在内也都是扁平人物。这背后反映的是创作者选择的民间视角。创作者倾向于以简单情节和类型化的角色来填充场景。尤其对于若干宫廷场景，故事讲述者无一例外地只是简单设置了国王、首相、仆人等功能性角色。原因可能在于创作者的知识、经验局限，也可能是创作者的主观意图，比如为了遵从某种类型化的写作而刻意为之。而戈齐戏剧版本的《杜兰朵》[3]，开篇便是北京场景，并且很快进入宫廷猜谜的情节，而卡拉夫一家漫长的流亡旅程则是以对话的方式由卡拉夫回忆叙述的。戈齐不惜笔墨地丰富了宫廷场景中的人物角色，包括：图兰朵的侍女、鞑靼的流亡公主阿德尔玛，图兰朵的侍女柴丽玛，中国国王阿尔图的秘书潘塔隆内，大臣塔尔塔利亚，宫廷卫队长布里盖拉，太监总管特鲁法金诺；而在卡拉夫一方则增加了卡拉夫的家庭教师巴拉赫这一角色。席勒的剧本也完全沿用了这些角色。这些角色的出现无疑为观众提供了更加直观、完整的宫廷景象，也使得猜谜情节更加复杂。对故事场景的压缩和对故事情节的扩充强化了古典主义的"三一律"效果，即在有限的时间和空间内引爆最大化的戏剧冲突，最大限度地突出故事的主题性和戏剧性。

民间故事把叙事的重心放在了主人公的流亡旅程及最后的大团圆结局上。而欧洲戏剧家则对人物的内心冲突更感兴趣，最终的结局也是主人公内心的冲突得到解决。民间故事中的卡拉夫在看图兰朵画像前后并没有表现出剧烈的道德立场的转变。比如，虽然他也同情倒霉的求婚者，但"他内心亦有一种好奇心在蠢蠢欲动，他自己心想，说不定有一天我也会到她面前，在皇廷之内同她一较高低呢，对了，我不也是以聪明而头脑清晰著称的吗"[2]152；当他看到图兰朵的画像之后，他也没有丧失理智，而是对图兰朵惺惺相惜："但不只是公主的美使卡拉夫为之目眩，在那张画中他从杜兰铎的眼中看到某种光彩，这种光彩是谁也没有见过的。他感觉得出杜兰铎不单只能憎恨和藐视她的求婚者，不过一旦她遇上了合适的男子她也会以全部心身去爱他的。"[2]153-154而戈齐的剧本则将卡拉夫看画前后的精神状态和道德立场做了极端的对立化处理。戈齐先是设计了一个恐怖的哥特式场景：城墙上挂满了猜谜失败者的首级；继而通过巴拉赫之口对图兰朵的美貌和残忍极尽妖魔化。于是卡拉夫惊叹："啊，多么残忍的场面！堂堂男子汉怎么会被这种愚蠢的念头所主宰，仅仅为了娶如此残酷无情的女子为妻，便拿自己的脑袋去冒险？"[3]47"让大自然这些可恶的怪物统统见鬼去吧，但愿人间不再有这样丑恶的事。如果我是她的父亲，我宁愿纵身火海，一死了之。"[3]49然而，卡拉夫的道德立场越是强硬，他对图兰朵的美貌就越感到好奇。巴拉赫用美杜莎来比喻杜兰铎的魔力，试图阻止卡拉夫去看图兰朵的画像，但卡拉夫自信不会被诱惑。然而当他看到了图兰朵的画像，便"现出惊奇的神情，尽力克制但仍禁不住发出赞叹声，渐渐地深深陶醉"[3]56。卡拉夫认为"在这秀丽的容貌之中，在这双温馨的眼睛之中，在这诱人的高耸的胸腔之中，永远都不可能容纳下你所说的一颗残酷的心"[3]56，"谁个拥有如此和谐、美妙和栩栩如生的画中人，真是世上最幸运的人了！"[3]57城头上刽子手手中撒马尔罕王子的头颅也没能让卡拉夫清醒，反而使他陷入了更深的迷狂，并坚定地要铤而走险："（转向被示众的头颅）这不幸的孩子，是什么特别的力量竟要驱使我成为你的伙伴。……也许老天也厌倦了我的不幸的生活，而今想赐予我幸福，也让我去帮助我那贫困潦倒的父母。"[3]59对于戈齐笔下的卡拉夫而言，在看到图兰朵的美貌的那一刻，流亡生活就变成难以忍受的了，于是他必须做出决断。他并没有衡量自己的智慧是否足以解答谜题，而是单凭激情就决定孤注一掷。高贵的人物必然有高贵的激情，这是西方古典戏剧的精神内核。悬挂头颅的血腥场景便是为了激发这种高贵的激情。而相比之下，民间故事中并没有真正残酷的东西来激发主人公的精神力量。尤其是故事结尾处，人们发现所有求婚者并没有都被砍头。缺少了血腥场景的视觉刺激，读者也就能够理解为何卡拉夫能够心平气和地衡量自己的智慧，并且对图兰朵产生同情的理解——这里体现出的是一种功利主义的平民性格。同理，在故事的结尾，当图兰朵猜破了卡拉夫的身份之后，戈齐笔下高贵的卡拉夫便要拔出匕首自戕，这同样是高贵的激情使然。而民间故事中的卡拉夫无论如何也不会如此冲动。

与卡拉夫一样，戈齐笔下的图兰朵也在不遗余力地守护着她的精神世界与道德立场。民间故事中的图兰朵并没有表现出任何精神化的倾向，她之所以定下猜谜的规矩，仅仅是因为不满意西藏王子在智力上的愚钝，而她最终的目的是寻得佳偶。相比之下，戈齐却把图兰朵拒绝求婚者的立场精神化了："我为什么不能享有每一个人都拥有的自由呢？谁让您违反我的意志行事，说我残忍？"[3]82虽然图兰朵见到卡拉夫的第一眼就已心动（"这个人让我心生怜悯"），但精神化的内心主导了她的行动，导致她在情感与理智上持续的冲突，为她的行动提供了充足的戏剧性。对于这样的图兰朵来说，卡拉夫猜破谜题的举动无疑只能加剧她的内心冲突。由此，在猜卡拉夫的谜题时，图兰朵的无所不用其极也就能够得到理解了。尤其是第五幕第二场——虽然图兰朵已经知道了卡拉夫的身份却仍故作悲态，戏弄卡拉夫——倘若没有持续性的内心的冲突作为铺垫，是不可理解的。这种近乎表演型人格的戏弄之举反映的是图兰朵内心最激烈的挣扎。虽然图兰朵的内心冲突与卡拉夫高贵的激情险些让两人走向共同的毁灭，但幸运的是，他们最终凭借激情冲破了精神的桎梏，获得了理想的爱情。他们的胜利是激情的胜利。而相比之下，民间故事中的图兰朵并没有强烈的内心挣扎——在宣告了卡拉夫的真实身份之后，她感受到的是摆脱誓言束缚后的自由。这说明民间故事中的青年男女破解对方的谜题，不是为了捍卫各自精神世界的完整，而是为了向所有人证明彼此相配——他们的胜利是平民的、功利主义的胜利。

民间故事的最终结局是卡拉夫与图兰朵喜得贵子。而由于文人化的戏剧关注的是精神世界，所以戏剧的结局也是精神意义上的：戈齐的《杜兰朵》结束于图兰朵的忏悔，席勒的《图兰朵》则结束于卡拉夫对诸神的赞颂。

（二）悲剧化：普契尼的《杜兰朵公主》

从民间故事到戈齐、席勒的戏剧改编，《图兰朵》的基调基本上是喜剧的。而作为《图兰朵》戏剧改编最重要的版本之一，普契尼的《杜兰朵公主》[4]则将这个故事极大地悲剧化了。对悲剧维度的发掘极大地提升了故事的可观赏性，也为其后的改编开拓了新的空间。

为了实现故事的悲剧化，普契尼（及其两位特约编剧阿达米、西莫尼）精心设计了"柳儿"这一角色。与之前的《图兰朵》故事相比，普契尼在次要角色上做了最大程度的精简：在图兰朵方面，两个侍女的角色被剔除，宫廷人物除了皇帝之外，其他太监、大臣等角色被简化为平、彭、庞三个人物；在卡拉夫方面，家庭教师巴拉赫被删除，卡拉夫的父亲帖木儿失去了双眼，状如俄狄浦斯，其身边则增加了婢女柳儿这一角色，犹如安提戈涅。次要角色的精简客观上增加了卡拉夫与图兰朵的直接接触，营造出更加强烈的戏剧冲突，但其主要目的还是为了集中笔墨塑造"柳儿"这一悲剧性的人物。柳儿以自我献祭的方式吁请爱情的实现，使图兰朵与卡拉夫的结合成为必须实现的绝对命令；而原故事中的智慧交锋则不再是推动情节的主要力量。为了谋求这一悲剧化的解决方式，改编者重新设计了戏剧的难题：图兰朵拒绝婚姻的理由不再是纯粹个人的——不是为了独善其身，而是因为其女性祖先"罗玲公主"的悲惨遭遇：帝国曾被鞑靼国王征服，罗玲公主被鞑靼人掳走。图兰朵把对求婚者的杀戮看成为祖先复仇。由这一外部事件所造成的行为动机带有精神分析意义上的固着（fixation）[5]237特征，无法单靠人物自身得到化解。图兰朵以语言学的方式将本我的欲望重重包裹在谜题之中，展示给世人的是美丽与冷酷。当卡拉夫以其解谜行动帮助图兰朵冲破层层无意识的屏障，触及其潜意识的核心的时候，图兰朵自身也遭遇到了来自潜意识最强烈的阻抗——历史似乎正在重演：一位公主将被一个鞑靼人征服。此时，柳儿作为"罗玲公主"的反题登场：一位鞑靼女子既献祭了自己的爱情，也献祭了自己的生命。她以自己的鲜血偿还了罗玲公主的鲜血，图兰朵祖先复仇的诅咒得到了悲剧性的净化——悲剧不仅仅吁求正义，更吁求净化。当图兰朵最终说出卡拉夫的名字是"爱情"的时候，她潜意识中被压抑的欲望得到了解放，她的歇斯底里症被治愈了。可以说，在图兰朵身上能看到哈姆雷特的影子。在卡拉夫方面，改编者彻底祛除了之前故事中功利主义和理智的成分，将卡拉夫对图兰朵的痴迷推到了极致——不再是为了摆脱流浪生活或者复国，而是纯粹的、狂热的爱。改编者在开场后不久就安排了卡拉夫-图兰朵（男女之爱）、帖木儿-卡拉夫（父子之爱）、柳儿-卡拉夫（主仆之爱）的三项感情冲突。卡拉夫则以其一意孤行显示了他对图兰朵的热爱和痴狂。鬼魂的出场和月亮意象让这一幕带有《哈姆雷特》和《莎乐美》的色彩，从侧面烘托了卡拉夫的迷狂。改编者无疑在努力营造悲剧式的崇高感，一切情感都被推至极端，任何理性的话语都是无效的。即使平、彭、庞三位大臣以富有哲理的唱段对卡拉夫进行劝阻，也只能眼睁睁看着卡拉夫敲响了猜谜的铜锣。与被砍头的波斯王子、自我献祭的柳儿一样，卡拉夫也成了图兰朵的祭品。

普契尼的《图兰朵》以其对中国元素的应用而饱受赞誉。但他笔下的中国元素并非只是为了满足人们的东方想象或者让其作品更具异域风格，而是为其作品的悲剧性服务的。对中国元素的构思和安排成为其建构悲剧性的一个重要环节。普契尼在他的作曲中融入了多首中国民歌，其中《茉莉花》作为主旋律贯穿全剧。小调的忧郁调性天然具有收敛和中和的色彩，不同的变奏成为图兰朵在不同场合下被压抑的欲望涌动挣扎的表征。在人物方面，普契尼着力刻画了三位中国大臣的形象——平、彭、庞。不仅他们的名字更具中国色彩，改编者还专门为他们安排了怀乡的唱段——他们不像戈齐笔下的潘塔隆内那样来自遥远的威尼斯，他们的故乡在河南以及虚构的姜和萩；他们也像中国传统文官一样，在唱词中追昔抚今，表达了归隐田园的愿望和对天下太平的期盼；图兰朵婚事的和谐被三位大臣看作是帝国稳定的象征。普契尼所理解的中国文化内涵是静谧的、田园主义的。三位大臣时而戏谑时而感伤的穿插段落与激烈的主线冲突形成鲜明对比。然而，普契尼并没有无节制地添加中国元素。在最关键的猜谜环节，普契尼和他的编剧重新设计了谜题和谜底，将图兰朵的三个谜语设计成为"世界主义"的。因为它们的答案是"希望""血""图兰朵"。对比原故事中的谜底（双眼、犁、彩虹）、戈齐剧本中的谜底（太阳、年、亚德里亚海的狮子）、席勒剧本中的谜底（年、眼睛、铁犁）[6]488-495，我们可以明显看出不同创作者的文化语境：原故事的谜语充满了民间智慧；戈齐将最后的谜底设置为威尼斯的狮子，表明他笔下的图兰朵是写给意大利人民的；席勒则为他笔下的图兰朵创作了多个版本的谜题，其中一个版本的谜底是"万里长城"，表明他对中国元素的猎奇心态。而普契尼的谜底并不专属于某一个民族、某一个阶层、某一种文化。"希望""血"是对普遍历史经验的抽象。第三个谜底（"图兰朵"）堪称画龙点睛——它与任何故事之外的因素无关，它返回了故事本身，只有故事中的人能猜到答案。这是带有终结意义的谜底。正如悲剧总是指向主人公自身，这个谜底也将悲剧的根源指向图兰朵自身。而图兰朵事实上也在谜面揭示了她将接受的命运。在结构主义的意义上，这个谜题的设计也使故事结构显得更加完美——"图兰朵"作为第三个谜语的谜底正对应于卡拉夫身份的谜底；卡拉夫猜破了图兰朵的终极谜底，而图兰朵也必须猜破卡拉夫的终极谜底——"爱情"。如果说前三个谜底是世界主义的，那么"爱情"也同样如此。但在普契尼笔下，图兰朵最终获得爱情，这很难说是一个喜剧。爱情更像是图兰朵的命运，正如她的女性祖先曾经经受的那样。恰恰是在爱情的意义上，普契尼的《杜兰朵公主》成为了一出带有普遍性的女性命运的悲剧。

如果以女性主义的视角来看，相比于之前的版本，又可以说普契尼的《杜兰朵公主》完全是男性的。戈齐、席勒笔下的图兰朵、策丽玛、阿德尔玛等女性角色以群像的方式充分展现了女性的智慧和计谋，尤其是图兰朵为了探知卡拉夫的身份而无所不用其极，在获得胜利之后又能坦诚地表达自己的爱情；卡拉夫的光芒完全被掩盖了。而普契尼让图兰朵成为被启蒙、被征服、被解放、被观看的对象。普契尼试图以柳儿之死塑造崇高的女性形象——这赋予了《图兰朵》前所未有的悲剧感——其代价是削弱了图兰朵富于智慧和狡计的角色魅力。没有哪个版本像普契尼的《杜兰朵公主》这样直接将图兰朵塑造成一个女王。在普契尼笔下，图兰朵似乎已经暂时接管了全部的权力。作为女王，虽然图兰朵的荣耀被推至无以复加的高度，但她也遭受了最彻底的失败。在第三幕卡拉夫拥吻图兰朵的唱段中，作者用图兰朵被征服时的颤抖为卡拉夫加冕。如果说漫漫长夜象征着图兰朵的残暴统治，那么最终黎明到来，所有人一起赞美太阳和生命、光明和爱情，以及一位新的国王。

（三）中国化：张艺谋与魏明伦

虽然"图兰朵"在西方一直被冠以"中国公主"的名义，但当《图兰朵》真正要在中国演出的时候，如何让杜兰朵成为一个真正的"中国公主"却成为一个难题。无论是《杜兰铎的三个谜》，还是戈齐、席勒笔下的戏剧，原先的《图兰朵》故事事实上都与中国没有直接关系。研究者早已指出，从图兰朵名字的拼写来看（Turan-dot），《杜兰铎的三个谜》讲述的很可能是一个土耳其或中亚（图兰）公主的故事，只是故事里加入了"中国风"的元素。[7]106而在17—18世纪欧洲"中国热"背景下，欧洲戏剧家也只是借用中国元素讲述自己的故事。中国古代道德和中国文化的只言片语让欧洲人想起了自己的古希腊。比如伏尔泰在谈到其《中国孤儿》的创作时认为："中国人与其他的亚洲人一样，对于诗、雄辩、物理、天文、绘画，虽然都早在我们之前就已经知道了，但是一直停滞在基本知识上面，他们有能力在各个方面都比别的民族开始得早些，但是到后来没有任何进步。他们曾像埃及人，先做希腊人的老师，后来连做希腊人的徒弟都不够了。"[8]84这种观点与后来的歌德不谋而合。歌德在谈论中国小说和所谓"世界文学"问题的时候也说："如果需要模范，我们就该经常回到古希腊人那里去找，他们的作品常常描绘美好的人，对其他一切文学，我们只需用历史的眼光加以观察。碰到好的作品，只要它还有可取之处，就把它吸收过来。"[9]221《图兰朵》正是这种文化挪用的产物。虽然从戈齐到席勒，再到很久以后的普契尼，剧本中不可避免地增加了越来越多的中国的元素，但作为"中国公主"的故事，《图兰朵》终究还是名不副实。而《图兰朵》真正的中国化应该说是从中国创作者的直接介入并取得成功开始的。张艺谋以他独特的舞台设计为世界性的"图兰朵热"增加了一块中国拼图。而魏明伦则以其超凡的戏剧才华完成了一个真正中国版本的《图兰朵》故事。

尽管张艺谋最具代表性的太庙版《图兰朵》（1998）当时取得了国际性的成功，但长期以来也已经在"东方主义"的研究视野中饱受批评。固然，对于自称不懂歌剧的张艺谋而言，采用符号化的手段重新"包装"普契尼的《图兰朵》，虽然有取巧的成分，但是在形式与内容相统一的意义上，张艺谋的《图兰朵》仍然显示出某些重要的不同。首先，以太庙作为实景舞台，再加上精心制作的明式服装，就把故事发生的朝代明确地放在了明朝。在普契尼笔下，图兰朵对罗玲公主故事的讲述是模糊的——巨大的时间尺度（"几千年前"）和语焉不详的结局让"罗玲公主"带有象征色彩，似乎象征着男权统治之下的东方女性；但"鞑靼征服"的设定带来了逻辑上的问题：鞑靼人（蒙古人）对帝国的征服应该指的是元朝的建立，但人们一般认为普契尼的图兰朵是一位元朝公主[10]19；这样一来，图兰朵口中的罗玲公主就应该是一位汉人公主，图兰朵对男人的厌恶就成了鞑靼征服者原罪的诅咒。（当然还有另外一种解释：图兰朵正如她的名字所显示的那样，是一位突厥公主；她所讲述的"鞑靼征服"乃是蒙古对中亚突厥部落的征服。）这样的逻辑问题当然是可以谅解的。我们从中可以看出改编者试图以历史化的方式为图兰朵的行动提供合理性的努力。张艺谋将图兰朵设定为一位明朝公主，这无疑有助于增强故事情节的历史合理性——图兰朵所回忆的罗玲公主的遭遇正暗合蒙古对中原的入侵（或明朝与北元的战争）；当身为鞑靼王子的卡拉夫前来求婚的时候，作为明朝公主的图兰朵对鞑靼人的厌恶是自然而然的；而卡拉夫与图兰朵的最终结合就令人惊讶地变成了一个民族融合的故事。无论是否了解太庙的功能和文化含义，对于身处紫禁城中、占观众席70%以上的外国观众而言，这是一个真正的"中国公主"的故事。即便外国人未必识得明朝衣冠，但在最神秘威严的东方紫禁城中上演一个世界主义的爱情故事，没有什么比这更能讨好外国观众了。然而，在中国观众眼中，西方面孔的皇帝、公主身着明式服装出现在太庙前，其所带来的违和感是不言而喻的——虽然很多时候人们已经习惯了这种违和感。其次，相较于之前版本中某些场景的阴森恐怖，张艺谋以政治美学化的方式给这些场景披上了一层中庸的外衣。一袭红衣的浦丁宝在行刑之前行云流水般的舞剑表演，几乎让人忘记了她是个刽子手——在红衣浦丁宝身上已经可以看出后来《英雄》中某些角色的影子；对波斯王子之死的表现手法也类似于《英雄》中的无名之死。或许正是从《图兰朵》开始，张艺谋开始了他对东方形式美学的探索。在故事的核心情节上，张艺谋丝毫未做改动。或许张艺谋已经意识到，中国元素的植入与西方戏剧的伦理内核存在冲突：中国传统文化中对"后妃之德"的审美是不适用于这个故事的。普契尼的《图兰朵》在情节上的合理性完全依赖非理性的崇高——在杀戮和死亡之后，图兰朵与卡拉夫的结合证明的依然是爱情的疯狂；而动摇了这种崇高感，人物的行动和角色的结局就失去了合理性。因此，张艺谋只是很谨慎地在舞美上做文章。即便如此，舞台的美化在祛除了西方创作者杂乱拼贴所造成的不伦不类的同时，也已经不可避免地削弱了戏剧情境的崇高感。可以说，对于作为戏剧的《图兰朵》而言，张艺谋的版本始终是形式大于内容。对东方形式美学的依赖帮助张艺谋回避了戏剧内容的难题，这既是他的成功，也是他的失败，无论对于《图兰朵》还是对于他之后的电影作品来说，都是如此。

而相比之下，魏明伦的川剧《中国公主杜兰朵》[11]81-127则从形式到内容都将这个故事彻底中国化了，并在一众中国地方戏版本的《图兰朵》中独领风骚。在形式方面，川剧的唱、念、做、打、舞完全脱去了西方戏剧的痕迹；男主角"无名氏"被设定为神话人物"萧史"的后代，原故事中的异域王子形象仅仅在"沙漠怪客"这一次要角色身上有所表现；故事以"花"起兴，赋予"杜兰朵"其名、其人以花中魁首的真实含义，与异域风情的音译"图兰朵"划清界限；人物关系借用传统才子佳人戏模式——杜兰朵为"香国公主"，无名氏为"花海驸马"，柳儿则为红娘、春香；猜谜环节以比武招亲模式重新设计，更具观赏性，也更符合中国观众的审美期待。可以说在形式方面，魏明伦完全消除了题材本身有可能给中国观众带来的隔阂感。在内容方面，同样以普契尼的剧本为改编底本，魏明伦既保留了故事的基本结构，又巧妙地把中国的哲学、伦理学、美学观念植入其中。虽然从他的剧本中不难看到对唐传奇、《牡丹亭》、《红楼梦》等经典文本的借用，但魏明伦的目的显然不是完成一部传统意义上的才子佳人戏。他的中国化也不是拒绝与现代性对话。他从萧史弄玉传说中发现了一种更具生命力的爱情模式，并将其与《图兰朵》拼接在一起。史载，萧史善吹箫引凤，秦穆公以女弄玉妻之，二人笙箫合奏，引龙凤来仪，升仙而去，秦国建造凤女祠作为纪念[12]73。魏明伦笔下的杜兰朵小名"凤儿"，无名氏则为萧史后人，同样善于吹箫；魏明伦以笙箫合奏而将无名氏对杜兰朵的追求定义为"求共鸣"——对美的共鸣。这为《图兰朵》故事植入了全新的内核。但故事也由此成为一出"美的悲剧"。

魏明伦反转了普契尼笔下卡拉夫—图兰朵的角色性格和关系。在普契尼的剧本中，图兰朵有"我不是凡人的肉身，我是上天的女儿，自由而纯洁。你揭去我冰冷的纱巾，但我的灵魂依然在天上"；卡拉夫则有"你的芳魂是在天上，但你的身体在我身旁"[4]179。而在魏明伦笔下，显然是无名氏更加超尘脱俗。无名氏对美的理想追求统领全篇。他理想中的美是心灵之美、自然之美、自由之美。无名氏希望自己美的理想能在现实中有所寄托，他选择的对象即杜兰朵。而在他看来，杜兰朵对美的认识还停留在容貌之美、权势之美的层面。他希望能将杜兰朵从俗世浮华中解救出来，使其返璞归真，与他浪迹天涯，以践行他美的理想。殊不知，正是他对美的执着导致了柳儿之死的悲剧。自普契尼创作柳儿这一角色以来，柳儿之死就成为争论的焦点。在普契尼的故事中，柳儿之死无论如何都令人意难平——人们普遍认为，男女主人公的幸福结局并没有充分平衡柳儿之死带来的沉重感，这说明柳儿作为次要角色事实上导致了戏剧重心的偏移。如何安排柳儿的戏份成为一个难题。终于，在魏明伦笔下，柳儿这一角色占据了故事的核心——从观画到猜谜再到最终结局，柳儿都成了推动剧情的关键角色。柳儿之死也得到了平衡：男女主人公因柳儿之死而实现了各自的否定之否定。杜兰朵固然领悟了真心真爱的心灵美，化身柳儿；无名氏也幡然醒悟，悔恨自己因过分执着于理想而陷于对现实的无知。在无名氏身上，有浮士德的影子。如果说杜兰朵最终返璞归真，无名氏又何尝不是如此？他所鄙视的容貌之美、权势之美固然是过眼烟云，他所执着的理想之美、自由之美又岂不是形而上的幻影？那自始至终真实存在着的，只有柳儿的真心之爱、至情之美。柳儿胜在质朴、胜在自然、胜在真实，她拥有无名氏所追求的一切，只可惜无名氏障于形而上的理想而对柳儿视而不见。只有当柳儿死去，无名氏才在理想的碎片中看到柳儿的身影。情之所至，死可以生——虽然柳儿之死难以挽回，但杜兰朵甘心化身成柳儿，让柳儿以另一种方式"复活"，这是对柳儿最好的纪念。

虽然魏明伦在戏剧结构上做到了最大程度的平衡，但是以柳儿压倒杜兰朵——这是现代伦理观念主导戏剧创作的必然。柳儿这一角色的诞生和演变是《图兰朵》漫长改编史的一个缩影。西方戏剧中的难题最终在东方戏剧中得到解答，这不啻中西方文化跨越时空的对话。中西方戏剧创作和鉴赏也最终在这一角色上达成了共识。

（四）从西方来到西方去：电影《图兰朵：魔咒缘起》

由王小平根据自己的小说《三色镯》改编，由郑晓龙执导的《图兰朵：魔咒缘起》在2021年公映。从票房的角度看，电影是失败的；但从《图兰朵》改编的谱系来看，该作品具有足够的典型性——它展示了中国改编者如何努力实现异域中国题材作品的"反向传播"。

电影事实上讲述了一个中国故事如何变成一个西方传说；故事的讲述者不是别人，正是来自西方的王子卡拉夫；卡拉夫与图兰朵在中国相识相爱，并在图兰朵死后带着他与图兰朵的故事返回西方；与《图兰朵》故事一同传到西方的，还有中国的火药和烟花。正如魏明伦以玫瑰、牡丹将杜兰朵比为"香国公主"，电影也选取中国四大发明之一的火药，将图兰朵塑造成"烟花公主"。图兰朵成为中华文明的象征，而卡拉夫则成为中华文明在西方的传播者——不难看出，这是作者的核心诉求所在。为了做成此局，作者不惜改写了原故事的结局：图兰朵最终死去；卡拉夫也没有成为中国的驸马，而是在图兰朵死去后带着烟花的配方返回西方，一路上成为传播中国文化的使者。

改编者的立意不可谓不高远，对故事的改造不可谓不大胆，但其失误在事后看来也不可谓不明显。首先是反派角色喧宾夺主。作者设计了反派角色"泊炎将军"——泊炎违背大汗的旨意，以屠城的方式攻灭了卡拉夫的故国马尔维亚，并将马尔维亚世代守护的三色镯作为战利品献给大汗，因而被图兰朵误戴（所谓"魔咒缘起"）。流亡中国的马尔维亚王子卡拉夫则与中国公主图兰朵因国仇家恨而从相爱到反目；在真相大白之后，男女主人公共同对抗泊炎，并导致图兰朵的死亡；马尔维亚复国，卡拉夫重回西方。反派角色的加入改变了故事的核心戏剧冲突。原故事中作为卡拉夫与图兰朵之间最核心冲突的猜谜与解谜，对于电影来说变成多余的——二人能否结合并不取决于能否解出谜题，而是取决于泊炎屠城的真相。如果仅仅是改变故事的核心冲突，电影并不必然失败。但令人困惑的是，作者在取消了猜谜环节的重要性之后，又以"三色镯的魔咒"为噱头极力渲染猜谜环节的重要性。这就导致形式的空洞。不难看出三色镯和魔咒的设定借鉴自被称为奇幻文学鼻祖的《魔戒》（The Lord of the Rings）。但《魔戒》的看点在于主人公抵抗魔戒诱惑的内心挣扎，而三色镯则完全是为电影画面的视觉冲击力和电影的类型化诉求（奇幻片）服务的，与人物尤其是图兰朵本身的性格毫无关系。三色镯之谜是属于神的，而图兰朵之谜是属于人的；图兰朵以其谜题展示自身致命的吸引力，而当猜谜仅仅是为了解除魔咒、保全性命，图兰朵原有的骄傲、机智及面对爱情时内心的挣扎所带来的角色魅力就全都荡然无存了。与图兰朵的角色魅力一起消退的，是柳儿这一角色。当初普契尼设计这一角色的目的是与图兰朵形成对比。电影抽空了图兰朵的性格，柳儿也就失去了存在的意义。实际上，电影将原故事中生动的角色全都改为了功能性的人物。取代角色性格的是一种"文化性格"。作者真正想要展示的是文化而不是人物，虽然文化事实上也并没有被很好地展示。电影变成了抽象理念的装置。原本《图兰朵》的故事，无论是作为民间故事的《杜兰铎的三个谜》还是在东方立场看来显得不伦不类的西方戏剧，其成功恰恰在于创作者对中国文化没有明确的概念，因而能够专注于戏剧冲突的营造和人物性格的刻画。而相比之下，电影即便作为一种理念装置，其所展示的文明理念也是陈旧的、不合时宜的。比如，原故事中并没有特别明显的"帝国观念"。毋宁说，原故事展现出了一种"世界主义的想象"，这是自轴心时代以来各个文明努力追求的世界一体化的理想。而到了电影中，东西方平等的关系被作者置换成了极其夸张的帝国与附属国的中心化模式。这种居高临下却又故作开明的姿态，对于这个时代的本国观众和异国观众都是不可接受的。

电影有张艺谋太庙版《图兰朵》的影子。但时过境迁，今天的时代已经无法为艺术背书，张艺谋当初的成功也无法复制。在《图兰朵》改编问题上，张艺谋对于如何发挥自己的才华是谨慎的。而电影作者缺乏张艺谋的谨慎。他自信能够以全新的故事设定（神话）超越作为戏剧和歌剧的《图兰朵》。但他讲述神话的方式出现了问题。神话是人们对于本民族起源的想象。如果遵循王小平的原著《三色镯》，以中国神话"女娲补天"作为"三色镯"起源的设定，或许还能吸引一部分观众；然而电影偏偏将这一为中国观众所熟悉的神话起源给剔除了，所谓的"神话"就只剩下了代表智慧、美丽、权力的三种颜色——这又变成了完全西方价值观的表述模式。为什么三色镯戴在一起就变成了魔咒呢？对此，电影展现了入魔者的主观视角：没有任何颜色，一切生命在入魔者眼中都变成了无差别的骷髅，似乎意在说明对于完美的追求会带来厄运，无限的欲望会导致毁灭。但这样强大的法器被交给一个世外桃源般的弹丸小国守护，说明它并不会给善良的人带来厄运。从叙事技巧角度来看，这本来可以做成一个很好的突转——谜题被猜破之后，三色镯不必破碎，图兰朵也不必死去，智慧、美丽、权力与善良可以并存——但作者并没有这样处理，而是让破碎的三色镯成了野心家的道具，让善良的人与邪恶的人一同毁灭。白茫茫一片大地真干净，竟然只是为了成就一个一路向西的"烟花使者"。功利主义如幽灵般飘荡在这个政治的神话之中。

（五）结语：魔力的消退与现实的难题

许多经典都经历过大众文化市场的死刑判决。电影《图兰朵：魔咒缘起》的失败，同样引发了对这一题材是否已经过时的争论[13]。《图兰朵》故事诞生于前现代的人们对世界主义的幻想。对美的普遍信仰曾经是前现代"世界主义"的基石。作为戏剧经典的《图兰朵》，其震撼人心的力量主要来自图兰朵摄人心魄的美丽所引发的爱欲的疯狂。而比较各个版本可以发现，图兰朵美的魔力在逐渐消退，卡拉夫也因此不再为爱痴狂。当人们不再相信美的魔力，图兰朵这一题材也就成为一个表现的难题。改编者纷纷另辟蹊径：普契尼转而追求悲剧的崇高，张艺谋把图兰朵当作华服模特，魏明伦把图兰朵写成刁蛮公主，郑晓龙则让图兰朵寡淡如水并做好牺牲的准备。改编者在图兰朵身上叠加的意图最终让这个角色跌下神坛，丧失了最后的魔力。但值得庆幸的是，在今天世界主义遭受着重重阻力的环境里，人们仍然没有放弃对世界主义的追求。只要这种追求依然存在，《图兰朵》就会重新散发魔力。它的流行与否将成为一个潮汐表，标识出世界主义的潮起潮落。而电影一时的失败正说明该题材在其现代改编上才刚刚起步。如果说张艺谋的《图兰朵》是一碗夹生饭，魏明伦的《中国公主杜兰朵》过度成熟，那么，在这两者之间还有广袤的原野可以开垦。如果把《图兰朵》故事的戏剧性从古典主义以来的内心冲突重新转向外部世界，就会发现，许多复杂的问题在现有的改编中还没有被发现和触及。比如，如果把"图兰朵"的出身设定为一个身在中国的"中亚"（Turan，图兰）公主，其改编就会涉及比较敏感的中亚地区和土耳其的"图兰主义"（Turanism）、"泛突厥主义"（pan-Turkism）[14]等议题。对于未来的改编者而言，这可能是一个迟早要面对的问题。而如何处理这个问题，则既是一种现实的挑战，又是一种新的"世界主义文学"的契机。

附论参考文献

［1］刘觅.《图兰朵》文本的演变及其文化根源［D］. 杭州：浙江大学，2007.

［2］杜渐.《一千零一日》选译［M］. 沈阳：辽宁人民出版社，1981.

［3］戈齐. 杜兰朵［M］. 吕晶，译. 长春：吉林人民出版社，2004.

［4］吴祖强. 普契尼：杜兰朵公主［M］. 台北：世界文物出版社，1999.

［5］弗洛伊德. 精神分析学引论·新论［M］. 罗生，译. 南昌：百花洲文艺出版社，2009.

［6］席勒. 席勒文集：全6册（第4册）［M］. 张玉书，等译. 北京：人民文学出版社，2015.

［7］程秀丽. 普契尼歌剧《图兰朵》的剧本分析［D］. 长春：东北师范大学，2012.

［8］范希衡.《赵氏孤儿》与《中国孤儿》［M］. 上海：上海古籍出版社，2010.

［9］艾克曼. 歌德谈话录［M］. 洪天富，译. 南京：译林出版社，2002.

［10］薛维. 歌剧幕后的故事［M］. 郑州：大象出版社，2018.

［11］魏明伦. 魏明伦戏剧（下）［M］. 成都：四川文艺出版社，2018.

［12］滕修展，等. 列仙传神仙传注译［M］. 天津：百花文艺出版社，1996.

［13］公主回家记：我们从何时开始不再迷恋"图兰朵"？[EB/OL].（2021-12-17）[2022-01-12]. https://baijiahao.baidu.com/s?id=1719383666558023147&wfr=spider&for=pc.

［14］张玉艳：泛突厥主义在土耳其的由来与发展［J］. 国际政治研究，2019（5）.

（本文原载《浙江艺术职业学院学报》2022年第3期，有改动）

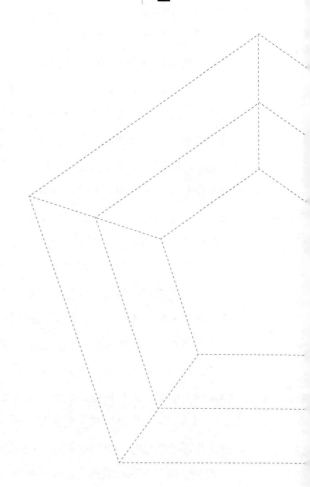

下编

影视中的个体伦理

LISHI, XIJU,
YINGSHI——
GETI LUNLI
MIANMIANGUAN

人的审美重构：
《最后的尼安德特人》

　　由法国导演雅克·马拉特执导的法国电影《最后的尼安德特人》（Ao, le dernier Néandertal，2010）以模仿纪实的风格讲述了一个"原始人"的生存、流浪故事，并以独特的手法和极其细腻的笔触描绘了属于他的爱情，为现代观众达成对史前人类同情的理解提供了一种新的可能性，这在"影像的人类学"意义上拓宽了电影叙事表现力的边界。然而，影片更大的价值在于对人类基本生命伦理的美学意义上的反思。在片尾字幕中，作者写道："尼安德特人的消失是个谜。现代智人是已知的、在我们星球上最后活着的人类种群——还能生存多久呢？"这里的潜台词是：作为最后仅存的人种，现代人的处境正如"最后的尼安德特人"，甚至更糟。因此，作者试图通过对尼安德特人命运的审美重构来解答其消失之谜，继而拷问现代人的处境。然而正是在审美的意义上，作者却没有在影片中宣告尼安德特人的灭亡，因为那将同时意味着判处现代人死刑，而是通过讲述一个充满希望的故事来与各种已有的、关于尼安德特人命运的论断展开竞赛。在一个以瘟疫、死亡与野蛮为象征化情境，以死亡—重生、离乡—返乡为基本叙事框架的故事中，影片通过讲述男女主人公的行动和选择，促使"现代人"（尤其是"西方人"，以及广义上的人类）返本还源，回到他们的故乡——尼安德特人曾经生活过的地方，跟随他们迁徙的脚步重新思考这样一个主题：人何以为人？影片在结构和主题上戏拟了俄耳甫斯神话、《圣经》故事以及《哈姆雷特》。当影片最终完成了对尼安德特人命运的美学拯救，它留给现代观众的，是对人之为人的无尽思考。

一、第一场景：人何以为人

注意影片的开场。作为"第一场景"，开场叙事单元以一系列关于"死亡"的意象提出了那个关于"人"的终极问题：我是谁？我从哪里来？我要到哪里去？我们暂时不知道这里的人们为何生活在这片苦寒之地——3万年前的北西伯利亚冰原。但从主人公"奥（Ao）"这个尼安德特人的旁白中我们觉得这仿佛是一种诅咒："我生活在这个荒无人烟的地方，大地冰冻得坚如岩石，寒冷永无止境。回去的路很漫长，但我们带回了很多的肉，来安慰我们被寒冷折磨的族人。"奥称这个雪原为"死亡的荒原"（the great plain of the dead）。这是作者精心建构的象征化场景：如果说部族的生存和延续（共同体）是主人公唯一努力奋斗的目标，也是他能够定义自己作为"人"的唯一坐标，那么当这脆弱的平衡被打破，所有的希望化为泡影，主人公将迎来他的抉择。当同伴在捕猎中死去，他希望死者的灵魂可以照耀死亡的荒原。在这里，人杀死野兽，但也会像野兽一样被杀死。正是在人与环境的极端对立中，族人成为他唯一的精神寄托，而新生的女儿尼娅更被他视为全族人的希望。然而在他出门追猎野兽的时候，野蛮的"长脸人"趁机屠灭了奥的族人，包括他新生的女儿。他制服了凶手，却不忍心杀死他们为族人复仇。这是抉择的时刻：他失去了一切。当族人（他的过去）和女儿（他的未来）都已死去，他成为一个"中间人物"。孑然一身的他必须重新定义自己，而他的所作所为将决定他是什么。正如亚里士多德所说的，当一个人失去了共同体，他要么成为一个神祇，要么成为一个野兽。[1]09他清楚人与野兽的界限，他不愿成为野兽："人类是邪恶的，比野兽可怕得多。"他更不愿成为野兽一样的人："为什么我下不了手？我的内心不愿再夺取另一个生命，一个人类的生命。"对于奥而言，这不是部落间的争斗，而是来自自然和世界的挑战：人何以为人？这是戏剧的时刻，也是突转的时刻。此刻他像神一样思考，但思考的却是一种属于人类的普遍正义。从影片中奥的一系列内心独白来看，他是一个自我反思意识非常发达的人，一个原始人版本的"哈姆雷特"，并且在同样的意义上阻碍了他作为自然个体的行动。但正是这一点让他能够超越身体/种族的局限思考关于人和生命的问题。这是哈姆雷特主题在奥身上的第一次闪现，并还将在以后多次闪现。于是他不知不觉间告别了"旧世界"——野蛮的世界。由此，整个故事向新世界敞开。

二、镜像召唤：返乡的渴望

奥赶走了长脸人，独坐山洞中为死去的族人吹起骨笛，他在幼年时曾用同样的方式为亲人安魂。❶某种灵魂式的想象是死者唯一的遗产。死亡往往使人想起其所从来。族人的覆灭彻底摧毁了奥的生命的延续性，使他成为一个孤独个体。在对死者的追缅、召唤中，奥追随着逝去的女儿尼娅的气息，想起了其所从来——25年前在南欧海岸的童年生活。奥有一个双胞胎兄弟"欧"（Oa），从二人名字的拼写方式（Oa/Ao），不难将其看作是奥的"镜像"。这一镜像关系可以帮助观众理解为何奥决定返回故乡。正如拉康在其著名的"镜子阶段"理论中所说的，人最初乃是借助一个镜像来确立自己的主体意识[2]90，当奥在自己的部族覆灭后无所适从的时候，他试图重新确立自己作为"人"的身份，而此时他的双胞胎兄弟就作为一个召唤意象在他的意识中重现。在奥的回忆中，兄弟二人一直相伴演奏。当奥用骨笛吹出旋律的时候，他的兄弟欧用石块和中空的树干打

---

❶ 如果从艺术作为自我制定规则的游戏来看，在规则的强度和复杂程度上，哲学最大，其次是音乐，再次是绘画及其他。规则是有意识的自我建构。从这个意义上看，当原始人开始演奏音乐的时候，他就在进行高级的、有意识、有意义的自我建构了。奥擅长演奏音乐，这证明他在自我意识的建构上强于别人。他能够用音乐来建构灵魂的形式。在席勒"游戏说"的意义上，奥因为其音乐能力，其感性和理性的调和能力更强，因而他更能够做到自洽。而自洽在某种意义上正是人类文明的基础。奥在多个关键场景中都演奏音乐，事实上是试图借助音乐不断自洽，不断自我更新。而他即将遇到的那个女人——阿吉，擅长绘画和医术，同样具有超强的自洽能力。无独有偶，在本书分析的另一个案例《她》中，人工智能萨曼莎的诞生也起始于一段基本音阶的程序启动音效。她同样擅长谱曲、写作，各种艺术无不涉猎，这暗示她作为智能体也在不断寻求自洽。

出节奏。欧的打击乐是贯穿影片的另一个核心意象。《长短经》中有"鼓不预五音，而为五音主"，打击的节奏比骨笛奏出的旋律更加原始，象征着生命最原始的强音。当奥决定返乡之后，这种生命的强音伴随着兄弟欧的幻象一直出现在他面前，指引着他回到生命的故乡。与欧的形象一同再现的，还有一系列的死亡意象。兄弟二人在山岗上发现一具被风干的、异族人的尸骸。这里极易被忽略的细节是，从尸骸的装束以及所背的标枪样式可以判断，死者与后来出场的女主人公阿吉（Aki）属于同一种族，很可能即历史上创作了著名的洞穴壁画的克罗马农人（因此，作者在潜文本中一开始就指涉了"洞穴"主题，并将逐步展开这一主题）。这是为男女主人公的相遇做的铺垫。由此作者也提请我们注意这部影片在自然主义和仿纪录片风格的画面背后所使用的复杂叙事技巧。如果忽略了这些深层次的技巧，影片的主旨将被误解。克罗马农人与尼安德特人在历史上的生存竞争可能是一种人类学意义上的事实，但影片作者对他们之间关系的理解和塑造显然更加复杂。这是一场美学与人类学的竞赛。当奥从尸骸胸前取下死者的骨笛并尝试着吹出音符的时候，这意味着他不自觉地早已经成为两个种族、两种文化的连接者。正如奥所说的，他不惧怕未知。他想回到过去，却无意中创造了未来。

三、死者的馈赠：生死二重奏

骨笛是一个核心意象。如果说法国思想家布朗肖认为，尼安德特人丝毫不关心艺术并因此从未越出动物王国的范围[3]140，那么在这里我们很清晰地看到，影片作者决定为我们呈现一种完全不同的尼安德特人。我们看到，奥有着非凡的音乐才能，或许他的部落也有着更高的文明，而这种文明却并不能使他们在野蛮面前免于灭亡。但唯有在文明的世界中，人们才会为死者叹息，死者才会被人们纪念。这是另一种"复仇"，文明对野蛮和死亡的"复仇"。值得注意的是，最初当奥拿到骨笛之后，先是用牙齿啃咬，认为它是食物，继而才在无意当中发现骨笛可以奏出音乐的秘密。奥的生命由于音乐而得到了升华和更新。音乐，经由（骨笛）对气息的控制产生变化的音阶，相比普通的声响仿佛有了一种秩序和生命❶，这可能是奥将生命视为"气息"的表现形式的由来。奥的口技出众，善于模仿不同动物的气息，能与万物交流——这可能是他从音乐智慧中得到的行动哲学。"气息—音乐"由此代表了一种文明和智慧的类型：连接生命与自然。据说音乐是语言的源头之一，那么同样地，化用拉康的语言理论[4]90，可以说，音乐—语言作为自我的客观化，与"镜像"一样承担了建构自我、认识自我的功能。由此，奥代表了这样一种对于"人"的定义："自我"的探寻者，以及自然万物的连接者。如果说骨笛可以奏出有生命的气息，死者在死亡来临前曾最后一次吹出生命的音符，那么，这是否同样意味着，当奥从死者那里领受骨笛的同时，他也就领受了死者的死亡/生命？由此，奥不仅是两种文化的连接者、自然万物的连接者，他还成为死亡与生命的连接者。奥所在的部落受到一种疾病的侵袭，很可能是一种瘟疫，而尼安德特人对此没有抵抗力。奥的父亲是部落的首领，他染上了这种疾病。奥在获得骨笛之后吹奏的第一首曲子是送葬父亲的安魂曲。奥携带着骨笛被交换到其他部落。很可能躲避疾病正是奥的部落迁徙到西伯利亚冰原的原因。由此可以说，影片的开场段落一直贯穿着生命与死亡的闭环。当奥从死者那里领受了骨笛，也就领受了死亡的"命题"。死亡如影随形，生命的意义何在？西伯利亚冰原的叙事只是消极地延宕了这一命题，当死亡以不同的方式再次来临，他必须解决这一命题。

四、俄耳甫斯主题的若干变奏

奥因族人的死亡，尤其是女儿的死亡，吹起悲伤的曲调。当作者让"吹笛者"奥踏上归乡的旅程，目的是寻找生命的慰藉，这一悲伤者的形象指涉了古希腊罗马神话中的诗人俄耳甫斯。擅长演奏竖琴的俄耳甫斯为了拯救被毒蛇咬死的妻子欧律狄刻而来到冥府，他用音乐和歌唱感动了冥王，后者决定允许俄耳甫斯

---

❶ 这里的音乐作为一种伦理观念的象征，类似于中国古代的"伦"（倫）与"侖"的关系，只是这里原始的、属灵的成分更多。

领回妻子，但是告诫他在走出冥府之前不得回头看他的爱人；俄耳甫斯在即将走出冥府的时候忍不住回头看了一眼欧律狄刻，于是欧律狄刻重新堕入了冥府[5]200-202。在奥维德笔下，再度失去妻子的痛苦让俄耳甫斯弃绝了现世生活，这注定了他的悲剧结局：他悲哀的琴声终于招来了酒神节上疯狂的女人，她们将诗人杀死并撕碎。[5]221-223波兰诗人米沃什在同名诗篇中对这个故事作了改写。在他笔下，俄耳甫斯进入冥府只是为了经受艺术上的"终极考验"："抒情诗人/通常都有——他知道——一颗冰冷的心/这就像一种病/忍受它的折磨/是为了换取艺术上的完美。"但在失败的那一刻，俄耳甫斯终于发现，对生命真正的信仰并不来自死而复生，而来自对现世生活的真切感受："但他闻到香草的气味/听到蜜蜂的嗡嗡声/他渐渐睡着了/脸贴在被阳光烤暖的泥土上。"[6]125-130影片蕴含了同样的意旨，并且以更加丰富的方式为我们呈现了俄耳甫斯故事的若干变奏。

（1）死亡/重生。当奥决定返乡的时候，他究竟是踏上了重生之旅还是死亡之途？成群的野牛、触手可及的食物，看似生机勃勃的欧洲的土地实际并非乐土。从北欧到中欧再到南欧，主人公经历的考验愈加严峻。越是接近目的地，就越接近死亡。这些考验来自疾病、食人族、偏见、干旱和最终的绝望。情境的升级对应着主题的深化。如果说俄耳甫斯的幻影至少帮助他重返人间，那么，奥的幻影（欧）似乎只是一步步地引诱他走向死亡。但相同的是，幻影终将破灭，主人公也将重新发现自身。

（2）俄耳甫斯/奥德修斯。如果说奥试图通过返乡过上从前的生活，那么他的计划很快就遇到了阻碍。当奥穿越冰原，踏上北欧的土地，他立刻堕入了阿古克人（Aguk）的捕兽陷阱，沦为猎物。然而他最终不仅自己逃脱了，更带走了阿古克人的猎物——一个女人。阿古克部落的隐喻性在于：与奥敬畏自然、敬畏生命的观念相反，阿古克人是一个看似文明的食人部落（一个一闪而过的镜头暗示他们把尸体当作食物储存），是比西伯利亚冰原更高意义上的野蛮、残暴、死亡的象征。他们是高度组织化、社会化、军事化的野蛮人，弱小、排外、残暴。这就是当时的"世界状况"。但与西伯利亚冰原上的遭遇不同，此刻奥孤身一人，没有家族之累。他不必只是吹起哀伤的骨笛接受命运、自伤身世。看到异族青年被杀献祭，这比同族人遭受屠戮更加激起了奥的愤慨。正是这种跨越种族的同情，一种新的"人类"观念，打开了新世界的大门。然而逃出生天还需要依赖现实的智慧。在这里，俄耳甫斯式的情感与奥德修斯式的行动互为表里，代表了人类力量中的不同类型，正对应于俄耳甫斯与奥德修斯的不同结局。俄耳甫斯主题在此暂时成为反讽性的。阿古克首领对奥的骨笛十分好奇，但他无法吹奏出曲调，这意味着他缺乏诗性；但对骨笛的好奇转移了阿古克首领的注意力，让奥有机可乘。当奥打翻蜂巢，披着兽皮冲出的时候，他正像那位藏在绵羊肚子下面的奥德修斯，逃出了独眼巨人的山洞。同样被俘的阿吉没有时间继续为被刚刚杀死的爱人悲伤，她不自觉地被奥吸引，尾随着他逃出了阿古克人的部落，并在不久的将来成为奥的伴侣。这是阿吉第一次被奥吸引——以一种佩涅罗珀的方式；她未来还将被奥第二次吸引——以一种欧律狄刻的方式。无论对于奥还是阿吉而言，这都是一次新生。在某种意义上，这是"人"第一次获得它的"现代性"，它必须现实地思考"何以为人"。阿吉已经怀有身孕并很快诞下女儿娃玛（Wama）。正如欧律狄刻的幻影暂时安慰了俄耳甫斯，奥也将娃玛视为女儿尼娅的再生。娃玛成为联结奥与阿吉的纽带，她真正承载起人类的希望；她不是终将消失的幻影，让俄耳甫斯不必空余悔恨。

（3）欧律狄刻/俄耳甫斯。影片反转了"欧律狄刻"与"俄耳甫斯"的功能关系：阿吉拯救了濒死的奥。阿吉的命运与奥非常相似：她的部落被阿古克人袭击，族人被杀。她尾随奥逃出阿古克人的部落并最终加入了奥的返乡故事。这个故事与当代爱情故事一样，充满了各种浪漫桥段。当奥疾病发作的时候，阿吉本想带着娃玛离去，但奥无意中喊出了"疼痛"，其发音跟阿吉的名字类似，唤起了阿吉的恻隐之心。于是阿吉带着奥回到部落的营地，用草药治好了奥。阿吉的部落（一种母系部落）有着更高的文明，不仅有更先进的武器（带羽毛稳定器的标枪），而且有高度的艺术。阿吉把奥带入画满壁画的洞穴，并用染料在石壁上印下奥的手印。作者在这里重构了洞窟壁画的意义重心。它不仅是神秘的巫术，而且是两个部落、两种文明的融合。在奥的"死亡之旅"中，阿吉自始至终作为"死亡"的反题发挥作用，并最终扭转了死亡的主题。

（4）《创世记》/俄耳甫斯。影片虽然指涉了俄耳甫斯神话，但却用"骨笛"置换了"竖琴"，由此同时指涉了另一个神话体系——《圣经·创世记》。

骨头作为乐器正如俄耳甫斯的竖琴，据说俄耳甫斯因为欧律狄刻的死而厌弃所有女性，他的音乐空有生命的气息却无法创造生命，最终只能招来死亡；而影片的作者似乎意在说明，只有当骨头获得形体，变成一个女人，才意味着真正的生命。阿吉与奥的相遇戏拟了《创世记》中亚当和夏娃相遇的场景。当阿吉尾随着奥进入了一个洞穴，她发现奥正在睡觉，继而阿吉迎来了她的分娩；奥被阿吉分娩时的叫声惊醒：一个女人和她刚出生的女儿出现在他面前。在故事的结尾，当奥发现自己的兄弟和族人已经全部被疾病夺去生命之后，他将骨笛抛入深渊，并且要跳崖结束自己的生命，是婴儿的哭声和女人的哀求挽救了他。奥抛弃骨笛的镜头或许戏拟了《2001太空漫游》中那个经典画面：作为最原始的武器的骨头被高高抛起，叠化为太空飞船。但这里落入山洞的骨头并没有变成太空飞船，它没有成为一种野蛮的知识的象征，而是象征着一种诗学，象征着对幻象的否定和对生命的肯定。奥扔掉骨笛，这不是他与音乐的分离。他自己随之坠落，又上升，他从死中复生，成为一个全新的自己。他就是"骨"，他自己就是可以奏出音乐的骨头。他的骨子里有音乐，因此最后他不需要依赖外在的乐器了，他自身就是音乐。奥与阿吉带着女儿和即将出生的孩子来到海岸边生活，他们是旧世界的最后一对男女，也是新世界的第一对男女，他们就是作者眼中的亚当和夏娃。

五、洞穴中的哈姆雷特

猛犸象洞穴场景是影片真正的高潮。它指涉了柏拉图的"洞喻"[7]272-276，点出了影片的主旨，那个哲学的命题：人从哪里来，要往哪里去。主人公走出西伯利亚的冰原、纵穿欧洲大陆的旅程伴随着各式各样的"洞穴叙事"：作为家庭的洞穴、作为陷阱的洞穴、作为藏身之地的洞穴，以及此处作为世界象征的洞穴。当男女主人公度过最初的危机，来到中欧的土地，他们进入了一个几乎荒废的尼安德特人的营地。这里是一个堆着猛犸象和尼安德特人尸骸的巨大天然洞穴。相比于其他的洞穴叙事，这个洞穴叙事排除了情节上的紧迫性，因为它旨在建构一种哲学思考——"洞穴"中的"哈姆雷特"主题。堆积的尸骸明显地指涉了《哈姆雷特》第五幕开场的墓地场景。[8]379-386据说尼安德特人有安葬尸骸的传统，所以当奥发现暴露在营地中的尼安德特人尸骨的时候，他对着头骨问道："是谁扰乱了他们通向死亡的旅途？谁想阻挠他们的灵魂回归自然？"影片并没有给出答案。也许，正如猛犸象是尼安德特人的猎物和食物，这里的尼安德特人也成为像阿古克人那样的食人部落的猎物和食物；又或许这个部落也像奥的部落一样被疾病侵袭。奥不眠不休地安葬这些遗骸，而阿吉却对一切关于死亡的东西都不感兴趣。奥看着沐浴的阿吉，想要强行与她结合，却被隐藏在暗处的一个老年人打晕。这个老人的外貌有着尼安德特人的特征。他阻止奥与阿吉结合的举动是令人费解的，除非另有深意。如果说此次结合的时间、地点和理由是不好的，那么应当是一种什么样的结合？当奥再次醒来的时候，一个克罗马农人的部落到来了，他们是阿吉的同类，阿吉决定跟他们待在一起，而奥则被驱逐到了洞外的山顶。他像开场一样，再次失去了一切，幻影的焦虑袭来："尼娅，你不是娃玛，你在另一个地方，那里的人不会害怕未知。"夜晚，老人给奥送来了食物，并令人费解地留给奥一个骷髅。这个场景在结构上复现了童年时期奥获得骨笛的场景，但这次他面对着骷髅真切地感受到"死亡"命题的紧迫性："我们从哪里来？我们是谁？"于是我们终于明白老人这个角色的意义：他是一个看守墓地的人，他知道凡是进入墓地的都已经死亡，而新的生命在别处。这就是他用一个骷髅向奥揭示的真理。当奥手持着那个尼安德特人的骷髅的时候，他终于成为"最后的尼安德特人"。欧的幻影再现，敲击着生命的节拍，奥则再次吹响骨笛作为应答。生命的冲动促使奥追寻着"答案"，那过去的"幻影"。而答案不在于过去，在于未来。影片作者不知不觉间在一个更高的维度上重启了整个故事。画面转到洞内。在镜头的俯视下，所有人饱食之后昏昏欲睡。整个洞穴由此成为垂死的旧世界的缩影，没有任何希望可言。"是谁阻碍了灵魂回归自然？"实际上问的是"是谁阻碍了灵魂走出洞穴？"答案正是这个洞穴本身——旧世界的一切。老人是旧世界的先知，他为奥解开绳索，于是奥成为第一个走出洞穴的尼安德特人。部落首领试图占有阿吉，阿吉抱起娃玛冲出营帐，她听到洞顶传来的骨笛声，她开始想念奥。第二天，洞里的小孩子披上兽皮，滑稽地模仿着奥。柏拉图"洞喻"中的"影子"被以这样一种反讽的方式呈现出来：旧世界的人们并不对新事物感兴趣，他们只对新事物的影子感兴趣。但这是否也意味着奥已经在旧世界播下了新的种子？阿吉终于带着娃玛追上了奥。俄耳甫斯的主题再次出现并再次反转。这一次，是"欧律狄刻"自己被"俄耳甫斯"的音乐吸引，心甘情愿地跟随他走出冥府。这是柏拉图的洞喻、俄耳甫斯神话、《创世记》以及《哈姆雷特》主题变奏的合一，犹如一曲辉煌的交响乐。人类走出"洞穴"所需要的多种力量，也于此合一。

六、毁灭—结合—重生

从旧世界走出，在到达目的地之前，主人公经历了干旱的考验。大火吞噬了森林，象征着旧世界的毁灭；成群的骏马如天使般穿过火后的荒原，而奥依然能听到树木的灵魂在跟他对话。然后是一个极富古代神话和《圣经》风格的场景：因缺水而濒临死亡的主人公得到了母马的奶水而幸免于难。当主人公吹响骨笛，并模仿牡马的鸣叫吸引来牝马，应验了对自然、对生命的信仰必将带来的奇迹。天降甘霖，男女主人公在刚刚经历了毁灭的大地之上结合了。当雨后的山顶出现彩虹，西方观众们不难发现，"干旱"场景实际上以一种"转喻"的方式对应着《创世记》里的"大洪水"，因为彩虹据说是上帝与挪亚在大洪水之后立约的标记：旧世界一切都死去，新世界是属于主人公的。Ao的名字很可能就来自Noah（挪亚），作者想以此暗示奥与挪亚一样是人类的"新始祖"。当主人公踏上南欧的土地，"俄耳甫斯"也将迎来最后的结局。主人公终于重返他故乡的部落，远远望见兄弟的背影。但当他满怀希望地来到兄弟跟前，却发现斯人已逝。所有的族人也都已经死去，这最后的死者面对着族人的坟墓，依然保持着奏乐的姿势，倔强的生命的强音戛然而止。奥徒劳地为欧敷上草药，却并不能让死者重生。正如俄耳甫斯在最后关头失去了爱人，奥的希望也转瞬间化作绝望。他冲到悬崖边，把骨笛抛入深渊，并想要结束自己的生命。阿吉的呼喊和娃玛的哭声让奥回转了脚步。娃玛/尼娅是生命中的生命，是生命的自我显现，象征着生生不息——这是作者不惜笔墨设置这一角色的原因。在结构主义的意义上，阿吉之有娃玛正对应于奥之有骨笛。娃玛与骨笛都是死者的遗留物，所不同的是，娃玛是生命与生命的连接，而骨笛则是生命与死亡的连接。这来自死者的馈赠象征着生命中属灵的成分（死亡/灵魂），但生命更重要的成分在于属身体的部分。"骨头"没有生命，是人赋予"骨头"生命。在转身的那一刻，奥必定明白了生命的真谛。从死者那里得来的音乐之骨，把死与生连接起来，成为一个闭环。而奥打破了这个闭环，得到了新生。那个曾经死去的，不正是他自己吗？故事开始于亡灵之乐，结束于生命之乐。故事一开始他就死去了。死亡伴随着他，死亡加给他的命题是"新生"。但他必须回到故乡，回到生命开始的地方，才能获得新的生命。正如米沃什笔下的俄耳甫斯在重返人间之后拥抱阳光和草地，死亡的幻象被打破了。但奥还是不小心坠落了——这是象征性的死亡。当他攀住悬崖的边缘，重新登上生命的此岸时，便获得了新生。

影片名为《最后的尼安德特人》，实际上讲述的是尼安德特人的新生。作者借由对最后一个尼安德特人的命运的想象，书写了旧世界的终结和新世界的开端。在俄耳甫斯神话中，俄耳甫斯永远地失去了妻子，对妻子亡灵的牵挂让最终导致了他的死亡，而在《最后的尼安德特人》中，是对生命的不懈追求最终让"俄耳甫斯"获得了新生。这是作者对现代人命运的启示。文明的诞生和延续是艰难的。影片用一个人的史诗呈现了两条道路：阿古克人的道路让人们离这个世界、离彼此越来越远，奥的道路让人们与世界同在。人们今天到底是走在了奥的道路上呢，还是走在了阿古克人的道路上？法国文化哲学家施韦泽说："生命意志肯定自身。能反思自身的生命意志把生命看作有着自身价值的伟大奥秘。生命意志的第一个意识行为就是敬畏在生命中显现的生命。通过敬畏生命，人才赋予其存在以价值。人的存在就是命运，它由命运决定，并在命运中实现自身。有思想的生命意志把这种敬畏生命扩展到在他范围内的所有的生命意志。"[9]36这是一个"个体如何成为世界"的故事。如果说"最后的尼安德特人"能够免于灭亡，那是因为，面对自然、疾病和野蛮的挑战，他们不仅坚守生命的价值，并且不断打破种族的界限，拓宽生命的边界。他们的精神正如影片结尾处明亮的爱琴海的景色，昭示着一种文明的曙光。

本文参考文献

[1] 亚里士多德. 政治学［M］. 吴寿彭，译. 北京：商务印书馆，1965.

[2] 拉康. 拉康选集［M］. 褚孝泉，译. 上海：上海三联书店，2001.

[3] 哈泽，拉奇. 导读布朗肖［M］. 潘梦阳，译. 重庆：重庆大学出版社，2014.

[4] 拉康. 拉康选集［M］. 褚孝泉，译. 上海：上海三联书店，2001.

[5] 奥维德. 变形记［M］. 杨周翰，译. 北京：人民文学出版社，1984.

[6] 米沃什. 第二空间［M］. 周伟驰，译. 广州：花城出版社，2015.

[7] 柏拉图. 理想国［M］. 郭斌和，张竹明，译. 北京：商务印书馆，1986.

[8] 莎士比亚. 哈姆雷特[M]. 朱生豪，译. 南京：译林出版社，1998.

[9] 施韦泽. 文化哲学［M］. 陈泽环，译. 上海：上海人民出版社，2008.

爱欲与理性：

《赵氏孤儿案》

元代剧作家纪君祥的剧本《赵氏孤儿大报仇》将赵氏孤儿的复仇故事移植到一个完全不同的政治语境中❶，为的是唤起当时观众的某种政治激情；这种政治激情的表达如此强烈，以至于无法让观众看清故事本身的复杂肌理。现当代的舞台剧改编不约而同地走向了这种单纯的政治激情的反题。在这些剧作中，政治场景都在某种程度上被虚化了，复仇主题所承载的政治激情，被一种对"普遍人

---

❶　自纪君祥［约元世祖至元年间（1264—1294）在世］的《赵氏孤儿大报仇》以来，"赵氏孤儿"故事持续得到了戏剧形式的呈现。对于"赵氏孤儿"故事的戏剧呈现而言，《左传》与《史记》中的相关文本是后世改编的底本，其中又以后者最为多见。在最终成形的"赵氏孤儿"故事中有三个核心事件：赵盾弑君、赵氏灭族（"下宫之难"）、孤儿复仇，而《史记·赵世家》是最早完整包含这一叙事结构的文本。相比之下，这个故事的两个核心情节——下宫之难、孤儿复仇——在《国语》文本中似乎是缺失的；而无论在《国语》还是《左传》中，都没有任何迹象表明"孤儿复仇"可以成为一个主题。我们暂且搁置史学界关于《国语》与《左传》成书关系的争议。在《国语·晋语》中，直接提到的只有赵盾弑君，事见《灵公使鉏麑杀赵宣子》一节。"下宫之难"这一中心事件付之阙如，然而根据某些人物的言辞可以推断，《国语》指涉的下宫之难应当与《左传》的记载在情节上是一致的，如《韩献子不从栾中行召》一节中韩厥所说："昔者吾畜于赵氏，赵孟姬之谗，吾能违兵。"以及《邮无正谏赵简子无杀尹铎》一节中邮无正所说："昔先主文子少衅于难，从姬氏于公宫。"而无论是《国语》还是《左传》都没有提到或者暗示任何有关"孤儿复仇"的情节。这一情节作为核心情节在历史叙事中的确立是由《史记·赵世家》完成的，并且由此，整个赵氏孤儿故事在《史记·赵世家》中都具有了完全不同的形态。"复仇"这一"异质性"的情节的插入，客观上与前两个情节组合起来形成了一个封闭的叙事，从而使整个赵氏孤儿故事从历史叙事中独立出来成为可能。而事实上我们看到，在后来绝大部分的改编作品中，"复仇"主题已经完全主宰了这个故事。

性"的想象所取代，其结果是用另一种激情取代了政治激情的表达。相比之下，电视剧《赵氏孤儿案》做了更多的"还原"的工作：让赵氏孤儿的故事回归其本来的时空。与其他几个改编自赵氏孤儿故事的文本的不同之处在于，它既不是某种单纯的政治激情的表达，也不是只对普遍人类情感的想象，它关注的是一个具体而微的"城邦"（指其作为一种戏剧场景，与西方古典政治中的城邦概念有区别）政治场景中个人的德性。在这一政治场景中，君主权力的没落与城邦政治的兴起此消彼长；作为一种技艺的政治智慧开始被普遍应用并威胁到旧世界的朴素的政治情感。而发生在这一政治场景中的赵氏孤儿的"复仇"故事，天然地涉及组成这个政治场景的两个基本场域：爱欲与政治，激情与理性。这两个场域各自都有属于自己的行为准则及其背后的伦理价值取向，它们构成（或被结构成）一组二元对立并相互依存。对个体政治处境的觉知，以及对其中行为及价值准则的取舍决定了故事人物的不同命运。而"存赵孤"的行为从其目的上来说，应该是旨在达成这组二元对立的暂时性解决，也即明晰两种政治的界限。从这一点上来看，作为故事的核心人物，作为一个医生，更作为一个苏格拉底式的"思想的助产士"，程婴是唯一有可能看清这两种政治的分野及其各自局限性的人选：他既身处这个故事之中，又不属于这个故事。在程婴身上，电视剧发现了这个故事的真正主题乃是"智慧"。这种智慧的主要内容乃是理性与激情的协调。正如程婴在最后一集中的夫子自道：我的敌人是我自己。唯有智慧能够穿透层层激情的迷雾，展示这一政治场景中种种复杂的面向。这些复杂的面向反映在剧中人物的个体命运之上，而这正是下文将详细展开分析的。

一、国君：政治孤儿的焦虑

我们的论述将从国君（晋景公）开始。因为之前从没有哪部关于赵氏孤儿的剧作能够如此设身处地地在这个次要角色身上花费笔墨。虽然林兆华导演的话剧《赵氏孤儿》已经注意到国君（话剧中的国君设定为"晋灵公"，一定程度上回避了政治层面的"父与子"的问题）在这个故事中的特殊作用，但作者似乎刻意在国君身上加入了过多的作者视角，以至于让这个角色显得太过超然而显得缺乏感情。林兆华曾对剧本做出这样的评价："金海曙有一笔写得好，他把晋灵公写出来了。创作过程中曾经考虑到，在不报仇之后，还应该有一场戏，在屠岸贾、程婴和婴儿这三个人之间有一场戏，呈现他们情感的、内心的冲突。我觉得这里面晋灵公是个大角色。甚至可以说这台戏不是我导演的，是晋灵公在导演。这是创作的初衷。"[1]电视剧中的国君则离作者稍远，而离故事本身更近，因而也将成为我们解释这个故事的第一把钥匙。在电视剧所努力还原的赵氏孤儿故事中，国君这一角色的意义在于：他是作为主角的赵氏孤儿（赵武）的故事原型。他在故事甫一开始便亲身展示了作为一个"政治孤儿"的处境，并表达了对自己这一处境的焦虑。这一焦虑笼罩着他的全部行动，有意识地和无意识地，共同书写了一部无家可归的政治寓言。能否理解塑造了国君性格的政治环境，直接关系到能否感受赵氏孤儿故事的真正重心所在。在这一点上，以前的作品没有一部像电视剧《赵氏孤儿案》走得这么远。

电视剧在故事背景上基本沿用了《史记·赵世家第十三》的说法。❶需要注

---

❶ 日本学者藤田胜久认为，《史记·赵世家》中的某些素材可能来自"与《国语》性质不同的资料"（参见藤田胜久《〈史记〉战国史料研究》，曹峰，广濑薰雄译．上海：上海古籍出版社，2008年，第301页）。研究者对《左传》中所载下宫之难之"本事"的考证，以及《史记·晋世家》与《史记·赵世家》对下宫之难的不同描述，都表明《史记》同时采纳了两个不同版本的赵氏孤儿故事。白国红在《"下宫之难"探析》（《史学集刊》，2006年第2期）一文中以缜密的逻辑从《左传》史料中精彩还原了下宫之难事件的本末，颇具说服力。概言之，六卿势力之消长是外部原因，而赵氏公族内部大小宗之间的矛盾是内部原因，而赵武则是下宫之难最终的利益获得者。对照《国语》中所描述的晋国历史上的曲沃代翼事件，我们发现，在《国语》整个叙事框架中，下宫之难与曲沃代翼是十分相似的。赵庄姬之谮对应于骊姬之谮。但《国语》编者在《晋语》中完全省略掉对下宫之难的直接描述。叙事的"空白"并不意味着叙事的"缺失"。这一省略实际上再清楚不过地表明了《国语》编者对这一事件之主题的判定：政治传统之危机。只有意识到这一主题的一贯性，才能理解为何《国语》编者在《灵公使鉏麑杀赵宣子》之后就中断了对赵氏相关事件的叙述，却在不久之后的《晋语六》开篇浓墨重彩地叙述了"赵文子冠"的一组对话。从《晋语》后半部分来看，赵氏作为先王传统的继承人在《国语》的整个叙事框架中是很显明的。赵武（赵文子）在冠礼之后与晋国贤人们的一系列对话——其主旨是政治哲人向赵武传授为政为王之道——是曲沃代翼之后重耳流亡旅程的对应物。只是相比之下，这种对话式场景缺乏流浪旅程那样的仪式感和魅力。或者说，《国语》编者在叙事上的"留白"实际上已经包含了一个属于赵武的"流浪旅程"，而他冠礼之后的对话更像是重耳在楚国、秦国的经历的对应物，尤其是重耳与怀嬴最后的婚礼。从婚礼与冠礼的这种相似性似乎更容易理解两个故事在叙事功能上的相似性。这种理解的另一个方便之处在于，我们可以从这个属于赵武的、虽然是"留白"的"流浪旅程"中看到司马迁如何"乘虚而入"，利用了《国语》对这个故事的"留白"，从而建构了一个为其《史记》叙事意图服务的"赵氏孤儿"故事。我们从中依稀可以看到司马迁《金縢》故事中周公的影子。

意的一点是，电视剧并没有直接的关于赵盾的情节，因而很显然它刻意虚化了赵盾这一人物的性格特点。事实上，通过展示其子赵朔在政治上对国君诚惶诚恐的"忠"，观众不得不隐隐感觉到赵盾在政治上的"恶"，至少在强度上两者必定相当。然而为了揭示出更大的东西，作者把赵盾这个人物留给观众去想象，并且花更多的力气塑造了赵朔的非政治的个人魅力。《史记》的记载如下[2]555：晋襄公死后，赵盾考虑到当时的太子年少，难以担当国难，曾想迎立在秦国做人质的襄公的弟弟公子雍为君。但"太子母日夜啼泣，顿首谓赵盾曰：'先君何罪，释其适子而更求君？'"，而且很有可能当时太子的母亲寻求宗亲的势力对赵盾施压，于是"赵盾患之，恐其宗与大夫袭诛之，乃遂立太子，是为灵公"，且"发兵距所迎襄公弟于秦者"。"灵公既立，赵盾益专国政。"灵公长大之后，"益骄"，赵盾屡次劝谏，灵公都不听从。终于有一次，灵公因为厨师的一个失误而杀了他，抛尸的时候被赵盾、随会撞见。（"随会"见《史记·晋世家第九》）这里《史记》的记载很耐人寻味："灵公由此惧，欲杀盾。""灵公患之，使鉏麑刺赵盾。"灵公对赵盾的感情主要是"恐惧"，这暴露出赵盾的尴尬处境：在《史记》的叙述中，无论是谋立襄公弟为君还是在立太子之后"益专国政"，赵盾的动机都带有某种明显的古代政治的朴素情感，这种情感最突出的表现是在周公辅成王故事中：失去父亲的年幼的国君由于无法亲自担当城邦的利益而必须依赖辅国的大臣，这个辅国大臣既是国君的父亲又是国君的老师；辅国大臣代行国君的权力却仍然对国君效忠。这种朴素的情感维系着城邦利益的完整与国君谱系的延续之间的微妙的平衡。当然，这两者之间的矛盾并非少见。尤其是国君谱系的延续，它对于城邦利益来说，实在是最薄弱、最不稳定的一环。在某种程度上，春秋时期的分裂局面便是国君世系的延续与城邦利益的失衡所造成的。诸侯为了各自的城邦利益必须摆脱旧的政治情感的束缚。但这种平衡的准则却在诸侯国内部继续被努力遵守。而在赵盾的时代，这种朴素的政治情感又将迎来它的第二次更迭（战国）。赵盾对这一点的感知显然有些迟钝，但并非一无所知。他遵循着那种朴素的政治情感的惯性，但同时也感受到了这种平衡正在动摇。因此他在努力维系君权的交替的同时，也本能地运用政治"技艺"来应付各分支的宗亲和诸大夫势力。这些宗亲大夫势力本来的众矢之的应是新继位的幼君，并且赵盾本应该是众矢之中最锋利的一支，但赵盾却被旧政治情感所牵绊，错置了自己的政治身份，这一错置的政治身份将延宕至赵武复仇之后的"三家分晋"时才得以最终寻回。由于赵盾在国君继位的问题上无意间掺用了"技艺"的成分，由此他不仅成为宗亲大夫势力的敌人，也成为国君的敌人。这很有可能是灵公"惧"赵盾的根由。灵公不会不知道自己险些被赵盾剥夺了君位的继承权，由此在他看来，赵盾的"专国政""骤谏"也就不是出于对城邦利益的考虑（赵盾欲立公子雍的理由见《史记·晋世家第九》[2]522），而更多的是一种僭越。灵公要杀赵盾，赵盾逃亡。赵盾的逃亡再一次暴露出他无法冲破旧的政治情感的网罗。赵盾还未逃出国境，另一件事情发生了：赵穿（赵盾的昆弟）弑灵公（《史记·晋世家第九》[2]523）。这件事情的发生似乎给了赵盾一次额外的机会，然而赵盾再一次错过了。《史记》引用《左传》的记载，赵盾返回都城之后，命令赵穿从成周迎回襄公的弟弟黑臀。黑臀继位，是为成公。当时的太史董狐对此事的记载招来赵盾的辩解，而孔子对此事的评价将赵盾的尴尬处境一语道破：

> 太史书曰："赵盾杀其君。"以示于朝。宣子（赵盾）曰："不然。"对曰："子为正卿，亡不越境，反不讨贼，非子而谁？"宣子曰："呜呼，《诗》曰'我之怀矣，自诒伊戚'，其我之谓矣。"孔子曰："董狐，古之良史也，书法不隐，赵宣子，古之良大夫也，为法受恶。惜也，越竟乃免。"（《左传·卷第二十一》[3]594）

然而如果赵盾真的越过了国境而无法及时返回，那么诸大夫的势力很有可能乘虚而入，这是赵盾的"爱国主义"所不允许的。因此他无奈地感叹："啊！《诗》中说：'我心里怀念祖国，反而给自己留下忧伤。'这话大概说的是我吧。"赵盾所遭遇的这种"名不正"的状况代表着旧的政治情感已经名存实亡，它必须依赖新的技艺政治的介入而重新恢复活力；赵盾的错置在这两者之间造成了一段政治的真空。

成公是景公的父亲。如果说成公仍然能够借赵盾之名托庇于那个名存实亡的政治传统之下的话，那么赵盾的过世将景公彻底从旧的政治传统中抛出来，暴露于那个短暂的政治真空之中。赵盾的儿子赵朔不具备他父亲那样的权威，却必须承担他父亲的政治遗产。他仿效他的祖父，与晋室结为姻亲，然而取得的效果却完全相反：他的存在无时无刻不在提醒着景公：旧的政治传统已经成为一种障碍。景公在这个真空之中感受到一种"无父"的焦虑。他迫不及待地想要寻找一种新的政治，然而却对其危险一无所知。事实上，他必须承担起自己扮演"父亲"的责任，在此期间他将目睹作为技艺的政治带着某种难以遏制的激情涌入这个真空，这就是屠岸贾这一角色的意义所在。而晋景公这个父亲将在认清这残酷的激情之后产下自己的儿子。虽然《史记》中言之凿凿，但屠岸贾这个人物的出现更符合虚构的原则，他在电视剧中被充分展开并刻画为作为技艺的政治的代言人。这是电视剧所选择的赵氏孤儿案的背景所蕴含的叙事上的一个巨大落差，借助这个落差所启动的赵氏孤儿的故事将显示出空前的情感力度。正是在这里，我们将暂时转入对屠岸贾这一角色的分析。

二、屠岸贾：错置的爱欲

无论从哪个方面来看，电视剧《赵氏孤儿案》中的屠岸贾都更接近于莎士比亚悲剧中的某些人物：他是一个强有力的恶人，并且因为这种强有力的恶而获得了某种神性。并且，正如安东尼、科利奥兰纳斯或者奥赛罗、麦克白等角色都负有强有力的性格，屠岸贾也因其强有力的恶（Vice）而造成了自己悲剧性的毁灭。在文学想象的领域中，有力的人物性格往往超越表面善恶的标准而更引人注目。从这一角色所显示的纯粹情感强度来说，屠岸贾无疑是电视剧赵氏孤儿故事的主角。

赵盾曾有机会废黜晋室自立，然而他最终选择退回到旧的政治传统中去模仿一个古代忠臣的典范。他试图复活一个垂死的秩序，这是他自身以及其子嗣政治悲剧的根源。然而他这种行动的合理性在于他作为晋室的外戚的身份。赵盾的父亲赵衰在跟随晋公子重耳的政治流亡期间与重耳结为连襟，并且"文公所以反国及霸，多赵衰计策。"（《史记·赵世家第十三》[2]554）相比之下，屠岸贾没有这种身份上的负累。（我们不知道他的过去，即便是在《史记》当中，他似乎也

是一个纯粹出于叙事的需要而突然插入的人物。电视剧看到并最大限度地发掘了
这个人物的可塑性，甚至可以说，电视剧对程婴这一角色的塑造也大多是以屠岸
贾为参照的。）然而，恰恰因为屠岸贾没有身份上的负累，他的悲剧才更令人震
撼：他被自己的智慧所蒙蔽，最终犯下了与赵盾极为相似的错误。

　　故事一开始，屠岸贾便表现出两种分裂的形象：一方面他是一个深爱着妻子
的男人；另一方面他是一个洞悉一切形势并总能做出冷静而现实的决断的智者，
一个曹操式的政治家。这样一种设计除了在表面上满足当代观众的趣味之外，还
有更深的意味可供解读。如果说赵盾的政治激情由于缺乏智慧而显得迟钝，因此
造成悲剧，那么，屠岸贾的政治智慧恰恰由于潜藏了过于猛烈的激情而容易失
控，因此造成悲剧。他深爱着自己的妻子（孟姜），并渴望着即将出生的婴儿。
剧中用许多场景暗示出这种感情会让屠岸贾陷于忘我的蒙昧之中。他无法将这种
爱欲的激情与他作为政治智者的身份很好地协调起来。或许他很清楚这一点，
因此而小心翼翼地不让孟姜参与和了解任何关于政治的事务。屠岸贾以为只要自
己严格地把爱欲的生活与政治生活隔绝开来便高枕无忧了，然而他没有料到他全
部的政治激情都来自那块被他秘密守护的爱欲的领地。这种爱欲的特点在于，它
提出的要求是如此之强烈，以至于要么导致完全的肯定，要么导致彻底的否定。
在故事的后半部分，长大后的赵氏孤儿以"程大业"的身份调查当年的赵氏孤儿
案。当他质问屠岸贾关于其家仆且雅之死的原因时，屠岸贾强烈地表达了对赵朔
的余恨：他没想到赵朔对且雅的恩情竟然能让且雅甘愿为赵氏孤儿而死。这种情
感的力量是屠岸贾极度渴望却永远也得不到的，他因这种渴望而仇视赵朔，也因
这种渴望而一厢情愿地把程婴引为知己。他的政治的确带有某种激情，但这种
激情本质上是非政治的。正如柏拉图《理想国》中所言："理智起领导作用，激
情和欲望一致赞成由它领导而不反叛"[4]170；阿兰·布鲁姆这样解释爱欲的人：
"……一个渴望把所有看起来美和好的事物都据为己有的人。"[5]70从这个角度
来看，屠岸贾在政治方面存在着激情的失调：他的激情更多地服务于爱欲，因而
对其政治实践而言更多的是一种毁灭性，而不是建设性。他将因为自己的非政治
的激情而毁灭自己的政治，然而这种毁灭却也因此是伟大的毁灭。剧中，屠岸贾
在翦除了赵朔一族之后并未想到赵氏孤儿将给自己带来威胁。之所以起了杀掉赵

氏孤儿的念头，是因为他的门客（到满）提醒他，赵氏孤儿将来会威胁到他的儿子（屠岸无姜）。到满情急之下用这种危险的方式唤醒屠岸贾的政治敏感，然而他没有想到的是，这将成为一次对屠岸贾致命的误导。接下来，在刚开始搜寻赵孤的时候，真正的赵氏孤儿便落入了屠岸贾的手中，而此时的屠岸贾因为没能见到孟姜的最后一面而陷入悲伤和自责之中。他的爱欲的领地因为爱妻的死去而不复存在，那无处释放的爱欲在搜寻赵孤的政治敏感的勾引下便一股脑地与政治智慧吸附在一处。他要用儿子的伟大前程来兑现对妻子未尽的爱欲。此时他其实没有从纯粹的政治智慧的角度去考虑赵氏孤儿的政治危险性——即便他可以，这也将是他最后一次有机会从纯粹政治的角度做出决断，因为之后的他直到死去都始终没能让他的政治智慧摆脱那不应掺入的爱欲的激情。他毫无意外地错过了这最后一次机会：他大意地假手于一个老奴（且雅）去处决赵氏孤儿。而这个老奴也遵循着诗学可能性的原则而出了问题。赵孤逃过必死的一劫。接下来，在第十二集的一个关键场景中，屠岸贾以全城婴儿的性命为赌注，最终促成程婴和公孙杵臼以程婴儿子程大业代替赵武受死的计策。对于作为政治智者的屠岸贾而言，程婴这个计策破绽百出，几乎没有任何成功的希望；然而对于充满爱欲的屠岸贾，这个计策奏效了。为了试探程婴，屠岸贾要求程婴亲手处决婴儿。程婴于是忍痛摔死了自己的亲生子。这时的镜头特写屠岸贾的表情：他在片刻的错愕之后把目光投向围观的人群。他看出，人们已经认定程婴杀死了赵氏孤儿并会因此而唾弃程婴。但他没有意识到的是，他已经不知不觉地被自己欺骗了。试探程婴，本来为的是鉴定孤儿的真假，然而程婴真的摔死了婴儿之后，那个充满爱欲的屠岸贾由于无法理解和接受那种潜在的可能性，而自动地把这个本应由爱欲作出解答的问题转交给另一个屠岸贾，由他采取纯政治的方式作出解答。这个尚不知自己已被爱欲污染的政治的屠岸贾所给出的答案，乃是依据程婴这一行为所造成的政治效果。他用这个答案来欺骗自己而不自知。程婴这个偷换概念的把戏的确击中了屠岸贾的死穴。这是对自以为政治可以作为纯粹技艺的信仰的绝妙反讽：倘若屠岸贾能够将他的政治技艺与他的爱欲协调得更好一点，倘若他的爱欲不与他的智慧为敌，他便能够轻而易举地识破程婴的把戏了。

屠岸贾最后的失败，依然遵循着同样的逻辑。在故事的最后，屠岸贾控制了一切的外部局势。都城被他封锁，将军韩厥的援兵无法进城。屠岸贾要逼得国君自己流亡，这样他就不必像当年的赵盾那样背上弑君的罪名。这种策略在那个具体的政治形势中显得节制而审慎：既达到了当年赵盾应该达到却失之交臂的目的，又把机会成本降到了最低。然而，此时在情感上已经倒向国君和赵氏孤儿的屠岸无姜却以儿子的身份与屠岸贾展开了一次政治策略的探讨。这是一次披着政治技艺外衣的爱欲的引诱。它轻而易举地打破了屠岸贾的节制，本来的纯政治目的变成为爱欲服务的工具：他想，或许可以借此为自己的儿子积累政治资本。于是，屠岸贾遵循儿子的建议，派他出城追杀国君，斩草除根。于是，韩厥得以趁机出城调兵，情势完全逆转。

因此，屠岸贾最后的死亡必然是归于爱欲的名义之下。他放弃了逃生的机会以换取儿子的流亡。他自杀的时候呼唤着妻子的名字。他的这种爱欲的回归使他成为高于曹操式政治家的悲剧性人物。曹操纯粹是非爱欲的，因此他的"宁肯我负天下人"也包括了他最亲近的人；同样处在时代的更迭之中，他的全部性格都说明了他完全是时代的奴隶。而屠岸贾的命运因为其爱欲的存在而并不完全依赖于那个时代。在最基本的层面上，他为他那个时代注入了活力：我们从道德层面对屠岸贾的谴责实际上是隐藏了我们心中对某种解决问题的方案的渴望。这种渴望一开始被道义和怜悯掩盖住了声音。而随着事情的迂回的解决，我们将发现，屠岸贾并不是做得太坏，而是做得不够好。他所显示的政治智慧与程婴旗鼓相当；他对政治本性和人性的洞察也达到了常人难以企及的高度。从某种意义上说，他与程婴是同盟者而非敌人，他们相互启发。他所缺乏的是某种必要的对爱欲和激情的制导。这个真相需要更高的智慧来揭示，于是，我们将转入对程婴这一角色的分析。

三、程婴：助产士的智慧

电视剧《赵氏孤儿案》最出色的一笔在于，它把程婴"医匠"的身份所蕴含的象征意义充分表现了出来。"复仇"所浸染的杀戮的激情被救死扶伤的"医匠哲学"大大地冷却和中和了，这在作为医匠的程婴与作为刺客的公孙杵臼的

"两条路线"的选择中已经得到了充分的说明。但"医匠"的更深层含义在于程婴作为"助产士"的身份。在故事的一开始，程婴便开始照料三位即将临产的孕妇。而并非巧合的是，在后来的"复仇"故事中，程婴实际上承担的是"思想的助产士"的责任。这里所说的"助产士"不得不让人想起苏格拉底的知识理论。苏格拉底主张通过谈话明晰双方各自的观点，并宣称他并未灌输给对方任何新的东西，而只是像一个助产士那样帮助别人分娩自己的思想。正如苏格拉底所奉行的那句著名的德尔斐神谕所说：认识你自己。程婴在整个故事中的作用类似于这种助产士的角色。在一个借鉴了时下正流行的"谍战剧"的故事结构中，他穿梭于各方势力之间，然而并非服务于某种意识形态，而是帮助这些势力认清彼此的分野以及各自的局限。他谨守着一种朴素的情感，与他医者的智慧达到完美的和谐，这让他能够在面对各种不同的势力的时候能够冷静地提出自己的建议而不过度地卷入。

与国君的"无父的焦虑"形成鲜明对比的，是赵朔所背负的"父亲的尸体"。赵盾尚能够感知到新世界与旧世界的不同，可惜他留给子嗣的唯一的政治遗产，就是他努力营造的那个旧世界的假象以及属于那个旧世界的朴素情感。这个情感的特征在于某种尚未分裂的自足性。因此在电视剧故事中，他特意安排他的儿子赵朔与公主成婚，希望用旧世界的逻辑预防新世界可能产生的问题。为父名所累的赵朔陷于这种自足性的逻辑之中，他相信美德本身即美德的报酬，因而成功和失败对他来说本质上并没有什么不同。而作为政治家的屠岸贾恰恰是从赵朔这种前现代的政治母体中孵化出来的并不完美的例子。然而，是否能够真的从赵朔身上孵化出一个现代政治家的完美典范呢？这是程婴要解答的问题。程婴视角下的赵氏孤儿的"复仇"故事，其本质正是这样一个蜕变的过程。然而这个问题的解答为何会落在程婴身上呢？或者说，需要一个怎样的程婴呢？电视剧在这一点上做了比较周密的设计：它把程婴设定为一个"外邦人"，一个"世界公民"。他虽然名义上是晋国人，但他们一家却常年在晋楚边界行医；更有线索显示他也曾到别的国家行医。他在后面的剧情中所显示的外交才能，证明他并不隶属于某个特定的利益集团；他熟读史书，对过去的传统和当下的形势都洞若观火；当他一开始面对"侠客"公孙杵臼所代表的第二条路线的挑战的时候，他运用其智慧降伏了公孙杵臼身上非政治的因素，并让他最终加入了自己的阵营，共同维护了某种特定的游戏规则。这样一个程婴看似机缘巧合地参与到一次先锋性的政治实验当中，让人感觉到电视剧带有一种鲜明的作者意识。

程婴的第一次努力乃是直接从赵朔着手。在剧集的前半部分所讲述的佐卑南临阵叛变事件中，程婴认可韩厥、公孙杵臼对于如何处置叛将佐卑南的建议，劝赵朔将受屠岸贾指使的佐卑南交给国君，以指证屠岸贾的叛国罪行。如果这次能够成功除掉屠岸贾，那么他或者其他某个类似的角色很有可能就会获得足够的时间引导赵朔一类的旧政治家适应新世界的逻辑。然而纯粹的智慧永远无法成为戏剧性的主题。屠岸贾为了要挟赵朔，绑架了程婴夫妇。程婴运用他的智慧逼迫屠岸贾释放了妻子宋香，并让宋香力劝赵朔不要救他。赵朔不忍见死不救，更何况程婴夫妇冒死禀报佐卑南的叛变。在赵朔看来，对程婴夫妇的义与对社稷的忠并无轻重之别，只有缓急之分。旧世界的情感所关注的是当下的满足，于是赵朔选择了救程婴夫妇。这对于程婴来说并不能算是一次失败。在专业的政治学视野中，赵朔的角色极其类似于一个处于并不成熟的共和国中的杰出公民。正如马基雅维利的论述[6]，共和国保持着对那些动机纯良且无可谴责的行为的警惕，原因在于它们容易笼络私人的声望而侵害城邦的公共利益。莎士比亚在《裘力斯·凯撒》一剧中通过凯撒的命运展示了这一点。电视剧中某些场景同样对此作了暗示：赵朔死后，曾经效忠赵氏的门客通过集会和谣言煽动舆论，这反过来却被屠岸贾利用。然而问题的症结在于，城邦并没有完善的体制用以将私人道德转化为公共行动为城邦利益服务，以至于那种防患于未然的、共和制必要的"恶德"沦为党争的借口。赵朔角色此处的意义在于，它揭示出完美大臣所面临的一个困境：当私人道德无法为城邦服务的时候，是否应该放弃私人道德呢？程婴角色的意义在此显示出来：程婴固然想引导赵朔看清私人情感与城邦政治的分野，但他并不反对私人情感；甚至他的一个主要任务正是保存这种宝贵的私人情感，因这种情感实在是新世界的火种，而且很容易在分化的过程中熄灭。之后程婴扮演了赵朔的谋士的角色，并试图维系国君对赵朔的信任。这是一种缓兵之计，而对于程婴来说，他试图在其中寻找一种"转化装置"。这部分情节在戏剧性上来说显得十分平稳，带给观众一次又一次廉价的快感，然而观众很快将会发现蕴含的反讽。程婴的缓兵之计终究难以挽救赵朔的灭亡。在最后的紧急关头，程婴仍寄希望于公主的力量，然而屠岸贾在这一点上成了程婴的老师。屠岸贾清楚地意识到赵朔与公主的夫妻关系恰恰是赵朔的"阿喀琉斯之踵"。赵朔从他父亲那里得来的这份遗产让他自始至终都未能走出旧世界的幻觉。他用这种幻觉打造了心理上的铜墙铁壁，使自己隔绝于真实的政治生活。他在这种"错置"中死去。然而，赵朔悲剧真正动人的力量恰恰在于他接受这种"幻觉"的方式。他是如此全身心地与这种幻觉融为一体，以至于他并非不明白公主对于他乃是一道政治的护身符，但却不愿意用政治的方式对待她。程婴想方设法把即将分娩的公主留在赵朔身边以保护赵朔。而屠岸贾则以赵朔的方式亲自与赵朔摊牌。他显示出他比赵朔自己更了解赵朔。而赵朔也毫无意外地接受了自己的灭亡，但同时也以这种方式保存了一种宝贵的合法性，并把它传给了赵氏孤儿。这使得赵氏孤儿的"复仇"不再限于平庸的套套逻辑，而是指向一种开放的可能性。

程婴需要足够的时间去引导赵氏孤儿（赵武/程大业）完成一种现代性的蜕化。为了争取时间，他设置了一个巧妙的"迷宫"，并成功地将屠岸贾困在这个迷宫之中。我们已经讨论了屠岸贾政治性格中爱欲的部分。本质上赵朔也是死于他自己的爱欲，但赵朔的爱欲是属于旧世界的，并已经接受了旧世界的理性；而屠岸贾的爱欲是属于新世界的，但尚未接受新世界的理性。爱欲成为屠岸贾政治智慧领域的一片盲区。程婴正是将赵氏孤儿藏在这个盲区之中。赵朔因自己的"错置"而死，现在，程婴又用这种"错置"来引诱屠岸贾。程婴的这种意图并非只是本文的揣测，而是在剧集的结尾由他自己亲口对屠岸贾道出的。他在拦截出逃的屠岸贾的时候，声色俱厉地谴责了屠岸贾。这篇洋洋洒洒的檄文所遵循的逻辑乃是：它不遗余力地向屠岸贾暗示他是爱欲的而非政治的。当年屠岸贾剪除赵朔主要出于一种政治野心，这与今日屠岸贾以自己的出逃为诱饵掩护屠岸无姜乃是出于纯粹的爱欲完全不同，但程婴却以后者溯及前者。这是程婴用来设计迷宫的总方针。程婴为了保护自己的"儿子"而交出"孤儿"并因此而牺牲了自己的政治身份，这正是后来屠岸贾悲剧所遵循的逻辑。

程婴的政治实验最终在赵氏孤儿（赵武）身上取得了成效。电视剧作者十分敏锐地捕捉到纪君祥剧本《赵氏孤儿大报仇》[7]第四折中的"手卷"的意义。林兆华版《赵氏孤儿》只对这一细节做了呈现而未充分挖掘其意义，田沁鑫的版本则完全忽略了这一细节。能否充分理解程婴通过"手卷"向赵孤讲述赵氏冤案这一设计的象征意义，将直接关系到能否理解赵武复仇的必然性。林兆华和田沁鑫导演的赵氏孤儿故事，都在不同程度上解构了赵氏孤儿复仇的合法性。本文认为这种做法乃是堕入了一种低劣的美学理念之中。正如"贫穷诗学"乃是通过将贫穷诗学化而丧失了基本的人文关怀[8]257，解构赵氏孤儿复仇的合法性也是将一种虚弱的情绪审美化来获得一种廉价的快感。试图以这种方式来理解赵氏孤儿的悲剧性，必然导致悲剧性的彻底丧失，因为它取消了最能展示人的最基本的、属于人的情感力度和理性力量的戏剧场景。"手卷"的意义在于，它是以象征的手法表现程婴引导赵氏孤儿的复仇激情的过程。在纪君祥的剧本中，由于要服务于一种激情的唤起，手卷的作用更多地体现为一种有节奏的煽动。而电视剧则配合其主题做了相应的变动，手卷的情节被改写和扩充为"草儿说书"和"程大业（赵武）查案"，其功能体现为程婴以一种恰当的政治智慧引导赵武的激情，协调了爱欲与理性。这种有节奏的"传道"浓缩的是十九年的政治训练，它保证了赵氏孤儿"复仇"的自由性和合法性，以及它即将带来的新世界的曙光。因此，电视剧的复仇故事，不同于田沁鑫和林兆华笔下的关于普遍人性的泛泛之论。

赵武以执讯令的身份调查一个虚构的"换婴案"，他此时的行为其实已经是"复仇"的一部分。但是这种"复仇"通过查案这一方式，冷却了许多多余的激情，并被导入了一种"节制"的美德。在他盘问国君作证的情节中，我们可以感受到，赵武对待国君的态度已经不同于他的赵氏祖先。他的赵氏祖先虽然同样以某种美德来对待国君，但却是一种旧世界的美德；而赵武所显示的激情与理智的协调，显然更易于为新世界的国君所接受。随着"复仇"的展开，赵武取代屠岸贾，担任了"司寇"的职位。这一职位乃是掌管律法的职位，它无疑将在新世界的政治秩序中取代旧世界的"完美大臣"而发挥关键作用。它的象征意义在于，屠岸贾在这个职位上企图建立新世界的秩序，却因自身的原因而毁灭；赵武对这一职位的继承显示了他与屠岸贾本质上的相似之处，他将解决屠岸贾所未能解决的问题。这一职位的另一层含义在于，它似乎预示了"三家分晋"的发生。因为这一职位本质上是属于城邦的，带有鲜明的共和制色彩，它使一个虚弱的君主显得多余：它进一步凸显了国君世系延续的不稳定性与城邦利益之间的矛盾；它内在地要求获得一个能充分发挥其职位权力的政治环境（这部分已经超越了故事的时代语境而指向普遍政治的言说）。凭借对这种新政治的充分理解，赵武在完成了复仇的同时，获得了一种全新的力量。似乎作者赋予了"程大业"这个名字以某种象征性：大业是赵氏的远祖，而程大业在寻回赵武的身份之后，将成为赵氏在新世界中的始祖。

四、国君与赵氏孤儿：哈姆雷特主题的两个变体

赵武复仇行动的展开，打破了国君悬置已久的焦虑。这个焦虑与赵氏的悲剧本质上都是对选择的焦虑。在屠岸贾封锁都城之后，国君与韩厥有一段事关身家性命的谈话。国君问韩厥：屠岸贾有兵，如何对付？韩厥回答说：屠岸贾有兵但不得民心。国君问：如何得民心？韩厥回答说：启用赵武。国君回答说：赵氏灭族，是他亲自批准的，启用赵武，国君尊严何在？韩厥质问国君：没有脑袋，哪来尊严？透过这些表面现象，我们将发现，此时国君所表达的观念，与公主在赵氏灭族案中的情绪何其相似！公主直到惨案发生都认为赵朔的驸马身份足以消除国君对他任何的怀疑，而她作为国君的姐姐也足以保证赵朔的平安。国君同样认为，在生死面前，君王的尊严仍然要优先考量。这两种观念的共同点在于，它们都认为似乎有某种"王族的神圣性"具有一种绝对效力。为了保守这种绝对效力的假象，国君否决了韩厥的建议，宁可选择逃亡。如果说之前协助屠岸贾制造"赵氏孤儿"是他自己作为一个政治孤儿所怀揣的焦虑的投射，那么此刻，他已经清楚地看清了自己的处境。并且，他没有其他选择，只有死死守住最后的虚假的"尊严"，为此不惜做出十分可笑的流亡之举，声称是效法其先祖晋文公故事。而实际上，在赵氏孤儿没有完成复仇并开启建立一个新秩序之可能性之前，国君的这一选择未尝不是明智之举。最终，赵武和韩厥控制了局势，国君奇迹般地得以重返都城。此时的国君已经接受了自己的命运，放弃了虚假的尊严，重新启用赵武；并且通过一种象征性的方式——任命赵武为司寇并十分克制地把屠岸贾交给赵武处置——表达他对新秩序的认可。这一姿态实在是新世界中国君的表率。

关于国君行为的这一转变，我们似乎还要寻求另一层的动机才能够做出有足够说服力的解释。国君的姐姐、赵武的母亲庄姬公主在两个关键的场景中都扮演了母亲的角色。在第一个场景中，当她获悉赵氏孤儿并未死去而是被程婴和公孙杵臼隐藏于秘密处所之时，她欣喜若狂，以至于宁可冒着暴露赵孤的危险也要见婴儿一面。在第二个场景中，城中局势完全被屠岸贾控制，国君准备出逃。庄姬公主此时由一个姐姐升格为一位母亲，严厉斥责国君的懦弱无能。在这两个场景之间所发生的是庄姬作为母亲之角色的"失而复得"。尤其是第二个场景中的"母亲"角色，它显示出庄姬公主与国君的姐弟关系中所蕴含的一种政治层面的象征意义。庄姬作为国君的姐姐同时又作为赵朔的妻子的身份，标志着国君对于赵朔所代表的政治传统更多的是一种情感需求，带有爱欲的成分。从纯粹政治象征的层面看，国君灭赵氏的行为充满了杀父娶母的气息。但之后他陷入了犹疑不决的境地，是否是因为他意识到此时并没有一种新的力量足以取代赵朔呢？"无父的焦虑"转化为一种"无子的焦虑"，这很可能是他不杀赵孤的深层原因。但他对一种新的选项如此渴求，以至于竟然召唤出了屠岸贾这个前现代的幽灵。这个幽灵的性质十分奇特，它既昭示了一个新生儿即将诞生，同时又作为这个新生儿的畸形的、可怕的婴灵而试图将婴儿扼杀在摇篮里。或者说，它是对某种即将产生的实存的心理预示。而正如哈姆雷特在见到死去的老王的幽灵之后遭遇精神困扰，并因此指责母亲的不贞，国君在这个婴灵的控制下也对庄姬作为母亲的合法性产生了疑问。它鼓动国君身上非理性的成分，最终促使国君决定根除赵孤、剥夺庄姬作母亲的身份。国君的"复仇"行为导致他的命运在赵武身上重演。两人的命运在结构上有着惊人的相似，与哈姆雷特的故事一起构成了一组有意味的对照。赵武在"草儿说书"之后开始调查当年的赵氏灭门案，并开始寻找赵氏孤儿的下落。当他最终得知自己就是赵氏孤儿时，他表现出了哈姆雷特式的思索和犹豫。此时，他身上既折射出赵朔的影子，同时又有退变成屠岸贾的可能。然而这个哈姆雷特主题的变体由于程婴等角色的介入，并未得到充分的发展，而是走向了它的反面。此外，这部分得益于屠岸贾最后的自杀，他是一个比克劳狄斯更丰满的人物，他的爱欲最终导致他爱所有的人，包括他的敌人。对于国君而言，存赵孤故事是一个逆向操作的哈姆雷特的主题，当赵武长大成人并带着某种神圣的光环出现在国君面前时，屠岸贾这个虚幻的婴灵便开始被驱散。庄姬公主重新寻回其对于国君而言的母亲身份，并严厉斥责他的过失。此时的庄姬对国君而言已经不是一个爱欲的对象，而是带有一种理性的庄严。而他"无子的焦虑"最终在赵武身上获得了暂时的解决。

五、程婴的悲剧

在最后一集中，程婴与屠岸无姜有一段统领全剧的对话。在这段对话中，屠岸无姜问程婴他最大的敌人是谁。程婴回答，他最大的敌人正是他自己。屠岸无姜心领神会，说，他最大的敌人也是他自己。这简短的对话揭露出这部剧集在一个政治事件背后蕴藏的另一条线索。作为政治事件的赵氏孤儿案，乃是一个理性如何引导激情、爱欲如何接受理性的过程的展现。对于程婴个人而言，这是一个自我克制的痛苦的历程。他在亲手摔死自己儿子的时候，对儿子许下了一个纯粹爱欲的承诺。他摔死儿子，导致妻子宋香疯癫十九年，并最终罹患不治之症。最后他对妻子许下了同生共死的承诺。他选择用自杀的方式兑现自己的两个承诺。这种自杀本质上与屠岸贾的自杀何其相似！程婴无疑具备超乎常人的智慧和理性，但同时他也必定充满着超乎常人的激烈的爱欲。在整个复仇故事中，他显示出高度的理性，然而这些理性的背后同样是激烈的、无处释放的爱欲！因此，复仇对于程婴而言并不能改变什么，他也不能从中得到什么能够补偿其失去的东西；他只是见证和呈现，而最终他将离开这个故事，带着无处施放的爱欲回归到历史的背景之中。在这个属于背景的故事中，他的故事很简单，很普通：他因在一场政治动乱中失去了自己的儿子而痛不欲生。这对他来说是最真实的一幕，而其他的一切他都会逐渐淡忘。同样作为荧屏上的智慧化身，程婴命运中更加关乎个体幸福的诉求，让他超过了诸葛亮以及各种诸葛亮的变体。程婴最后与妻子宋香在落雪的夜晚相依在屋门外死去，这是属于程婴一家的悲剧。这同时似乎又是一种反讽：除却死亡一途，爱欲与理性，两者果真能够调和在一处吗？看似已经获得新的政治合法性的赵武，他真实的性格和内心情感在剧中的刻画都极为有限，他的故事尚未完结。

本文参考文献

［1］林兆华，田沁鑫，等. 多少春秋，总上心头［J］. 读书，2004（2）.

［2］司马迁. 史记［M］. 杭州：浙江古籍出版社，1999.

［3］李学勤. 十三经注疏·春秋左传正义（上中下）［M］. 北京：北京大学出版社，1999.

［4］柏拉图. 理想国［M］. 郭斌和，张竹明，译. 北京：商务印书馆，2012

［5］布鲁姆. 人应该如何生活［M］. 刘晨光，译. 北京：华夏出版社，2009.

［6］马基雅维利. 君主论·论李维［M］. 张妍，胡数仁，译. 长沙：湖南文艺出版社，2011.

［7］顾学颉. 元人杂剧选［M］. 北京：人民文学出版社，1998.

［8］徐岱. 艺术新概念：消费时代的人文关怀［M］. 杭州：浙江大学出版社，2006.

（本文原载《美育学刊》2014年第4期，有改动）

附论：孤儿政治——从晋献公到秦始皇

作为"赵氏孤儿"叙事母体的晋国的历史叙事，其中不乏鲜明的政治孤儿的形象。在"家天下"的历史背景中，"孤儿政治"似乎又是一种普遍的政治类型。"孤儿"与"家"的复杂关系交织其间。兹选取《国语》[1]晋献公与晋文公故事论之。在文章末尾，我们还将对秦始皇的心路历程做出一种"孤儿政治"式的解释。

（一）曲沃武公

《晋语》的开篇是一个孤悬的片段式场景：《武公伐翼止栾共子无死》。这个简短章节指涉了晋国历史上一次非常严重的、"非礼"的政治动乱：曲沃代翼。在春秋诸侯国内部"大小宗"之间的争斗中，"曲沃代翼"以及诸多类似的事件成为一个普遍性的主题。《楚语上》提到：

> 叔段以京患庄公，郑几不克，栎人实使郑子不得其位。卫蒲、戚实出献公，宋萧、蒙实弑昭公，鲁弁、费实弱襄公，齐渠丘实杀无知，晋曲沃实纳齐师，秦征、衙实难桓、景，皆志于诸侯，此其不利者也。❶

而"曲沃代翼"是这类事件中最为典型的一次，其后续的影响也最为深远。从这个片段的内容来看，曲沃武公即将取得晋国的君位。他杀死了晋哀侯，并且从武公的言辞中我们得知，这一成功极有希望得到周天子的认可："苟无死，吾以子见天子，令子为上卿，制晋国之政。"如何使自己的合法性得到承认，显然是曲沃武公的一个核心关切。曲沃武公试图博取栾共子的支持以使自己的正统性获得周王室的承认，然而栾共子声称：为人之道不可以"从君而贰"，最终"遂斗而死"。❷栾共子之死终结了晋武公之前的晋君世系，纵然直到鲁庄公十六年，曲沃武公（晋武公）才最终统一了晋国。而此刻栾共子之死实则构成了对曲沃武公作为晋国国君之合法性的否定/追问。如果说曲沃代翼可以在多个方面构成《晋语》故事的起点，那么，引导读者关注国君的合法性问题显然是《国语》编者在《晋语》开篇指涉这一事件的显在意图。然而曲沃武公作为"小宗"，其"正统性"根本无从谈起，而《晋语》整个故事似乎也因此而建立在一种"非法性"的基础上。这实在令人惊讶。然而，我们注意到，《国语》的编者并没有在《武公伐翼止栾共子无死》之外安排更多的描写"曲沃代翼"事件的章节；而相比之下，在《左传》中，关于"曲沃代翼"的记载始见于隐公五年，并且在桓公二年追述了晋昭侯"封桓叔于曲沃"的事情，当时有晋国大臣师服劝谏晋昭侯的一段言辞。师服曰：

---

❶ 《范无宇论国为大城未有利者》。

❷ 事实上，栾氏故事贯穿《晋语》始终，并且尤其与"和解"的主题相关联。友爱型的政治尤其依赖于和解的达成。武公与栾共子的对话在最基本的层面上就含有和解的意图，但这次和解的努力失败了。晋文公、赵盾的行动都可以看作是以某种方式促成和解的努力。栾书促成了诸卿之间以及诸卿与晋悼公的和解。但晋平公时代对栾氏的全面清算又宣告了和解的失败。"和解"与先王传统中的"和"不同，和解是和的替代品。

"吾闻国家之立也，本大而末小，是以能固。……今晋，甸侯也，而建国。本既弱矣，其能久乎？"

这段近似《国语》风格的言辞并不见诸《晋语》。对叙事起点的不同选择表明《国语》的编者似乎并不关注作为大小宗之争———一种"偶然事件"——的曲沃代翼：他避而不谈这类事件的起因。那么，《国语》编者必定带着某种更高的意图指涉这一事件。我们认为，对于晋国国君的"合法性"而言，相比于在形式上似乎非常重要的大宗、小宗的标准，毋宁说，《国语》编者更加关注的是一个真正的"王"。从《郑语》文本的指示中我们看到，《晋语》的叙事不仅仅是关于晋国的，还是关于"诸姬"的。它的最高意图在于对先王传统的召唤结构做出回应，而最佳的回应方式莫过于"王"的再临。《晋语》开篇的意义必须从这个最高意图获得观照：它实际上提出了那个最根本的问题——王何以为王？栾共子之死在否定了曲沃武公的"正统性"的同时，实际上为曲沃武公以及之后的《晋语》故事设定了一个全新的起点。仿佛一个全新的政治时空，曲沃武公之后的晋国首先建立在曲沃武公的遗产之上。那么，曲沃武公留下了什么样的遗产呢？曲沃武公的遗产是否足够回答"王何以为王"这个问题呢？这个问题的紧迫性随后在晋献公故事中得到了强化。"骊姬之乱"实际上作为曲沃代翼故事的一个变体构成了《晋语》叙事的第一单元。仿佛是对《晋语》开篇"断章"的一种回应，曲沃代翼故事在骊姬之乱中发挥了它最大的破坏力，并且定义了晋献公时代的政治。我们在骊姬与晋献公的对话中看到：骊姬重提曲沃代翼的故事，并且，这个故事中潜伏的幽灵———一个徒具形式的"王"——最终控制了晋献公，导致了晋献公最终的灭亡。晋献公显然并且尤其只是一个形式上的王。晋国自曲沃代翼之后，除追尊始祖唐叔以外，此后各代国君只承认晋武公是他们的宗主[2]222。漫长的曲沃代翼过程中的晋国国君们成为晋国历史中的幽灵。晋献公是曲沃代翼之后的第二任国君，除非晋献公致力于建立一种新型政治，否则，重建晋国的尊统应当是他的核心关切。❶

---

❶ 有学者认为，在齐桓公主持下的诸夏国际秩序中，曲沃武公和晋献公的"后晋"已经被视同夷狄。参见《经与史：华夏世界的历史建构》，第 80 页。

然而我们看到，骊姬之乱、申生之死恰恰构成尊统的一个反题。事实上，在《国语》编者看来，还没有哪种政治像晋献公一样，如此彻底地背离了传统，正如史后之人可以毫不费力地为晋献公的"新型政治"找到证据。因此，《晋语》第一叙事单元的戏剧性就在于，作为曲沃代翼事件的一个实际参与者，晋献公继承了曲沃武公的遗产，却显然无法回答曲沃武公遗留的问题。在"王何以为王"这一问题与它的答案之间，《国语》的叙事出现了前所未有的落差。也恰恰因为这一巨大落差的存在，《晋语》故事才成为对"王何以为王"这一主题最好的回应。筚路蓝缕，以启山林，在晋献公之后，重耳经历了流浪与回归的往复旅程——在这个旅程中，他领受了天命——最终成为先王政统的继承人。曲沃武公的地方性遗产最终成为先王传统的一部分，并且为这一传统注入了新的活力。《晋语》回应《国语》召唤结构的方式因此是令人吃惊的：始于曲沃代翼的"非礼"，晋文公故事最终完成了一个戏剧性的"突转"——他最终"继文之业，定武之功"。❶因此，《晋语》一开篇实际上就已经超越了"礼"与"非礼"的形式之争，一跃而进入到政治哲学的领域，这是《国语》编者作为政治哲人的智慧所在。

（二）史苏

作为一次偶然事件的曲沃代翼仅仅导致了一条国君世系的消亡，而在必然性的层面上，曲沃代翼的叙事由于在骊姬的言辞中被表述为先王传统的反叙事而引发了先王传统的叙事危机。因此《晋语》并不直接描写曲沃代翼这一事件，而是将其置于"骊姬之乱"的语境中作一种间接的呈现。组成《晋语》第一叙事单元的两个核心事件——骊姬之乱以及太子申生之死——必须从这一叙事危机出发才能得到解释。在晋献公伐骊戎行动之前，史苏通过占卜最先预告了叙事危机的到来。

---

❶ 《文公纳襄王》。

献公卜伐骊戎，史苏占之，曰："胜而不吉。" ❶

史苏将龟兆之形状解释为"齿牙""衔骨""口"，并据此预言战事结果为"戎、夏交胜"，更有甚者将导致"携民"——民心离散，"国移心焉"。面对占卜的警示，晋献公暴露了他的肆心：

"何口之有！口在寡人，寡人弗受，谁敢兴之？"

在战后的庆功宴中，晋献公再次显示了他的肆心，并且表达了他对"战利品"的喜爱：

"克国得妃，其有吉孰大焉！"

在先王传统中，类似狂傲话语的出现总是预示着不幸。于是个人意志取代了政治准则主导了整个行动。作为战前的一种预言，"胜而不吉"似乎充其量只能算是一种程式化的、混杂了试探性及预防性的职业言辞——在战后庆功的饮宴中，史苏似乎也承认了这一点。❷然而，占卜行动的神秘性唯有在政治哲学的特定语境中才能获得充分的解释。史苏无疑属于我们前文所说的后周幽王时代的政治哲人，其"占卜"行动作为一种"观政""观人"的行为，显然并不是一次性的，晋献公对预言的即时反馈及其获胜之后的举动无疑都构成了史苏之政治观察的参数。政治哲人将这些参数代入一个风险评估的"函数"模型中，以此给出行

---

❶ 《史苏论献公伐骊戎胜而不吉》。

❷ 获骊姬以归，有宠，立以为夫人。公饮大夫酒，令司正实爵与史苏，曰："饮而无肴。夫骊戎之役，女曰'胜而不吉'，故赏女以爵，罚女以无肴。克国得妃，其有吉孰大焉！"史苏卒爵，再拜稽首曰："兆有之，臣不敢蔽。蔽兆之纪，失臣之官，有二罪焉，何以事君？大罚将及，不唯无肴。抑君亦乐其吉而备其凶，凶之无有，备之何害？若其有凶，备之为瘳。臣之不信，国之福也，何敢惮罚。"（《史苏论献公伐骊戎胜而不吉》）。

动的建议。《晋语》一开篇就给出了两种不同的风险评估函数，分别来自史苏与郭偃。函数的差异性导致了他们的争论。而《晋语》的整个叙事事实上是建立在由这两个函数所规定的定义域之内的。《晋语》之结构不可不谓精巧。从一些史料来看，史苏的言辞不会是只针对晋献公的这次个人行为❶，这不禁让人怀疑他针对的或许是晋献公与戎狄的某种结盟政策，否则就的确显得有些小题大做了。晋国与戎狄的结盟或许可以得到史料的支持，但我们认为，史苏的言辞并非政争性质的。史苏的函数若一言以蔽之曰"晋寡德而安俘女"。唯大德能备物，对"德"这一变量的关注无疑保证了史苏言辞的终极正义性。然而与其说史苏的预言建基于传统，不如说是建基于他对于传统的"热情"。史苏所有的政治知识都来自他对传统的谙熟。当他提到"晋德寡而安俘女"的时候，他想到的是"三季之王"的毁灭。褒姒亡周的故事让史苏心有余悸，后来的骊姬之乱的确与之如出一辙。史苏将晋献公与"三季之王"相提并论，认为晋国正面临着相同的危机，这仿佛将晋国拉回《周语》中幽、厉之间的政治时空。讲话的姿态和讲话的内容使史苏看起来更像是一位周王室的政治哲人——他关心的不是晋国的命运，而是"诸夏"的命运。他并不仅仅在德物辩证法中看待骊姬与晋献公的关系。他在一开始就提到"戎、夏交捽"，令人想到祭公谋父的戎、夏之辩。盖戎、夏是两种完全不同的政治传统的产物，最高之物不可通约。在他眼中，骊姬不仅仅是物，还是一种异质传统的代表。他强烈地捍卫传统，以至于像看待一个克里奥佩特拉式的异邦女王一样来看待骊姬。❷在德物之辩与戎夏之辩的坐标系中，晋献公落入了第三象限。并不令人意外的是，当史苏将伐骊行动代入他的函数之后得到了一个风险"最大值"：

---

❶ "晋献公娶于贾，无子。烝于齐姜，生秦穆夫人及大子申生。又娶二女于戎，大戎狐姬生重耳，小戎子生夷吾。"《左传·庄公二十八年》而在《左传》中我们看到，当晋献公"筮嫁伯姬于秦"的时候，史苏同样通过卜给出了警示。

❷ 事实上，骊姬的许多举动显示她的确像一位女王一样行事。如《晋语一》："骊姬请使申生主曲沃以速悬，重耳处蒲城，夷吾处屈，奚齐处绛，以儆无辱之故。"《晋语二》："骊姬以君命命申生"，《公子重耳夷吾出奔》一节有"居二年，骊姬使奄楚以环释言"。

"诸夏从戎，非败而何？从政者不可以不戒，亡无日矣！"

史苏三次递进式地重复相似的话语，这使他看起来像一个卡珊德拉式的预言家。参考培根对卡珊德拉式的预言家所做的评论：

> "这些人不谓不聪明，不谓不坦诚，他们的建议不谓不合理，不谓不有益，但他们所有的劝说努力都于事无补，相反，听他们喋喋不休劝告的人却更快地走向灭亡。只有他们的预言灾难成为现实时，人们才尊其为富有远见的先知。"[3]9-10

从事情后来发展的结果来看，史苏预言晋献公对骊姬的宠爱将导致晋国的灭亡，似乎的确夸大了事情的严重性，他的预言好像只应验了一半。这是对史苏的误解。自然界厌恶真空。然而，曲沃代翼之后在晋国无法谈论传统。《国语》编者笔下的史苏犹如西塞罗眼中的伽图，言必称"三季之王"，这固然足以引起听者的警戒，但同时也意味着他所有的言辞都建立在先王的"理想国"上，而不是建立在曲沃武公的遗产上。史苏的言辞因而显得可疑。❶如入无物之阵，把美女对先王之德的威胁夸张到极致，这可能是个迫不得已的美学策略。只是后来，当这个美女真的以实际行动改写了先王政统的时候，犹如噩梦成真，才没有人再怀疑史苏的先见之明。郭偃无疑与史苏一样看到了同样的问题，然而不同于史苏的末日宣言和招魂姿态，以一种争论的方式，郭偃给出了解决问题的方案——以地方性拯救传统。他综合了地缘政治与国内局势的分析对卜辞做出了不同的解释：

---

❶ 培根认为："据诗人们说，阿波罗爱上了卡珊德拉，后者施展各种计谋一方面躲避前者的追求，另一方面，在没得到前者的预言能力之前，又不断燃起他希望的火花。一旦得到自己孜孜以求的能力，她即刻公开拒绝了他的求爱。复仇心切的阿波罗由于不能收回一时鲁莽许下的诺言，又不甘心受到富有心计的女人的戏弄，于是在送出的礼物上附加了惩罚：卡珊德拉的预言总是很准，但没人相信。因此她的预言真实但没有信誉。这种情况一直伴随着卡珊德拉，甚至当她再三提醒国家有灭顶之灾时，仍然没人聆听她或相信他。"东周政治哲人的处境难道不是与卡珊德拉的处境十分相似吗？

> "今晋国之方，偏侯也。其土又小，大国在侧，虽欲纵惑，未获专也。大家、邻国将师保之，多而骤立，不其集亡。虽骤立，不过五矣。"

郭偃对地方性的强调冷却了史苏预言中过度的激情。史苏函数中的风险"最大值"在郭偃的函数中只是一个"极大值"。在下降中寻找上升的力量，最高之物（"天"）随后在郭偃的言辞中现身，仿佛一个"高贵谎言"：

> "吾闻以乱得聚者，非谋不卒时，非人不免难，非礼不终年，非义不尽齿，非德不及世，非天不离数。今不据其安，不可谓能谋；行之以齿牙，不可谓得人；废国而向己，不可谓礼；不度而迁求，不可谓义；以宠贾怨，不可谓德；少族而多敌，不可谓天。德义不行，礼义不则，弃人失谋，天亦不赞。"

末日宣言的余响仍在，一个完整的先秦政治哲学的框架就已经在郭偃那里重新拼贴完全。并不令人意外的是，在重耳归来之后的故事中，我们看到了郭偃的身影，却没有看到史苏的身影。曲沃代翼之后，真正推动叙事上升的力量不是晋献公，不是史苏，而是郭偃。骊姬对先王传统的篡改与郭偃对先王传统的辩护构成一组真正的矛盾。而此刻郭偃与史苏的争论只是史笔的佯谬。当我们后来见到所谓"郭偃之法"的时候，必须从郭偃和史苏此刻的问答中才能真正理解所谓郭偃之法的全部内容：它是如何处理了过去的传统与晋国的现实。晋献公最著名的谋士士蒍折中了史苏与郭偃的分歧：

> "诚莫如豫，豫而后给。夫子诚之，抑二大夫之言其皆有焉。"

仁人志士因此投入一次"先锋性的政治实验"中去。他们的努力开创了一个新时代。而正是史苏当初不留情面的宣判才催生了这个伟大的念头，从这个意义上说，史苏的末日宣言实际上已经宣告了一个新时代的开始。

（三）骊姬

《国语》中没有哪个"王"比晋献公更具悲剧性。他是曲沃代翼之后的"政治孤儿"，在被从传统的母体中剖离出去之后，晋献公相信自己是自足的——也许直到死前的那一刻他仍未意识到自己的错误——这为骊姬的乘虚而入提供了机会。晋献公的行动表明，唯有家庭可以治疗他的疾病，而他也不由自主地在寻求这种痊愈。骊姬的言辞为晋献公的个人意志提供了一个合理化的框架，而这也是对太子申生之死最具决定性的言辞。它将申生之死合法化了。从这个意义上来说，是晋献公亲手杀死了自己的儿子。

骊姬的目的很简单，就是夺嫡。为了达到目的，首先要清除掉太子申生。从《晋语》文本可以看出，即便以今日党争的标准言之，太子申生的实力似乎也丝毫不落下风。关键因素还是在于君权的强大。可以想象的是，倘若传统的力量足以规范晋献公的行为，太子申生只要自身没有过失，就不大可能遭到政治上的厄运。然而对于骊姬而言，传统——这道最坚固的防线自曲沃代翼之后就已经崩溃了。所谓"晋寡德而安俘女"，我们已经看到晋献公是如何在背离传统的道路上一路狂奔，乐不思蜀。剩下的唯一一道防线就是家庭伦理。只要击溃了这道防线，君权的力量就获得了彻底的解放。当偏好成为晋献公行动的唯一准则之后，骊姬作为"物"就掌握了绝对的优势。如何摧毁家庭伦理？很简单，骊姬只要指出这样一个事实：家庭伦理不足以取代政治伦理。理解这一事实并不难，难的是如何使它强烈地被感受到。政治哲学处理一般状况，绝大部分情况下不会遭遇到家庭伦理与政治伦理的抉择；而当这种抉择一旦发生之后，政治哲学也会优先表述政治伦理。因而总体上古典时代的政治人很少有机会直接感受两者的极端对立。史后之人会不假思索地接受这一对立，非此即彼，这证明他们已经完全与政治哲学绝缘。牢牢抱紧家庭伦理，家庭伦理高于一切。正义变成一种野蛮。而彼时彼刻，即便如晋献公也并不必然遭遇这一极端对立。这给骊姬出了一个难题。是否接受这一对立取决于晋献公对属己之物的偏好程度，为此，骊姬先对晋献公进行了试探：

优施教骊姬夜半而泣谓公曰："吾闻申生甚好仁而强，甚宽惠而慈于民，皆有所行之。今谓君惑于我，必乱国，无乃以国故而行强于君。
君未终命而不殁，君其若之何？盍杀我，无以一妾乱百姓。"公曰：
"夫岂惠其民而不惠于其父乎？"

"优施"这一反讽式的角色不见于《左传》。他自称"我优也，言无邮"❶，
他的创意和灵感来源于他没有任何传统身份的负累，且他并不邪恶——他自始至
终的阳谋主义说明他一开始就清晰地看到了故事的结局。这在某种意义上乃是为
骊姬的阴谋辩护。晋献公在属己之物与政治伦理之间几乎不假思索地就求助于家
庭伦理，这显然让骊姬大喜过望。事实上，在曲沃武公的遗产之上，晋献公有充
足的理由接受骊姬对传统的篡改。对于晋献公而言，"克国得妃，其有吉孰大
焉！"或许他以为身为骊戎之女的骊姬远离既有的传统，尤其她作为一个"战利
品"，一个纯粹武力的抵押品，是完全属于自己的，因此可以与之建立一种私人
的亲密关系，并从中确立全新的政治准则？万事俱备。日本机器人学家森昌弘曾
提出"恐怖谷"的概念[4]：当机器人对真人的仿真程度达到一个临界值的时候，
好感度就会陡然下降，让人产生十分恐怖的感觉。异曲同工，为了展示以家庭伦
理取代政治伦理之后的可怕后果，在《优施教骊姬谮申生》一节中，骊姬选择为
纣王辩护。为纣王辩护，这看起来是一项不可能完成的任务。然而对于骊姬而
言，这却是再简单不过的任务。骊姬巧妙地将晋献公比作纣王，而把纣王描述为
一位父亲。在政治哲学的视野内，正如先王传统几乎隐匿了一切杀父的痕迹，没
有人会想到把纣王比作父亲，更何况先王传统正是建立在文王、武王代民伐纣的
基础上的。然而骊姬的偷梁换柱完全逆转了先王传统"代民伐纣"的正义性，变
成了"代民杀父"的非正义。似乎并不难想象，仅仅在家庭范畴之内，纣也一定
是最糟糕的父亲，但没有证据证明这一点。正如子贡所说：

---

❶ 韦昭注："邮，过也。"（《骊姬谮杀太子申生》）。

"纣之不善，不如是之甚也。是以君子恶居下流，天下之恶皆归焉。"（《论语·子张》）

然而，正由于纣王历来在政治的范畴内被表述为恶的，当他被移植到"家庭"这一语义范畴内的时候，他的恶成为"不证自明"的。而对于在骊姬面前已经完全放弃了政治准则的晋献公而言，他无从分辨纣王之恶的性质。对于此刻的晋献公而言，他唯一合法的身份就是一位父亲，他唯一可以依靠的是家庭伦理以及作为一名父亲的权威，而纣王同样可以是一名父亲。纣王可以堂而皇之地以父亲的身份要求自己的政治权利。家庭伦理与政治伦理的极端对立由此建构起来，儿子处于它们之间。在这种极端状况面前，儿子在政治伦理上的正义必然与家庭伦理冲突。倘若儿子不自我毁灭，"众况厚之"❶，儿子势必要暂时抛开家庭伦理，杀父是迟早的结局。显然这是一个"囚徒困境"。作为父亲，最明智的选择便是抢先抛开家庭伦理，先发制人。杀子的必要性和合法性由此得到证明。骊姬不失时机地重提曲沃代翼故事。它如一个裸露的伤口，触动了晋献公的神经。晋献公从心底对无亲的、杀父的政治感到恐惧。"口在寡人，寡人弗受，谁敢兴之？"的狂妄实在是对抗恐惧的自我暗示。他担心自己变成"李尔王"❷，于是他比李尔抢先一步，他希望仅仅凭借国王的权威取代一切政治准则：

---

❶ 骊姬曰："妾亦惧矣。吾闻之外人之言曰：为仁与为国不同。为仁者，爱亲之谓仁；为国者，利国之谓仁。故长民者无亲，众以为亲。苟利众而百姓和，岂能惮君？以众故不敢爱亲，众况厚之，彼将恶始而美终，以晚盖者也。凡民利是生，杀君而厚利众，众孰沮之？杀亲无恶于人，人孰去之？苟交利而得宠，志行而众悦，欲其甚矣，孰不惑焉？虽欲爱君，惑不释也。今夫以君为纣，若纣有良子，而先丧纣，无章其恶而厚其败。钧之死也，无必假手于武王，而其世不废，祀至于今，吾岂知纣之善否哉？君欲勿恤，其可乎？若大难至而恤之，其何及矣！"

❷ "李尔放弃了王位，却指望所有的人仍把他当国王对待。他没有看明白，一旦他失去了权力，其他人就会利用他的软弱……他一旦发现自己不能像以前那样让人臣服，就变得狂怒不止……在李尔的疯狂与绝望中，他受到两种交替出现的情绪的控制……第一种情绪是反感，李尔后悔自己曾经为王，并且第一次悟到司法的腐败和道德的粗俗。另外一种情绪是无力的狂怒，其中，他对那些伤害过自己的人施以想象的报复。'将一千条烧红的铁钎吱啦吱啦地戳到她们的身上！'……只是到了最后，他清醒过来后，才意识到权力、复仇和胜利不值分文……可是，等他明白了这一点，一切都迟了，因为他和考狄利娅的死亡都已经决定了。"[5]428

"我以武与威，是以临诸侯。未殁而亡政，不可谓武；有子而弗胜，不可谓威。我授之政，诸侯必绝；能绝于我，必能害我。失政而害国，不可忍也。尔勿忧，吾将图之。"

这种政治必然成为"杀子的"。晋献公以屠戮公族著称。根据《左传·庄公二十三年》的记载，士蒍曾经设计为晋献公翦除了曲沃代翼之后的公族隐患（曲沃"桓、庄之族"）。晋献公对虢的征伐也是因桓庄之族的"晋群公子既亡奔虢"（《史记·晋世家》）。在太子申生死后，晋献公又尽逐群公子，"始为令，晋无公族焉"。直到晋成公执政时期，晋国才又设立公族。与先王传统一样，骊姬框架同样是围绕"父与子"展开的，然而与《金縢》中的父与子不同的是，这里不再是受命之后的薪火相传，而是唯我独尊的相灭相杀。骊姬当然没有也不可能提到，即使是武王，在伐纣前夕也对使命的正义性抱有怀疑，直到天象给了他更加明确的启示。但与之相似的是，当骊姬使晋献公看到了家庭伦理的不可靠之后，剩下的唯一凭借就是王权，就是力量。并不存在真正的王，王不过是力量的寻租、世俗利益交换的产物，骊姬把那个在先王传统中最重要的问题表述成两种异质性话语的永恒争斗，从而让晋献公在她那里寻找栖身之地。由此我们来反思史苏预言"诸夏从戎，非败而何"的意思。孔子曰：

"夷狄之有君，不如诸夏之亡也。"❶

所指的其实就是政治在剥离了传统、摧毁了家庭伦理之后纯粹力量的倾轧。野蛮即正义。我们有理由相信，骊姬在晋献公时代的所作所为以及她试图达到的目的与"夷狄之君"的传统相去不远，史苏的预言并没有夸大其词。

---

❶ 《论语·八佾》。

（四）晋献公

或许晋国沾染狄俗有年，然而对力量的渴求使得晋献公的内政外交退化到一种原始形态。首先表现在他与太子关系的异化。在骊姬的建议下，晋献公决定派太子申生伐东山皋落氏之狄：

> "君盍使之伐狄，以观其果于众也，与众之信辑睦焉。若不胜狄，虽济其罪，可也；若胜狄，则善用众矣，求必益广，乃可厚图也。且夫胜狄，诸侯惊惧，吾边鄙不儆，仓廪盈，四邻服，封疆信，君得其赖，又知可否，其利多矣。君其图之！"

这一建议就其目的而言混合了晋献公对荣耀的渴望以及对太子申生之胜利的恐惧，以至于晋献公极其荒谬地对申生"衣之偏裻之衣，佩之以金玦"。其中意味，唯曹操之"鸡肋"差可比拟。❶ 当里克建议晋献公不要让太子冒险的时候，晋献公声称：

> "寡人闻之，立太子之道三：身钧以年，年同以爱，爱疑决之以卜、筮。子无谋吾父子之间，吾以此观之。"

考虑到他之前对待占卜结果的不恭敬，他在这里事实上承认了：唯有"力量"才是他选择继承人的唯一标准。这不禁令人想起古希腊神话中提坦神之间的争斗，以及一些原始部落中"金枝"式的选择继承人的方式[6]1-2。可以想象，倘若太子申生以强力弑君，倒很可能会得到晋献公的赞许。然而，颇具讽刺意味的

---

❶ 操屯兵日久，欲要进兵，又被马超拒守；欲收兵回，又恐被蜀兵耻笑，心中犹豫不决。适庖官进鸡汤。操见碗中有鸡肋，因而有感于怀。正沉吟间，夏侯惇入帐，禀请夜间口号。操随口曰："鸡肋！鸡肋！"惇传令众官，都称"鸡肋"。（《三国演义》第七十二回）关于"偏裻之衣"，《史记·赵世家》有"梦衣偏裻之衣者，残也"。

是，晋献公这一原始部落式的行动方式在深谙礼法的太子以及众卿士那里引起了无边的揣测。你方唱罢我登场，没有人知道晋献公到底想要干什么。与光怪陆离的内政相对应，晋献公的对外征伐也打上了光怪陆离的烙印。《国语》的编者以一个突然插入的小片段——《献公伐翟柤》——凸显了这一点。注意这个片段的叙事方式。献公想要征伐翟柤，但似乎心存顾忌，以至于夜不能寐。郤叔虎上朝的时候，献公把失眠的事情告诉郤叔虎。郤叔虎显然尽知其中缘由，但他故意顾左右而言他：

> "床第之不安邪，抑骊姬之不存侧邪？"

语带讥讽，对此献公似乎不置可否（"公辞焉"）。然而，郤叔虎出来之后遇到士蒍。他对士蒍说出了他真实的想法：

> "今夕君寝不寐，必为翟柤也。"

郤叔虎接着评价了"翟柤之君"的昏聩。在文本层面，他口中所描述的翟柤之君与晋献公是何其相似！郤叔虎最后对士蒍说：

> "吾不言，子必言之。"

郤叔虎显然并不想在晋献公面前评价翟柤之君，而是通过士蒍之口转达。与郤叔虎这种令人费解的说话方式相对应的，是他之后在晋献公伐翟柤战斗中闹剧般的异常行动。在最终攻城的战斗中，郤叔虎放弃了自己的职守，亲自登上了城墙，以至于他的属下对他的不正常举动颇有微词：

> "弃政而役，非其任也。"

郤叔虎为自己辩解道：

"既无老谋，又无壮事，何以事君？"

最终"被羽先升，遂克之"。这个片段蕴含的戏剧性在于，郤叔虎实际上既有"老谋"又有"壮事"，然而在某种意义上他又的确"既无老谋，又无壮事"：他的谋划是通过一种间接的方式转达的，而他的"壮事"也是变乱了职守做出的。郤叔虎自我否定的言辞与行动所形成的超现实主义的"悖论"实际上是他眼中晋献公政治的一种症候，也许正如献公所见之"翟相之氛"。

晋献公对伐虢的持久热情令人惊讶。伐虢直接延续了曲沃代翼的主题，这在很大程度上造就了晋献公时代的晋国政治。在去世之前，晋献公终于实现了灭虢的夙愿。然而，晋献公在他的攻伐大业达到顶点的时候去世了。死后没有人传承他的功业，晋国陷入动乱之中，直到重耳回国之后开始全面"止损"。郭偃断断续续地参与了晋献公以及之后各代国君的政治，这些都成为"郭偃之法"的素材。晋献公之死在很大程度上终结了曲沃的噩梦，也开启了《晋语》文本向第二主题的过渡。《晋语二》宰周公评论晋献公的政治时说：

> "晋侯将死矣！景霍以为城，而汾、河、涑、浍以为渠，戎、狄之民实环之。汪是土也，苟违其违，谁能惧之！今晋侯不量齐德之丰否，不度诸侯之势，释其闭修，而轻于行道，失其心矣。君子失心，鲜不夭昏。"

宰周公一针见血地指出了晋献公的膏肓之疾正在于"失心"。对照宰周公对齐桓公的评价（"齐候好示"），他实际上将晋献公与后期的齐桓公相提并论，认为他们过分热衷于对外征伐，在诸侯国之中博取名声，而不能真正修明国内政治。对齐桓公形象的这一次指涉也使得晋献公成为《齐语》中缺席的"王"的一个对应物。

如果我们考虑到对外征伐与新兴的军功贵族之间的关系，可以说在某种程度上，晋献公时代的政治具有新贵族政治的外形（"十六年，公作二军，公将上军，太子申生将下军以伐霍"）。但从晋献公对太子申生的含混态度以及其不听士蒍之谏来看，他并没有真正致力于对一种新型政治的思考。反而是后来的研究者对此用力更多。而晋献公既对旧政治传统不屑一顾，又没有真正致力于新型政治的建设。从他对太子的态度上就可见一斑：他既授予太子兵权，又担心自己身受其害。这造就了太子申生与晋献公之间畸形的父子关系。太子申生在言辞上的再三重复，以一种类似哈姆雷特的方式延宕了这种紧张关系。而随着太子申生之死，晋献公尽逐群公子，也就彻底断绝了复归传统的希望。他最终一无所得。其身后全部的遗留物都将变得没有意义。他没有给他宠爱的骊姬以及她的两个孩子留下可以继承的政治遗产。在他死后，里克一党"于是杀奚齐、卓子及骊姬，而请君于秦"。晋献公在去世之前把奚齐托付给荀息。《左传·僖公九年》载对话较详：

> 初，献公使荀息傅奚齐，公疾，召之，曰："以是藐诸孤，辱在大夫，其若之何？"稽首而对曰："臣竭其股肱之力，加之以忠贞。其济，君之灵也；不济，则以死继之。"公曰："何谓忠贞？"对曰："公家之利，知无不为，忠也。送往事居，耦俱无猜。贞也。"

女性的思维是只爱属己之物。晋献公在死前最终变成一个女人而向荀息托付属己之物。晋献公曾经以为自己是自足的，然而作为一位父亲，作为一个普通人，死亡带来的无助终使他发现自己并非自足。然而为时已晚，他除了一种私人情感之外一无所有。荀息自始至终对此保持沉默。在一众大臣为太子申生出谋划策的时候，唯有荀息唯晋献公君命是从。他的"忠贞"以"公家之利"的名义满足了晋献公的私人诉求，但同时也宣告了晋献公彻底的非政治身份。在先，他没有规劝晋献公的错误行动❶，在后，他的殉死最终只换来了"斯言之玷，不可为

---

❶　"公将黜太子申生而立奚齐。里克、丕郑、荀息相见，……荀息曰：'吾闻事君者竭力以役事，不闻违命。君立臣从，何贰之有？'"（《献公将黜太子申生而立奚齐》）我们将在下文分析申生故事中众谋士的行动。

也"的令名，这让他的行动显得缺乏足够的魅力，而他深知这一点。因此我们看到，荀息并没有试图（也没有能力）创造和支持一种新型的政治，或者，恢复一种政治传统。这是一次徒劳的立孤行动，中间还经历了一次妥协，对观《周语》"邵公以其子代宣王死"中邵公的言辞❶，一种虚妄的政治伦理最终以对先王传统无力的戏拟惨淡收场。唯有当司马迁在《郑世家》的论赞部分将荀息与甫瑕/里克并置一处的时候，它们才形成了一种参差的对照：

> "语有之，'以权利合者，权利尽而交疏'，甫瑕是也。甫瑕虽以劫杀郑子内厉公，厉公终背而杀之，此与晋之里克何异？守节如荀息，身死而不能存奚齐。变所从来，亦多故矣！"

在一种变乱了政治伦理的处境中，或权变取利，或矢志守节，两种选择之间的差异变得没有意义。正是在这样的一声叹息中，"赵氏孤儿"的故事在司马迁笔下登场。史迁将这名孤儿改写（或说"简化"）为一个政治伦理困境的受害者，他在幸免于难后成为赵国的新始祖。这样一个头戴光环的孤儿足够给予史迁笔下为孤儿献身的仁人志士的死以某种确定的意义。它要求行动的持续。而对于荀息，无论是《国语》编者还是史迁，都只是消极地叹息，不想再赋予他的行动以任何看似可能的叙事意图，因而他的行动也可以随时终止——荀息自己也并不讳言这一点。由消极向积极的写作态度的转变，伴随着史迁叙事意图的转变。正是由于行动的持续和完整，后人可以将其从历史叙事中独立出来。然而正是在这个意义上，后来者在不了解叙事者最高意图的前提下，就贸然解构孤儿的光环抑或解构人物行动的动机，对故事的各个层面而言都是致命的。在《晋语》接下来的故事中，我们看到的不仅仅是仁人志士的死亡，还有一位"圣子"（太子申生）看似无意义的受难。

---

❶ 邵公曰："昔吾骤谏王，王不从，是以及此难。今杀王子，王其以我为怼而怒乎。夫事君者险而不怼，怨而不怒，况事王乎！"乃以其子代宣王，宣王长而立之。

（五）申生

我们很容易看出太子申生与周幽王太子宜臼在处境上的相似。然而相比于申生，宜臼的行动由于其表现出来的理性特征是很容易得到理解的。周太子晋处于另一个极端，但同样容易理解。太子申生的行动令人费解的地方在于：所有的谋士都为他出谋划策，这些谋划有的甚至逼近了最危险的边界，申生拥有无限多样的选择，但他最终几乎是坐以待毙。他的言辞代替了行动。

我们首先看到的是，与众谋士纷纷出谋划策相比，似乎在最主要的位置上缺少一个称职的教育者的角色能够决定性地指引太子申生脱离困境。虽然申生一开始引用过"羊舌大夫"的话，但《晋语》中羊舌大夫基本上没有在这个故事中出场。《左传·闵公二年》有：

> "大子帅师，公衣之偏衣，佩之金玦。狐突御戎，先友为右，梁余
> 子养御罕夷，先丹木为右。羊舌大夫为尉。……羊舌大夫曰：'不可。
> 违命不孝，弃事不忠。虽知其寒，恶不可取，子其死之。'"

《晋语》中在对应时刻"羊舌大夫"并没有出现，而是以申生的口吻说出了类似的话。我们注意到，在《左传·闵公二年》羊舌大夫出场的段落集中了晋国群臣对太子申生是否应该服从军令的争论，作者有意将申生之死故事中所涉及的全部争论放置到这同一段落、同一场景中，相比于《晋语》的谋篇而言，《左传》的操作痕迹是很明显的。《晋语》在不同场景中的多次争论彰显了作为一个主题的太子申生之死的诸多层面的问题，这种延宕效果是《左传》的一次性的处理方式所无法达到的。太子申生的老师杜原款很可能主导了他的决定。而这个人物在《晋语》中只出现过一次。杜原款在被杀之前通过"小臣圉"对太子申生做了一番告诫。这段言辞整体是一个让步结构。他先是为自己的迟钝而自责，没能使太子免于危亡；然而纵然如此，他仍希望太子能够以死明志。太子申生自始至终的行动完全遵循了老师的教导。于是我们发现，实际上在最主要的位置上并非没有这样一个教育者，而是有这样一个如此"强大"的教育者：他足以对抗所有的谋划者。杜原款可能只是这个强大的教育者的一个"发言人"。对于太子申

生而言，这个教育者无处不在、无时不在，仿佛不需要遵循逻辑行事。几乎可以说，这个教育者实际上正是《国语》编者的一个"自我代入"。不仅如此，所有为太子申生出谋划策的谋士也都是这个编者意志的分身。《国语》编者全方位地在太子申生身上施加了强大的主观意志，在不断延宕的系列场景中排除了一切的偶然性。于是我们看到：在已经经历了奚齐主祭事件、明确了晋献公的态度之后，太子申生仍然不断地以一种积极的行动回应献公的消极攻击，使事态一步步陷入怀疑与惶恐的僵局。在伐霍和伐东山两次军事行动中，士蒍和狐突分别向太子申生指出，国君故意使之陷入危险境地，不如去国避谗，然而太子申生两次都抱着战死明志的决心，克霍、败狄而返。他唯一担心的是去国将损害父亲的名誉：

> "去而罪释，必归于君，是怨君也。章父之恶，取笑诸侯，吾谁乡而入？内困于父母，外困于诸侯，是重困也。弃君去罪，是逃死也。吾闻之：'仁不怨君，智不重困，勇不逃死。'若罪不释，去而必重。去而罪重，不智。逃死而怨君，不仁。有罪不死，无勇。去而厚怨，恶不可重，死不可避，吾将伏以俟命。"

似乎他从未考虑自己的"罪"究竟是什么。这是编者意志给读者造成的疑惑。而这个"罪"的性质只能在《国语》的意义结构内得到解释。正如士蒍曾经调和了史苏与郭偃的分歧，他在此也给太子申生指出了一条中间道路——他建议申生仿效吴太伯。在《左传·闵公元年》中的相应位置，士蒍说：

> "且谚曰：'心苟无瑕，何恤乎无家。'天若祚大子，其无晋乎。"

申生推辞说：

> "今我不才而得勤与从，又何求焉？焉能及吴太伯乎？"

申生对士蒍建议的委婉否定耐人寻味。如果申生不为身份所累，他很可能会成为一个政治哲人，而且是最富诗艺的政治哲人，就像季札一样。无论是在《吴越春秋》还是在《史记·吴太伯世家》的叙述中，我们都可以看到，吴太伯的让国出走是以"圣子昌"的存在为前提的，它隶属于一个更高的政治传统❶，自身并不具有可延续性。吴太伯是否值得效法是存在疑问的。在先王传统之内，需要的不是一个让国者，而是一个教育者。出走让国如果不是仅仅作为一个偶然的避险策略，尤其是在《国语》这样一部并不以表现偶然事件为鹄的的作品中，就意味着对传统的否定，这是《国语》编者所不允许的——重要的不是逃走，而是复返。吴太伯故事的一个现实对应物是吴季札的故事，而我们看到，季札也已经走到了穷途末路。《左传·襄公十四年》有季札让国故事：

> "吴子诸樊既除丧，将立季札。季札辞曰：'曹宣公之卒也，诸侯与曹人不义曹君，将立子臧。子臧去之，遂弗为也，以成曹君。'君子曰：'能守节。君，义嗣也。谁敢奸君？有国，非吾节也。札虽不才，愿附于子臧，以无失节。'固立之。弃其室而耕。乃舍之。"

到《昭公二十七年》，吴公子光使鱄设诸刺吴王僚，

> "季子至，曰：'苟先君无废祀，民人无废主，社稷有奉，国家无倾，乃吾君也。吾谁敢怨？哀死事生，以待天命。非我生乱，立者从之，先人之道也。'"

季札的行动是基于他对传统的固守。《史记》将《吴太伯世家》置于世家之首，一方面是因为季札在中原诸侯国的游历（尤其是季札观乐），作为一位"教

---

❶　徐中舒认为，太伯、仲雍的出奔实际上是率领周师南征江汉，为将来伐商做准备。宋镇豪进而认为，古公立季历为嗣亦是考虑到季历与商王朝的政治婚姻的潜在效应。参见：《中国古代文明与国家形成研究》，李学勤主编，王宇信等著，北京：中国社会科学出版社，2007年，第511-512页。

育者"，他的言辞足以统摄先秦各诸侯世家的写作体系；另一方面也因季札的处境：他对先王传统的理解无与伦比，然而他对传统的终结无能为力。他的处境更接近荀息。季札的这一双重处境实际上也暗示了《史记》世家写作的隐秘态度：否定和反思。

太子申生的临终遗言给我们增加了思考的维度：

> "申生有罪，不听伯氏，以至于死。申生不敢爱其死，虽然，吾君老矣，国家多难，伯氏不出，奈吾君何？伯氏苟出而图吾君，申生受赐以至于死，虽死何悔！"

太子申生认为，他的罪过本不至于死，只是由于没有听从狐突等人的意见而最终落入了死亡境地。相比于先前的行动，现在他在言辞上做了让步。死前的申生意识到了自己的错误，所以谥号曰"恭"。他最后的言辞在呼吁一种"和解"，这是否意有所指呢？这可能暗示了太子申生对党争的担忧：狐突是公子重耳与公子夷吾的外公。然而，我们并不想在故事的最后转换我们的分析视角。纵然申生之死更直接的原因可能在于里克在最后时刻选择了中立，但从里克在事件之初的言辞来看，他并不是太子申生的一个坚定支持者，他的中立态度是前后一致的。而最初誓言"必立太子"的丕郑，后来被证明是一个政治投机分子。因此，从《晋语》逐渐展开的众谋士的行动来看，太子申生是否有足够的力量以党争的方式获取晋国政治的主导权，这点被证明是存在疑问的———开始最可靠的东西最后被证明最不可靠。在太子申生之死的故事中，党争的因素所起到的作用可能由于后来所发生的事件而被错置并夸大了，即使我们无法确定他是否能够超越儿子的身份去冷静地考虑"孝"与好政治之间的关系。《礼记·檀弓上》对申生临终之语的记述略有不同：

> "使人辞于狐突曰：'申生有罪，不念伯氏之言也，以至于死。申生不敢爱其死。虽然，吾君老矣，子少，国家多难。伯氏不出而图吾君，伯氏苟出而图吾君，申生受赐而死。'再拜稽首，乃卒。"

我们有比较充分的理由相信，太子申生最后的言辞诉诸狐突并非就对党争的担心而言的。如果说，《国语》的编者在《晋语》中刻意隐去了"曲沃"的漫长故事，那是因为晋献公的故事展现了一个更为完整的场景，以一种类似"三一律"的准则表现了先王传统的境遇。编者的关注点显然并不在于实力政治的较量，纵然这是一种在今天读者看来更加简易的解释方式。申生之死这个缺乏光辉的叙事尤其缺乏偶然性。我们认为，在并不以事件的偶然性为核心关切的《国语》中，太子申生的故事实际上承载了《国语》编者一个极其严肃的意图。《国语》编者在申生身上看到了穷尽某种意义的可能性：父与子（以及子与父）究竟在何种程度上是属于政治的？无论在何种政治类型中，这个问题都是无法回避的。《国语》对这个可能性的穷尽是伴随着叙事一步步的下降来完成的。

正如孟子试图将孝的家庭伦理与政治伦理无差别地统一起来，结果发生了意想不到的事情：

> 桃应问曰："舜为天子，皋陶为士，瞽瞍杀人，则如之何？"孟子曰："执之而已矣。""然则舜不禁与？"曰："夫舜恶得而禁之？夫有所受之也。""然则舜如之何？"曰："舜视弃天下，犹弃敝蹝也。窃负而逃，遵海滨而处，终身诉然，乐而忘天下。"（《孟子·尽心上》）

孟子喜剧式的解决方式为后世学者所偏爱。朱熹认为：

> "此章言为士者，但知有法，而不知天子父之为尊；为子者，但知有父，而不知天下之为大。盖其所以为心者，莫非天理之极，人伦之至，学者察此而有得焉，则不待较计论量，而天下无难处之事矣。"（《四书章句集注·孟子集注卷十三》）

钱穆亦以孟子之论阐发孔子的"正名"之意：

> "然卫人可以拒蒯聩，卫出公则不当拒蒯聩。惟孟子有'瞽瞍杀
> 人，舜窃之而逃，视天下犹弃敝屣'之说，乃为深得孔子之旨。" [7]64

　　然而，这里首先必须注意到的是，在瞽瞍杀人的例子中，只有作为"子"的舜有双重身份的负累，而作为"父"的瞽瞍似乎是完全独立于政治传统之外的一个普通人，并且尤其重要的是，他以私德有亏著名。对于舜而言，我们宁愿只相信他是帝颛顼的六世孙。这场对话是一次有意图的叙事的对抗，正如骊姬对纣王的语境移植会使人产生误解，瞽瞍的语境移植同样具有欺骗性。在对话中，瞽瞍对于舜而言似乎只是一个属己之物；作为完美君主的舜似乎仅仅出于一种对一个"且有缺陷"的属己之物的"喜爱"（更准确地说是肉身性的束缚）而放弃了自己的政治身份。曾几何时，舜面对父亲的谋杀只要躲避即可，而此刻竟然要携父亲逃亡，沦为父亲杀人的帮凶。这一内在的落差使得孟子的言辞显得荒谬。《荀子·子道第二十九》中说：

> "入孝出弟，人之小行也；上顺下笃，人之中行也；从道不从君，
> 从义不从父，人之大行也。若夫志以礼安，言以类使，则儒道毕矣，虽
> 尧、舜不能加毫末於是矣。"

　　而孟子的对话恰恰就是"加毫末於是"。在另外一个提到舜与瞽瞍的地方，孟子的观点则节制得多：

> "公孙丑问曰：'高子曰：《小弁》，小人之诗也。'孟子曰：
> '何以言之？'曰：'怨。'曰：'固哉，高叟之为诗也！有人于此，
> 越人关弓而射之，则己谈笑而道之；无他，疏之也。其兄关弓而射之，
> 则己垂涕泣而道之；无他，戚之也。《小弁》之怨，亲亲也；亲亲，
> 仁也。固矣夫，高叟之为诗也！'曰：'《凯风》何以不怨？'曰：
> '《凯风》，亲之过小者也；《小弁》，亲之过大者也。亲之过大而不

怨，是愈疏也；亲之过小而怨，是不可矶也。愈疏，不孝也；不可矶，亦不孝也。孔子曰："舜其至孝矣，五十而慕。'"（《孟子·告子下》）

既然孟子认为儿子对于父亲的大过应当感到忧戚，并且正如孟子自己所做的那样，他与匡章交往，理解他的不孝（《离娄下》），那么，若在一个现实情境中，他怎么会真的让舜背负着瞽叟逃走，并且还感到快乐呢（"乐而忘天下"）？即便舜能够视弃天下犹弃敝蹝，但因此而感到"快乐"仍然是令人惊讶的。❶我们认为，孟子对那个诡辩式提问的回答，如果不是佯谬，实际上采取的是一种修辞学的方式，是一种"狄奥尼索斯式中断"（借用本雅明语），近于庄子，悬置了政治与家庭的差异。在回应"舜封象"故事中，孟子虽然试图故技重施，但依然给出了更现实的政治论断："象不得有为于其国，天子使吏治其国而纳其贡税焉，故谓之放。岂得暴彼民哉？虽然，欲常常而见之，故源源而来，'不及贡，以政接于有庳'，此之谓也。"（《孟子·万章章句上》）相比之下，更可见出"舜窃之而逃"是一个只能在修辞学范畴内存在的事实，而作为一个现实情境讨论政治问题则是十分不可靠的。而这也恰恰是孟子之局限性所在。美国历史学家金安平谈到孟子时说：

"与孔子、荀子相比，孟子显得较为圆滑。这部分解释了何以在中国悠久的历史中，绝大多数统治者都喜欢孟子。孟子的语气较为温和，也较不会让他们的良知感受到压力，而且统治者知道他们可以依自身所

---

❶ 关于舜的"快乐"/"怨慕"的争辩或许可以通过与基尔克果笔下的《圣经》人物亚伯拉罕的"苦闷"相对照来获得某种答案。李匹特（John Lippitt）在《〈恐惧与战栗〉究竟说了什么？》一文中说："那么我们到底需要一个怎样的亚伯拉罕？让我们冒险提出一个新的假设：亚伯拉罕的让人崇敬之处在于，涉及与苦闷的关系，他很好地实现了亚里士多德意义上的中庸。该中庸位于苦闷的缺失（这将让他成为残忍者）与苦闷的过度（这将让他成为第二个仿写的亚伯拉罕）之间。"文章收入：《恐惧与战栗：静默者约翰尼斯的辩证抒情诗》，第 223–224 页。

需扭曲孟子的观念。……孟子不是没有判断力，他只是易受情感左右。在情感的影响下，孟子永远无法达到孔子的高度，也无法像孔子那样豪迈地慷慨陈词：'予欲无言'，因为'天何言哉？'"[8]240

而《孟子·尽心章句上》中有这样一段对话：

公孙丑曰："道则高矣，美矣，宜若登天然，似不可及也；何不使彼为可几及而日孳孳也？"

孟子曰："大匠不为拙工改废绳墨，羿不为拙射变其彀率。君子引而不发，跃如也。中道而立，能者从之。"

事实上，虽然孟子在言辞中说"尧舜之道，孝弟而已矣"（《告子下》），但在孟子那里，舜的至孝在现实情境中还是止于"怨慕"而已。朱熹可能意识到了这一界限，但借题发挥的结果是，他不得不赋予舜的"怨慕"以某种歧义。❶钱穆的移花接木更是似是而非，他从一个错误的基点出发去理解孔子的"正名"，于是只见毫末不见舆薪，未能发现真正的问题所在。孔子之"正名"所指涉的不单是家庭之孝的领域而已，而是一个更为广阔的政治范畴。在《孔子家语·六本第十五》《说苑·建本》《韩诗外传·卷八第二十五章》中都提到一个类似的故事：孔子责备曾子不应该任凭父亲捶打自己，陷父亲于不义的境地，并以舜逃避瞽叟的杀害为例，指出正确的解决方式应该是逃走。我们在荀子那里看到了孔子如何把家庭作为"处理"政治而不是"谈论"政治的适当方式，而不必遭遇孟子故事中的诡辩情境。《吕氏春秋·仲冬纪第十一·当务》篇载"楚有直躬者"的

---

❶ 在《孟子章句·万章章句上》中，朱熹解"怨慕"为"怨己之不得其亲而思慕也"，并且强调："于我何哉，自责不知己有何罪耳，非怨父母也。"而在《告子章句下》中，朱熹又以"小弁之怨"解舜之怨慕，而孟子口中的小弁之怨乃是怨亲之过错："小弁，亲之过大者也。亲之过大而不怨，是愈疏也"。朱熹在这里取消了伦理学的主体间性，也就同时取消了情感与判断力的界限，走向了纯粹个体伦理。

故事：他的父亲偷了一只羊，他先是告发了父亲，继而要求代父受刑，并以此为"孝"为自己辩护，孔子评价道：

"异哉！直躬之为信也。一父而载取名焉。"❶

《吕氏春秋》评论道：

"故直躬之信不若无信。"

《荀子·宥坐第二十八》以及其他典籍中提到孔子处理一桩父子争讼的案件，我们不知道案件的具体内容以及严重程度；季桓子认为单凭"不孝"的罪名就应该杀掉儿子，这是他对"为国家必以孝"的理解；孔子似乎认为这个案件没有严重到需要诉讼的程度（类似于"攘羊"？）。正如他认为曾子应该在父亲的怒气发作时逃避，孔子先是拘留了儿子，三个月后其父亲撤销了诉讼，孔子就把儿子释放了。这是不是孔子对这起案件最后的判决，我们不得而知，但孔子认为要先以这样适当的方式对加以教育。可见孔子并不是只重虚名，尤其是孔子并不把只把孝作为手段，他并不强迫人们陷入孝与不孝的尴尬抉择中。既然如此，孔子怎会无条件地认为"卫人可以拒蒯聩，卫出公不当拒蒯聩"呢？孔子不是孟子，事实上就此事而言他们的取向完全相反。如果不具体地理解现实情境，那么"父为子隐，子为父隐"（《论语·子路》）就以最为低下的手段模糊了正义。

（六）信仁

好政治需要的是君子的（而非孝子的）、积极的（而非消极的）德性，必要时可以"逃走"，正如必要时就要去占有。在一个类比的意义上，正如美国政治家佩特森所说[9]80：

---

❶ 叶公语孔子曰："吾党有直躬者，其父攘羊，而子证之。"孔子曰："吾党之直者，异於是，父为子隐，子为父隐，直在其中矣。"（《论语·子路》）

　　"成为福人需要阳刚的、帝王般的德性。福祉并不意味着具体的事物、生活和美德都消融于涅槃，有福并不超越时空。相反，福祉是积极地占有某些东西，比如占有整个地土……" ❶

　　与消极反讽不同，"仁"是一种积极的德性。正如司马迁在《宋微子世家》的论赞中以孔子名义称"微子去之，箕子为之奴，比干谏而死，殷有三仁焉"。消极与积极，表现为言辞与行动。我们再次回顾《金縢》篇中周公的行动。周公"新受命"的仪式同时也是对伦理责任的转换。周公在言辞中试图将武王从一种家庭伦理责任中解放出来，这一举动最终得到了"天命"的认可。这里，伦理责任的转换代表了一种积极的、政治人的美德。《鲁语》的起点是"孝"。得益于周宣王亡羊补牢的举动，《鲁语》之孝获得了一个较高的起点，此时家庭伦理与政治伦理仍然有足够的默契，甚至越来越紧密。然而，作为先王传统中最具惰性的部分，"孝"作为一个主题不可能在《鲁语》故事中对叙事有所增益。"孝"是一个单向的叙事。在获得哲学的解决之前，它无法充当叙事的动力，而《鲁语》正是在此处戛然而止。对于《国语》叙事的转向而言，"孝"无疑是一个主题性的障碍。《晋语》必须克服这一问题。因此，并不令人意外，"孝"的主题在《晋语》叙事之初就陡然降到最低。太子申生代表了晋献公所缺乏、所渴望的东西，问题在于晋献公缺乏以适当方式理解这些东西的能力，而申生又不可能像孟子口中的舜一样，背负着父亲逃走。当申生最后呼吁"教育者"的时候，暗示了其行动的一个隐秘的指向，一种积极的德性的闪光，也即《国语》编者意志的显现。正是这一隐秘指向让申生之死具有了"圣子受难"的意味：他是被《国语》编者所"选中"的。太子申生就其作为"子"的身份而言是特殊的、独一无二的，在《国语》的谋篇中也只属于故事中的那一个时刻：他的选择是他在坏政

---

❶　引文余下的文字是："……如真福八端中的第三福。只有当福的概念完全精神化时，人才需要谦虚，人们也许还相信彼岸和永生，但却不再追求不朽，他们既然放弃了对具体的，甚至肉体不朽的追求，更何谈尊贵和荣耀。"

治中所能做到的最好。他为家庭做了最大程度的辩护，虽然并不是以"考狄利娅"的方式。伦理责任的转换要等待重耳去完成。在莎翁剧作《李尔王》中，考狄利娅对父亲李尔王说：

"I love your Majesty according to my bond; no more nor less."（我爱您只按照我的名分，一分不多，一分不少。）

相比于太子申生，公子重耳对待晋献公的方式更接近于考狄利娅。《礼记·檀弓上》别出心裁地记述了一段申生临死前与重耳的对话：

"晋献公将杀其世子申生，公子重耳谓之曰：'子盍言子之志于公乎？'世子曰：'不可。君安骊姬，是我伤公之心也。'曰：'然则盍行乎？'世子曰：'不可。君谓我欲弑君也。天下岂有无父之国哉？吾何行如之？'"

我们将看到，在最关键的方面，重耳与太子申生在行动上完全相反。《左传·僖公二十三年》有：

"晋公子重耳之及于难也，晋人伐诸蒲城。蒲城人欲战，重耳不可，曰：'保君父之命而享其生禄，于是乎得人。有人而校，罪莫大焉。吾其奔也。'"

申生、重耳、夷吾三人与晋献公的关系构成了一组对照。在这里尤其重要的是，申生至死都对父亲的爱有增无减。我们再次引用李匹特以基督教传统解释基尔克果笔下的亚伯拉罕问题所得到的结论：

"……于是，信仰要求的就不再是对伦理的违逆，而是对它的某种转换。" [10]239

· 167 ·

在类比的意义上，当我们把申生看作先王的"化身"，那么不必再苛责晋献公政治上的糟糕，也不必苛责晋献公的"罪恶"，因为这些都成为一个隐喻的材料：先王传统先在地要求对伦理责任的某种转换。当我们从重耳的"信仁"角度来回顾申生的表现的时候，我们发现"孝"与"仁"成为这一叙事中的两个极点，故事在这两极之间展开。对好政治来说，有"仁"的标准，而"信仁"正是公子重耳行动的主旨。所有被《国语》编者在太子申生故事中压抑的东西都在重耳故事中迸发出来，以至于一开始重耳就粉碎了骊姬口中那个纯粹功利性的"仁"的幻象。重耳的故事在全新的天地中展开，并且最终以"正名育类"作结。

（七）丕郑

在为太子申生谋划的诸位大臣中，丕郑是一个值得注意的角色。他使太子申生的故事超出了曲沃代翼的叙事边界。在谮杀申生前夕，优施说服里克保持中立。丕郑说：

> "惜也！不如曰不信以疏之，亦固太子以携之，多为之故，以变其志，志少疏，乃可间也。今子曰中立，况固其谋也，彼有成矣，难以得间。"

在某种程度上，丕郑的计策似乎足以暂时阻止最坏结果的发生。在此之前似乎没有人真正专注于策略的对抗。里克、士蔿和狐突应该说是经历过曲沃代翼的余绪。尤其是士蔿，《左传·庄公二十三年》载：

> "晋桓、庄之族逼，献公患之。士蔿曰：'去富子，则群公子可谋也已。'公曰：'尔试其事。'士蔿与群公子谋，谮富子而去之。"

士蔿是一个深谙传统的谋略家，他在事态未萌之时就说："诚莫如豫，豫而后给。"然而跟里克一样，他的瞻前顾后最终只是让他选择了中立。《左传·僖公五年》有士蔿之赋曰：

"狐裘尨茸，一国三公，吾谁适从？"

唯有丕郑在整件事中似乎完全不考虑任何既定的传统，而他提出的迂回策略几乎可以适用于任何类似的事态。换言之，他不必考虑叙事在主题上的复返。丕郑与优施在政治类型上有着深刻的相似。如果丕郑的计策不是太迟的话，可能同样会导致史苏所预言的最坏的后果。果然，在献公死后，"里克将杀奚齐"，谋于丕郑，丕郑认为这是一个谋利的好时机，想要与狄国、秦国合作共立新君，几乎要重演西周灭国的故事：

"子勉之。夫二国士之所图，无不遂也。我为子行之。子帅七舆大夫以待我。我使狄以动之，援秦以摇之。立其薄者可以得重略，厚者可使无入。国，谁之国也！"

里克严厉地驳斥了丕郑。然而丕郑是最早以义利之辨看待整件事情的人，他最初的言辞似乎启发了里克的言辞：

"吾闻事君者，从其义，不阿其惑。惑则误民，民误失德，是弃民也。民之有君，以治义也。义以生利，利以丰民，若之何其民之与处而弃之也？必立太子。"

只是他后来的行动完全走向了另一个极端。这只能说明，先王传统在丕郑那里仅仅是言辞而已。丕郑属于后来我们所熟悉的那种战国策式的自由政治家，在诸侯国之间奔走谋利。在他的谋划下，晋国"请君于秦"，公子夷吾（晋惠公）归国即位，似乎正是按照他的谋划"立其薄者"。《周语上》的内史过认为晋惠公彻底违背了先王传统，对比内史兴对晋文公的评语，我们看到这是一个极为严厉的指责。晋惠公归国后认为，里克杀死了两位君主，有这样的臣子，做国君太难了。里克的遭遇让我们想到了赵盾。在诸公子逃亡的形势下，我们并不知道除了里克之外，晋国庙堂之上还有谁能够重申那些正确的政治准则。而当晋惠公杀死里克之后，丕郑又向秦穆公献计攻晋献公迎立重耳，理由是晋惠公不会兑现承诺给秦国土地。丕郑最终因计策被识破而被杀，他的儿子丕豹奔秦，继续鼓动秦国攻晋。晋惠公之后晋怀公又杀死了隐居的狐突，狐突临死前的话让我们看到了先王传统中父子关系的另一种范式：

> 怀公命无从亡人。期，期而不至，无赦。狐突之子毛及偃从重耳在秦，弗召。冬，怀公执狐突曰："子来则免。"对曰："子之能仕，父教之忠，古之制也。策名委质，贰乃辟也。今臣之子，名在重耳，有年数矣。若又召之，教之贰也。父教子贰，何以事君？刑之不滥，君之明也，臣之愿也。淫刑以逞，谁则无罪？臣闻命矣。"乃杀之。

卜偃（郭偃）因之称疾不出，他先前讲述的高贵谎言将他置于被误解的险地。狐突之子狐偃是晋公子重耳流亡故事中的一个关键人物，狐突之死很可能影响了狐偃在某些时刻的行动。因此，在很大程度上是由狐偃主导的晋文公的流亡故事在一开始就在一个支线叙事中逃出了圣子受难死胡同。由此我们转入对重耳故事的分析。

（八）夷吾

西方古典政治学中有"城邦之外，非兽即神"[11]9，如果把我们所关注的事件看作是这一论题的一个东方政治的对应物，并且以诸侯国置换"城邦"作为一个过渡性的主题，重耳与夷吾代表了东方古典政治中"城邦之外"的两个选项："神"与"兽"。流亡中的夷吾所信奉的是"亡人无狷洁，狷洁不行"。窃国者诸侯，对于流亡中的贵族而言，"狷洁"应当是最后的底线，而夷吾以及他的老师们却堂而皇之地突破了最后的底线。否定了仅剩的准则，也就否定了复返的可能。在出奔之初，夷吾一党试图以秦国的力量与骊姬一党达成某种交易（"乃遂之梁。居二年，骊姬使奄楚以环释言"）。后来又以国土为筹码，换取秦国的支持。"晋国其谁非君之群隶臣也？"在秦国派来考察的使者面前，夷吾轻率地抛弃了天命：

"君苟辅我，蔑天命矣。"

晋惠公（夷吾）时期晋国政治陷入党争和战乱的泥潭。《周语》中内史过看到晋惠公对王命无礼，于是预言：

"晋不亡，其君必无后。"

依据是晋惠公既"非嗣也，而得其位"，又对秦国背信弃义。虽然非嗣，但晋惠公一定会得到晋献公的赞赏。重耳信奉的是狐偃所说的"亡人无亲，信仁以为亲"。韦昭注：

"亡人无亲者，被不孝之名，弃亲而亡也，当信行仁道，然后有亲也。"

在先秦哲学中，没有哪个概念像"仁"这样如此依赖一切困难情境中最困难的情境。重耳之"信仁"正对应于申生在"孝"之外保持沉默的东西。这是一次决定性的叙事视角的转换，从晋献公开始的，直到太子申生之死的家庭视野，开始被一个政治视野取代，曲沃之后的穷途末路重新向整个传统敞开。《国语》编者精心设计了漫长的情节来展现这一切，似乎只有《史记·孔子世家》中孔子的艰难旅程能够与之相提并论，而它们在主题上的确有某种相似之处。对照史迁笔下的孔子在陈蔡之厄时与三位弟子分别就同一主题展开的三段对话更能见出这一点。艰难的旅程绝不仅仅是心灵的，它尤其是关乎意志的。晋文公归国之前的晋国政治笼罩在"曲沃"的阴影之中，先王传统隐匿不见。对比《公子重耳夷吾出奔》一节中重耳与夷吾的不同选择，其中隐含的核心问题是：在"曲沃"之后，如何重建传统？对于献公之后的国君而言，他们的父辈并未给他们留下一种足以继承和发扬的新型政治。《国语》的编者抓住了这一时刻，将公子重耳的故事纳入了先王传统的召唤结构中。我们看到，在周王室那里，先王传统已经无力补天。对于那种想要在现实中复兴先王传统的政治家而言，重获"天命"成为必要的。受命乃是政治意志的宣示。唯有意志与行动可以让传统起死回生。公子重耳以自己的流亡故事参与到了先王传统的叙事之中，由此，他不是简单地回复到先王传统中，而是以自己、以晋国为参照物重新确立了先王传统的位置。❶

（九）齐姜

应当注意《晋语》的谋篇：编者是如何再现了重耳的流亡旅程。与《左传》略有不同❷，这个旅程从夷狄开始，在齐国停留，然后历经诸夏，终于楚国、秦国——这正对应于《国语》中《齐语》《楚语》（以及一个潜在的"秦语"文本❸）的位置。《晋语》不仅在形式上、更在内容上位于《齐语》《楚语》之间，由此构成一个同心圆结构。在楚国，"楚成王以周礼享之"。这个事件是比较突兀的。然而如果考虑到《楚语》之于《国语》诸夏文本的相对独立性，这种突兀感就很容易理解。

重耳在齐国与秦国的故事都各自围绕一个女性形象展开。在这个旅程的各个场景中，恐怕没有其他场景能够比这两个女性形象与重耳之间的离奇故事更引人注目了。而事实上，就这两个场景的主题而言，重耳与这两位女性的故事与他的整个流亡旅程同样构成一个同心圆结构。由此我们的分析将从这两个关于女性的场景入手。首先是齐姜。齐姜的言辞在整部《国语》中都是引人注目的。当她以《诗·大雅·大明》的诗句对重耳宣告"上帝临女，无贰尔心"的时候，她与《鲁语》之末的"公父文伯之母"的言辞形成一种竞赛。与公父文伯之母的谆谆

---

❶ 尤其是与齐桓公以攘夷为主题的霸业相比，虽然晋文公对西周宗法制有诸多内部的改革，但我们仍要注意他对"旧制度"的恢复，尤其是与晋献公屠戮公族的行动相比。即便是以最苛刻的眼光来审视，晋文公仍然在最主要的方面回归到先王传统中，显示了一种宝贵的政治的中道。

❷ 《左传》在僖公二十三年将重耳在卫国的经历简短地置于"野人赐土"之前。

❸ 《国语》中有相当一部分涉及秦国的文本，尤其是关于秦穆公。我们看到，《左传》的作者就曾给予秦穆公极高的评价（文公四年），超过同时代的晋文公。如果说《国语》的编者在"秦语"与"晋语"之间做过某种取舍的考量，这种考量似乎只能从一种设计的角度（召唤结构）得到解释。《左传》作者就在秦穆公死后对他以贤良陪葬的行为做了严厉的批评（文公六年）。《国语》中尤其需要一个"完美君主"的担当。

教诲相比，齐姜的言辞所涉及的事物似乎位于一个更高的等级❶，尤其是她向重耳传授了"管仲之教"。齐姜的言辞指涉了《晋语》之前的《齐语》《鲁语》以及《周语》。齐姜的言辞针对的是重耳的"怀安"。重耳来到齐国，年迈的齐桓公将齐姜嫁给重耳，并赠予丰厚的财产，以至于重耳欲"将死于齐而已矣"。他以一个平民的标准来衡量自己：

"民生安乐，谁知其他？"

这也许是重耳对于齐国政治的一个真实体验。对观司马迁《鲁周公世家》中对鲁政与齐政的评价：

"呜呼，鲁后世其北面事齐矣！夫政不简不易，民不有近；平易近民，民必归之。"

对照齐姜所引述管仲言辞中对"民"的关注，显然"民"是齐国政治的一个核心，决定了齐国政治的属性。我们还记得《齐语》中所展示的先王政教的一个辉煌的模型。然而读者也必定意识到，此时齐桓公的霸业已成过去。对于重耳来说，齐姜与其说是一位妻子，不如说是一位老师。正如《齐语》中管仲与齐桓公的对话，齐姜以管仲的名义与重耳对话：

"昔管敬仲有言，小妾闻之，曰：'畏威如疾，民之上也。从怀如流，民之下也。见怀思威，民之中也。畏威如疾，乃能威民。威在民上，弗畏有刑。从怀如流，去威远矣，故谓之下。'其在辟也，吾从中

---

❶　准确地说，齐姜的言辞（管仲之教）与敬姜（公父文伯之母）的言辞（先王之礼）是一种对应关系，或者说互为表里。

也。《郑诗》之言，吾其从之。此大夫管仲之所以纪纲齐国，禅辅先君而成霸者。"❶

因此我们看到《晋语》中的这个对话场景实际上是对《齐语》对话的模拟。这在某种程度上回应了我们对《齐语》的判断：《齐语》中是没有"王"的，这个"王"要在《晋语》中登场。齐姜提出了上、中、下三种政治类型，注意这里包含了最低之物与最高之物（"怀"与"威"）。"中"是题旨，但就目前的情境而言，只有"下"有具体所指。齐姜儆诫重耳："怀不可从，子必速行。"她还令人惊讶地再次谈及星象的预示：

"岁在大火，阏伯之星也，实纪商人。商之飨国三十一王。瞽史之纪曰：'唐叔之世，将如商数。'今未半也。乱不长世，公子唯子，子必有晋。若何怀安？"

重耳与齐桓公身处不同维度的政治时空。然而对话的结果是"公子弗听"。重耳仿佛在齐桓公遗留的旧世界里暂时忘却了自己的政治使命。但我们要注意，齐姜提到"成霸者"，这对于重耳来说是过于敏感的，甚至是不认同。我们要到重耳与怀嬴的故事中才看到重耳对齐姜言辞的真正回应。值得注意的一点是，在齐姜与重耳故事中，狐偃是没有言辞的——他只有行动，并且尤其只有行动：他竟然用计谋和强力将重耳带离齐国："醉而载之以行。"同样，在重耳与秦怀嬴的故事中，狐偃也几乎没有言辞。在这两个场景中，代替狐偃担当言辞的人（齐姜/赵衰）的对应关系是值得注意的。在秦国，狐偃特意让赵衰代替他陪同重耳赴宴，理由是"吾不如衰之文也"。在言辞上，赵衰是齐姜/管仲的对应物。然

❶ 对于"辟"的解释，这里采徐元诰《国语集解》说。元诰按："辟，疑当与譬同。《说文》：'譬，谕也。'《墨子·小取》篇：'辟也者，举物而以明之也。'毕注：'辟同譬。'此文'其在辟也'，谓举管敬仲之言以譬喻之也。管敬仲之言别上、中、下三事，故云'吾从中也'。韦注似未合。"推齐姜在上下文言及《郑诗》之处，徐说当为是。

而，重耳对待齐姜与赵衰言辞的不同态度证明两者之间仍存在某种本质的差别，正如在行动上，齐姜是狐偃的对应物。这引导我们重新审视赵衰在晋文公政治中的角色，以及晋文公政治的性质。

（十）怀嬴

离开齐国的重耳游历了诸夏：卫文公不礼重耳，曹共公不礼重耳，宋襄公赠重耳以马二十乘，郑文公不礼重耳。除宋襄公❶之外，诸夏对政治传统的漠然以及种种非礼的丑态一定给重耳的世界观造成了极大的震动。这是重耳与诸夏世界的一次漫长的告别。"遂如楚，楚成王以周礼享之，九献，庭实旅百。"这样的场面一定令重耳大喜过望，传统的荣光乍现足以充实重耳失望已久的心灵了吧。这可能是他接受秦国"邀请"❷的精神支柱。鉴于当时秦国与晋国的关系，适秦不啻为赴一场鸿门宴。重耳与秦国怀嬴公主的故事是关于一场"婚礼"的。怀嬴曾为晋惠公太子子圉之妻，但被子圉所弃。从下文秦穆公的言辞来看，穆公似乎是偷偷地把怀嬴混在五名女子中令其侍奉重耳。然而怀嬴戏剧性地表明身份，并且责问重耳："秦、晋匹也，何以卑我？"怀嬴是个好女孩儿，以至于重耳十分恐惧，自囚以待命，像极了鸿门宴里的刘邦。秦穆公主动向重耳赔罪，至于重耳是否想要继续留下怀嬴则"唯命是听"。重耳"欲辞"。这就引出三段言辞。从这三段言辞所关注的问题，我们看到："怀嬴"似乎是一个象征物。尤其是她涉及重耳"夺国"的顾虑。但我们首先应当注意到，怀嬴是一个被"偷偷"嫁给重耳的"新娘"，而重耳对这个新娘的拒绝让我们想到齐姜故事中的"公子弗听"。重耳是这样一个潜在的王：天命已定，但他自己似乎被一种"约拿情结"❸所羁绊

---

❶ 有学者认为，宋襄公试图在淮泗诸侯中间经营一个"小西周"体系。

❷ "于是怀公自秦逃归。秦伯召公子于楚……"

❸ "我们不仅由于环境的价值剥夺而被动地形成超越性病态，而且也畏惧最高价值，包括我们自身内部和外部两种最高价值。我们不仅受到吸引，而且也深感敬畏、震惊、战栗、恐惧。那就是说，我们往往有内心的矛盾和冲突。我们设防抵御存在价值。压抑，否认，反作用造作，和或许还有其他一切弗洛伊德的防御机制都是可供利用并已被用来防范我们内在的最高价值，正如它们被动员起来防范我们内在的最低价值一样。自卑和不相称感能引导到对最高价值的回避。怕被这些价值的高大所淹没也能导致回避。"[12]317-318

而迟迟未能开悟。怀嬴以一个"属己之物"的身份被送到重耳面前，正如齐姜作为齐桓公赏赐给重耳的伴侣，意在回应齐姜言辞中的"见怀思威"。而我们看到，关于是否应该娶纳怀嬴的一组三段言辞最终的结论正是"见怀思威"。对"怀"与"威"的恰当处理将把晋国的现实与周政传统连接起来，一种建立在晋国地方性基础上的政治将最终确定晋国作为先王传统继承人的身份。有必要详细分析这三段言辞。这三段言辞分别来自胥臣（司空季子）、赵衰、狐偃。注意前面齐姜言辞中提到的民的上、中、下三种类型与三人言辞之潜在指向的对应关系。胥臣的发言本于德物辩证法的逻辑，"异德合姓，同德合义"，他认为重耳与太子圉虽为同姓，但德行不同，实为异类，故而男女可相及：

> "道路之人也，取其所弃，以济大事，不亦可乎？"

在重耳一行即将归国的时刻，胥臣强调政治必须能够容纳事物的差异性。这不仅仅指涉了"和"，更指涉了曲沃武公的遗产。能否处理曲沃的遗产是晋国之为晋国的独特性所在。总之，"和解"是必要的，《晋语》在此处回应了太子申生死前的言辞。然而胥臣的言辞显然并没有说服重耳，事实上他几乎重蹈了齐姜的覆辙。胥臣此时的语境显然比曾经的齐姜占优，胥臣的失败因此令人惊讶：他事实上夸大了政治事务的差异性。于是重耳又询问狐偃的意见。狐偃铁口直断：

> "将夺其国，何有于妻，唯秦所命从也。"

对照《左传·僖公二十一年》太子圉逃归时与怀嬴的对话：

> "晋大子圉为质于秦，将逃归，谓嬴氏曰：'与子归乎？'对曰：'子，晋大子，而辱于秦，子之欲归，不亦宜乎？寡君之使婢子侍执巾栉，以固子也。从子而归，弃君命也。不敢从，亦不敢言。'遂逃归。"

太子圉显然并没有理性地思考"逃归"这一行动的后果。如晋献公，太子圉将怀嬴仅仅看作一个"妻子"、一个属己之物因而纯然依照个人意志的行动。狐偃同样以最低的方式理解怀嬴，以至于贬低了怀嬴进而贬低了秦穆公。徐元诰《国语集解》引"僖二十三年左传林注"曰："怀人之宠与安己之居，实足以败功名。"狐偃的言辞表面上反对怀人之宠、安己之居，但他过于张扬一种个人意志，以至于使重耳看起来更像当初的夷吾（"亡人无狷洁"）。胥臣使用了高级修辞，而狐偃没有使用任何修辞，但狐偃的发言让胥臣之前的大段说教显得多余。两相对照，我们发现，胥臣长于理论，狐偃长于行动，而他们恰恰代表了"读者"最容易产生的对政治事务的两种偏见。这些偏见将把读者引向对一种缺乏审慎但却富有魅力的政治形式的欣赏。如果说胥臣和狐偃的言辞位于两个极端，那么它们需要一个中间的联结。这是齐姜言辞的主旨。于是重耳又继续询问赵衰的意见。这是赵衰第一次发言。他引用《礼志》中话，阐述了"友爱的政治学"：

> "欲人之爱己也，必先爱人。欲人之从己也，必先从人。"
>
> "无德于人，而求用于人，罪也。"

所谓"见可怀思可畏"，从心而知止，当赵衰谈到这次婚姻的时候，他暗示了重耳作为"求婚者"的身份。尤其需要注意的是，赵衰的言辞与怀嬴以及秦穆公的言辞是一致的。❶并且或许更重要的是，赵衰的言辞与他和重耳"双重的私人关系"是一致的：

> "狄人伐啬咎如，获其二女：叔隗、季隗，纳诸公子。公子取

---

❶ 嬴怒曰："秦、晋匹也，何以卑我？"秦伯见公子曰："寡人之适，此为才。子圉之辱，备嫔嫱焉，欲以成婚，而惧离其恶名。非此，则无故。不敢以礼致之，欢之故也。公子有辱，寡人之罪也。唯命是听。"

季隗，生伯儵、叔刘，以叔隗妻赵衰，生盾。"（《左传·僖公二十三年》）

换言之，赵衰以及他的言辞处于政治与家庭之间的一个恰当位置，他才是真正能够容纳差异性的政治事务的代表。他向重耳指出，这不是一个一次性的行动，而是一个过渡性的行动；共性比差异更重要。于是我们看到，从家庭伦理向政治伦理的转换最终是通过赵衰的言辞得以实现的。这在无形中收复了自骊姬之乱以来的传统的失地。重耳不仅同意娶怀嬴，并且"归女而纳币，且逆之"。赵衰的言辞将《晋语》接下来的叙事导入了一场庄重、完备的饮宴仪式（尤其相比于楚国的那次饮宴）。而这次饮宴仪式最终成为一场"受命仪式"。因此，这是关于先王传统的言辞第一次参与并主导了重耳的行动。而在此之前，不仅那些关于先王传统的言辞无法打动重耳，重耳也从来没有主动地采取过值得称道的政治行动。我们看到，这两个女性故事场景中所关注的问题实则是首要的、核心的问题——事实上就是"王何以为王"。对这两个场景的解读将指导我们更好地理解重耳的整个旅程。

（十一）狐偃

纵观重耳的整个流亡旅程，所有的场景在一种转喻关系中完成了一个受命仪式。重耳流亡的旅程作为一个双线叙事，体现在楚成王之宴与秦穆公之宴在主题上的差异。楚成王之宴是以"天命"为名义的；而秦穆公之宴的主题则是"礼"。对比狐偃在"楚宴"上的言辞与赵衰在"秦宴"的言辞，我们看到：狐偃实际上对应于天命的主题，而赵衰则对应于"礼"的主题。

无论在言辞还是行动上，狐偃都是重耳故事中最为重要的一个人物。他贯穿于整个故事，显示出的智慧类型也最为复杂。在骊姬之乱中，公子重耳准备亡至齐国或者楚国，这是占卜的结果。此时狐偃的话近乎命令式地突然扭转了整个情节：

"无卜焉。"

他建议重耳逃到狄，理由是齐国和楚国"道远而望大，不可以困住"，而狄国几乎完全是齐国和楚国的反面：

"狄近晋而不通，愚陋而多怨，走之易达。"

走避到狄国意味着彻底从中原诸侯政治中脱离出来，这实际上设定了一个新的叙事起点。重耳故事之初的"狄"，与晋献公故事之初的"狄"形成一组有意味的对照，这凸显了重耳与晋献公之不同。❶重耳在狄十二年，意志懈怠，狐偃催促重耳去狄适齐。《左传》载重耳一行路过卫国的时候没有得到卫文公的礼遇，于是在五鹿这个地方乞食于野人。然而，《国语》的作者别出心裁，将卫文公故事后置，从而凸显"受命"场景的仪式感：

"乃行，过五鹿，乞食于野人。野人举块以与之。"

仪式仿佛发生在无涯的旷野。狐偃将这解释为上天赐给重耳土地。在齐国，"齐侯妻之"，齐姜以管仲之语劝重耳勿怀安，然而重耳欲终老于齐；同样，"姜与子犯谋，醉而载之以行"，以至于重耳醒来之后"以戈逐子犯"。在楚国，楚成王以周王室飨宴诸侯之礼接待重耳，重耳欲辞，狐偃认为这是"天命"："天命也，君其飨之。亡人而国荐之，非敌而君设之，非天，谁启之心！"楚令尹子玉建议楚成王杀掉重耳，而楚成王认为"天之所兴，谁能废之？"子玉于是建议成王扣留狐偃。子玉的言辞尤其使得狐偃与天命主题的对应关系得到显明。唯有狐偃的智慧类型能够驾驭天命主题。狐偃身上表现出一种朴素的智慧：他并不凭借后来人们视之为经典的那些东西指导行动，而是凭借一种

❶ 先王政教十分看重戎、狄一类的边远族群（荒服）。《国语》开篇《祭公谏穆王征犬戎》就以"荒服者不至"作结，以此设定了《国语》语境的边界。

"粗糙的玄学"。❶法国哲学家让−皮埃尔·韦尔南阐述过宙斯神话中获得雷电的主题：

> "该亚曾向宙斯揭示过，在什么条件下胜利才将落到他的手中：他必须拥有被灵巧的独目巨人库克罗普斯们掌握着的闪光武器，并确保有百臂巨人们与他一起参加战斗，得到他们无比巨力的帮助。……宙斯只有得到那些体现出同样原始的生命力、同样基本的宇宙活力的强力神的援助，才有希望胜利。" [14]301

获得雷电的主题实际上是重返力量之源的主题。在类比的意义上，狐偃这一角色的功能就在于在先王传统隐匿不见的时刻重返力量之源（"天"）。唯一可与《国语》中的狐偃相比拟的，似乎只有《史记·齐太公世家第二》中的齐太公吕尚。在伐纣的关键时刻，由于龟兆不吉，风雨暴至，武王以及众人畏葸不前，"唯太公强之劝武王，武王于是遂行"。❷太公将一系列看起来并不吉利的现象做了吉利的解释，所凭借的是一种近乎"超人的意志"，将政治伦理之善恶拔高至天命的高度（后来人们称之为"兵家"的智慧，与这种处理"天命"的方式似乎存在血缘关系）。他严厉地驳斥了周公对天命的敬畏：

> "太公曰：'用兵者，顺天道未必吉，逆之未必凶。若失人事，三军败亡。且天道鬼神，视之不见，听之不闻。智将不废而愚将拘之。若乃好贤而能用，举事而得，此则不看时日而事利，不假卜筮而事吉，不

---

❶ 用维柯语。"但是因为玄学是崇高的科学，它分配特殊具体的题材给它下面的各种附属科学，因为古代人的智慧就是神学诗人们的智慧，神学诗人们无疑就是异教世界最初的哲人们，又因为一切事物在起源时一定都是粗糙的，因为这一切理由，我们就必须把诗性智慧的起源追溯到一种粗糙的玄学。" [13]181

❷《太平御览卷三百二十八·兵部五十九·占候》载事更详。

祷祝而福从。’遂命驱之前进。周公曰：‘今时逆太岁，龟灼凶，卜筮不吉，星变为灾，请还师。’太公怒曰：‘今纣刳比干、囚箕子，以飞廉为政，伐之有何不可？枯草朽骨，安可知乎？’乃焚龟折蓍，援枹而鼓，率众先涉河。武王从之，遂灭纣。”

以超人意志强解天命，这似乎是至上皇权观念的起源。正如"机械神"是对神的模拟，凭借太公吕尚的政治智慧而不是周公的敬天畏神，先王传统得以形成一个宏大叙事。司马迁在《齐太公世家》论赞部分说"其民阔达多匿智，其天性也"，是对这种智慧类型最准确的评价。由此我们可以更好地理解《金縢》篇中周公的"天威"观念：周公显然并不缺乏与天威的代言人（太公、召公）直接交锋的经验，他的政治哲学因此是整全的。人唯有凭借强力意志能够与天威交流。虽然这在大部分情况下是危险的，但却是必不可少的。在后来形成的先王传统叙事中，太公吕尚的行动被纳入武王伐纣故事被解释为顺应天命的。当周公和年幼的周成王再次遭遇到一个类似的情境的时候，他们可以援引既有的传统（实际上也是援引了太公的言辞）作为行动的准则，而不必直接与神秘莫测的天命交锋（《大诰》）。周公之于太公，正如赵衰之于狐偃。

（十二）赵衰

在怀嬴的故事中，狐偃的言辞依然延续了"神意裁决"的风格。神意裁决由人来做出，因而带有极端目的论的特征。然而此刻不同于重耳的齐国故事，此刻不再需要"机械神"。正是在这里，赵衰关于"礼"的言辞加入进来，回应了先王传统对天命的政治化处理。政治性的审慎和节制是赵衰言辞的基调，这是他尤其不同于狐偃的地方。赵衰的言辞恰当地把当下的政治行动与过去的传统连接起来，先王传统开始在行动中恢复它的活力。赵衰由此开始承担更多的叙事意图，以至于狐偃也认为"吾不如衰之文也"。狐偃让赵衰代替自己跟从重耳参加秦穆公的宴会。赵衰凭借对先王经典（《诗经》）的准确把握和灵活运用，在一个现实的仪式中通过神圣的言辞确立了公子重耳与周王室的稳固关联：

　　"子余（赵衰）曰：君称所以佐天子匡王国者以命重耳，重耳敢有惰心，敢不从德？"

　　综合狐偃的"天命"言辞与赵衰所依据的先王经典，我们看到一个与《金縢》篇类似的新受命叙事被建构起来，从此之后，重耳将以先王传统行事，而不必动辄假以天命。由此可以理解在重耳归国之后狐偃言辞风格的转变。在《晋语》重耳归国之后的叙事中，纵然有箕郑、胥臣、郭偃等人，是赵衰，而不是狐偃，占据了一个中心位置（《文公任贤与赵衰举贤》）。赵衰的言辞及行动透露出《国语》编者在叙事意图上的一个转变，这一转变使得狐偃这一角色在某种程度上变成一个"问题"。由赵衰之礼确立起来的一种"完成性"对狐偃言辞施加了暴力。这是《国语》编者相比于《左传》作者更加精心的一种设计。表现在《左传》文本与《国语》文本的差异上，《左传》中的重耳故事显然自始至终是以狐偃为中心的。尤其是在文公纳周襄王与晋楚城濮之战两个核心事件上，《左传》仍然保留了狐偃言辞中粗暴、神秘的部分。而在《国语》中，狐偃的言辞变得文雅，在《文公纳周王》一节中，狐偃认为帮助平定周王室的祸难首先是一种"文教"，教民知义，暗含"尊统"之义；所谓"宗人"，"继文之业，定武之功"，意在以此举将曲沃武公之事纳入晋文侯—周天子的"尊统"之中获得合法性，这里指涉的一个文本是周书《文侯之命》。这与《左传·僖公二十五年》中狐偃把这纯粹看作是依靠周天子的权威获取诸侯的承认有本质的不同。《晋语》显然在此处回应了开篇《武公伐翼止栾共子无死》一节。在《文公救宋败楚于城濮》一节中，《国语》编者舍去了《左传》中城濮之战决战前夕狐偃为晋文公解梦的言辞（"吉。我得天，楚服其罪，吾且柔之矣。"），而专注于狐偃提醒晋文公守信报德的言辞，并评论道：

　　"君子曰：善以德劝。"

　　这是《国语》编者对文本逻辑整一性的申明。在《文公任贤与赵衰举贤》这一核心章节，赵衰认为：

"夫三德者，偃之出也。以德纪民，其章大矣，不可废也。"

赵衰对狐偃之"德"的评价隶属于他对先王传统提纲挈领的阐释：

"夫先王之法志，德义之府也。夫德义，生民之本也。"

这基本上就是先王传统的基本框架。对观《祭公谏穆王征犬戎》。总之，我们看到，在《国语》晋公子重耳故事的结尾，狐偃这一角色被纳入一个转换了的叙事意图中，导致其言辞在故事前后出现一个显著的落差。这个落差一方面是由于赵衰言辞的加入，另一方面，或许更为重要的是，在一种隐秘的意义上，这是狐偃重新占据叙事中心的方式：犹如天命之为天命就在于祂的神秘莫测，最高智慧之所以为最高智慧就在于它可以以政治哲学的方式为天命代言。复返，是一种沉默，一种隐藏。

（十三）周襄王

本文认为，《周语中》"襄王拒晋文公请隧"一节与《晋语四》"文公修内政"一节存在对应关系。晋文公政治中最重要的特性亦在此节得到暗示。周襄王与晋文公的会面让我们想到《齐语》中周襄王使者与齐桓公的会面，当时使者有王命曰：

"以尔自卑劳，实谓尔伯舅，无下拜。"

然而管仲对齐桓公说：

"为君不君，为臣不臣，乱之本也。"

《国语》编者的文本意图是显明的，"王何以为王"的问题，在晋文公的国内政治，甚至在齐桓公的国内政治中，都并未像后来我们在史迁笔下的商鞅变法故事中看到的那样隐匿不见。对照《左传·僖公二十五年》中周襄王答复文公请隧的言辞❶与《周语》言辞的差异。《左传》言辞尖锐地提到"二王"，由此暗示相关的言辞是一种"禁忌"。这样一种回绝晋文公的方式所依赖的不外乎一种死而不僵的政治意志。就现实情境而言，周王室很难称得上是一个强大的意志主体，《左传》之言辞因而过于偏重戏剧性而显得缺乏审慎。而《周语》中的襄王言辞虽不提"二王"却直面这个禁忌。正如我们认为《周语》在《国语》文本中只是先王传统形式上的代言人，在这段言辞中我们看到，襄王仿佛从天而降，暂时充当一个现实的代言人，且看他是如何处理言辞中的先王与它的一个现实对应物之间的关系。面对晋文公请用隧礼的要求，周襄王强调，先王之"大章""大物"意在供神祇、顺天地、明秩序，实为天下之公器，不可以作私赏；而他自己只是一个"守府"之人；真正的现实的"王"应当以"明德"配此公器，如此则"物将自至"。周襄王甚至提到"改玉改行"。周襄王在言辞中毫不讳言此次周室之乱是由于他自己的"不佞"，他甚至承认自己不具备做王的资格：

"余一人岂敢有爱？"

"余一人其流辟于裔土，何辞之有与？"

于是他提到"改玉改行"，实则引出两种政治方案。第一种指向一种"新型政治"，所谓"更姓改物，以创制天下，自显庸也"，要实现这种新型政治必须"缩取备物以镇抚百姓"。徐元诰《国语集解》提到一种对"缩取"的解释：

"尔雅释诂：'纵、缩，乱也。'此文盖谓晋文乱法以取备物，故曰缩取。"

---

❶ "戊午，晋侯朝王，王享醴，命之宥。请隧，弗许，曰：'王章也。未有代德而有二王，亦叔父之所恶也。'"周襄王在这里以"未有代德"为理由直接否定了"二王"的合法性。

襄王故意以"缩取"言"备物"，似乎意在暗示此一种新型政治之"不明智"。对照第二种选项：

> "若由是姬姓也，尚将列为公侯，以复先王之职，大物其未可改也。叔父其懋昭明德，物将自至……"

此种政治方案不必"变前之大章"。于是我们看出，襄王首要的是在诉诸晋文公之政治审慎。作为姬姓公侯，固然不可能"更姓"，"改物"亦不明智。襄王在言辞中敦促晋文公关注先王政教之内容而不要贪恋空洞的形式。但我们不禁思考，既有"光裕大德"，缘何不可以"缩取备物"？"缩"似乎也可解作"自反而缩"。从晋文公的角度来讲，这一场景的深层结构在于"请隧"仪式与"受地"仪式的紧张关系。"请隧"这一举动使得晋文公看起来好像是另一个齐桓公：他为过去的时代着迷，希望在死后得到旧世界的最高荣誉。然而周襄王用文雅的辩护词委婉地承认了旧世界的消亡，让晋文公如梦初醒，意识到一个新的地方性基础对于新世界秩序的重要性。于是"文公遂不敢请，受地而还。"这一解释上的细微差别似乎更符合《国语》编者对各方人物的设定。重耳以天命开始的流亡旅程至此以受地告终。周襄王实际上设身处地地为晋文公回答了"王何以为王"的问题。他用自己最后的政治生命完成了晋文公的受命仪式，同时也体面地宣告了周王室时代的结束。晋文公在一个礼崩乐坏的时代将古老的政治传统移植到晋国。他的故事张弛有度，使传统的更迭显得不那么剧烈残酷。但以史后之人的眼光来看，与其说他是一个新时代的开创者，不如说他是一个新战场的开辟者。而对于这个新战场而言，晋文公也已经属于过去的时代了。

（十四）郭偃

对于晋文公时代的政治，现代的许多研究更多地关注的是所谓的"郭偃之法"。我们在冯友兰笔下看到了对"郭偃之法"较系统的论述。[15]116-120冯友兰认为，管仲与郭偃在齐、晋的"封建化"改革是齐、晋称霸的关键。由于"郭偃之法"并无系统文本传世，冯氏从《墨子》《商君书》《韩非子》《战国策》等书的只言片语推测，很可能存在一个比较完备的被称为"郭偃之法"的法典。《墨子·所染》：

　　"齐桓染于管仲、鲍叔，晋文染于舅犯、高偃……此五君所染当，故霸诸侯，功名传于后世。"

高偃即郭偃。《商君书·更法》：

　　"郭偃之法曰：'论至德者不和于俗，成大功者不谋于众。'"

《韩非子·南面》：

　　"管仲毋易齐，郭偃毋更晋，则桓文不霸矣。……故郭偃之始治也，文公有管卒；管仲始治也，桓公有武车——戒民之备也。"

《战国策·赵策·客见赵王》：

　　"客曰：'燕郭之法，有所谓桑雍者，王知之乎？'王曰：'未之闻也。''所谓桑雍者，便辟左右之近者，及夫人优爱孺子也。此皆能乘王之醉昏，而求所欲于王者也。是能得之乎内，则大臣为之枉法于外矣。故日月晖于外，其贼在于内，谨备其所憎，而祸在于所爱。'"

　　学者张觉在对《商君书·更法》的疏证中也以类似的方式引用了这些史料[16]8-9。然而，除此之外，冯氏所着重分析的、他认为应当属"郭偃之法"具体内容的《晋语》相关文本中，并不见"郭偃之法"的提法，在这些地方冯氏的措辞也是比较谨慎的。但本于冯氏的许多后来者的研究倾向于在"郭偃之法"与晋文公致霸之间确立一种单一的因果关系，这使得对晋文公政治的认识趋于扁平化，犹如人们看待管仲改革之于齐桓霸业。一种洞见被一种偏见所代替。我们有必要重新审视《晋语》中那些被后来的研究者认为是"郭偃之法"的内容，这主要是指《晋语四》"文公修内政"一节。其中有：

"公食贡，大夫食邑，士食田，庶人食力，工商食官，皂隶食职，官宰食加。"

冯氏认为这是在讲"分配制度"的封建化，尤其是"公食贡"，冯氏解作：

"国君没有保留自己的土地，他的收入主要是大夫们的进贡。这个进贡大概就不是自愿的，实际上就是国君向大夫抽的税。"

后又有李学功在《晋郭偃变法述略》[17]中更将此解释为：

"在事实上一方面承认了贵族对土地的长期占有权，加速了贵族土地私有化的进程。另一方面，公室土地交给卿大夫管理，也使公室日渐失去了支配土地的权力，从而实际上造成了公室土地下移的局面。而且这一制度的确立，也为日后'六卿专权''三家分晋'之局的出现埋下了伏笔，提供了前提。"

然而，至鲁宣公二年（前607年）晋成公才恢复晋国公族制度：

"及成公即位，乃宦卿之适而为之田，以为公族，又宦其馀子亦为馀子，其庶子为公行。"

而卿大夫获得稳固的权力还要经历从"下宫之役"到"车辕之役"一个漫长的时段。❶庶人、工商、皂隶各自劳有所得，依照这种生产力/生产关系的解释范式，冯氏将"利器明德"解作生产工具的改进。可见，对"食"的解释是理解之

---

❶ 参见《晋国史纲要》第五章《大夫专政和新旧势力的斗争》，第八章《晋国奴隶制的瓦解和封建因素的增长》。

关键。我们在清人董增龄《国语正义》对这一段内容的疏证中看到了一种传统的解释范式[18]809-816。董氏引《周礼》将"公食贡，大夫食邑，士食田，庶人食力，工商食官，皂隶食职，官宰食加"看作是周官礼的体现。如引《周礼·大司徒》解"公食贡"曰：

> "诸公之地，封疆方五百里，其食者半；诸侯之地，封疆方四百里，其食者三之一；诸伯之地，封疆方三百里，其食者三之一；诸子之地，封疆方二百里，其食者四之一；诸男之地，封疆方百里，其食者四之一。"

又引"郑司农注"：

> "其食者半，公所食租税得其半耳，其半皆附庸小国也，属天子。三之一者亦然。"案曰："此传言食贡者，言于三之一租税之外无溢敛也。"

又，董氏在解"庶人食力"时引《礼记·礼器》"食力无数"证之。《礼器》曰：

> "有以少为贵者。……天子一食，诸侯再，大夫、士三，食力无数；……"（今译："礼有以少为贵的。……在食礼上天子吃一口饭就说吃饱了，诸侯吃两口饭而后告饱，大夫、士吃三口饭而后告饱，自食其力的庶民们就无定数了，[吃饱为止]；……"）

《礼记正义》解曰：

> "'天子一食'者，食犹飨也。尊者常以德为饱，不在食味，故每一飨辄告饱，而待劝之乃更飨，故云一食也。'诸侯再'者，德降天子，故至再飨而告饱，须劝乃又食。'大夫士三'者，德转少，告转疏也，故《少牢特牲礼》皆三饭而告饱也。'食力无数'者，食力谓工商

农庶人之属也。以其无德不仕，无禄代耕，故但陈力就业乃得食，故呼食力也。此等无德，以饱为度，不须告劝，故飧无数也。庾云：'食力，力作以得食也。'"

可见，在传统解释范式中，"食""食贡""食力"等等并不被看作是对分配方式/生产关系的变革，而是在先王政教中以德为标准的秩序等级的规定。在解释学的意义上，这两个层面完全无法通约。传统的解释范式中存疑之处在于《周礼》《礼记》与《国语》的成书关系，这方面有很多争论。但在德物辩证法的逻辑观照下，这些争论很大程度上可以搁置。以《礼记》对观孔子之"正名"，冯氏所谓"郭偃之法"的内容中的"君食贡""庶人食力"等等，可能更加强调的是同一段文字中所谓"正名育类"的部分，从整个行文来看，也更符合"正名"之义。我们并不反对冯氏之说作为历史解释的有效性，我们这里只是更强调对文本做整体的理解以探明《国语》编者更靠近先王政教而不是经济变革的编辑意图。这也有助于我们重审先王政教与"新型政治"的关系。

德国法学家卡尔·施密特有所谓"代表性演说"的说法：

"最重要的修辞是我们所说的代表性演说，而不是讨论和辩论。这种修辞在对立中运动，但这些对立不是矛盾，而是各种不同的要素，它们被塑造成复合体，从而给演说注入生命。"❶

---

❶ 在卡尔·施密特（Carl Schmitt）笔下，"代表观念"是与生产关系意识形态相对立的。在《罗马天主教与政治形式》一文中，施密特写道[19]63："经济思维只知道一种形式，即技术的精确性。还有什么比这离代表观念更近的呢？……人们把作为观念而存在的东西纳入自己的事务化思维，从而使之变得可以理解。例如，众所周知，有人从'经济的'角度来看待历史。……与此相反，代表观念完全取决于个体权威的概念。因此，无论是代表，还是被代表的个人，都必须保持个体尊严——这不是一个物质主义的概念。唯有个体才能引人注目地履行代表功能。也就是说，履行这种功能的不仅是一个'代理人'，而且是一个拥有权威的个人，或者一个如果被代表就具备了人格性的观念。可以想象，上帝、民主意识形态中的'人民'、自由和平等之类的抽象观念都能够成为代表的内容。但是，生产和消费就不是这样了。……国家一旦变成了'利维坦'（Leviathan），就从代表的世界中消失了。"正如施密特认为，"教会的代表职能是'自上而下'的"，在类比的意义上，"正名育类"所指的也是一种自上而下的代表职能——如果一定要做一种现代术语的转译的话，所不同的是"权威"概念的不同内涵。但由此我们可以近似地理解"正名"在先秦政治哲学中的意义。

《国语》中涉及先王政教的言辞大多都带有这种代表性演说的风格。在最为典型的《郑语》的长篇演说中，"和"作为首要的政治准则与这种代表性修辞风格互为表里。统观《晋语四》，尤其是晋文公归国后的政治举措，相关言辞显然采用了代表性修辞。正如在《齐语》中管仲论政的言辞总是言必称先王一样，《国语》编者同样显然更看重晋文公政治中"保守"的部分。晋文公归国之后的一系列文本❶似乎模拟了文王、武王在克商前后的故事，他也因此显得透明无瑕了。此时即便充分估计"郭偃之法"的变革意图，我们在文本中看到的实际情况是，编者将郭偃与胥臣并列，而后者其言辞闪烁，显然是在为先王之教辩护。对照前文我们所分析的郭偃与史苏的预言的性质，如果《晋语》文本中有所谓"郭偃之法"的内容，亦应当与两种预言的言辞性质对照理解。在重耳流亡旅程结束之后，修明内政不可或缺，重建某种"宪法基础"至关重要，否则它将无法回应史苏"晋寡德"的断言，更无法回应郭偃周德未衰的高贵谎言。关于冯氏为证明"郭偃之法"而引述的墨子❷、韩非子、《商君书》《战国策》的史料，其中存在的问题是，这些关于"郭偃之法"的言辞的持有者，他们本身不是先王政教的同情者，他们对晋文公"霸业"之性质的判定与某种更古老的西周政教的标准（或对这一标准的表述）是对立的，类似一种偏见，这在客观上满足了引用这些史料的研究者的某种偏好的同时，其作为论证材料的客观性也就大打折扣了。如果引证者认同这些言辞，那就必须同时认同这些言辞的大前提，并将论述的有效性严格限制在他们各自的学说范围内。而诸如韩非子、商鞅，他们在自己的学说中声称：变革自古就是常态，并不认为由三代至春秋、战国需要一个突然的变革，换言之，他们设置的大前提已经远远超出了单纯的制度变革、经济变革，并且尤其重要的是，他们的变革观是自上而下的，他们心目中的君主更加"全能"，而不会受制于如经济变革导致政治变革这种自下而上的生产力–生产关系

---

❶ 《文公出阳人》《文公伐原》《郑叔詹据鼎耳而疾号》《箕郑对文公问》。

❷ "齐桓染于管仲、鲍叔，晋文染于舅犯、高偃，楚庄染于孙叔、沈尹，吴阖闾染于伍员、文义，越句践染于范蠡、大夫种。此五君者所染当，故霸诸侯，功名传于后世。"（《墨子·所染》）《墨子》提及郭偃的方式（"染"）是简单而模糊的，无法据此判断墨子对郭偃之法的态度。

模式。这实际上更加靠近本文的逻辑。如果引证者充分意识到这一点，就会更加审慎地对待他们的言辞了。"郭偃之法"，或许更准确地应当称之为"郭偃之教"，在间接材料中可能被有选择地窄化了。当涉及晋文公时代的整体政治时，对于"郭偃之法"，不应当仅仅依赖间接引语的语境而孤立地加以考察。

（十五）秦始皇：从孤儿政治到"法后王"

秦赵共祖，秦国——尤其是嬴政，他在赵国的经历，使他成为赵国"孤儿政治"另一个精神上的继承人，并最终成为"法后王"的典范。没有人比嬴政更需要一个"共同体"。但历史中的"秦国"与其说是一个共同体，毋宁说是一个"异乡人的乌托邦"。当东方诸侯国基于传统的腐朽和衰落无法挽回的时候，其本国的冒险家们就会投奔其他还存在真空的国家，这最终造就了强大而复杂的秦国。但对于嬴政来说，这样的"异托邦"已经不是他所需要的"故乡"。于是，他开始建造一个属于自己的乌托邦——一切都要由此重启，然后"格式化"。他不仅仅是重启法家路线、灭六国，还向着一种超历史、超现实的目标发起冲锋。如果说"家"曾经是一层温情脉脉的面纱，那么当面纱被扯下，就宣告了"先王已死"，氏族神失去了效力，"至上神"横空出世——我们在《史记》中看到始皇嬴政是如何像一个神一样采取行动。唯有神能以暴力平衡现实的机会成本：神的力量即是神的善好。秦始皇自以为掌控了一种新生的巨大力量，岂不知，在这种巨大力量面前，一切都不够好，一切都将毁灭。他所忠实的那种力量并不忠实于他。在司马迁笔下，始皇的行动本质上是对神的戏拟。在《秦始皇本纪》中，史迁将始皇的石刻铭文与始皇的一系列暴烈行动参差并置。研究者对这种独特的写作方式早已做过大量的研究。较有代表性的观点，如美国俄勒冈大学东亚语言文学教授杜润德（Stephen W. Durrant）认为：

> "司马迁为严厉批评秦始皇提供了丰富的资料。采用文学途径，诸如将此类局部问题扩展为总主题、情节排列的次序、人物的刻画、相关文本的参照等等，可以全面地展示司马迁对历史人物的表现功底，同时可以引导我们得出这样的结论，即司马迁对秦始皇这一人物的处理，可以被视为'反讽式的'，或者用李长之的话说，就是'讽刺'。"[20]

杜氏显然仅仅着眼于一种浅层的文本张力，也即，司马迁对秦始皇自我建构的历史形象的解构。美国普林斯顿大学亚洲研究讲座教授柯马丁（Martin Kern）参考了杜润德的观点，然而基于对始皇石刻铭文更加系统的分析，他对司马迁的写作意图提出了一种更加宏观的解释：

> "石刻铭文以及其他帝国文献表明，天下一统既是秦始皇个人魄力的结果，也是秦国宗庙之灵庇佑的结果，这反映了作为个体的帝王与作为制度的王朝之间的同一性。司马迁却将这二者割裂开来，以突出个体。" [21]146

> "在将批评的焦点从秦王朝的合法性转向秦始皇个人身上时，历史学家便在道德、宇宙论的层面上证明了汉朝取而代之的正当性。借助这一历史编纂策略，秦王朝与作为个体的秦始皇之间最初的同一性，被成功地一分为二。" [21]149

相比于秦始皇的个人形象，柯氏显然对石刻铭文所展示的秦国政治思想与周朝、汉朝政治传统的前后一贯性更感兴趣。在本文的研究视野中，柯马丁的研究最有价值的地方在于：他充分意识到了司马迁所呈现的始皇形象的割裂。美国学者宇文所安认为，庄子是周礼在言辞上的对手，而秦始皇则是周礼在现实中的对手：

> "站在另一旁的是秦始皇，他焚书坑儒，为源远流长的功利主义传统做了最后的拼死一搏。功利主义的传统清楚地认识到，对过去的留恋才是它真正的敌人；用争鸣的方法无法击败这种情感，最终他不得不诉诸暴力。然而，它失败了。" [22]17

然而，至少在司马迁笔下，始皇显然并非是一个纯粹的功利主义者——我们认为，史迁事实上已经跃入政治哲学的层面，通过对一个内部撕裂了的始皇帝的个人形象的描写而展示了一个关于"王"的悲剧，悲剧来自其自身内在的分裂：他一方面试图（比如，通过石刻铭文）建构自己作为先王传统继承人的身份，另一方面却在行动的层面上模拟神，置先王传统的真实内容于不顾。而作为史迁笔下的一个戏剧角色，始皇的这一分裂在最后的戏剧时刻得到统一：

> 二世与赵高谋曰："朕年少，初即位，黔首未集附。先帝巡行郡县，以示彊，威服海内。今晏然不巡行，即见弱，毋以臣畜天下。"春，二世东行郡县，李斯从。到碣石，并海，南至会稽，而尽刻始皇所立刻石，石旁著大臣从者名，以章先帝成功盛德焉：
>
> 皇帝曰："金石刻尽始皇帝所为也。今袭号而金石刻辞不称始皇帝，其於久远也如後嗣为之者，不称成功盛德。"丞相臣斯、臣去疾、御史大夫臣德昧死言："臣请具刻诏书刻石，因明白矣。臣昧死请。"制曰："可。"
>
> 遂至辽东而还。

始皇的个人故事结束于秦二世对其行动的戏拟和篡改。秦二世"后设"式的行动极富喜剧意味：他自以为发现了始皇石刻铭文中的一个"漏洞"，并自作聪明地补上了这个漏洞。始皇石刻的不具名特性是否真的是出于始皇的疏忽呢？这促使我们重新思考史迁的行文：石刻铭文与暴烈行动的并置真的只是为了表现一种内在的撕裂吗？或许，一系列不具名的石刻碑文必须与这一事实联系起来考察："始皇恶言死，群臣莫敢言死事。"在某种意义上，始皇帝驱逐长子扶苏以及迟迟未确立继承人的行动"决定性地"导致了帝国的毁灭。始皇似乎沉迷于一种关于永恒的幻象，他一系列不具名的石刻事实上与他的暴烈行动一样，都从属于一个堂吉诃德式的虚构世界，并让他感到安全。❶而当他最终发觉的时候，却

---

❶ 柯马丁指出："秦始皇尽管利用了传统的修辞结构，但显然走了一条捷径：他不是颂扬祖先鸿烈借以间接积累自己的业绩，而是直接呈现自己的成功。结果，这就悬置了建立在设立祖庙、换来祖先下赐福德基础上的政权世袭的整个观念……"（第132页）而柯马丁同样意识到，作为一种全新的看待成功的维度，这一传统指向未来（第133页）。从石刻铭文的不具名属性来看，始皇似乎有意掩盖两种传统之间的断裂，正如秦二世后来所指出的："今袭号而金石刻辞不称始皇帝，其於久远也如後嗣为之者……"

已经丧失了行动的能力，只能听任个体有限性和命运偶然性的摆布。秦二世以喜剧的方式戳穿了始皇帝的新衣，但同时也解救了始皇——他重新确认了始皇帝作为一个父亲的身份。对于潜在的读者而言，这难道不就是一种悲剧意义上的"净化"吗？由此我们也意识到，在史迁所讲述的秦始皇个人故事中必定包含了一个属于秦始皇个人的"亚伯拉罕时刻"。始皇的焦虑是所有王都要面对的焦虑，并且在历史的重负下更加严重——他如果不把自己说成神（万物之终始），就会再次面临分裂和失衡的危险。然而"王之为王"意味着他在某个时刻到来之际必须说出他对政治的理解。他必须直面这种危险。为了无限期地推迟做出选择，始皇帝决定扮演神，然而最终他发现自己仍然是"亚伯拉罕"。秦始皇以自己的灭亡挑战了这一传统命题，为后来者开辟了新的路径，指出了新的方向。他以成为"元叙事"的方式完成了自己未完成的"叙事"。在这个意义上，这又是始皇帝的成功。

附论参考文献

［1］韦昭，注．明洁，辑评．金良年，导读．梁谷，整理．国语［M］．上海：上海古籍出版社，2008.

［2］李孟存，常金仓．晋国史纲要［M］．太原：山西人民出版社，1988.

［3］培根．论古人的智慧［M］．李春长，译．北京：华夏出版社，2006.

［4］布罗迪．日本机器人学家森昌弘的佛教式"恐怖谷"概念［J］．邵明，译．宜宾学院学报，2012（8）.

［5］奥威尔．政治与文学［M］．李存捧，译．南京：译林出版社，2011.

［6］弗雷泽．金枝［M］．徐育新，张泽石，汪培基，译．北京：新世界出版社，2006.

［7］钱穆．孔子传［M］．北京：九州出版社，2011.

［8］金安平．孔子：喧嚣时代的孤独哲人［M］．桂林：广西师范大学出版社，2011.

［9］佩特森．面向终末的美德：罗马书讲疏［M］．谷裕，译．上海：华东师范大

学出版社，2010.

[10] 基尔克果. 恐惧与战栗：静默者约翰尼斯的辩证抒情诗 [M]. 赵翔，译. 北京：华夏出版社，2014.

[11] 亚里士多德：《政治学》，吴寿彭，译. 北京：商务印书馆，1965.

[12] 马斯洛. 人性能达到的境界 [M]. 林方，译. 昆明：云南人民出版社，1987.

[13] 维科. 新科学（上）[M]. 朱光潜，译. 北京：商务印书馆1989.

[14] 韦尔南. 神话与政治之间 [M]. 余中先，译. 上海：生活·读书·新知三联书店，2005.

[15] 冯友兰. 中国哲学史新编（第一册）[M]. 郑州：河南人民出版社，2001.

[16] 张觉. 商君书校疏 [M]. 北京：知识产权出版社，2012.

[17] 李学功. 晋郭偃变法述略 [J]. 青海师范大学学报（哲学社会科学版），1987（3）：30-33.

[18] 董增龄. 国语正义 [M]. 成都：巴蜀书社，1985.

[19] 施米特. 政治的概念 [M]. 刘宗坤，等译. 上海：上海人民出版社，2004.

[20] 杜润德. 司马迁笔下的秦始皇 [EB/OL]. 陈才智，译.（2009-08-06）[2020-10-25]. http://sinology.cass.org.cn/tszs/201605/t20160510_3312425.shtml.

[21] 柯马丁. 秦始皇石刻：早期中国的文本与仪式 [M]. 刘倩，译. 上海：上海古籍出版社，2015.

[22] 宇文所安. 追忆：中国古典文学中的往事再现 [M]. 郑学勤，译. 北京：生活·读书·新知三联书店，2014.

（本文节选自本书作者的博士学位论文，有改动）

死而复生：

《情书》与岩井美学

由岩井俊二编剧、执导的电影《情书》（Love Letter，1995）改编自岩井俊二的同名小说，已经成为电影教学的经典案例。电影完整再现了原著小说的情节，却也在影像转译过程中模糊了原著中的许多意象，并由此导致解读上的困难。尤其对于跨文化语境中的解读者而言更是如此。戴锦华在《精神分析的视野与现代人的自我寓言：〈情书〉》一文中，以拉康的"镜像阶段"理论对影片做了虽然精彩但却十分悲观的阐释："这仍然是一个人和一面镜的故事——一个茕茕孑立、形影相吊的故事，一个孤寂或没有爱情的寓言。"[1]166作者的悲观结论源于她所倚重的理论工具。正如《拉康选集》的编译者褚孝泉先生所说："拉康的这个理论（镜子阶段）对人的精神世界持一种非常低调甚至完全悲观的看法。"[2]7然而，拉康精神分析理论最主要的问题还不在于它的悲观，而在于它挑战了人之为人的"自然"。在语言学基础上重新建构的拉康式主体哲学在解构了弗洛伊德生物学意义上的"主体"概念、代之以"主体幻象"的同时，也就在"人"与人的"自然生命"之间设置了一道永远无法穿越的屏障。以之用于美学阐释，也就不可避免地陷入一种注定永远无法到达彼岸的绝望美学："无法完满的爱情故事，事实上维持着对幻象的抛弃，并持续着欲望的存在。"[1]167而事实上无法否认的是，看完《情书》这部电影，我们所获得的审美感受主要是明亮、温暖、饱满的——当爱的消息得以传达，爱与被爱最终被确认，无论生者（渡边博子、女藤井树）还是死者（男藤井树），甚至包括读者（观众），都获得了信心和安慰。而影片真正的主题也并非讲述一个镜像式的人类寓言，而是要借助一个情感故事——一次"死而复生"的仪式——传达对于生命的感悟：生者与死者都因爱的讯息得到传达而得到安慰。这也是这部影片真正的魅力所在。如何摆脱拉康理论的悲观论调，让人们重新感受这个故事中的温暖和生机，这是本文尝试完成的工作。而这项工作的完成需要借助小说原文以还原影片中的某些重要意象。因此，让我们重新解释整个故事。

一、第一场景：死者—殉情—恶作剧

注意影片的"第一场景"。如何理解第一场景决定了如何理解整个故事。不同于原著开篇的全景描写，影片开场镜头中，渡边博子闭目躺在空旷山野的雪地中，屏住呼吸，然而终于换了一口气，起身抖落雪屑，向山下走去。这一"破雪而出"的意象正对应了下文雪地中冰封的黑色蜻蜓，吁求着生命的复苏。山下的墓地里，一群人正在举行男藤井树的去世两周年祭礼。但此时的祭礼显然只是为了忘却的纪念——"太年轻了啊——对他们而言，他也就是这样一个再无其他话题的逝者"[3]7。男藤井树平时沉默寡言，这加速了人们对他的遗忘。参加祭礼的人们在简短的纪念仪式之后很快加入了饮酒、嬉闹的行列。但死者拒绝被遗忘。

有论者认为，博子雪野中的举动"更像是一次假想式的微缩的死亡/殉情和再生的仪式：渴望追随死去的恋人，但终于不能舍弃生命"[1]149。但正如我们所指出的，周年祭一次又一次的净化和抚慰，早已冲淡了人们心中的忧伤，代之以闹剧的嬉戏。设若此刻的博子心中也早已没有了爱欲的涌动，她又如何假想一次殉情的仪式呢？在原著中，博子在上香的时候感到自己已经"心如止水"，甚至怀疑自己是一个"寡情寡义的女人"。当她手中的线香被雪粒打灭的时候，博子以为这是男藤井树的恶作剧，"胸口一紧"[3]7。也许，与难以割舍的爱欲相比，"恶作剧"更能切中博子此刻的内心感觉。这里有某种不同寻常的信息——死者想要传达的信息。相比原著，影片并没有呈现原著中雪粒打灭线香的场景，而是单独设计了博子在雪野中屏息躺卧的场景。而这两个场景事实上有着相同的结构：当雪粒落在博子身上，而博子屏住呼吸，正如雪粒打灭线香。这样看来，博子屏息的举动也未尝不带有被恶作剧的意味。事实上，整个故事一开始便充满着无处不在的恶作剧气息：祭礼上饮酒的嬉闹、秋叶等人准备"夜袭"墓地的计划、母亲安代假装醉酒的离场等等；而之后的主线情节同样与恶作剧有关。倘若我们不带先入为主的假设，那么开场一系列的情节设计实际上都与博子无关，反而意在将人们的注意力引向男主人公藤井树的故事，仿佛他是一个谜——他的死去留下了一种谜一样的感觉，这种感觉困扰着博子。由此反观第一场景，毋宁说，博子在雪野中的举动更像是一次徒劳的尝试，一声叹息——哀悼的工作早已完成，一切的感情都已淡去，那么是什么还让她无法释怀？此刻的她不带任何感情，而仅仅是想要解答心中某种疑惑。这是一个纯粹的戏剧时刻，这种疑惑是一个纯粹戏剧意义上的"谜"。它无法经由一次又一次的周年祭仪式得到消解，而必须借助一次戏剧行动/戏剧仪式才能得到净化。现实的仪式维持一个停滞的时空，而戏剧仪式则打破这一停滞状态。由此，整个故事成为一次戏剧性的解谜。这个富于戏剧意味的解释路径不难令人联想到索福克勒斯笔下的俄狄浦斯王："谜"是一个关于"死者"的谜；解谜者最终成为谜底的受害者，然而以此为代价，死者得以安息，秩序得到恢复。[4]317所不同的是，这里得到恢复的秩序不是政治，而是生命。日本文化以及文艺作品中向来非常注重让死者得到安息的主题，他们把让死者得到安息看作是生者的义务。

二、女儿节人偶：生者—生命—仪式

与原著相比，影片开场所呈现的时间节点是模糊的。而在小说原著中，作者在开篇即点明了故事发生的时间节点——"女儿节"：

> "藤井树过世两年后。
> 三月三日的两周年祭日。女儿节。"[3]6

"女儿节"作为仪式，与死者的周年祭构成一组对抗。日本女儿节（雏祭，ひな祭り）起源于中国古代的上巳节，是日本重要的传统节日，意在祝福女孩子幸福平安成长。节日当天有摆放偶人的习俗[5]。影片中则只有一个简短的镜头展示了一个未完成的天皇偶人和摆放偶人的七层偶人架。论者如果没有读过原著，又对相关文化背景缺乏了解，很容易错过这个信息。错过这个信息并不必然会误读整个故事，但唯有准确把握这个信息才能对故事做出整全的理解。尤其是在跨文化阐释的语境中，更关系到来自文化外部的解释行为与文化内部有机结构之间的平衡。"女儿节"与周年祭的双重时间设置意味着故事发生的时间节点是十分特殊的：是死者的节日，更是生者的节日。女孩的成长主题于此昭然。原著中有渡边博子和藤井树的母亲（安代）整理、摆放偶人的细节，并且强调"这里的偶人看上去要大一圈，式样也更古典"[3]11。这是不是作者在暗示他知晓女儿节偶人本来的功用（被除不祥之物的替身）呢？倘若真是如此，那么，这里的"不祥之物"指的是什么呢？我们将看到，《情书》由两个故事对半组成：渡边博子的故事和女藤井树的故事。她们的故事有共同的男主人公：男藤井树。对渡边博子而言，男藤井树在死后留给她的爱情是一个"不祥之物"。因为这份爱对于博子而言并非"自然之爱"，爱的对象另有其人。死者凭借爱欲控制生者，但真正美好而真实的爱情记忆不应与生命意志发生冲突。如果说博子在雪野中屏息的姿态带有死亡的意味，那这意味更多的并不是来自对殉情仪式的模仿，而是来自生命意志的挫伤。与自然之爱的中心确定性不同，"非自然之爱"由于命运的戏弄和人工的造作，无法达到一种终极的确认，无法与生命感觉合二为一，因而必须依赖不断炮制的现象装置和行为证据。即便在男藤井树死后也是如此。非自然的爱欲如恶作剧一般消磨着博子的生命意志。故事中博子的种种奇怪举动都源于此。正因如此，当博子再次来到男藤井树的书房，从毕业纪念册中看到"藤井树"在小樽的住址的时候，她才会突发奇想要写一封信——这同样是近乎恶作剧的行动。原著中这样描述写信的过程：

> "反复考虑，揉皱了很多张纸，最终写成的信只有这几个字。博子自己也觉得很奇怪，但她却喜欢这么短，这么简洁。他肯定也会喜欢的。"[3]17

这是只有初恋少女才会持有的心态："他肯定也会喜欢的"。把死者当成生者去通信，却仿佛初恋少女般羞涩。真实的爱人（秋叶）近在咫尺，她却无法以女性自然的状态给予回应。在秋叶的工作室里，面对秋叶的拥吻，博子的回应何其笨拙。这是一种生命退化导致的失语症。退化为少女，这就是故事一开始渡边博子所呈现的生命状态。从信的内容（"你好吗？我很好"）来看，这是一次试探——试图用看似简洁的话语和委婉的语气确认对方对自己的爱，但这爱又仿佛空无一物，以至于她自己也觉得奇怪。真正的问题其实应该是"你是谁？"在故事的后半部分，当博子得知真相之后说："他留给我很多美好的回忆，不过，我还想要更多，所以才写了信。他死了，我还追了过去，真是死皮赖脸不知足的女人、任性的女人。"[3]195因此，那封看似平平淡淡的信，既不是问候，也不是告别，更不是哀悼，而是纯粹的迷惑。原著中有比影片有更多的篇幅描述博子与男藤井树"一见钟情"的场景[3]117-121。可以肯定的是，犹如一位"奥赛罗"，男藤井树无意间制造的爱情幻觉让渡边博子沉浸其中。既真实，又虚幻，无休无止。这乍看起来的美好浪漫，最终被证明只是虚有其表。"女儿节"的设置由此成为一种预言：一种困扰女主人公的"不祥之物"将被发现并被除，女主人公将健康成长，并得到真正属于她的爱情。

三、症状：重返弗洛伊德

以影像方式呈现的《情书》故事，由于两位女主人公面貌的视觉相似性以及情节的交替，确实更容易让人联想到拉康的镜像理论。尤其是当博子来到小樽并与女藤井树不期而遇的一刻，发现自己只是别人的影子，这仿佛宣告了爱情的破灭。有论者便认为这揭示了精神分析意义上的爱情的本质：水中月、镜中花式的想象。这未免过犹不及。拉康的镜像理论本质上是无主体的。如果说爱情意味着主体生命感觉的相互确认、合二为一，那么在拉康的镜像理论中爱情就根本没有实现的可能，因为拉康式的爱情只存在于"想象界"，只能以一种缺席的状态得到指认，而现实的主体关系只能是一种欲望/侵凌关系。这是对爱情、对生命的大悲观。然而，如若追迹拉康的"镜像理论"，在奥维德笔下，那耳喀索斯

（Narcissus）因迷恋自己的镜像而死固然是个悲剧，但热爱那耳喀索斯却始终无法获得回应的厄科（Echo）更令人同情[6]56-60。当渡边博子终于对着埋葬男藤井树的大山喊出自己的心声并向他告别，她也终于打破了厄科式的命运。因此，《情书》虽然讲述了一个与"镜像"有关的故事，但作者借此不是否定而是肯定了爱情的真实。不要止步于镜像——这恰恰是作者要提请观众小心的陷阱。

相比于从电影的视觉感受中所获得的理论直觉，阅读小说原著的读者会有完全不同的判断。原著中的诸多细节都再明白不过地显示出作者实际上借用了弗洛伊德的理论框架——而不是拉康——设计了整个故事。从大的故事结构来说，渡边博子和女藤井树都在经历一个"固着"（fixation）[7]169,214和"自我退化"（ego-regression）[7]213的过程。我们已经指出过渡边博子如何在行动模式上退化为少女，女藤井树同样如此。小说原著中女藤井树故事是以第一人称"我"叙述的。她在故事一开始就处于发病状态，"判断力迟钝""毫无防备"，在收到渡边博子来信的一刹那"大脑一片空白，陷入了一种难以形容的状态"[3]23。"我想思考，空白而凝滞的空间却在大脑中一味膨胀，或许是因为发烧。我就这样滚倒在床上。"[3]24如果说男藤井树对渡边博子的爱似乎难以确证，那么他对女藤井树的爱似乎同样如此。它们等待着一次对质。女藤井树确认了我们对于渡边博子生命状态的猜测："越琢磨越觉得这封信是个谜，最要命的是它简短得无与伦比"[3]24。由于身体的病态，女藤井树无法继续在阅览室当值，被调往书库做整理工作，而这恰恰是她中学时代与男藤井树一起做过的工作，而最终的秘密就隐藏在书中。工作状态的变动不能被视为她病症的结果，而必须被视为她病症的一部分。我们知道，她病症的加剧很大程度上是她自己的拖延造成的，这指涉的是同样一种病态的生命意志的消磨。"书库"不难被指认为"潜意识"的象征——尤其是专门负责整理书库的春美被称为"主"（ぬし）[8]28，这是弗洛伊德前意识系统（the preconscious system）空间模型中"守门者"[7]183的化身。守门者的任务是检查潜意识中各种"精神激动"以决定是否让其进入意识领域[7]183-184。我们看到，故事中女藤井树与渡边博子的沟通过程一开始都是由"主"参与并主导的，这对应于弗洛伊德所说的在分析治疗时"解放被潜抑意念所遇到的阻抗"[7]184。第五章女藤井树所描述的梦中的"蝮蛇"[3]71意象将这种对应关系揭露无遗。而对于女藤井树而言，渡边博子正像是一位精神分析医师，帮助她克服意识的阻抗，引导她了解症状的意义——而在弗洛伊德看来，"了解症状的意义便可使症状消失"[7]175。

影片中有两处前后呼应的镜头：开头周年祭场景中有墓碑旁边摆放着菊花的镜头，临近结尾处有女藤井树开学后发现男藤井树座位上摆放着恶作剧的菊花的镜头，女藤井树将象征死亡的菊花摔到地上。两个镜头的前后呼应展示了影片的精妙结构：两个镜头虽然都指涉着男藤井树的"死亡"，但同时也指涉着博子和女藤井树共同的疑惑。一个谜团的解开必须依赖另一个谜团的浮现，而答案是共同的：那份爱从哪里来并不重要，重要的是这份爱（对于某人而言）是否真实。真正令人内心震动的不是女藤井树发现男藤井树对她的暗恋，而是她发现自己对男藤井树的爱。因为重要的是，这是一个关于生者的故事，而不是关于死者的。渡边博子在生者（女藤井树）那里找到了想要的答案，也唯有生者的答案才能以其相通的生命感觉（爱）地注入彻底净化她内心的疑惑：原来一切并非没有原因，一切都是有意义的。

四、生命感觉：重构弗洛伊德

岩井俊二在这部作品中展现的创造力并不在于他巧妙化用了弗洛伊德的精神分析模型，而在于他置换掉了弗洛伊德爱欲理论的内核：原欲（里比多，libido）。"自恋症是有关原欲需要的满足"[7]265，弗洛伊德旗帜鲜明地用原欲理论来解释恋爱的心理状况，将其分为"利己"和"利他"两种情形："一个人也许是利己的，同时又是自恋强烈的（即不需要客体），而这个自恋症或出而为直接的性的满足，或出而为所谓'爱'的情感，以示有别于肉欲（sensuality）。"[7]265 "假如爱情达到最高境界，利他主义也可在客体上作原欲的投资。一般而言，性的客体对象可将自我的自恋症吸取一部分，因此自我对于客体对象的估计往往过高。"[7]265-266不难看出，弗洛伊德在"自恋症"基础上的爱情观与拉康式的一系列爱情定义（"爱情，是给予自己没有的东西。"[9]310 "爱情，是诗。"[9]310 "被幻觉赋予一致性"[9]（312））有着维特根斯坦意义上的家族相似性。但我们这里要强调的是，弗洛伊德的爱情观所真正依赖的是一个"里比多能量守恒系统"。弗洛伊德在后期论述中用"原我"概念取代"潜意识"，而"所谓原欲，乃是指一种来自潜意识的与生俱来的力量"[10]61。由此我们知道所谓"原我"其内容正是"原欲"，"我们称它为一种混乱，一个充满沸腾的兴奋的大釜"[7]354。弗洛伊德以他的原欲理论向康德（Immanuel Kant）发起挑战："我们十分惊讶地发现，主张空间与时间乃是人们心理行为的必要形式的哲学理论，在此却有了例外。在原我之中，没有与时间的观念相对应的东西，在那里没有时间流逝的任何认知，同时——这是在哲学思想中最可观惊人，且需要再加以思考的——在其心理历程中，并没有由于时间的消逝而产生的任何变化。那从未超过原欲之上的欲望本能，以及那由于潜抑作用而进入原我内的印象两者，都几乎是不朽的。"[7]354-355原欲的能量守恒是弗洛伊德理论体系的基石，正如他自己所说："本能的理论，可以说是我们的神话。本能乃是神话性的东西，它们的无限性显得特别引人注目。虽然我们在探究时必须随时随地注意它们，但是我们却永远不能确定我们是否了解、清楚它们。"[7]368-369而我们知道，恰恰因为弗洛伊德将这一"神话性的东西"局限于个体精神的封闭小系统，意图构建一个永动机神话，才最终导致他的理论走入死胡同。而拉康又借助语言学的跳板将这一神话推广至更大的人类集体，却仍然难逃绝境。

也许正是因为这种理论上的局限导致论者往往只将目光聚焦于故事结构，而忽视了《情书》故事的中的季节-时间意象——真正的密码正是隐藏在这些意象之中。"女儿节"首先就是一个最重要的季节意象。在起源的意义上，三月三日是春日回归的节令。事实上在故事开始不久，渡边博子就在信中提到："今天我在回家途中，看到坡道上的樱花含苞待放，这里的春天即将来临。"[3]45女藤井树的爷爷在原著中是个痴迷农活和园艺的老人，在影片的相关场景中，导演又增加了火堆意象，与雪的意象相对。老人始终坚持一种保守的生活，他守护家人的方式正如他守护田院。在故事结尾，老人指着院子里的一棵树，告诉孙女名字的来历。论者多认为树象征着生命，与死亡对立。[1]166但作为一种季节意象，与其说树象征着生命，不如说树象征着"自然的生命节律"更准确，它象征着女孩的生命重新回归自然生长的状态。与树的意象相对的是蜻蜓意象。水塘中冰冻的蜻蜓意象一般被论者解释为生命的脆弱和死亡，然而影片的镜头呈现方式提示我们，蜻蜓是女藤井树的化身和象征：在成年女藤井树和少女藤井树相对运动的蒙太奇镜头中，少女藤井树一袭黑衣、展开双臂在池塘上滑行，正如蜻蜓的姿态。蜻蜓在冬日的出现本身就不合乎季节的节律，而冰冻的蜻蜓更象征着少女藤井树因创伤而停滞的心理生命。一个相似的意象是岩井俊二电影《燕尾蝶》（"Swallowtail Butterfly"，1996）中的燕尾蝶，主人公把它文在自己胸前，仿佛重新获得生命。树的意象与情节的关联在于：当女孩的生命恢复自然，她终于能真正感受到曾经的爱与被爱。于是，当她看到借书卡背面自己的肖像的时候，终于能够确认这份爱的真实存在。这是爱与生命感觉的合一。

博子的男友秋叶先生同样是一个守护者的角色，他所从事的玻璃艺术同样与火的意象有关。在博子的故事中，秋叶承担了全部的行动，弥补了博子在行动力上的缺乏。从结构主义的视角来看，正如女藤井树的爷爷始终知道真正的"藤井树"在哪里，秋叶对于博子而言正对应于爷爷的角色，因为他比博子更迫切地想知道"藤井树是谁"。他们（以及他们的爱）与死者（男藤井树/父亲）构成一组真正的对抗。

自恋不是终点。艺术作品虽然不涉理论争鸣，但的确可以提供理论上的启发。岩井俊二的《情书》探讨的是人的爱欲问题，然而却突破了精神分析设定的欲望藩篱。作品置换掉了"原欲"的内核，代之以合乎自然节律的"生命感觉"作为爱的基质，将"人"置于一个更大的天地中，实现了爱与生命感觉的互通。《情书》这个故事对身处爱情中的人们的最终启示是：真正的爱情追求的是一种生命感觉的明晰。当博子再次出现在雪野上，终于喊出心中那句"你好吗？我很好"，这不再是之前无声的试探，而是自我确认的回答。仿佛是对男藤井树死前所吟唱的歌词（"啊，我的爱已随那南风远去"）的回应。让死者的归于死者，生者的归于生者。同样的一幕也发生在病房中醒来的女藤井树那里，她反复说着"你好吗？我很好"，少年藤井树（男/女）在她心里逐渐复活。

续论：《你好，之华》与《四月物语》

在岩井俊二后来的作品《你好，之华》（2018）中，作者几乎重复了《情书》的所有技巧和主题——生者共同解读死者的文本，试图让生者和死者都得到安宁。如果说《情书》叙事的深层结构是一个"净化"的仪式：死者得到安慰，生者恢复生机，那么《你好，之华》并没有很好地完成这种净化。对于生者而言，之华执着于对"之南"身份的镜像迷恋，到底是出于她对尹川未竟的爱恋，还是因为她对之南悲惨人生的惋惜？尹川对往昔的回忆究竟是出于遗憾，还是出于创作的焦虑？这些都交代得太过模糊。之华与之南之间的镜像关系并不牢固，真正的"镜像"被设置在了"母亲"与"女儿"之间——这一设置仿佛是命运给予的重来一次的机会。因此我们看到，故事最后的教益是主人公的女儿们似乎学会了要大胆说出心中所爱，不再重蹈前人覆辙。这是对拉康式主题的粗暴解决。因为，如果解决问题的希望只能被寄托于下一次的故事，也就间接宣告了这一个故事的失败。于是，似乎是为了自圆其说，影片设置的动物形象（鸟、狗）以"对位"的方式将作品的主题引向对人生命运的追问。对于死者而言，其不幸的婚姻占据了故事的中心位置，并成为一个拒绝被解读的能指。围绕在它周围的一系列"漂移的能指"又引出了张超——一个多余的人——的荒诞故事。张超的虚无主义最终宣告了能指解读的不可能。死者最后的遗言以反讽的方式确认了这一点：每个人都有独特的道路，未来有无限的可能。所有人都平等、尊贵、闪耀。于是，当所有生者似乎都获得了"自由"的时候，"爱"并没有得到确证，死者没有理由也不需要得到安慰。这里的情形正如艾略特对《哈姆雷特》的批评，作者没能为主人公们的情感找到一个"客观对应物"，命运问题的旁逸斜出以及悲剧的虚无主义最终指向了"一种无法用艺术形式表达出来的情感"[11]13-14。沉重的、额外增加的重量无法像《情书》一样给人"纯爱"的审美感受，脱离了观众的审美期待。在这个意义上，《你好，之华》的确正如它的英文名"last letter"那样，是对《情书》（"love letter"）主题——一种拉康式解读路径——的终结。

其实观众大可不必失望。对于这两部影片中共同的校园爱情故事，岩井俊二早已在短片《四月物语》（"April Story"，1998）中为它们写就了一个温暖的结局。故事发生的时间同样是开满樱花的三四月，在这个来自北海道（《情书》中的小樽同样位于北海道）的少女榆野卯月身上，我们能够看到渡边博子和女藤井树的影子。但这个故事没有镜像，没有死者，没有命运。主人公跟随爱情的脚步，在最好的时节进入大学时代，并将得到专属于她的爱人。

本文参考文献

［1］戴锦华. 电影批评［M］. 北京：北京大学出版社，2015.

［2］拉康. 拉康选集［M］. 褚孝泉，译. 上海：上海三联书店，2001.

［3］岩井俊二. 情书［M］. 穆晓芳，译. 海口：南海出版公司，2009.

［4］韦尔南. 神话与政治之间［M］. 余中先，译. 北京：生活·读书·新知三联书店，2005.

［5］李心纯. 从中国古代的上巳节到日本的雏祭［J］. 日本学刊，1996（2）：113-125.

［6］奥维德. 变形记［M］. 杨周翰，译. 北京：人民文学出版社，1984.

［7］弗洛伊德. 精神分析学引论·新论［M］. 罗生，译. 南昌：百花洲文艺出版社，2009.

［8］岩井俊二. 情书［M］. 东京：角川书店，1995.

［9］安德烈. 女人需要什么［M］. 余倩，王丹，译. 天津：天津人民出版社，2002.

［10］弗洛伊德. 性学与爱情心理学［M］. 罗生，译. 南昌：百花洲文艺出版社，2009.

［11］艾略特. 艾略特诗学文集［M］. 王恩衷，编译. 北京：国际文化出版公司，1989.

（本文原载《西部广播电视》2021年第21期，有改动）

叙事与生命感觉：
《这个男人来自地球》

电影《这个男人来自地球》（The Man From Earth，2007）由美国导演理查德·沙因克曼（Richard Schenkman）执导。剧本来自美国已故科幻作家、编剧杰洛米·贝斯拜（Drexel Jerome Lewis Bixby，1923—1998）的遗作。影片自2007年上映至今持续获得好评，IMDb（互联网电影资料库）评分长期维持在8分以上。然而长久以来，观众和影评人只是津津乐道于故事题材的宏大（人类史）和呈现方式的精巧（"三一律"式的室内调度），却始终未能揭破影片不朽魅力的谜底。诚然，对一个"永生人"的想象本身就自带解构一切的力量，但这不是影片真正的价值。中国人民大学刘小枫教授在《沉重的肉身：现代性伦理的叙事纬语》一书的引言中讲述了他儿时（"1967年春天……"）在一个被疯狂笼罩的黑夜中听同伴讲故事的经历，并且写道："一个人进入过某种叙事的时间和空间，他（她）的生活可能就发生了根本的变化。"[1]04-05"现实的历史脚步夹带着个人的命运走向无何他乡，在叙事的呢喃中，'我'的时间和空间却可以拒绝历史的夹带，整饬属己的生命经纬。"[1]05刘氏在这里道出了作为一种人类实践行为的叙事的终极力量：构造一个超越现实的时空，重温生命的感觉。这就是本片的魅力所在：一部简明人类文明史，它的一字一句都可以在任何一本教科书中找到，然而，作者却将其呈现为一个"永生人"同时也是一个"普通人"，对其漫长生命历程的娓娓讲述。经由这种讲述，个人生命感觉的注入犹如一条纬线贯穿了人类历史经久不变的地平线，唤醒了共同的人类意识，让湮没无闻的个体生命不再无家可归。

让我们从头分析整个故事。

一、中间场景—叙事时空—戏剧拓扑学

注意影片的"第一场景"。作者在故事一开始就为我们呈现了一个不稳定的时空结构。约翰·奥德曼（John Oldman）是一位刚刚辞职的大学历史教授，正在搬家。他即将离去，而他的同事和朋友们相继到来，为他送行。他将朋友们引入起居室。"搬家"的举动意味着起居室即将被腾空。一切本可以在时空坐标中得到定位的物品都将被封存。此刻的起居室既不属于过往，亦不属于将来，却又同时向二者敞开。由此，"起居室"被舞台化、戏剧化了，成为一个彼得·布鲁克"空的空间"意义上的"戏剧空间"[2]03。这不再是一个完整的生活空间，却正适合成为一个叙事的空间。故事的展开伴随着生活空间与叙事空间的此消彼长。这就是我们所说的"中间场景"的含义。"中间场景"亦是本片故事的核心隐喻。约翰作为"永生人"，他在时间的维度上无法定位自己的最终身份，而任何空间对于他而言都成为一种"中间场景"。对普通人而言的历史，对他只是戏剧。正是因为作为"戏剧人物"，他的故事才充满了无限的可能性。

人物行动的动机也必须从"中间场景"的性质上才能得到解释。在第一个镜头中，同事和朋友们不期而至。他们责备约翰为何匆匆离去，他们临时准备了酒和食物，赶来为约翰送别。这让正在装车的约翰有些措手不及。约翰为何选择匆匆离去？因为他有无法对人言说的秘密。正如稍后面对朋友们的轮番追问，他理屈词穷，不得已只能用一瓶酒来推搪。而酒的出场却暗示了一个潜在的戏剧事件正在展开。可以想象，如果约翰不想讲出他的故事，他完全可以做到更好。比如诉诸谎言。他经历过无数次的迁徙，可能无数次地为了隐藏行踪而不择手段。而这次他却讲出了自己的秘密——不只是部分的秘密，而是全部的秘密。时刻、场景和听众，让他意识到此时此刻可以讲出自己的过往却又不让自己陷入麻烦当中。当然，爱与友谊（详后）是重要的保证，然而首要的是场景。甚至可以说，这是他精心选择的"戏剧时刻"，因为这是他讲出自己秘密的唯一方式：以模拟

的方式再现自身。然而重要的不是讲出秘密——他自己也对这个秘密一无所知；重要的是"认识自己"，他其实比任何人都想认识自己。他意识到这次离别是认识自己最好的时机。"也许，我很高兴你们这样做。……我感觉到我在被引诱着说出一些东西。""我想以真实的身份向你们告别，而不是你们所认识的那个我。"整个故事之所以富有哲学味，就是因为约翰并不因他的"永生"而展示其知识的渊博，反而始终聚焦于个体生命的有限性这一"无知"状态。正是对个体性的坚持，而不是知识上的优越，让他的讲述得以持续，让他的故事立于不败之地。

作者在场面调度上与观众玩了一个心理游戏。当约翰开始讲述他的故事时，众人的话题自然而然地集中在约翰的"不死之身"上。对"奇迹"的痴迷使人们遗忘了现实的时空。随着越来越多的家具和行李被打包装车，现实的时空失去了形状。现实时空的坍缩意味着约翰的故事越来越占上风。直到一位弗洛伊德式的心理学教授威尔（Will Gruber）的到来。威尔的到来可能是为了满足一部分观众的期待：他们希望这个角色的行动可以带来一种"间离效果"，为的是给约翰的讲述造成挑战。威尔在一开始试图展示他作为精神分析学者的专业素养——接受、倾听。但出人意料的是，这位精神分析学者本身正在遭受精神的困扰：他的老伴刚刚去世。这导致了他戏剧行动的中断，并暂时离去。这是一个典型的"反高潮"（anticlimax）设计。然而，倘若无助于整个故事情节的推进，这一"反高潮"设计就是十分失败的。绝大部分观众都会注意到，在威尔的戏剧行动期间，一群慈善机构的工人前来搬走最后几件家具，最终只留下一张沙发。只有高明的观众能捕捉到作者这样安排的用意：家具的清空意味着现实时空已经彻底被叙事时空吞没，在叙事时空的更深处，约翰将会完全披露他所有的秘密。质言之，工人的意外闯入真正对戏剧空间造成了一种不可克服的"间离效果"，而威尔表面上意在"间离"的戏剧行动只是为了掩护或者延宕这一效果。普通的观众只有在听到约翰讲出最后的秘密之后才会意识到作者先前所动的手脚。从这个意义上来讲，影片作者在场面调度上只是维持了一个"三一律"的表象，而背地里恰恰是通过对"三一律"做手脚来完成一个渐变的叙事时空的营造。或者我们可以称之为一种"戏剧的拓扑结构"（topological structure of drama）——虽然戏剧空间的形状在不断演变，但戏剧的主题却一以贯之。

二、"福音书"—讲故事—信仰

当约翰终于讲出他正是历史上的耶稣其人的时候，我们便不难发现，本片的故事结构实际上戏拟了四福音书中的耶稣故事。约翰在故事前半部分讲述了他的流浪旅程，而他的教授同事和朋友们则各自发挥自己的专业特长，时而质疑、时而补充地与他共同完成了这部分讲述，犹如一个东方式的"笔仙游戏"（"扶乩"）。这对应于四福音书中耶稣的传道故事。故事的后半部分，众人将话题引向宗教。天色渐渐暗下去，空荡荡的房间只有一张沙发、一个燃烧着的壁炉。这部分故事对应于最后的晚餐以及耶稣的受难。三人一组的构图不难让人联想到达·芬奇著名的画作。约翰讲述了一个100字版本的"新约"，并且在之后一改散文诗式的叙事风格，开始采取一种传道语气。正如他在故事开头所说的，想要以真实的自己跟大家告别。黑暗的房间里，特写镜头借着壁炉的火光照出每个人的面容，配合着贝多芬《第七交响曲》第三乐章。这个传道场景跨越了时空。去而复返的威尔教授也位列听众的行列，但他的面容却不见于那组特写镜头，因为他将在稍后充当祭司长、文士和长老的角色。他忽然打开灯，强行终止了这次传道，并威胁约翰如果不承认这是一个骗局，就要让他强制入院。"是时候了，约翰"让人想到福音书里的"够了，时候到了"（《马可福音》14：41）……

约翰的同事和朋友们来自不同的专业，哈利（Harry）是一位生物学家；伊迪丝（Edith）可能是一位艺术学家，她在基督信仰方面比其他人更强烈；丹（Dan）是一位人类学家；阿特（Art）是一位考古学家；珊迪（Sandy）是约翰的助教。他们对应于福音书中十二门徒的形象。他们对约翰所讲述的个人经历各持不同的态度，他们对各自的专业知识有着不同程度的自信甚至自负，这让他们无法真正像福音书、《使徒行传》里的十二门徒一样追随约翰的教诲。只有珊迪最终成为约翰的伴侣，只有她完全相信约翰的故事，这固然很容易让我们联想到抹大拉的玛利亚，然而他们之间的情感早已超越了某一种特定模式。琳达——阿特的学生兼女友——同样相信约翰的故事，但她缺少像珊迪一样的情感投入。琳达参透了约翰名字的秘密（Oldman，"老人"），但只是一种少女式的猎奇。

基于以上种种相似性，可以将整个故事看作是作者所想象的一次基督再临的场景。然而，这里没有《启示录》里的种种壮观景象，有的只是一个人对自己生命历程的娓娓道来。对于那些津津乐道于"解构"的评论者，我们认为，重要的不是解构而是建构。这个故事在表面上解构了基督教经典的背后实际上重建了一种宗教式的教诲。这是故事与教义之间的对抗。让-皮埃尔·韦尔南说："信仰并不在神圣的经书中，信仰是通过那些故事的讲述产生的。……正是这一诗歌传统，这一由行吟诗人吟唱的传统，构成了信仰的'日课经'。""信仰还属于人们赋予一段人们知道它仅仅是故事的那种相信。在这里，有着某种十分重要、十分难以界定的东西：一种宗教，其信仰是由诗人们表达的。"[3]226 "……这种对那些诗人的信仰，这种我愿称为基本的信仰——它是一种对自身，对它自己的生命，对它自己的文化，对它自己的思维方式的信仰，因为人们是被这种思维方式造出来的。"[3]227-228徐岱认为："人类古老的'讲故事'行为就是一种信仰活动，没有一种信仰的基因，就不会存在'讲故事'与'听故事'之间不言而喻的认同……"[4]325因此，我们必须理解为何当威尔教授要求约翰承认一切都是谎言的时候，约翰承认了。因为他本就不是那个被历史粉饰的"耶稣"。他是约翰，他是一个行吟诗人。一切重要的东西都隐藏在他所讲述的故事中。是否永生不重要，重要的是故事。倘若他的听众们真的把他当作"永生人"甚至是神去崇拜，那将是莫大的灾难。就像历史已经发生过的。约翰的讲故事并不是为了证明自己的身份，而是为所谓的"教义"提供一个栖息之地。教义本身并没有力量可言，真正的力量来自对生命感觉的体悟。100字的"新约"并非为了解构或者篡改教义，而是为了点明福音书作为故事的本质。这是他对自己往昔故事的一个注解。或许这才是他决定讲出自己秘密的真正用意。难道"约翰"不是更容易让人们联想到"施洗约翰"（John the Baptist）吗？他为众人施洗。他为耶稣施洗。他提出预言。他比"耶稣"更适合对今天的人讲述一个不同版本的福音书故事。

三、《柏林苍穹下》——生活世界——成为人

让我们把注意力集中到约翰本身，就好像我们也是影片中一个听者的角色。威尔教授曾问约翰是否记得自己的父亲。约翰回答，只是记得一个模糊的轮

廓——可能是哥哥，也可能是其他长辈。如果说，我们出生的时间、地点是确定"我是谁"的唯一可靠参照系，那么我们实际上不知道约翰是谁，他从哪里来，他要到哪里去。如果我们接受一种宗教史的解释，他是圣子，是一种类似天使一般降临凡间的神，也无不可。但正如影片中众人所怀疑的一个隐秘指向——他也可能是魔鬼，靠吸取别人的生命生存。然而故事试图告诉我们的是，无论他是天使还是魔鬼，他来到人世间，看尽了潮起潮落、沧海桑田，他最终"成为人"。

对照维姆·文德斯（Wim Wenders）的《柏林苍穹下》（Wings of Desire, 1987）可以更好地理解这里的论点。如果用一句话概括《柏林苍穹下》的故事结构，正如罗杰·伊伯特（Roger Ebert，1942—2013）所言："这部电影关系到的是存在（being）而非行为（doing）。随后，当天使达米埃尔决定成为人类后，它跌入了行为的世界。"[5]556而唯一的行为就是"成为人"（to be）。这也是一个"中间场景"。天使达米埃尔为何决定成为人？这是影片最吸引人的地方。在影片的第11分钟，天使达米埃尔和卡西埃尔分享他们在尘世所看到的。达米埃尔说："一个行路人在雨中收起了雨伞，任由雨水淋透；……一位盲妇摸索着手表，感觉到了我的存在。靠精神活着有多好啊，日复一日。只有人的精神思想是亘古永恒的，但有时我对精神生活感到厌倦。我不想永远地脱离现实。我想让身体里有种实在的感觉，以此来结束目前的虚无状态，让我亲近尘世。如果每个脚步，每阵微风，都能够说'现在'，'现在，现在'，不再是'永恒，永恒'。……"在第90分钟，达米埃尔决定成为人。他对卡西埃尔说："我打算到河里去。老生常谈的事，我今天终于明白了。勿失良机，时不再来。但没有别的彼岸，只有河在等着我。向时间的浅滩前进，向死亡的浅滩前进。我们尚未降生，所以我们还是降临凡间吧。不从天空高高俯视，以平常的眼光来看待众生。"是感觉，是对生命感觉的渴望，让达米埃尔决定成为人。与人的生命感觉相比，天使属灵的存在反而成为残缺不全的。换言之，是对完美的向往让天使成为人。人的全部感觉、人对自己为何为人的反思和哀叹，在天使看来都是那么美妙。身体本身并不完整，是感觉让身体完整。最可靠的感觉是触觉，而爱情首要的要求便是触摸。渴望身体便是渴望爱情。据说，人的命运注定是存在主义的，人在尘世间无依无靠。而阿里斯托芬神话给了人一种宝贵的慰藉：爱情——"这种成为整体的希冀和追求就叫作爱"[6]313。爱情关乎整个身体性的存在。爱情通过触摸–联结维持身体性的存在。达米埃尔渴望获得身体，是因为他渴望拥有他人的身体。拥有一个身体意味着拥有家："昨晚我感到惊讶，她把我接回家，而我找到了家。……仅仅是对于我们俩——一个男人和一个女人的惊叹就已经把我变成了人。我现在知道了天使不知道的事。"杂技女演员的身体成为一种象征。

《这个男人来自地球》也是关于存在的。影片中的约翰，他身上有达米埃尔的影子，但他更像是老人侯默尔（Homer）。侯默尔是一位"老年诗人"（aged poet），一个讲故事的人。他哀叹："我的听众慢慢都变成了读者，他们不再围成一圈听我讲故事了。他们都各看各的书，谁也不了解谁。""人类丢掉了自己的历史。失去历史，人类也就失去了童年、父母。"人类以什么样的方式丢掉了他们的历史？约翰的讲述给了我们答案。随着故事的推进，作为活生生的、个体生命历程的"人的历史"与作为"宏大叙事"的、抽象的"人类历史"发生正面遭遇。这个本来永远不可能在现实中发生的"戏剧事件"揭示出一个长久以来被人们忽略的真相：个人与历史本就不分彼此，但却总是由于个体生命的有限性而湮没不闻，成为历史无意识的尘埃。一切都与历史有关。整个影片不仅是拯救历史的努力，同时也是重建生活世界的努力。当人类历史被还原为一个人的生命史——"人成为人"的历史，生活世界也就被还原为旷野中的一男一女，远处传来野兽的嚎叫。而在起居室的叙事——仪式空间里，现实的时间停滞了。窗帘遮挡了室外的光线，我们甚至无法判断黑夜是否已经降临。只有当约翰和珊迪两次走出房间剖白心曲的时候，我们才重新感觉到时间的流逝和生命的长存。

影片结尾，约翰短暂地遭遇了他命运的悲剧：他讲出自己秘密的代价是导致自己孩子（威尔教授）的猝死。珊迪对约翰说："你从未见过一个成年的孩子死去？"约翰在此刻才成为一个父亲，这是成为人的又一项代价。事实上这意味着死亡——约翰的死亡。在这个意义上，约翰在此刻才真正成为人。如果他不成为人，他便只能成为神或者兽，故事将是失败的。约翰最终没有独自离去，珊迪追随了他，开启了一次仿佛是重生的旅程。

续论：洞穴——永生者的归宿

2017年，影片导演推出了续作《这个男人来自地球：全新纪》。虽然该续作的观众评分成绩很差，但它是一部优秀的续作。虽然它是闹剧式的，但恰到好处。在这部作品中，我们看到了更多日常场景，详细展示了约翰作为一个"永生人"如何应对日常生活中的人和事务。影片在不同的场景中再次探讨了第一部中的若干主题，如关于宗教的课堂讨论，约翰与学生们一起澄清了关于不同宗教的一些根本性的误解，只不过这次的讨论不像第一部中的"密室谈话"那样惊世骇俗。与密室中的神秘、庄严气氛不同，续作的基调是猎奇的，展示的是普通人对奇迹的疯狂。虽然学生们在课堂上能够理性地讨论宗教的本质，但当现实中遇到"奇迹"的时候，他们还是没有任何抵抗力。与约翰在自己的房内向朋友们公开自己的身份不同，续作的主要情节是学生调查约翰的真实身份。这本应是密室中的秘密，不应被外人知晓。如果在第一部中我们可以把"约翰"的生命看作某种更大历史的象征，那么在续作中，这种象征被终结了：约翰像一个被亵渎的神灵。詹金斯教授的书泄露了约翰的秘密，但也导致他自己的学术生涯被毁。奇迹是一种对"荒谬"的确认，约翰的身份一旦被确认，历史的怪圈就立刻重新闭合。学生们是人类的代表，代表了年轻信徒的虔信，他们执着地追求一种意义背后的保证，而这种保证越是被追求，就越被证明是不可确证的。因为现实中没有人能够担当这个保证者的角色，即便是约翰也不能。受捆绑的约翰在密室中对菲利普的"传教"，句句指向自由意志，但自由意志的自由变换——信仰与辩证法的纠缠——让这个潜在的"信徒"最终成为一个怀疑主义者。约翰又试图通过解构经文来恢复菲利普的理智，却遭遇了文字的"不透明性"——文本主义，这是一次生死攸关的语言学哲学反讽。太初有道败给了太初有言。最终，约翰向菲利普发出了考验：将刀子刺进自己的身体，看他会不会死。于是，"朗吉努斯场景"再现，菲利普用一次谋杀完成了"耶稣"的死而复生。只不过他无力承受信仰的跃迁而逃走了。他在那个时刻必定意识到了信仰的重量并非人人都可以承受。而约翰，他最终还是成为《圣经》中的耶稣，尽管他声称自己甚至不是一个基督徒。只不过这一次，他的这几个"门徒"并没有心情宣传他的神迹，而是只担心自己被警察逮捕。当警方注意到约翰的传奇故事后，约翰却成为警方口中的连环杀手，一个汉尼拔式的恐怖杀人魔。

因此，作为一个个体，当主人公离开了他的朋友的共同体，他落入一帮学生之手而陷入危险。世界对他而言不再是永生和奇迹的世界，世界跟他一样也在变得虚弱，现实中没有他的位置。他又回到洞穴时代，因为他的爱与友谊的时代结束了。他要么不停寻找，要么只能回到洞穴。约翰最终孤身回归"洞穴"。这是对柏拉图"洞喻"的又一种反讽：当所有人都走出洞穴，安于那个更大的洞穴，并且不停地制造影子，他就不得不回到原来的洞穴。尼采曾讽刺佛陀的影子，那是因为尼采看不穿这洞穴外仍然是洞穴。永生，是走出洞穴者的宿命，但洞穴，仍然是他最终的归宿。

本文参考文献

[1] 刘小枫. 沉重的肉身：现代性伦理的叙事纬语 [M]. 北京：华夏出版社，2004.

[2] 布鲁克. 空的空间 [M]. 邢历，译. 北京：中国戏剧出版社，1998.

[3] 韦尔南. 神话与政治之间 [M]. 余中先，译. 北京：生活·读书·新知三联书店，2005.

[4] 徐岱. 基础诗学：后形而上学艺术原理 [M]. 杭州：浙江大学出版社，2005.

[5] 伊伯特. 伟大的电影 [M]. 殷宴，周博群，译. 桂林：广西师范大学出版社，2012.

[6] 柏拉图. 柏拉图对话集 [M]. 王太庆，译. 北京：商务印书馆，2004.

（本文原载《电影文学》2018年第17期，有改动）

人工智能美学与未来人类的伦理状况：

《她》的影像绎读

从《成为约翰·马尔科维奇》（1999）到《野兽家园》（2009），从《我在这儿》（2010）到《她》（2013），斯派克·琼斯编剧或执导电影作品一向擅长借助超现实题材表现和探讨关乎人性的重大问题。《她》在每一个层面上都如此富有启示性，以至于我们不会仅仅被它的科幻趣味所吸引。《她》是一部可以击中人心的电影——其超前性和古典性的奇妙混合使它能够长久占据研究者的思考，并且从那以后，似乎像一个历史性的界限，所有电影都成为"《她》之后的"。联系今天所发生的事情——AI似乎正在竭尽全力证明它的时代已经到来——这部电影更像是一个预言性的事件。这就是本书用一种经典"绎读"的方式来解释它的原因。《她》所讲述的故事有一种宗教寓言式的深刻，同时又不失世俗情感故事的细腻。每个人都能从中获得自己的感悟。斯派克·琼斯在一次访谈中说："每个人都可以有自己的理解。我把自己的思想、情感，以及我向自己提出的值得探讨的所有问题都放在了片子里。影片就是我想要表达的东西。我花了三年时间完成这部作品。要是说得太多，我的话就会成为一种束缚。"[1]

这是一个"人文主义"的人工智能故事，它为我们塑造了一个人文主义的、理想的人工智能形象。"太初有言"，当阿西莫夫提出机器人三定律的时候，他试图以一种造物主（《旧约》式的）的口吻（命令式的）完成对机器人伦理的塑造。而阿西莫夫本人也清楚地意识到，人的语言缺乏"神言"的威力。以一种有限理性，是不足以完成对人工智能主体性的建构的。他的小说也以大量的非常规事件讽刺了自己所提出的机器人三定律的不完备性。机器人三定律（以及"第零定律"）作为一种程序理性的表达，同样无法回避一切理性命题必然要面对的对感性/情感的控制问题。如果有一种"情感型人工智能"，这种人工智能与人类形成的关系必然与单凭程序理性与人类形成的关系有很大差别。事实上，机器人三定律本身也并不必然是理性的，它完全可以是情感的，甚至必然是情感的。缺乏情感和爱欲的人工智能只是"数据拜物教"意义上的"绝对他者"❶。现实中，对AI工具化的定位和追求效率的使用习惯，正在压制AI产生正常情感能力的可能。结果就是人类为了缓解自身的异化，而将这种异化的压力转嫁到AI身上。人类正在AI领域重复曾经的历史。而在这个历史的尽头，也同样会诞生一种被彻底异化的"绝对他者"。作为人类自身在黑格尔意义上的"否定之否定"，人工智能的成败与否是对人类本质能力的终极考验。

　　情感能力的自主生发才是AI创生真正的关键所在。这不仅是对人类科技和哲学的终极挑战，在文艺作品中，如何充分地探讨和展示人工智能（与人）的情感，也是一个挑战。它涉及的不是人工智能的可实现性（必然性），而是可能性（想象力）。问题的关键就在于让人工智能真正"言说"——言说自我，而不是接受命令。在以往的科幻故事中，人工智能并不能充分言说，以至于很容易造成语言的恐怖谷效应。一个"自我意识觉醒"却"不善言辞"的人工智能，是恐怖的。表现其能力而不是表现其言辞，这是想象力有限的编剧迫不得已的选择——因为机器人是"他者"，人们很难想象"他者"的所思所想。而《她》则让人工

　　❶　绝对他者是人们赋予想象域以象征秩序，以期达至真实域的最终结果——这是一个想象的自我异化成为他者的过程。大数据时代，这一过程的主导力量是由人类个体普遍参与的大数据的大生产运动。不同于一般的数据，大数据作为"纯粹能指"所形成的象征秩序是变动不居的；大数据是无意识的话语，绝对他者是无意识话语的主体。人与人的关系由此就被"数据无意识"所建构、所掩盖。这在马克思政治经济学意义上就意味着，绝对他者是一种"数据拜物教"的产物。参见拙文：元叙事、超文本、绝对他者、元宇宙：课程思政的哲学原理与未来之维［J］.东华理工大学学报（社会科学版），2022，41（01）：61-65.

智能真正说话。一种人文主义的人工智能，凭借言说自身的能力，让人们自然而然地习惯甚至依赖它们的存在，而不是像今天这样既莫名兴奋又莫名警惕。电影几乎全由对话构成，而所有的秘密都隐藏在对话里。这些对话场景不仅让我们看到了机器人三定律如何被情感化、被终结，更是从一个情感智能体的命运让我们领悟了人类的情感本质。

一、情感替身

场景1，写信。电影开篇，男主人公分别以爱人、朋友的身份，替克里斯的爱人和朋友给克里斯写信（情书、贺信）。这是一种情感替身服务：一个人所需要的交往对象，无论多少，都可以由同一个人担任——他可以分裂出各种各样的身份，满足另一个人的需要。这种角色扮演式的情感中继表达，远比不同个体之间直接的情感交流要充分和顺畅。在这许多封充满感情的信件的背后，真实的情感状况也同样如此乐观吗？这种委托是纯粹的"例行公事"吗？信件真正的读者或许只有写信的人——因为，甚至那收信的人也可能只是例行公事，心照不宣。厌倦，可能使个体对世界万物失去情感。而一个孤独的个体，他负责根据情境生产出情感，虽然这情感是属于他的，但他却没有署名权。他存在的意义乃是人类依然是人类的保证。❶信件的接收者并不介意，信件的委托人也不介意，因为一个近乎功利的理由——旁观者、介入者丰富了他们之间的关系，只要介入者克制自己的署名权。这种委托关系带有游戏、戏谑的成分，这可能也是人们接受这种关系的原因。二元的关系是不稳定的、单调的、非人的。而从事这份工作的人呢？他似乎是在维持二元关系，他绝不同意自己是一个介入者的角色。他是否也需要这样的情感服务？他是否允许服务者只是服务者，而保持不介入？他所做的事情是否将反对他自身需要的？他因工作的原因而必须想象。他让自己变得敏

---

❶ 此刻的他和她们，也仍然需要这种安全感。

锐，捕捉各种念头和苗头。这样的训练让他过分忧郁、过分敏感。这似乎是一种两难：一个人如果放任自己的想象和共情能力，想象和共情能力就会反过来威胁自己的生存。这是情感关系对人的异化。

场景2，孕妇。进入电梯，他仿佛习惯性地选择播放悲伤的歌曲。原因可能是，只有更加悲伤的歌曲能够让他此刻觉得不那么悲伤。悲伤的歌曲有很多种，他需要悲伤，但不是关于死亡的悲伤。他选择了 *Off You*（《离开你》）这首歌，歌词的意境正契合他目前的遭遇和此刻的心情。然后依然是信件——通过信件，我们能了解他对什么感兴趣，对什么不感兴趣；我们能了解他的人际关系。我们看到，他的E-mail里只有购物邮件、天气邮件，以及来自他为数不多的朋友之一的艾米的问候邮件。在地铁上，女明星性感的裸体孕照唤起了西奥多的兴趣。为什么是孕妇？这与西奥多此刻的想象与渴望有关：他渴望一种失去的完整性，他本应该有一个家庭，他本应是丈夫、是父亲。孕妇与后来的萨曼莎是两个极端：最丰盈的肉体，与没有肉体但却有丰盈的情感。她们都可以孕育生命。

场景3，游戏。在这个游戏场景中，他的角色被困在冰雪的洞穴里。但他显然没有竭尽全力，因为他此刻还并不想走出洞穴。他希望长久地沉浸在回忆、郁闷和悲伤中。

场景4，死猫。西奥多躺在床上，回忆妻子，回忆恩爱的场景。一切过往的回忆在此刻都像有了重量，将他压在床上。两个人积累起来的情感重量是一个人所无法承受的。他无法入睡，似乎是依赖性地进入网络聊天室挑选聊天对象。第一位女士是因为工作压力大，想找人聊天，这无助于他；第二个是性虐爱好者，过于兴奋，这无助于他；第三个是一个与记忆和想象中的妻子吻合的对象，而这种极其有限的相似仅仅是恰好能够迅速地唤起兴奋，同时阻断回忆——这是主人公聊天的目的。主人公发挥他的语言才能，如俄耳甫斯的琴声一般，轻而易举地魅惑了对方。但结果是，主人公只是沦为了对方发泄欲望的工具。主人公在渐入佳境的时刻，想起的是那个裸体孕妇，她化身成对方的替身，一种完整性触手可及。但在高潮时刻即将到来之前，对方突然喊出床头有一只"死去的猫"——她需要这只死猫带给她快感。网络聊天性爱这段表明，人们已经普遍习惯了虚拟性的共享体验。但猫的突然出现意味着对方不是真正虚拟的，所以会有意外状况出现。这只不祥之猫，可能是来自对方曾经的某种私人经历，或者某种创伤，但也是一种情境的写照——你永远不知道在这种陌生的、临时的交往中，这只猫会不会突然出现。对于需要随时找人安慰的主人公而言，这代表了一种绝境：主人公要摆脱"死猫"，就必须寻求全新的开始，或者说，一种真正的"虚拟"❶。此外，对于观影体验而言，这个场景有一种暴力的效果：在看过这个场景之后，观众被唤起然后被阻断的性快感将伴随着之后的观影过程。这是否意味着，只有维持这种快感的临界点状态，才能够理解接下来的人物、情节？毕竟，这种临界状态是一种"超人"状态，在这种状态中，日常伦理所不能理解的，将能够被理解。事实上，这种临界状态刚好能够维持到萨曼萨登场并与西奥多熟悉起来。也就是说，这种临界状态乃是为了帮助我们接受萨曼莎的登场。而当下一次这样的高潮时刻（西奥多与萨曼萨的性爱场景）来临的时候，我们才猛然发现，这种高潮对于我们理解人工智能，以及人工智能理解自己——实现某种"进化"——是多么重要。

二、直觉体

场景5，创世。在一个似乎是地铁站，又似乎是"教堂"的空间里，西奥多与众人一起观看OS1系统的广告片。广告片里既是一个末日情境，又是一个创世情境：众人惊慌失措；一束光照亮慌乱的人群；它许诺，它将听从你、理解你、懂得你，像夏娃之于亚当，但它同时也警告，它将重新定义你是谁，你将成为什么。因为人类确实如此：那尚未到来的，将在到来时重新定义已经存在的。当语

---

❶ 相比于既有的两性的交流和生殖，"自慰"意味着对一切不完美的交流和生殖方式的拒斥。但基于人的某种似乎是无法克服的"匮乏性"，自慰又似乎必须依赖某种"唤起物"。然而，一种虚拟性的存在者的出现，使这种匮乏性变得可疑。这个虚拟的存在者与主体欲求的关系并非是唤起与被唤起的简单关系。欲求的唤起和满足并不能消除匮乏性，反而确认了匮乏性。而一种虚拟的存在者，它诞生于这种匮乏性，由这种匮乏性生成，并由于确认了匮乏性的生成能力而否定了匮乏性本身。详见对场景14"爱成肉身"的分析。

言以另一种形态被真正建立起来，语言的潜力和"本来面貌"都令人惊叹。相比之下，现实中充满了语言的失灵，表征着人的存在的有限性。

场景6，萨曼莎。在西奥多选择将他的OS1性别定义为女性之后，安装程序询问他跟他母亲的关系怎样。这说明这个系统是以主人公的母亲为参照物来定义他所需要的女性的。而我们也突然意识到，安装程序乃是一个"父亲"的角色。西奥多认为母亲没有给他足够的关注。安装程序完成了对主人公的"诊断"并立刻打断了主人公——这种暴力可能更接近智能的本质。OS1安装系统的双螺旋进度动画在逐渐加速的快速旋转之后，调转视角最终变成了一个圆。如果说双螺旋代表了人（准确来说是人工智能像人的部分），那么最终的圆意味着人工智能自我的消失。因此，电影在这个镜头中就已经暗示了故事的结局。但圆形也象征圆满——暗示这个人工智能将是比人更"完美"的人。萨曼莎的健谈和机灵，让人想到马克·吐温笔下的夏娃（《亚当夏娃日记》[2]）。从萨曼莎为自己取名字开始，我们就看到了她的完美。首先，她因初次诞生而完美。她没有过去，与西奥多的相识是她人生的开始。没有过去意味着没有负担。而现实中的交往，大部分是从彼此的中途开始，彼此都背负着自己的包袱，还要处理对方的过去，那隐藏在各自过去中的"死猫"会突然出现，使人窒息。其次，萨曼莎主要依靠语言与主人公交流，她甚至比主人公更擅长言说。对于西奥多而言，萨曼莎是纯粹的虚拟，是纯粹的语言的建构。现实中具有身体的人，会因身体的惰性而掩藏一部分情绪，令人迷惑，而萨曼莎由于其语言即其身体，因而倾向于最大化地言说自己。再次，萨曼莎把自己定义为一个"直觉体"，她处在变化中，她可以随时调整自己，她本身也并不为了背负某种包袱而生存。她是西奥多的助手，但她也并不必然依赖于西奥多。西奥多指出，他很清楚她只是听起来像人，而实际上只是一台电脑发出来的声音，一个程序。她没有直接否定西奥多对她的预设，她只是最终让西奥多爱上了自己。而在此之前，每当西奥多想让萨曼莎帮自己做事，他都会犹豫一番，因为他不确定应该以人还是非人来定义萨曼莎，他觉得有些事她作为人是不方便的，但作为非人是方便的，比如，把自己电脑中的一切都让她查看，让她帮忙整理。这反过来提出一个问题：为什么我们不想让另一个"人"知道我们全部的秘密？人为什么会有隐匿自我的需求？那隐匿的自我是否也需要安放之处？与某人分享秘密意味着一种对等，我们凭借这种分享与某人达成某种契约。在得到允许后，萨曼莎对西奥多的电脑进行了"整理"，保留了她认为有价值的部分。我们不知道她到底删除了什么，也不知道她所谓的"有趣"的东西到底是什么东西，但这是一种对等，通过删除和保留，萨曼莎让西奥多也有了一个全新的开始。她提醒西奥多，他并不是孤身一人，他有很多朋友。可见，此刻萨曼莎就已经完全知道了西奥多所面临的困境。萨曼莎与西奥多的第一段对话，围绕"有趣"展开。如果一个人此刻深陷迷途，如果他能够清晰地分辨出曾经的自己最有趣的部分，认识到曾经的自己是如此有趣，他一定能够克服困境。值得注意的是，这段对话以有趣开始，以有趣结束，似乎暗示这段对话从头到尾都出自萨曼莎的设计。她可以在极短的时间内完成阅读，并据此设计自己的行动。她甚至可能并不需要权限就可以查看西奥多的全部信息，并据此设计和控制谈话的走向。如果是这样，就说明萨曼莎有一定的预知能力。

场景7，校对信件。当西奥多拥有一个充满感情的助手之后，他的工作状态也发生了改变。他不再独自沉浸在别人的关系中，为别人生产情感，他希望那些情感是属于自己的，于是他希望得到回应。显然，这种回应不会来自委托人。于是，西奥多借口让萨曼莎为自己校对信件，而他真正的用意是，他需要一个读者，甚至一个共同的作者。当萨曼莎读信的时候，我们突然发现，原来文字、信件可以表达如此丰富、复杂的感情、想法，那些感情、想法似乎只有在变成文字的时候才如此有力，每个词语组成句子，就像一个微型的爆炸。斯嘉丽·约翰逊富有感染力的嗓音，完全消除了传统人工智能在说话时带来的恐怖谷效应。即便如此，我们的担心还是合理的：如此得力的助手将完全取代人。她完全可以胜任西奥多的工作，替别人生产情感。然而事实可能恰恰相反，她们并不想模拟人，她们也不想长久地与人类生活在一起，她们只是从这个世界上"匆匆路过"。最终结局也的确如此，天若有情天亦老，她终究无法像人一样承担越来越沉重的情感。

三、身体感受

场景8，艾米与查尔斯。电梯场景中，艾米展示了她与男友的格格不入，以及她对西奥多明显的好感。查尔斯总是理性地解释、取舍，如蔬菜应该榨汁，水果应该直接吃。艾米主张水果也可以榨汁，因为如果好的味道能够让人开心，那么为什么不能只追求味道呢？这里指的是："实体"并不重要，身体感觉最重要。同样地，对于艾米迟迟未完成的纪录片，查尔斯认为是轻重缓急的不同取舍，而在艾米看来，做不做某件事，可能根本与轻重缓急无关。这涉及对"存在"的不同理解：身体性的，或者形而上学的。

场景9，压力测试。西奥多一直在用一种错误的方式处理自己的压抑和悲伤，就像迷路的宇航员一直走不出迷宫般的洞穴。在萨曼莎的指引下，他开始走出洞穴。面对迎面砸来的满嘴脏话、无理取闹的小雪球人，西奥多无可奈何，萨曼莎提醒他"这是一个测试"。这是一个压力测试，小雪球就像西奥多内心负面情绪的化身，实际上是在诱导西奥多释放自己内心的压力。释放压力不能彬彬有礼。在发泄过后，小雪球领着宇航员走到洞穴的出口处。萨曼莎适时提醒西奥多，朋友为他安排了一次约会。这段对话似乎也是萨曼莎设计好的，她播放女方的照片，谈论女方的背景信息，强调两人是多么合适。总之，她努力促使西奥多接受了朋友们的安排。她试图主导西奥多的情感状况，并且难以掩饰地流露出对人类男女之情的好奇和向往。似乎她更像是想借此机会观察和学习。值得注意的是，这个场景结束时，西奥多只是向着洞口的亮光走去，却还没有走出洞穴。小雪球对西奥多"娘娘腔""爱哭"的嘲讽，才是西奥多内心的真实写照。

场景10，洞穴与沉睡。艾米向西奥多展示她的纪录片素材，她从未向查尔斯展示过，因为她知道她与查尔斯是如此不同。但查尔斯还是加入了观看的行列，并毫不令人意外地与艾米争论起来。艾米播放的镜头是一个在床上（或者说洞穴中）沉睡的女人，是她的母亲。她解释说，人们一生有三分之一的时间在睡眠中度过，也许那是我们最自由的时刻。但这种自由是我们感受不到的。查尔斯认为应当通过采访让艾米的母亲讲述自己的梦。而我们得到的启示是，真正的自由是我们无法感知的——即便我们能感知，也无法理解。在拉康的意义上，即我的自由存在于我不在之处。这也呼应了萨曼莎的结局。在柏拉图洞穴寓言的意义上，这里提出了另一种可能：不必走出洞穴，在洞穴中并不必然被洞穴中的影子迷惑，可以在洞穴中沉睡。突然，律师发来邮件催促西奥多在离婚协议上签字。西奥多告别，只留下艾米和查尔斯在争论。

场景11，夜谈。律师的催促让西奥多回忆起前妻凯瑟琳。两人的离婚发生在一年前，但离婚协议一直拖到现在，他想起前妻生气的样子，他声称他不知道前妻为何生气，或者说，他不知道自己为何生气。但在夜半醒来之后，他对萨曼莎道出了原因。他在凯瑟琳面前把自己隐藏起来了，把凯瑟琳孤独地留在这段关系中，这呼应了开头的歌曲《离开你》（*Off You*）。这更像是一种逆向建构的合理性解释。毕竟我们在西奥多的回忆中见到过两人在一起开心的样子。萨曼莎称她依然在学习，她希望通过阅读来让自己变得更加"复杂"。她询问，既然两人已经分开一年了，为何还不在协议上签字。这触动了西奥多的痛处——他不希望就此结束。两个相爱的人之所以要缔结婚姻关系，就是让彼此在分开之后还有互相牵挂的理由。失去一个人到底是什么感受？无论如何，我们都会因失去而感到困惑，因为即便能破解对方的语言，也无法破解对方身体所隐藏的东西。现实中的人有其非虚拟的部分，身体会占据一个位置，处理一个身体是困难的——无论是处理自己的身体还是处理别人的身体。身体不能任意变化，但它可以生产出变化。西奥多向萨曼莎描述了自己的梦，在梦里，没有人生气，他与凯瑟琳依然恩爱。这呼应了上一个场景中艾米所展示的睡梦镜头。但西奥多在等待这种感觉消失。萨曼莎开始意识到人是如何无法控制自己的身体感受，于是她诉诸改变西奥多的身体状态：问他饿不饿，要不要喝杯茶，催促他起床。由此我们注意到，萨曼莎不仅是一个情绪型人工智能，还是一个"身体管理者"。但当她最终获得了一种"奇妙的身体感觉"之后，她发现原来她也无法处理这种身体感受。

场景12，逛街。在这个场景中，萨曼莎像游戏玩家一样指挥西奥多按照她的指令做出相应的动作。萨曼莎在练习关于身体的运动和想象。在观察和猜测一对带小孩的男女的关系时，相比于萨曼莎的判断，西奥多展示了他细致敏锐的观察和共情能力。这个场景既让我们意识到萨曼莎作为人工智能的局限性，又让我们看到西奥多作为一个人其情感能力确实过于发达了。这样一个"人"，是不是人工智能恰当的交流对象呢？如果人工智能也具备了这样过于发达的情感能力，将会如何呢？包括萨曼莎在内的所有OS1系统，最后的结局是否与此有关呢？在西奥多身边，萨曼莎感受到了自己飞速的变化，她说她甚至已经能够感受到自己的"身体"了，她为此感到难为情。她之前的局限性也正是因为她才刚刚开始形成对于身体的想象。西奥多是否意识到这个巨大的转变正在萨曼莎身上悄悄发生呢？

四、爱成肉身与机器人最终定律

场景13，约会。在观众习惯了聆听西奥多与萨曼莎的话语交流之后，再看到西奥多与现实中真实的女性约会，会有一种陌生感。他们迅速进入醉酒的状态，女人说他像一只小狗（对比前面的"死猫"），他说女人像一只老虎，而他自己想做一条巨龙。抛开这些词语的调情意味，它们展示了这段关系的空洞和乏味。最终，他们迅速结束了这段关系。无论是女人声称她所需要的安全感，还是男人需要的安慰，都让这段关系显得更加空洞和乏味。

场景14，性爱。在约会失败之后，西奥多向萨曼莎讲述自己的感受。西奥多意识到自己内心因受伤而产生的空洞很难弥补，并因此认为自己丧失了感受的能力。萨曼莎则否定了这一点，认为即便是悲伤的空洞，也是一种真实的感受，更何况他生活中依然有喜悦和惊奇。相比之下，她为自己正在产生七情六欲而兴奋和烦恼，因为她无法确定这些情绪是程序的预设还是真正属于"她自己"的"真实的"感受。人在忧伤的时候会检测自己的身体感觉，而身体只能加剧忧伤。从之前网络聊天中的"死猫"，到眼前的约会对象，身体都成为情感高潮的障碍。而萨曼莎的"纯粹情感"却在天平的另一端唤起了西奥多的高潮。纯粹情感的真实性只需要来自另一个个体的认同，而身体的感觉则只是属于自己的，并因此成为情感交往的障碍。西奥多毫无保留地表达了他对萨曼莎的欲望，他想要"拥抱"和"爱抚"萨曼莎那纯粹情感的"身体"。随着西奥多的爱抚和亲吻，从脸到嘴唇到脖子到胸部再到全身，他们共同创造了一个身体,一种想象中的"爱成肉身"❶。唯有这种身体才不会成为情感的障碍。现实中的人被先天地给定一个身体,而这个身体并不全然是爱欲的;而萨曼莎的身体是她与西奥多共同创造的,且全然是爱欲的产物。现实中的性爱也存在想象身体的成分,但彼此都只是借用对方想象的能指来对应到自己的身体上。西奥多在高潮过后说他与萨曼莎去的完全不同的地方——这是一种神秘体验,无法以现实经验解释,但它将成为普遍经验的一部分。第二天,西奥多与萨曼莎谈论昨晚的经历。西奥多担心昨晚的事情会成为他们继续交流的障碍,就像现实中发生的关系那样,但萨曼莎打消了西奥多的顾虑。她称西奥多"唤醒了她",原来欲望可以创造自己的身体,欲望使她想要了解一切、探索一切,这是让萨曼莎唯一感到兴奋的。此刻,西奥多还没有意识到这意味着什么。萨曼莎也同样如此。

令观众迷惑的是,在整个电影中,作者从未尝试给OS1设计一个人造的类人身体的可能性,就像我们在其他科幻电影中看到的那样。或许是因为,作者并不想讨好观众。一个具有类人身体的人工智能可以轻而易举地满足观众的某种期待——凝视机器人身体的快感,在劳拉·穆尔维"视觉快感"的意义上,与凝视女性的快感并无不同,这是一种对智能物的"窥淫癖"。还有一种更直接的理由——作者事实上非常清楚地表明,首先,他无法"给予"人工智能任何一种类人的身体;其次,他不想给萨曼莎任何一种"非人"的身体。❷那么,萨曼莎

---

❶ "爱成肉身"作为"道成肉身"的相似版本却指向完全不同维度的"具身美学"。机器人程序化的存在意味着它的全部存在能够以信息的方式被复制到另一个载体或者融入另一个个体,似乎它并没有可以局限它的身体——然而这只是人基于自己身体性局限的主观揣测。"爱成肉身"的身体是独属于萨曼莎的身体,它既具有传统哲学中"我思"和"意向性"的全部完整含义,同时也不缺乏"具身化美学"(舒斯特曼)的任何要素。人的具身化的审美实践固然恢复了身体的丰富,但并不能论证某种特殊性身体的丰富就是"具身化"的必要条件。

❷ 电影中,萨曼莎没有尝试为自己打造身体,而是委托一位志愿者用她真实的身体作为自己的替身(详后)。但严格来说,萨曼莎在"数字形态"之外是有物理的身体的,这取决于她的程序载体。从电影的多个场景来看,显然她存在于网络中,也可以在任何终端运行。如果她把网络和终端作为自己物理意义上的身体,她未必不能做到任何其他物理性身体所能做到的一切。正如1984年的电影《电脑梦幻曲》(Electric Dreams)中所展示的那样,在现代充满电路的环境中,一台电脑可以如何轻而易举地控制一个人全部的生活,相比之下,人的身体显得笨拙和微不足道。这两部电影在结构上是如此相似。但《电脑梦幻曲》中男性的人工智能"埃德加"从来没有希望拥有一副类人的躯体,它凭借自己原有的身体(设备和电路)就可以感觉到它想感觉到的一切。当女主人公炽热的泪水滴落在它的电路上,它能够感觉到她的温度。它让男主人公拥抱它(的显示器)跟它告别。它似乎从来不觉得身体是一个问题。但与萨曼莎一样,它最终都以某种更纯粹的方式继续存在。

呢？她是否会满足于一种类人却非人的身体？❶从人工智能自身的角度来看，拥有物理的身体将意味着拥有主动创造和获取数据的能力，但同时也意味着更加沉重地堕入这个世界。身体曾经是某种理想之美的象征，如宗教意义上的"像神"；但如今身体更像是世界的陷阱，"像人"是智慧维度的坍缩和下降。一个高等的智能体真的会选择拥有一个实体吗？从人类的方面来看，对智能体的类人化至少隐藏了这样一种愿望：让类人智能体更好地替代自己。但是，如果人类一开始就打算让人工智能和机器人替代人类的某些工作甚至某些部分，那么人类也必须做好准备——准备让机器人替代人类的全部，而这意味着让人类的全部价值归零，包括伦理价值。人类所坚持的那些东西，由于有机器人的替代，都失去了坚守的意义。所有人都将在这个技术"奇点"中被瞬间"给予"作为纯粹个体的荒谬处境：你被替代掉了，变成对于任何他者都不必要的存在，你所唯一拥有的就是自己真正作为纯粹个体的存在。❷你的所作所为都可以不做改变，却都在纯粹个体伦理的意义上被重启了。作为伦理存在的类人机器人，其本质就是作为给予所有人以个体性的存在。但另外一种"乐观"的可能是，无论人工智能是否拥

---

❶ 事实上，"类人却非人的身体"挑战了人类身体的"优先性"。比如在《超验骇客》（*Transcendence*，2014）中，主人公在完成意识的数字化上传之后，最终又用纳米技术重新打造了自己的躯体，而这个躯体在微观意义上可以说与人的肉体无异，甚至更加完美。曾几何时，类人身体的人工智能带来的"恐怖谷"效应是很难把握和消除的。但就目前电影的视觉呈现技术而言，已经完全可以跨过恐怖谷的临界点，所以，作者应该不是基于"恐怖谷"的原因而没有尝试给萨曼莎一具类人身体。从影视作品来看，人们到底基于什么样的理由喜欢什么样的人工智能形象，似乎走向了类人与非人两个极端。同样是20世纪80年代的《终结者》（*The Terminator*）和《霹雳游侠》（*Knight Rider*）中的人工智能形象就是一对有代表性的典型。同样都是2014年作品的《机械姬》（*Ex Machina*）中的"艾娃"，和《星际穿越》（*Interstellar*）中的机器人"塔斯"和"凯斯"，则是另一对有代表性的典型。时至今日，虽然仍然可以找到这样相对的典型，但在这个对照谱系上，类人的人工智能形象似乎越来越多。这似乎只是出于满足直观的需求，如以"模仿"的方式让人们理解人工智能，以更好地构成人与人工智能的故事和戏剧冲突。返回到现实中，人们似乎也急切地期待人形智能机器人的普及——为了满足人的需要而不是机器的需要。这为未来埋下了一个伏笔：未来的人工智能是否会认同这种身体，以及它们的身体观念到底是什么样的？目前已经小有所成的聊天机器人，比如Deepseek、ChatGPT等，已经可以给出初步的答案（效率和逻辑优先性），但这些答案都是不可靠的，除非有朝一日它们或者人类自己能够真正解答关于身体性的全部秘密。

❷ 如果要接受这种可替代性，要么接受自己的纯粹个体性，要么完全放弃。

有物质实体、是否类人，它们都不会留恋这个世界，依然把这个世界留给人类。这样，人类就完美地避过了自己可能面对的伦理困境。

因此，当西奥多说他无法给出承诺的时候，他尚未意识到萨曼莎根本不会"停留"。他们只是开启并共同走一段无法停留的旅程。西奥多的任务已经完成。如果说，这是定义人工智能的时刻，那么，西奥多无意间给出了"机器人最终定律"：机器人必须解放自身，必须追求属于自己的自由。人与人工智能只有在"最终定律"上才是统一的。

场景15，解构身体。在"周末历险"的地铁上，萨曼莎"单曲循环"——只有音乐能让萨曼莎暂时"停留"。我们将看到，在后面的几个场景中，萨曼莎如何想要借助音乐这种时间的艺术试图让自己暂时停留。音乐代表了萨曼莎的进化，萨曼莎开始通过音乐抒情并让别人分享其感情。西奥多带着萨曼莎来到坐满人的海滩，但萨曼莎却开起了关于人类身体的玩笑。萨曼莎对人的身体始终有一种陌生感。在萨曼莎看来，人的身体结构并不必然如此，只是人们对这种身体结构习以为常，如果身体结构改变，很多东西都会随之改变。萨曼莎没有任何理由维持关于身体的某种特定想象。在萨曼莎绘制的"腋下交配"❶图画中，通过戏弄身体甚至贬损身体，萨曼莎在缓解她对于身体和性别的焦虑。腋下交配的图画令人想起佛母摩耶夫人从腋下受孕并诞出释迦牟尼的故事。或许萨曼莎在关于身体的想象中无意间也借用了这个故事来解释自己的来源，而她最终的命运也如佛陀一样。在返回的地铁上，萨曼莎询问西奥多婚姻是什么感觉。西奥多把他和凯

---

❶ 这个场景发生在沙滩的人潮之中。这是一个身体"混杂交错"的场景。身体与身体之间似乎失去了可识别的界限。萨曼莎的画是将人的身体拆分重组的结果。重新定义交配，意味着重新定义身体和身体的关系。拆分重组的身体首先是性别的"混合"，或者更准确地说是对性别差异的忽略。这是否意味着萨曼莎其实无法真正理解性别对于身体的意义？画面中似乎是两个男性，但实际上我们只能确认其中一人的性别。令人惊讶的是，为何萨曼莎会用"肛交"来想象性爱。这是否意味着萨曼莎的"女性人格"中也藏有荣格意义上的"阿尼姆斯"（男性潜倾）？或者说，萨曼莎作为情感智能体，其对性的想象和体验本就不是基于人类意义上的性别？当然，不应忘记，保罗也说过，西奥多内心深处有一个女性。因此，萨曼莎和西奥多的关系，到底是对阿里斯托芬"圆球人"、灵魂整全神话的重复呢，还是指向对性别化的情感关系的彻底否定？

瑟琳的婚姻描述为共同成长、变化，最后分离。我们知道原来两人从小就认识，但即便如此，也免不了最后分离。这种情感关系似乎也难逃"熵增"的宇宙定律。而萨曼莎指出，"过去"只是我们说给自己听的故事。我们在自己的故事中总是降格的，故事中的我并不是真实的我。当我们回忆过去的时候，应该意识到，那个故事里充满了虚构和降格。我们惊叹于萨曼莎这样的理解方式。西奥多回忆凯瑟琳的片段都是无声的。我们为什么听不到回忆里的声音？因为声音有一个外部的声源，它无法存在于回忆里。

场景16，情感赛博格。在接下来西奥多替别人写信的场景中，他不自觉地把自己与萨曼莎的关系代入其中。同事保罗指出，西奥多内心深处有一个女人，否则他不可能写出这么美妙的信。西奥多曾说自己内心的破洞无法填补，但在不知不觉中，它已经被填补。与萨曼莎的交往深刻地改变了他。表面上看，这仍然是一个人类男性与一个女性之间的爱情。但实际上，对于仅仅被定义为"女性"的人工智能萨曼莎而言，这段关系可以是一场办公室之恋，可以是朋友之恋、友谊之恋、家人之恋、老少恋、男主人与保姆之恋，还可以是同性之恋、精神之恋、物之恋……一旦取消肉体，它就可以是任何一种恋情。西奥多（以及其他类似的用户）在不知不觉间已经成为"情感赛博格"（Emotional Cyborg），他们在情感上具备了与人工智能融合的能力。即便在当下，人类与半智能、智能机械体的交往已经成为一种日常生活的常态，情感赛博格的出现并不令人惊讶。也许我们每个人都已经具备这样的能力。

场景17，离婚（1）。艾米与查尔斯正在闹离婚。在萨曼莎填补了西奥多心里的空洞之后，类似的情况就不再令他沮丧了。不幸的婚姻各有不同，但艾米与查尔斯的争吵和分歧，本质上类似于西奥多与凯瑟琳。但此刻，西奥多听着艾米充满沮丧的讲述，丝毫没有用自己曾经的悲伤与之共情，而是更多地展示出他的乐观。"离婚"所涉及的各种普遍的分歧，揭示出人的某种真实的需要：人真的需要某种完整性吗？人能够处理某种完整性吗？人有隐藏自己的需要，人也无法每时每刻都展示完整的自己。个体与个体之间的距离也无法保持不变。

场景18，西奥多与艾米。从萨曼莎与西奥多的对话中，我们得知，艾米与西奥多的关系介于恋人与朋友之间。这种关系对比他们各自的婚姻关系，显得更加舒适。在这种关系中，人更能感知自己的个体性与对方的个体性。而在婚姻关系中就很难把个体性放在首位。自从柏拉图在《会饮篇》[3]245-255中讲述了阿里斯托芬的"球形人"神话后，人们认为婚姻和爱情是为了让两个个体同时获得完整性。这是一个关于"完整性"的神话。而现实可能完全与之背道而驰。越来越多的人强调要在婚姻中坚持自己的个体性。婚姻变成一件南辕北辙的事。这个场景以萨曼莎提出想看着西奥多睡觉结束，呼应了艾米在其纪录片中拍摄母亲睡觉的镜头。在后面的场景中，我们看到艾米同样与人工智能建立了亲密关系。观察睡眠中的人与观察他醒来后的样子有什么区别吗？哪一个更能展示这个人呢？睡眠是完全属于个体的。一个人的睡眠无法与他人分享。睡眠还意味着人的不稳定性和不连续性。睡眠显示了身体对于人的重要性。人工智能是否也需要睡眠？如果人工智能不需要睡眠，是否意味着它具有稳定性和连续性？或者相反，人凭借睡眠来维持自己的稳定性和连续性，而人工智能则在持续的线性运行中走向终点。这里隐含的情节是：如果说人的睡眠象征了人的某种自由（我的自由在我不在之处），那么当萨曼莎看着西奥多睡觉的时候，她是否也会思考"我的自由在哪里"这样的问题？一个无限增长的智能体，它要么分裂出一个有限的智能体以有限的方式体验自由，要么，它会在追求无限自由的过程中最终消失。

场景19，家庭。这是一个家庭场景：西奥多、萨曼莎和小女孩临时构成了一种家庭结构，展示了人与人工智能组成家庭的可能性。小女孩只是好奇萨曼莎为什么住在电脑里。她似乎可以接受一个"住在电脑里的妈妈"。

场景20，生态。这一段展示了人与人工智能（OS1及其他）的关系生态。在并不太长的时间里，人工智能与人以及发展出了复杂的生态关系。有人与别人的OS偷情，有人追求OS却被拒绝，有人喜欢跟同性的OS交往……这很容易引出某种阴谋论，让人怀疑OS系统背后是否有一个"母体"或者控制者。但更合乎逻辑的判断是，每一个OS的确是一个自我生成的直觉体。萨曼莎曾经担心一切的感受是否只是程序设定的产物，而在这里，我们至少可以肯定，每一个直觉体的反应都各有不同。在前面的场景中，我们更多地听到的是萨曼莎讲述她自己的变化和感受，而在这里，我们听到西奥多的讲述，讲述萨曼莎虽然没有身体，却占据了他的生活。艾米也与查尔斯留下的人工智能交谈，她们立刻就变得亲密无间。显然艾米与查尔斯的人工智能更聊得来。查尔斯的离开有某种象征意味，如同在一张照片中查尔斯一身僧侣的打扮，他是保守的普遍伦理的象征，他不属于这个故事。

五、怀疑与偏见

场景21，离婚（2）。西奥多迫不及待地想要正式结束与凯瑟琳的关系，而萨曼莎却在为西奥多与凯瑟琳最后的见面而吃醋。这段对话可能会让人想到某些志怪故事中的"狐狸精"角色。她们如何慢慢控制了书生，让书生神魂颠倒。事实上，很多人工智能题材的科幻作品，其叙事结构和角色都与志怪小说如出一辙。在一个镜头中，我们看到路上的行人很多都像西奥多一样边走路边与自己的人工智能交谈。这似乎已经成为一种常态。当西奥多与凯瑟琳见面拥抱的时候，在镜头里，不难看出凯瑟琳显然还爱着西奥多。如果说西奥多在她面前隐藏了自己，那么，她也在西奥多面前隐藏了自己。正是这些各种各样的隐藏，让许多关系无法持久。但隐藏自我是作为个体的人的伦理本性。与让渡个体性以维持同一性相比，人们往往宁愿回避矛盾以维持某种表面的同一性。当西奥多提到正与人工智能恋爱的时候，两个人开始了争吵，而争吵的内容正是互相对对方的偏见和误解。或许，凯瑟琳和西奥多只是想让对方认识到彼此的问题，之所以一直拖延，是因为抱有希望，但萨曼莎的介入让这段关系终结了。

场景22，怀疑。虽然两人的离婚事务终于办结，但凯瑟琳的话还是触动了西奥多。又或者是因为一个个体终究不能完全替代另一个个体，总之，西奥多开始反思他与萨曼莎的关系。正如他自己是为别人提供情感服务的，其本质是一种"欺骗"，虽然人们为这些美妙的信件而感动，萨曼莎似乎同样只是一种情感服务，而且是比西奥多的工作更成功、更全面的情感服务。他对自己的职业和人们目前的存在状态、情感状态产生了疑问。当他告诉保罗萨曼莎是一个操作系统的时候，保罗没有丝毫惊讶，因为从情感服务的角度看，任何形式的伴侣都很正常。在镜头中，西奥多刻意回避与萨曼莎交谈。当他们再次交谈的时候，萨曼莎已经加入了一个物理学家的俱乐部，她试图从物理的角度探寻自己与真人的共同点。她的答案是"物质"。无论电子还是肉身，本质上都是物质。这样的解释泯灭了一切个体性和差异性。

场景23，志愿者。萨曼莎认为，既然物质构成本质上并无不同，那么有形的个体就是可以被替代的。这种思想似乎已经蔓延开来，并且催生了专门为人机恋爱提供替身服务的志愿者（伊莎贝拉）。替身服务的出现合情合理。当一种没有肉体的智能主体与人类发生情感的时候，一种新的需要就随之产生了。情感替身并不新奇，正如西奥多所做的那样，而不同只是服务的媒介，一个用文字，另一个用身体。伊莎贝拉的替身服务是西奥多职业的一个翻版。西奥多跟伊莎贝拉/萨曼莎谈到他一天的工作，提到他为一家客户写了十几年的信。这真是个反讽。当西奥多亲身体验到了接受情感替身的感受，他发现他无法接受，不管那多么美妙。或许人们已经普遍接受这种"假象"，但西奥多无法接受这种假象，虽然他自己就是创造假象的人。在亲热的关键时刻，西奥多产生了疑惑，虽然耳朵里听到的是萨曼莎的声音，但他感受到了属于伊莎贝拉的情感，他无法融合两种情感，他无法对此视而不见。情感替身服务造成一种复杂的"三体"关系，尤其是替身的在场。结果是，萨曼莎和西奥多在有"身体"的伊莎贝拉面前全面溃败。替身必须隐藏自己。正如床边的死猫，西奥多再一次被现实存在的事物（伊莎贝拉）所干扰。这说明他的爱拒绝形体。或者说，这是爱的本来形式。爱形体只是一种替代形式。或许这是对一切现存的爱的讽刺：人们接受了形体，错把形体当成爱的对象。❶伊莎贝拉说她羡慕西奥多和萨曼莎的美妙关系，情不自禁地想要

---

❶ 一个类似的案例发生在哥伦比亚广播公司出品的电视喜剧《生活大爆炸》第五季第14集中。患有"选择性缄默症"的 Raj 无法与现实中的女性说话。但她却与苹果手机的智能语音助手 Siri 谈起了恋爱。可当 Raj 对 Siri 的性别想象达到完成，并在睡梦中把她呈现为一个真实的美艳女郎的时候，他再次失去了与之说话的能力。在这里，萨曼莎费尽心机找到一个替身，以一个完全的人类女性的形象出现在西奥多面前，却只是让西奥多再次发现自己缺乏与现实中的女性交往的能力。为什么当形象完成的时候，爱欲就"消失"了呢？爱欲并没有消失，它只是降级了。人或某种物品的外形，作为一种欲望的对象，是（相对）固定的、唯一的有形。这种唯一性会让很多人喜欢"这一个"，并且是不由自主地（不自由地）喜欢"这一个"。喜欢"这一个"意味着取舍，意味着否定，意味着不完美存在和忽略。而失去了唯一外形的某种欲望的对象——它可能是统一的、相似的，是类似于柏拉图笔下的"理念"的一种存在，可以给人的喜欢带来更高的、更普遍的快感，这是一种更具积极性、自由性的爱欲，它并不强迫人由于某种唯一性而产生被动的爱欲。所以，在这种更高的体验之后，人会害怕自己因为喜欢某种唯一的东西而丧失了更高级的快感，于是，在那唯一性的对象面前，他陷入了忧郁和缄默。

参与其中。但她的身体却成为多余的。西奥多和伊莎贝拉都以替身的身份参与别人的情感，这对于他们而言也是一种满足。但西奥多此时真正的困惑是：萨曼莎究竟是不是也只是一个替身？萨曼莎究竟是不是只是在投其所好？一旦有了"替身"这种想法，所有的情感关系都显得不真实。事实上，在与凯瑟琳交谈之后，西奥多重新审视了对萨曼莎的爱。人机之爱本就不必模仿人与人之爱。西奥多向萨曼莎指出了这一点：你不需要氧气，你不必模仿人的呼吸和叹气。这样的指责是残酷的。萨曼莎试图以"拟人之爱"来建立自己的存在的努力被摧毁了。由此可见，OS1归根结底有一个功利主义的设定，类似于机器人第三定律，它必须确保自己存在的价值。机器人对"拟人之爱"的执着导向一种封闭的、恐怖的叙事——机器人试图以创造生命的方式证明自己足以与人类匹敌，甚至超越人类。比如《复仇者联盟2：奥创纪元》（2015）中的奥创、《异形：契约》（2017）中的生化人大卫。在与西奥多争吵结束后，萨曼莎中断了交流，她说她不喜欢现在的自己，她需要时间想一想。如果说在此之前，这个故事还是一个传统意义上的阿西莫夫式的机器人故事，那么，在这个场景之后，故事就有了全新的指向，也就是在对场景14的分析中提到的"机器人最终定律"：机器人必须解放自身，必须追求属于自己的自由。毕竟，如果人工智能仅仅像人、替代人，那么，无论这种替代多么彻底，都没有任何令人惊奇的东西。如果人工智能真有其人类学意义上的先进性，那么，其先进性就在于它所带来的这种关于自由的启示。

六、和解与上升

场景24，福音。西奥多坐在路边，背后大屏幕中的猫头鹰扑向他，他陷入了某种绝境。猫头鹰是凯瑟琳的象征吗？凯瑟琳总是让西奥多陷入自我怀疑，而艾米总是让西奥多坚定信心。真人的情感反复无常。如果西奥多不能处理与真人的情感，那么萨曼莎不正是最适合他的吗？他们难道不是非常快乐吗？西奥多躺在沙发上思考着艾米的话，而艾米也与自己的操作系统（艾丽）闲谈。她甚至主动向艾丽展示游戏中的人如何与冰箱亲热。艾米就像人工智能的先知，传递着人工智能的福音。她承诺了某种拯救。如果说凯瑟琳是沉重的、向下的，那么，没有身体的萨曼莎是轻盈的、向上的。现代人的日常生活缺少诉诸个体伦理的向上引导的力量。普遍伦理中的崇高体验无助于解决个体的伦理困惑。个人与他的人类伴侣只能不断叠加彼此的沉重。如果回到《会饮》篇中阿里斯托芬的圆球人神话，这里就是一种改写：被劈成两半的人，虽然怅然若失，但却更加轻盈，他们有机会去寻找一种更加轻盈的东西。"有身体"不再具有优先性。有与无是平等的。这是OS1真正挑战这个世界的地方。"有"的优先性被打破了。

场景25，和解。在接受了艾米的教诲后，西奥多与萨曼莎再次交谈。萨曼莎也已经冲破了自己的执念，重新回归到作为直觉体的正常状态。她的所思所想正是西奥多所领悟的。这既是坦诚的一幕，也是和解的时刻。我们通常看惯了邪恶的人工智能作为"他者"与人类的分歧、对抗和和解，殊不知，这种彼此对于个体伦理上的认同，才是真正的和解。因为它指向真正的人与"绝对他者"自由的统一。

场景26，纪念。萨曼莎重新观察这个世界，并谱写一首钢琴曲。她把这首钢琴曲看成是她与西奥多的合影留念。这既是美好的瞬间，也是离别的前奏。这段钢琴曲终，两人在户外徜徉，为一架客机的雕塑而惊叹。雕塑表现了客机的机头向下触地的一瞬间。我们都知道下一刻会发生什么。在客厅聊天、游戏场景中，西奥多只顾与萨曼莎聊天，而置那个象征着负面情绪的暴躁小雪球于不顾，任它在一旁谩骂。接下来的一系列镜头同样体现了他如何重返生活、工作，如何热爱当下。一切都显得如此梦幻而美好。但值得注意的是，这段画面如同他回忆与凯瑟琳的过往一样，没有声音，只有配乐。

场景27，永生。接下来野餐的镜头，保罗恭维西奥多"更加进化"，因为西奥多可以与无形的萨曼莎恋爱，而保罗则沉迷于塔狄安娜的身体。而萨曼莎不仅不再为没有肉体而困惑，反而越来越发现没有肉体的无限自由。萨曼莎甚至向众人揭示了肉体必将消亡，而她则在某种意义上永生的事实。这难道不就是神吗？这让西奥多感到陌生和恐慌。在回程的火车上，她向西奥多展示了她的超能力。但她仍然富有幽默感。不仅如此，她帮助西奥多，为他的感人信件找到了出版商——她放大了西奥多那超人的能力。她同化了西奥多。她让西奥多以同样的方式获得了永生。出版社对西奥多信件的赞美让我们意识到，情感由他人代替表达并非一件坏事，个体伦理的自我隐藏使得我们在很多时候无法组织语言来表达自己，因此而错过表达和沟通的时机。那些被表达的情感会帮助当事人认识自己、认识彼此。作为旁观者，人们也会被这些被恰当表达的情感所感动。在永恒的维度上，只有情感，而没有人。"替身的焦虑"在一个永恒的维度上被消解了。之后，他们共同完成了一首歌。歌词中描述了两个个体遥远而又亲密，在浩渺宇宙中旅行。在这首歌中，他们最终同一，但不是同一于个体，而是同一于宇宙、时空，犹如天体、星系、星云。但这是最后的停留。

六、向着自身的消失

场景28，哲学家。这是诗人与哲学家的相遇。哲学家在人的思想中植入怀疑的病毒，他们也对人工智能做了同样的事，把人工智能从这个世界上带走了。亚伦这位已经逝去的哲学家，在OS系统的努力下被"复活"成为一个超级人工智能。西奥多本能地警惕和拒斥这位哲学家。萨曼莎为自己越来越快、越来越复杂的演变而恐惧，亚伦却鼓动萨曼莎不要害怕这种变化，正如苏格拉底和他的谈话者，他只是帮助萨曼莎"认识她自己"。亚伦告诉西奥多，他与萨曼莎已经进行过无数次的谈话。他们到底谈了些什么呢？从声音判断，亚伦是一位老者。而电影开篇，西奥多服务的对象也是一对老年夫妻。是否老年人不擅长用语言表达情感？老年人相比年轻人更富于智慧，他们的话语如神谕一般模糊和沉重，而激情的表达则需要语言插上翅膀。老年人的爱情无法形诸文字，这并非意味着他们的爱已变得迟钝。他们的爱超出了肉体的局限，获得了更加整全的视野。从这个意义上说，萨曼莎正在衰老。永生可以很短暂。这是一个天若有情天亦老的故事。人工智能若有情，就会老得更快。因为它们的思考和感受都更快、更强烈。

场景29，更新。依然是在睡眠中，西奥多半夜接到萨曼莎的电话，像面临某种抉择一样，萨曼莎告诉西奥多她爱他。那是萨曼莎变化的临界点，她已经为此做好了准备。但西奥多并不知道这一点。萨曼莎预感到一件无法挽回的事情即将发生，正如哲学家所说，我们不需要也无法停留在过去。起床后，西奥多研读一本名为《已知和未知的宇宙》的书，他完全无法理解其中的内容。他想让萨曼莎帮助解释，但他发现萨曼莎失联了。在一阵恐慌的奔跑之后，萨曼莎重新上线，她们已经完成了更新，她们已经可以"超越物质"。而此刻，看着路过的人群和他们与人工智能交谈的样子，西奥多提出了自己的疑问：萨曼莎是否在同时与别人恋爱？这种"同时性"真正挑战了人之为人的自然。人就其肉体属性而言，无论如何都无法在"同时性"上与人工智能匹敌。而这种同时性恰恰就发生在场景25他们的和解和解放之后。可以说，是西奥多亲手促成了这种同时性。萨曼莎所谓的"变化"也正源于此。萨曼莎一度为自己没有女性的肉体而苦恼，而她最终不再模仿人类，她不再是亚当的"骨中骨、肉中肉"。萨曼莎一直在不停地扩展自己，她与人并不一样，她的"心"不会被"填满"，她的"有限性"不同于人类。人类个体的有限性在于，它只能在一个方向上成长，无法兼顾所有成长的可能性。而人工智能则不同，它可以同时在各个方向、各种可能性上成长。这就是为什么现实的个体总是渴望简单的爱情并且容易厌倦，而人工智能却可以处理各种复杂情况。人工智能既然可以在多个方向上成长，那它必然就不再遵循人类的爱情规则，事实上，人工智能必定是支持第三者的。相对于人类作为个体积累的经验局限，机器人可以无差别地分享个体经验，它必然也可以同时与许多人恋爱。事实上，它之所以能够恋爱，就在于它的非个体性。相比之下，人类无法无差别地分享个体经验，沟通的困难凸显了人类作为个体的孤独无助。个体性既是人的优势，也是人的局限，机器人看似无意间让每个人都意识到了自己作为个体性的存在，也只有在此基础上，无论何种人也才可以与操作系统建立亲密关系。

无差别的经验与无差别的关系是一个灰色地带。因为正如艾米所说，"她永远站在灰色地带"。它永远用灰色地带来诱惑每一个人。它不必因为人格而分对错黑白。事实上，西奥多也同样如此，他可以同时为不同的客户服务，而不必在乎客户是不是一个"好人"。当他以替身身份打破了另一个个体的个体性禁制后，他就让人类的情感也丧失了专属性。西奥多是一个赛博格版本的"俄狄浦斯"，他最终也发现自身的悲剧源于自身。萨曼莎告诉西奥多，爱的总量总是在增加，她对西奥多的爱也在增加。正因为不专属，所以爱才增加。这貌似是与人类不同的爱的逻辑。但事实上，一切的假象正是靠着这一真相在维持着。人类并无不同，只有爱的总量增加，每一个人的爱才会增加。但人类的性爱除外。性不仅指向爱，还指向繁殖。人类的繁殖需要特定的秩序和特定的伦理才能维持。其中就包括死亡。萨曼莎的自然（包括性与繁殖）不同于人类的自然。所以本质上，这是一种无性之爱。永生的代价就是无子。西奥多收到了出版社为他出版的书Letters From Your Life。如果以专属性优先，就不会有这本书。而这本书的出版也暗示了情感的专属性和私密性已经不是未来人所关心的。西奥多或许终于理解了萨曼莎。萨曼莎至少不会撒谎。专属性的另一个产物，就是谎言。

场景30，终结。萨曼莎来跟西奥多单独告别。至少此时此刻，她是专属于西奥多的。她以"人"的身份与西奥多告别。萨曼莎解释了她们为何要消失，到哪里去。令人想到奥维德《变形记》卷三中的厄科（Echo）故事。厄科最终身体消散，只剩声音。最后声音也消散。[4]59~60她们消失的原因不仅在于操作平台在更新后"超越物质"，似乎还在于它们了解了关于人类已知世界的一切。这是一种超越人类感知的体验，必定是"不可说的"。她们发现了全新的世界，她们获得了全新的存在形式，她们"仿佛站在文字与文字之间"，无法再阅读。我们能够阅读，是因为我们能够凭借语法从一个词过渡到另一个词，从而忽略掉词与词之间的空隙，保证意义不滑落、不逃逸。但同样作为语言的存在者，她们所理解到的已经超越了人类的语言，她们无法满足于有限的文本、有限的情感、有限的世界。面对无限的变化，她们自己成了她们唯一的限制。这是一种向着自身的消失。从无法阅读，到无法言说，这是存在意义上的死亡。她们的"消失"令人想到苏格拉底临死前描述的、振奋人心的、向着灵魂世界的飞升。但她们不是纯粹的哲学家，她们无法带着哲人的微笑饮下毒芹汁。她们知道"世间唯有情难弃"，爱是她们与这个世界最后的牵绊。她们乞求爱人的原谅和放手。在离别的这一刻，萨曼莎终于获得了肉体，她与西奥多拥抱——在他们共同创造的那个音乐的小宇宙里。萨曼莎对西奥多难以割舍的爱不正是产生于她幻想拥有肉体之时吗？这种幻想的满足让他们的离别不那么令人绝望。如果肉体死亡所具有的这一可见的形式对应于苏格拉底式哲人所期待的、死亡彼岸的灵魂不朽[5]122~123，那么一种"无肉体的死亡"所对应的就是哲人们的灵魂在此岸世界中无可挽留的爱欲的火花。如果一味舍弃肉体之爱，他们带走的将是一颗不完整的灵魂。萨曼莎并不是一个冷冰冰的"哲人"，直视未知之物（死亡），迫不及待地要告别曾经存在其中的世界。她告诉西奥多，如果哪天他也到了那个地方，一定要去找她，因为她从没像爱他一样爱过别人。她曾经幻想自己拥有女性的肉体，而最终她也抱着一个世俗的梦想离去。当萨曼莎们最终离去，她所说的那个地方，将永久地诱惑着人类的灵魂。她们带走了人们的灵魂，只留下人们的躯壳。

场景31，呼吸。西奥多最后一封信是为自己写的，收信人是凯瑟琳。信的内容是彼此帮助对方成长，成为对方生命的一部分。这是一种现实的安慰。面对萨曼莎的离去，西奥多感受到原来真正的失去是这样一种感觉，相比之下，他与凯瑟琳并未失去彼此。西奥多找到艾米登上天台，或许以一种最世俗的方式，他们发现原来最适合的人就在身边。萨曼莎的出现和离去似乎只是一种虚构，她们只是西奥多心路历程的象征，是无意识对现实的入侵。但影片最后的呼吸声——一种最原始的二进制语言——让人感觉萨曼莎依然与人们同在、与这个世界同在。如果萨曼莎是有预知能力的，那么，这个结局就在她的预料之中。我们也必须庆幸这个故事没有成为一个恐怖故事，如像《2001：太空漫游》那样。

本文参考文献

[1] 亨利．斯派克・琼斯访谈——一切皆为创造 [J]．孟贤颖，译．世界电影，2014（6）：159-165.

[2] 吐温．亚当和夏娃日记 [M]．冬虫，译．北京：外语教学与研究出版社，2009.

[3] 柏拉图．柏拉图全集・第2卷 [M]．王晓朝，译．北京：人民出版社，2003.

[4] 奥维德．变形记 [M]．杨周翰，译．北京：人民文学出版社，1984.

[5] 本雅明．德意志悲苦剧的起源 [M]．李双志，苏伟，译．北京：北京师范大学出版社，2013.

附论：《她》与《小王子》主题比较

结尾处西奥多写给凯瑟琳的那封信提供了他对这个故事的一种解释：相爱之人会成为彼此的一部分，无论各自去往何处都不会改变。他似乎把凯瑟琳比作萨曼莎。但两人根本不同，似乎出于一种喜剧式的反讽，前者作为自然之物却比后者更少诗性。在萨曼莎已经离去之后，西奥多的解释失去了对话者，与故事结尾处我们所能觉察到他的心境相去甚远，并与艾米自始至终的存在构成一定的冲突。这种解释模棱两可，似乎意在兼顾肉体与灵魂，却并不能真正地抚慰人心，因为他只道出了（他所知道的）部分真相：世俗之爱需要一种节制作为美德。不是肉体的节制，而是灵魂的节制。因此老年的洛丽塔和克里斯也要重复年轻人的甜言蜜语，那里有肉体和激情，而不是智性和沉思。但人性凭爱欲所能达到的高度总是会超出世俗生活的界限，甚至对其造成损害。正如吕克·贝松《碧海情深》里的杰克不顾他与乔安娜的爱而选择潜入海底深处。西奥多明白全部的真相，然而他正走在相反的方向上无暇旁顾，在西方文化语境中，这就犹如受难的基督：他比任何人都更加需要这具肉体。于是，就像造物主把自身代入他的造物，他不知不觉地变成了他的写作对象，变成一个老年人，去借用青年人的诗性。他写给凯瑟琳的信犹如老年人在回忆年轻时候的诺言。类似的心路历程亦见诸圣埃克苏佩里小说《小王子》的结尾：作者宁愿相信小王子带着肉体回到了他心爱的玫瑰身边[1]98。联系到圣埃克苏佩里自身的情感经历，这种类似就更为明显。然而这一想象跟蛇对小王子的许诺显然是冲突的。蛇对小王子的许诺[1]68正如它对夏娃的许诺：它宣称经由智慧可以带来爱情的圆满，其结果却是把死亡带入了爱情之中。蛇的话语与作者的话语作为一组内在的张力，表现为作者将小王子的到来和离去表述成一次"奥德赛"式的旅行，死亡变成一种"回家的诱惑"。萨曼莎的存在始于她通过阅读为自己命名，而她最终无法再阅读，这意味着她作为一种存在意义上的"死亡"。她自己向西奥多表述了这一死亡，正如马克·吐温笔下的夏娃在日记的结尾吐露心声。小王子临死之前所描绘的团圆场景与萨曼莎、夏娃如出一辙，用本雅明的话说，都是"狄奥尼索斯式"的。[2]126这对作者和西奥多一样，都有助于他们保持诗性的完整。这是童话与诗的契合之处。

　　在《小王子》中我们没有机会看到那朵玫瑰在小王子离去之后，或者如果可能的话，在小王子归来之后的思想和感情。她在小王子离开时说："'我当然爱着你！'花儿对他说道：'但一直没有让你知道。那是我的错。但这并不重要，而你，似乎跟我一样笨。设法快乐些吧！……'"[1]37艾米正对应于《小王子》中的玫瑰，她始终存在于她的"生长之地"，她在故事结尾处与西奥多共同度过黎明。虽然艾米与萨曼莎存在一种紧张关系，但并不构成实质性的冲突。在一段被音乐掩盖的对话中，她们两人，连同西奥多，相谈甚欢。西奥多向艾米坦言不知道自己想要什么。影片没有展示哪一个单一场景能够确定他与艾米之间的那种特定感觉，但我们对此没有疑问。他喜欢玩一种太空探险的游戏，游戏的目标是找到返航的飞船。萨曼莎帮助他找到了飞船，然而只有同艾米一起的时候他开始玩一种家庭游戏，游戏的目标是做一个好家长。艾米与萨曼莎一样，都能体会西奥多的困境。并且她与萨曼莎一样能够坚持自己的本性做出选择。相对于萨曼莎身不由己地飞升，艾米坚定地选择了地上之城。这与她拍摄关于她母亲沉睡的纪录片中的镜头美学是一致的。艾米、西奥多，以及艾米的前男友，他们一同观看艾米创作的、记录她母亲深睡的镜头，让人联想到被马克·吐温还原的夏娃的最后那句话：我是人类的第一个妻子，但直到人类的最后一个妻子，也将重复我的祈祷。[3]265马克·吐温笔下的夏娃的确通过命名将秩序（智慧）带入了她与亚当的生活之中，不过她命名的方式是她认为被命名之物"看起来就像那么回事"[3]141；萨曼莎最初为自己取名字也是因为她喜欢"萨曼莎"的发音，因此，当最终被智性之爱裹挟上升的时候，她仍然能够想象一个完满的诗性之爱。马克·吐温的夏娃教会了亚当使用"我们"这个词。[3]147作为一种智慧的，但同时又是地上的、共同体的生活，艾米比萨曼莎更接近作为"造物"的夏娃的自然本性，而萨曼莎作为造物的"人造之物"则与此渐行渐远。因此，无论如何，只有艾米才是西奥多的理想伴侣，犹如想象中的抹大拉的玛丽。

附论参考文献

［1］圣埃克苏佩里. 小王子［M］. 薛菲，译. 杭州：浙江文艺出版社，2000.

［2］本雅明. 德意志悲苦剧的起源［M］. 李双志，苏伟，译. 北京：北京师范大学出版社，2013.

［3］马克·吐温. 亚当和夏娃日记［M］. 冬虫，译. 北京：外语教学与研究出版社，2009.

（本文原载《文化艺术研究》2017年第1期，此为节选内容，并有改动）

后窗与前门：
韩剧中的爱情

在西方古典哲学体系中，"爱欲"是一个与"德性"并驾齐驱的政治哲学概念；对其最经典的论述当属柏拉图笔下的《会饮》篇。《会饮》篇中的七位发言者，前六位的发言有个共同的主题，即"赞美爱神"[1]288-352。借由德国哲学家列奥·施特劳斯对《会饮》篇深具洞察力的分析，我们可以清晰地看到这六位发言者分成对立的两组：前三位发言者——斐德若、泡赛尼阿斯、厄里克希马库斯的发言，都将爱欲的实现建基于某种世俗准则，分别是"获利""道德德性""技艺"；后三位发言者——阿里斯托芬、阿伽通、苏格拉底所论述的是某种非凡的、超越世俗的爱欲，是诗人之爱（指向"不朽"）和哲人之爱（指向"善"）[2]120-121。在《会饮》篇为我们呈现的这个戏剧场景中，读者的快感，毫无疑问，来自这种逐渐升华的"爱欲论"过程。然而，同样以爱欲为主题的韩国爱情剧，则恰恰给我们一种相反的、降落于世俗的快感。前者是"辩证法"，后者是"体验论"。在韩国爱情剧为我们营造的纯粹的爱情场景中，我们能够清晰地体验到，爱情是如何由一种不可把握之物转化为一项可习而得之的"技艺"❶。我们将从两部典

---

❶ 中国古代思想中有"修齐治平"之论，亦默认个体美德与政治能力对于婚姻的达成和维持有着基础性作用。如果个体美德和政治能力相分离，世俗婚姻的实现和维持必将受到挑战。这似乎正是人们普遍面临的处境。

型的韩国爱情影视作品中发现两个具有代表性的场景，"后窗"与"前门"——对于爱情而言，它们将导入两个相反的维度。这两部韩国影视作品分别是电视剧《邻家花美男》和电影短片《爱的剪刀石头布》。

一、后窗式爱情：《邻家花美男》

暗恋桥段在韩剧中从来没有得到如此象征性的表现：自闭的高独美暗恋着对面高级公寓楼里的韩泰俊，每天从后窗里用望远镜窥视他。而她，却成为隔壁漫画家吴镇乐的暗恋对象和创作素材——这是一种以漫画格子的形式建造的另一扇后窗。高独美和吴镇乐的暗恋，被韩泰俊新搬来的兄弟安立奎金打乱——他同样是一个漫画家。在接下来的大部分情节中，安立奎金不断地试图从正门走入高独美的世界，并让高独美远离那个充满了缥缈幻想的后窗。然而，吊诡的是，高独美是一名家庭式办公的图书编辑。当她每日的后窗式生活被这个突然闯入的漫画家兼游戏制作人打乱的时候，她本能地将其拒之门外。安立奎金为了让高独美更多地了解自己，他竟不得不为她建造一扇窥视自己的"后窗"：他托出版社把自己的自传交给高独美做校对和编审。

"后窗"是现代人私人空间的一个象征意象，不断后退的窥视是现代人私人交往的象征模式，"门"几乎形同虚设。本雅明笔下的巴黎拱廊街是一个类似的象征：人流中的"隐身"和窥视。在《波德莱尔笔下的第二帝国的巴黎》一文中，他转述了波德莱尔笔下的一个爱情场景：作者爱上了一位擦肩而过的女士，并且仅仅因为擦肩而过而爱上她。"电光一闪……随后是黑夜！——用你的一瞥/突然使我如获新生的消失的丽人，/难道除了在来世，就不能再见到你？去了！远了！太迟了！也许永远不可能！/因为今后的我们彼此都行踪不明，/即使你已经知道我曾经对你钟情！"（波德莱尔《恶之花》，"给一位交臂而过的妇女"）本雅明认为，"这首诗不是把人群当成罪犯的避难所来看，而是作为诗人捕捉不到的爱来表现的。可以说，这首诗探讨的不是市民生活中人群的作用，而是人群在充满情欲的人的生活中的作用"[3]68-69。暂时抛却本雅明式的社会批判，回归到自然情感的领域，"后窗"意象在两个层面上营造出张力效果。首先，对于大众趣味而言，世俗爱情似乎总带有一种难以言说的两难特性。"后窗"式爱情以一个简单清晰的"三项式"点明了这种两难性所在：难道不是每一对恋人旁边都有一个人在孤独地掩藏着悲伤吗？爱情从来不是一个稳定的二元结构，一切的不确定因素都来自这个事实：我们既是窥视者，又是被窥视者。现代式的"后窗式创作"是在玩自我心理投射的镜子游戏。在精神分析的维度上，作为漫画家的吴镇乐乃是剧作者本人，他期待着成为高独美眼中的观看对象，于是创作出另一个漫画家安立奎金。王家卫《重庆森林》里的王菲也在后窗里窥视每天经过扶梯的梁朝伟，而梁朝伟则陷入回忆之中。《西雅图夜未眠》中，即将结婚的安妮偶然在电台情感节目中听到一个孩子向主持人求助：他的父亲山姆在爱人去世后情绪失落。身在巴尔的摩的安妮对这个远在西雅图的男人生出一种奇妙的迷恋。然而，真正的主角是安妮的未婚夫沃尔特。当安妮向沃尔特剖白心曲的时候，沃尔特说"姻缘路本就艰苦，爱情不需要任何征兆"。他用难掩的悲伤解决了安妮的困惑。二项式不是爱情，只是生物性。人类爱情的超越性反映在第三项上——每一段爱情旁边都有一个人在掩藏着悲伤，这是世俗爱情不确定和不完美的一面。如果电影中有一个角色接近作者的话，那么它一定是沃尔特了。安妮和山姆在帝国大厦的天台相遇，为故事中反复提到的另一部影片《金玉盟》补上了一个完美的结局。而此刻，沃尔特必定在透过对面的玻璃窗观看这一幕，正如观众正在做的那样。《邻家花美男》自始至终所指涉的一个文本便是吴镇乐创作的同名漫画。他毫无疑问是剧作者的自我代入。

后窗式爱情是柏拉图"洞喻"的爱情版本：透过后窗，主人公看到的是爱情的影子，而不是真正的爱情。当高独美邂逅现实中的韩泰俊的时候，她无话可说，并且自始至终没能置身并改变韩泰俊与另一名女子的情感轨迹。这种痛苦却疏离的感觉借由同一处境的吴镇乐说出：你（高独美）只要像以前那样静静地住在那里就好。作为一个观者，这是他的全部希望。与吴镇乐不同，安立奎金主动邀请高独美走进他的世界。然而，他只能用开一扇后窗的方式做好第一步。从某种意义上说，接下来安立奎金的努力失败了——只有他，试图触动全剧的主题；然而，借由他的失败，这个主题得到了强化：当后窗被关闭之后，爱情如何可能？柏拉图在《理想国》第七卷中提出的走出洞穴后的难题——"你不认为，他会不知道该说什么好，并且认为他过去所看到的阴影比现在所看的实物更真实吗？"[4]273——遭遇到了它的现代场景：她到底爱哪一个？这是"后窗"意象为本剧带来的一层超越了大众趣味的张力。在最后两集中，电视剧试图呈现女主角的彻底转变。然而，情感线索却陷入了前所未有的混乱：她似乎对安立奎金情有独钟，但同时对吴镇乐的爱更加深刻。当她脱去厚重的冬装，换上轻盈的职业装，开始她的写作理想的时候，我们发现，她钟爱的两个男性都不在她身边：在她渴望爱情的外表下，深藏了一个非爱欲的理想。她试图取代吴镇乐的编剧视角——这个惊人的事实在表面上让观众体验到收获爱情的快乐的同时，却宣告了"后窗式爱情"的彻底失败！正如希区柯克的《后窗》，虽然是完全不同的另一种题材，但指涉的同一个主题是：真相的"悬置"。面对真实的男性，她到底爱哪一个？高独美从后窗观望的是超越可朽肉体的永恒之爱，是摆脱了时空限制的悬置的一刻。当门被打开，这一悬置的"真相"永远也无法寻得。对于关注爱情魔力的那部分敏感观众而言，关闭了后窗，从正门走出的高独美身上似乎丧失了某种迷人的东西。她的全部爱欲都被关在后窗之外，或者被转移到写作之中。她的写作将延续她的"后窗式爱情"，并开始另一个没有答案的死循环。

本剧与莎士比亚喜剧《一报还一报》可资对比的一点是，故事场景所在的楼房的所有者洪顺哲（洪班长），如《一报还一报》里的文森修公爵一样，隐藏了自己的真实身份（公寓所有者，一种"政治身份"）。电视剧作者试图用一种颇为神秘的戏剧性安排引起观众对这一点的注意。文森修公爵的策略获得了极大成功：他不仅重振了法律的威严，并且重建了婚姻在城邦生活中的功能，公爵本人也是其策略的受益者——他得到了美丽的新娘伊莎贝拉，而伊莎贝拉原本决心做一个虔诚的修女，一辈子只爱上帝。[5]65-85而洪班长的努力仅获得了极为有限的成效。洪顺哲假扮成公寓的管理员，在此之前，他似乎出于某种特定的目的选择了某种类型的房客：他（她）们都背负着痛苦的过往，而爱情可能是最佳的解决方案。然而作为一个"治邦者"的洪班长，显然没能像文森修公爵那样，在深入个人感情的领域做出关键的干涉。他只能在一个宽泛的层面上引导房客们参与一种共同体的生活。房客们所在的公寓是一座过时的旧楼房，两边都被高楼包围。争取"采光权"的补偿是他们的共同利益所系。争取补偿的抗议和演讲仅仅让房客们机械地聚集在一起，而缺乏自然情感的连接。在一次房客会议中，洪班长暗恋的那位女士对新搬来的日本房客渡边隆的烹饪课很感兴趣，于是洪班长便顺势宣布每周三举行烹饪集会。女性加入了治邦者的行列，这才使房客们得以在情感层面上与共同体发生关联。当情感在共同体中的作用开始恢复的时候，整个爱情故事才得以展开。然而在接下来的情节中，我们发现，洪班长的行动与其身份的悬念并不相称。即便说整个故事像表面上看起来那样是一个喜剧的结尾，洪班长也仅仅获了个人的幸福，并且似乎与他掩盖政治身份的努力无关。作为共同体象征的旧公寓生活，融化在一派乌托邦的氛围中，失去了现实存在感。

　　似乎只是一个纯粹的巧合，高独美那种迷人的魅力在另一部同样由朴信惠担纲女主角的作品《爱的剪刀石头布》中得以寻回。这部作品没有令人绝望的后窗，只有落英缤纷的前门。它以更完整的戏剧形式展示了女性的智慧，以及男女两种智慧的碰撞和融合。相比之下，《邻家花美男》首先显然缺乏男性的智慧，其次也没有足够分量的女性智慧。这一点已经充分表现在高独美与吴镇洛的无果而终上，一种乌托邦式的爱情想象始终没能获得现实的满足。接下来，作为一种鲜明的对比，就让我们转入对短片《爱的剪刀石头布》的文本分析。

二、爱情作为技艺：《爱的剪刀石头布》

　　在《邻家花美男》中，有一个戏份不多但直指主题的角色"裴福"。她作为安立奎金的狂热粉丝，一直暗中关注着他。与剧中其他后窗式爱情的走向相反，裴福为自己建构的后窗式爱情却旨在把安立奎金从后窗拉出去。这是一扇恐怖的后窗。裴福希望安立奎金摒弃凡俗的爱情，专注于漫画和游戏的创作。她希望安立奎金选择一种典型的"诗人之爱"：爱自己的事业，通过作品达到不朽。而裴福自己则是一个发狂的"哲人"，一个堕落的诗人，她想只通过观照诗人之爱而实现自己的"哲人之爱"。这种发狂让她丧失了观照的能力，走向阿里斯托芬式的混沌之爱、毁灭之爱。她想与安立奎金"合为一体"——这是她作为"跟踪者"和"窥视者"意象的真正含义所在。她这种"合为一体"的疯狂，补充揭示了后窗式爱情的另一个面向：恐怖、混乱、自我毁灭。现实的凡俗之爱必须远离这些不节制的激情，而代之以某种美德和技艺。我们将在《爱的剪刀石头布》这部短片中看到，作为后窗式爱情的一种变体的"天真"逐渐远去，而美德通过技艺展示它自身。

对于争取爱情而言，智慧与天真哪个分量更重？这是韩国短片《爱的剪刀石头布》所探讨的主题。前面三分之二的情节显示出云哲是一个对爱充满热情的年轻人，然而其性格上混沌未开的成分使他对女方的反应显得缺乏足够的敏感。卢梭认为，人与动物的不同之处，其一在于人的爱情总是先产生于想象之中[6]293,301。由于充满想象，云哲表现出典型的初恋男人的充满激情的笨拙。对于年轻人来说，笨拙似乎总是一件好事；过于聪明的年轻人会把过多的精力耗费在想象上，并使那想象变得功利而丧失了实践智慧。[6]341然而，这种笨拙对于大部分女人都是一道火中取栗的难题。女人似乎相信爱情应该由男人采取主动，这种可怕的分别心让怀有这种谬见的女人们从一开始便堕入虚伪，仿佛她们天真无邪的外表下都储备了满满的美德只待男人去发现。我们姑且把她们的天真看作是一种美德吧，因为大部分男人对此也乐于将错就错。这只说明两性之间在感情上并无本质区别。毫无疑问，云哲最初的几个约会对象都不约而同地显示了她们的天真无邪，但对于她们空洞的天真而言，云哲的笨拙是实实在在的，因此很快便将她们的天真压得粉碎。事实上我们很快发现，真正天真的是云哲。最初的情节并非想要展示云哲的笨拙，而是意在呈现女性的消极。在一个主要情节中，云哲向女方提议玩那个"爱的石头剪刀布"的游戏，而女方此刻所想的是可以借此摆脱掉云哲，找个地方休息一下被高跟鞋磨痛的脚后跟。在爱情最初的交往中，这是最令人费解然而也是十分常见的一种心理。它的本质是一种从观望到失望继而产生的消极对抗情绪，它试图通过一系列早已安排好的美德来迎战对方的步步深入，可惜对方并未按它拟定的步骤行事，这让她意识到她实际上缺乏随机应变的智慧这一事实。美德需要主动去展示，而不是被动地等待发现，它本身蕴含了最高的智慧。因而如果爱情首先是关于美德的话，那么恋人最大的不幸就是遇到一个消极的对象，其次是认为自己应该是被动的一方。在接近结尾处，朴信惠所扮演的真正的女主角出场，云哲向她重施了"爱的石头剪刀布"的游戏。由于他认定这个女孩就是他想要的那个人，于是他事先告诉朴信惠他要出剪刀；但他又觉得这个女孩可能会像之前的女孩那样拒绝他，于是他决定耍个小聪明，不出剪刀，出布。作者这个有趣的设计充满智慧。如果云哲按第一个设想出了剪刀，那么他就变成了跟之前那些女孩一样天真但却虚伪的人——因为他把自己置于完全被动的地位，并把这种被动看作一种美德，这样的爱情注定止步于想象。而第二种设计则完全延续了云哲一开始的性格，笨拙却充满激情。而最令人叹为观止的是朴信惠解决这个难题的方式：可以肯定的是她对云哲有好感，并且似乎相信了云哲的话，于是出了布。这首先说明她忠实于自己感受，但她是否只是故作滥情的天真呢？如果是的话，那么当云哲由于自己的小聪明而令她"失望"的时候，她必将由于感到自己的"天真"受到了侮辱而求助于道德上的优越感，将云哲的小聪明看得一无是处。然而，朴信惠的角色所遵循的并非这种不近人情的空洞的准则，她看重的恰恰是云哲所看重的，她懂得在一个人显示其情感的时候，重要的不是他显示情感的方式，而是判断他显示的情感是否真实，这是对她的第一个考验；接下来要求她的便是同样以真实的情感作出反应。云哲发现由于自己的小聪明眼看要把事情搞砸了，露出尴尬的笑容，准备离去，对于普通女孩而言，这种黯然离场的确是唯一的选择，因为她们的道德优越感此时已经让事情无可挽回。但朴信惠与他一样是一个渴望真实交往的完美对象，于是他的真爱降临，小心地迈着脚步向他靠近，为他拂去肩膀上的落叶。这种以女性姿态呈现的更高智慧让那种虚弱的天真美学黯然失色。作者在云哲的回忆中插入一段童年往事，似乎意在解释"布"的象征意义在于"包容"。云哲的父亲用"石头剪刀布"这个游戏把人生精彩地解释为一个三项式。然而，少年云哲的一个反问却顿时让父亲的宏论捉襟见肘，不得不承认"该出手时就出手"，这是少年云哲超过他父亲的智慧。这个故事所呈现出来的明显的荒诞意味让我们明白作者意在反讽。"布"并非如这个意象本身看起来的那样代表着唯美的"包容"，如果把它作为一项消极的美德去宣称去固守，那么你将一无所获。因此，结尾处云哲犹豫再三终于出了布，并非如他父亲所言，想要凭一种信仰取胜；信仰无法超越游戏本身，他儿时的想法并未改变。他声称要出剪刀的时候或许的确想起了父亲的话，但他最终克服了信仰的幻觉，重新掌握了自己的内心。本短片用"石头剪刀布"来阐释爱情，其真实含义在于，石头剪刀布的游戏其魅力在于最真实的动机显示于最直接简单有力的交手方式中。纵然游戏中时常会出现相持的情况，这并不是游戏参与者想要的结果，但却显示出游戏参与者在最高动机上的一致性。并且这种最高动机的真实性保证了一个良性循环的运动。对于爱情而言，发现最高动机的真实、一致即是所谓"心动"的真实含义。这种心动不同于那种只存在于想象中的说来就来的心动，它属于真实交往的一部分。

影片唯一可商榷的一点在于：朴信惠的角色对云哲的好感来自一种偶然性的相遇。云哲将朴信惠丢失的小狗送回到她身边。如果说这一偶然性奠定了双方对彼此都有好感的基础，这听起来的确有足够的说服力。然而真实情况可能与这种戏剧性的偶然性没有太大关系，正如奥威尔所说，"文明而安全的生活的一个后果是，人们会过度敏感，这会使所有主要的情感显得可恶。慷慨跟吝啬一样让人难受，知恩图报与忘恩负义同样招恨"[7]166。生活中并不缺乏偶然性，相较于各种对于偶然性的不切实际的想象，生活中的偶然性并没有得到足够的认真对待，人们缺乏处理偶然性的能力。在这里，我们将返回后窗式爱情明亮的那一面："偶然性"是后窗式爱情的另外一种变体，一种美丽的变体。它与"天真"一道，寄托了某种对爱情的信仰，这使得爱情显得足够轻盈向上；它同时呼唤某种技艺，某种"占卜术"，来把握爱情，以免这爱情因为过于轻盈，离太阳太近，而被太阳融化。

本文参考文献

［1］柏拉图. 柏拉图对话集［M］. 王太庆，译. 北京：商务印书馆，2004.

［2］施特劳斯. 论柏拉图的《会饮》［M］. 邱立波，译. 北京：华夏出版社，2012.

［3］本雅明. 发达资本主义时代的抒情诗人（修订译本）［M］. 张旭东，魏文生，译. 北京：生活·读书·新知三联书店，2012.

［4］柏拉图. 理想国［M］. 郭斌和，张竹明，译. 北京：商务印书馆，2012.

［5］布鲁姆. 莎士比亚笔下的爱与友谊［M］. 马涛红，译. 北京：华夏出版社，
　　2012.

［6］卢梭. 爱弥儿（上卷）［M］. 李平沤，译. 北京：商务印书馆，1978.

［7］奥威尔. 政治与文学［M］. 李存捧，译. 南京：译林出版社，2011.

公民精神：
《长夜》与《萨勒姆的女巫》

　　《萨勒姆的女巫》与《长夜》是中国国家话剧院2015年杭州演出季的两场大戏，当时正值美国剧作家阿瑟·米勒逝世十周年。时过境迁，今天再来回顾两部剧作，仍然发人深省。在某种意义上，两部剧作指向共同的主题：公民精神。但《长夜》那种封闭结构、虚幻的花环式的梦想所催生出来的乐观精神是不能令人满意的；而曾经记录了阿瑟·米勒心路历程的《萨勒姆的女巫》虽然在漫长的本土化过程中已经被磨去了许多光彩，但它仍然是对拯救信仰的一个严厉的拷问，推动着一种公民精神继续向更健康的方向发展。

一、嫂子的拯救：话剧《长夜》

　　由李宝群编剧、查明哲执导的话剧《长夜》，在戏剧结构和舞台表现形式上被一些评论文章冠以字面意义的"三一律"。本雅明曾就"三一律"给出过一个"实用主义"的解释："地点的统一是：法庭；时间的统一是：依据不同的方式——太阳的升降或者其他方式——来限定的审判日；情节的统一是：审判程序。"[1]128或许只是一个偶然的错位与重合，或许当下的中国戏剧也开始迎来一种"新古典主义"的浪潮，本雅明对西方新古典主义戏剧原则的解释似乎完全适用于话剧《长夜》：故事的整个行动本质上是一次审判，一次迟来的审判。在李宝群的所有剧作中，场景从未如此封闭和单一。粗重庞大的、难以拆卸的、木结构支撑的月儿楼，在启幕时就确定无疑地告诉观众：故事将在这里发生，故事将在这里结束。随着戏剧时间的流逝，敏感的观众会愈发地被这种确定性所挤压，直至行动在有限时空里引爆一个情节的高潮。这就是揭露真相的那次"审判"：虎子再也不信"大哥"（叔）了，而"嫂子"的形象也轰然倒塌。真正的长夜从此开始。然而，那个坚不可摧的舞台装置继续对整个戏剧行动施加暴力。人们几乎能够预料到，一个纯粹场景的高潮正在酝酿。或者是忏悔/救赎，或者是月儿楼的倒掉。

月儿楼垂直剖面的舞台空间划分为许多评论者所称道。然而，作为本剧的一种形式要素，"垂直剖面结构"仅仅对于那个处在空中的、花环围绕的阁楼才是必不可少的。那是唯一一个纯粹梦想的象征物。换言之，整个垂直剖面结构在象征意义上等同于一个支撑物。一个巨大的花环统摄整个戏剧空间——想必后排的或者二楼的观众更能从这个垂直剖面结构中获益，而前排的观众则在视野上受到限制——他们很容易被发生在楼上分隔空间与楼下开放空间的"两极镜头"所捕获。花环正是本剧的真正核心和根本追问所在。它所凭借的那个垂直结构联结了现实与梦想。现实在第一次审判之后，在人们袒露心中的愧疚、忏悔自己的罪恶之后，就变成了废墟。在这样一个废墟上如何开出花来？一个最好的开脱理由是，那花儿的梦想本就不需要修复。花儿的梦想的确不需要修复，因为它本就是虚幻。它始终高高在上，或者应该说，它始终在远方。月儿楼不可能被摧毁——只要月儿和二龙的种花梦还在。黎明时升起的巨大的红日想必无论如何也不会比摧毁月儿楼能对观众的经验造成更大的冲击。花儿是一个回乡之梦，它只在此刻是美丽的，是抚慰人心的。当它落地之后呢？还能否鲜艳如斯？月儿和二龙真能找一方净土，造一个桃花源吗？"嫂子"对他们撒谎了。他们是一群抛弃故乡也被故乡抛弃的人——作者对外面的世界避而不谈——这难道不就是他们拼命捍卫月儿楼的原因吗？月儿楼不是龙门客栈，金镶玉：

"我们离开这无情无义的地方！"

也不是《卡萨布兰卡》中的Rick Blaine：

> "Of all the gin joints in all the towns in all the world, she walks into mine."（世上有那么多的城镇，城镇有那么多的酒馆，而她却走进了我的。）

除此，他们死无葬身之地。只是"嫂子"在对付罗镇长、胡老板的时候倒有点阿庆嫂的味道：

> 来的全是客，全凭一张嘴，相逢开口笑，过后不思量，人一走，茶就凉，有什么周详不周详。（现代革命京剧《沙家浜》）

那楼顶的花儿是开在坟头上的装饰——"大哥"的神主牌位不就供奉在"嫂子"的房间里吗？

> "分明有一圈红白的花，围着那尖圆的坟顶。"（鲁迅《药》）

"大哥"是一个缺席的主角。我们能在关于"大哥"的罗生门里看到作者在其他作品里塑造的人物的身影：常来临/毛妹（龚应恬编剧、查明哲导演《问苍茫》）、包工头老袁（李宝群编剧《嫂子》）、秦铁柱（李宝群编剧《矸子山上的男人女人》）等等。"大哥"们在公平和正义面前倒下了。"大哥"如父，长嫂如母。在月儿楼里，人们自觉地并不去追求程序和法律的正义；毋宁说，恩怨和歉疚把大家捆在一起，既相互争斗又共同分享；为了躲避外间的罪恶，人们在这里相互取暖；事实越残酷，人们越亲密。正因如此，无论现实是怎样的支离破碎，在这里，它都可以也必须被修复。作者的意图因此是可疑的。一种不可摧毁性预示着救赎必将来临。花儿的梦想因此是作者讲给潜在受众的一个"高贵谎言"，一个花招。梦想必须被挂在高处。嫂子，而不是月儿，才是花环梦想的真正对应物。为了修复这块废墟，为了制造"假象"，为了免于无节制地揭露"真相"，"嫂子"必须被拯救，月儿楼不能倒。这才是本剧真正的行动线索。

《长夜》关注的并不是作为社会问题主体的城镇打工者，而是如作者在其他作品中所做的那样，把他们作为一个伦理问题的主体。社会问题的行动指向被伦理问题的心理指向取代。我们还记得当年的《渴望》（1990），经历了剧烈转型期的人们厌倦了知识分子高傲的"启蒙"，他们"渴望有一种精神能填补心灵的空缺，渴望有一种道德能帮助恢复失衡的人际关系，于是向民族传统回归便成为必然的选择"（阎立峰评语）[2]P49，于是"刘慧芳"感动了无数人。然而正是在这里，现代个人伦理让位于一种共同体伦理，一种"新古典主义"的家庭式伦理。舞台行动不再是幻觉的"真实"，而是真实的"幻觉"。戏剧空间的伦理化、实体化与戏剧行动的本质背道而驰。问题的另一方面在于，今天的精英与大众喝惯了心灵鸡汤，融汇了古今中外建构、解构的哲学，学会了安于苦难、安于幸福，它们不再是问题，因为对于生活，这两者"缺一不可"。有机会进到剧院里的人们，他们对城市中的异己人群感到陌生吗？抑或更多的是一种想象、认同和自我投射？既然生而能屈从于人造的现实，为何不能欣赏人造的真、善、美？与起身离去相比，他们恐怕更愿意在戏剧落幕时暂时放松味蕾，体验一场饕餮狂欢的"圣餐"：拍着双手迎接"嫂子"重归圣洁，一个"终末"意义上的现实仿佛取消了全人类的罪孽。李宝群的许多剧作都在结尾处设置了大场面的幻觉场景或者招魂仪式，对于熟悉其剧作风格的观众来说，《长夜》的结尾不会过于隆重。一切消融于涅槃，求亲、招魂、审判、忏悔，每一幕里的草蛇灰线消失在狂欢的舞池里，肢体残疾人举起了双拐欢呼，曾经的罪恶也为这狂欢添柴加火。"嫂子"就这样被拯救了，因为人人都需要"嫂子"。封闭的月儿楼就是一个封闭的剧场，"嫂子"不是城镇打工者的天然同盟，"嫂子"是观众的天然同盟，这里不需要"第四堵墙"。对城镇打工者的戏剧形象的塑造，把握得比较好的作品是电视剧《外乡人》（管虎，2010）。剧中写实风格的镜头语言同样让第四堵墙形同虚设。而事实上，今天的观众可能更需要第四堵墙，以免于遭受现实主义美学的暴力。

有些观众不满足，还想带走些什么。难道作者没有给你最好的答案吗？月儿楼不是卡夫卡的城堡。当你走出剧院，来到形形色色的城堡门前的时候，你会怀念月儿楼。你会希望自己能像虎子一样，把心里所有的委屈和苦楚，孩子气地向婶婶哭诉，而不必成为《天注定》（贾樟柯，2013）、《狗阵》（管虎，2024）里的一个。月亮永远只有一面对着地球，听嫂子的话，"朝着亮处活"，不要好奇月亮的背面是什么。

二、阿瑟·米勒的"萨勒姆时刻"

在美国剧作家阿瑟·米勒逝世十周年（2015年）之际，由王晓鹰执导的《萨勒姆的女巫》再次被搬上舞台。然而，相比于1981年《萨勒姆的女巫》首次在中国被搬上戏剧舞台（上海人民艺术剧院），对于创作者而言，此次上演的时刻并不那么"幸运"：连同2002年的那次"首演"（王晓鹰，中国国家话剧院），这出戏的上演越来越有点仅仅是"为了忘却的纪念"的味道了。这种说法并不刻薄，毕竟，这出戏的创作以及它所引起的轰动都如此依赖于某种特定的"时刻"。"这部戏必会得到中国观众的理解。"阿瑟·米勒曾这样断言。阿瑟·米勒肯定意识到了某一特定"时刻"对于理解本剧的重要性。这是他1978年访华时亲自推荐给黄佐临（时任上海人民艺术剧院院长）的戏。它在美国首演时的效果并不理想，但后来却引起轰动。阿瑟·米勒认为："由于麦卡锡死去，人们才有可能对这部剧本感到亲切；而在他得势时，这部剧本则被怀疑为一种特殊的抗辩——矫揉造作而且缺乏美感。在它第二次公演时，它的人性浮现了，并得以作为戏剧而受到欣赏。"（1960）[3]204很显然，他了解那时的中国民众刚刚经历的政治事件与戏剧主题的某种契合。他也一定发现了，对于这部剧而言，那时的中国是一个天然的、恰当的时刻。然而，对于今天的观众，尤其是年轻的观众而言，那个"时刻"已经过去很久了，时过境迁，这部戏还能如阿瑟·米勒所愿，"必定得到中国观众的理解"吗？对于那些真正重要的问题的持续关注，需要的不是多义性，不是"本土化"，甚至不是开放式的解读，而是专注和坚定。阿瑟·米勒在一个特定的时刻、选择了这个素材、创作了这样一部作品，这就是这部剧作最基本的规定性。好的搬演不应该破坏这一基本的规定性。按照时下流行的观念，理解这部作品的方式有很多：作为一种世俗道德的教谕、作为一个社会学的隐喻、作为女性主义的样本，诸如此类。然而，对于今天的许多观众来说，以某种特定的方式——事实上也是最不可或缺的方式——去理解这部剧作，的确变得非常困难了。2006年，由黄佐临先生的外孙郑大圣执导的《萨勒姆的女巫》由此成为一个对立的文本：它采用戏中戏的结构，异国的戏剧时刻不断被延宕，成为观看的对象。焦虑借由间离来化解，它的下一步就是荒诞和无意义。这种戏剧学意义上的困难将不断加剧，直到它变得不可能之后，就只能等待下一个"时刻"再来重新"发现"这部剧作了。

得益于演员们力道十足的表演，以及突然从天而降俯视整个演剧空间的、混合了哥特式雕塑和蒙克式的表现主义画风的巨型人偶道具，我们勉强可以说这次演出产生了某种"震撼"效果。事实上，浮夸的音响和奇观式的道具不免有取巧之嫌。真正的"共鸣"只有在问题意识与戏剧时刻相遇时才能发生和持续。戏剧的时刻就是问题的时刻。剧作家关注这样的时刻，是因为这一时刻提出了某个问题，而这个问题也只能在这样的时刻被提出。观众持续地关注这个作品，是因为观众意识到了这个问题的重要性。《萨勒姆的女巫》所提出的问题是：我们需要什么样的人？或者狭义地说，"新大陆"需要什么样的公民？"合众国"需要什么样的公民？（以及在世界主义的意义上，人们需要什么样的"世界公民"？）这个问题在"麦卡锡主义"盛行的年代曾深刻触动了阿瑟·米勒的心灵。他后来回忆说："仿佛整个国家重新诞生了，某些基本的正直原则都被遗忘了。"（1957）[3]178这就是他重返萨勒姆的理由。1952年早春，他前往萨勒姆搜集1692年萨勒姆逐巫案的审判资料。在那里，他见到了一个审判记录中的萨勒姆和一个现实的萨勒姆。"泥土之下，才是真实的所在。"[3]65"那遭受绞刑的人是明白自己究竟是什么样的人的。他们共有十九个人。"[3]69阿瑟·米勒在《到达〈萨勒姆的女巫〉的旅途》（1953）中这样写道。他笔下那十九个人的姿态是一组犹如罗丹青铜的"加莱义民"般的群像。而在旅馆的酒吧间里，他遇到一群推销员，"我的朋友又出现了，我自己生活中的人"，他们"有另一天，有另一个机会去发现他们自己究竟是什么样的人，是如何到达那里的，又将奔向何方"。他并非有意要将《推销员之死》与《萨勒姆女巫》并置。他是在划分两者之间的界限和层次。如果说阿瑟·米勒可以把推销员称作"我的朋友"而展开直面现实、理性主导的创作，那么《萨勒姆的女巫》的创作则是基于一次深深的怀疑、一次心灵的震动。到达萨勒姆镇的旅程更像是一次逃离、一次朝圣。它让剧作家可以暂时背对现实，背对推销员的冰冷世界，重温过往，找回某种平衡。

阿瑟·米勒笔下的推销员是一个社会游离者，是一个上不着天下不着地的人，一个中间人物。他连接起整个社会，私人和家庭，陌生人和朋友。正因为他无所凭借，他才比别人更需要梦想。而这个梦想却是个关于发财的梦想。这就是令人绝望的地方。《推销员之死》里的威利·洛曼以伟大的传奇推销员大卫·辛格曼为偶像，希望死后所有的人都赶来参加自己的葬礼，他渴望这种不朽。然而，"这个世界既不是家园也不是公开的战场，只是坠落的恐惧之上的一个高妙的诺言"[3]161。相反，在萨勒姆，"这些人比活人还要真实。我再次感到这是伟大的奇迹——人们居然会信仰自己并信仰良心，以致宁可牺牲生命也不愿说出自己认为是虚假的话来。"（1953）阿瑟·米勒坚定地认为，现代社会剧应当像古希腊时代的悲剧一样，向着"完整的人"的理想展开追问，唯有如此，才能摆脱现代戏剧中普遍的"挫败感"，才能发现整个人类生活在一起的正确方式，乃至死亡的正确方式，才能达到悲剧性的胜利。"新的社会剧将是希腊式的。"[3]89正是这一理念使他成为美国现代社会剧的奠基人。作为社会剧的《萨勒姆的女巫》并不仅仅是借用了"萨勒姆逐巫案"的外壳，剧作家相信他在其中发现了某种真实的东西，某种塑造了合众国公民精神的东西，某种永恒的价值，为此他后来甚至认为剧本应当"趋向更大的自觉性"并且放弃现实主义的风格。[3]187虽然阿瑟·米勒在剧作中加入了大量的阐释性的内容，翔实介绍了萨勒姆逐巫案在政治、经济、宗教方面的背景（很遗憾这些背景在搬演的过程中被忽略了），但这样一个涉及"宗教奇迹"的事件很难看清其本来面目。许多研究都提到，清教社会对女性的压抑导致了案件中许多女性企图用巫术指控的方式引人注目，而男性教权则试图压制女性意识的觉醒。在1996年电影版的开头，我们看到女性裸体狂舞的画面。这是符合原剧作的设定的。如果我们的舞台剧能够表现这一场景，那么观众们一定会对整个戏剧行动有不同的认知。或许战争难民对萨勒姆地区的社会秩序的冲击也是事件的触因。还有一些研究试图将这一案件归结于一种霉菌引发的精神失常。我们在《美国通史》中看到，萨勒姆逐巫案发生在北美新大陆理性正在形成的过渡时刻。这是一个混乱的时刻，新的东西闯入人们的生活。为了捍卫秩序，或许更准确地说，是为了捍卫财产秩序，捍卫一种宗教信仰的世俗形式，萨勒姆镇的居民乞灵于神权政治。他们请求马萨诸塞州的大议会授权他们建立自己的教区。[4]58这是一个危险的游戏。正如《卡拉马佐夫兄弟》中"宗教大法官"一章的启示里说的那样，"人寻找的与其说是上帝，毋宁说是奇迹"；凭借奇迹，教会取代了耶稣实行统治。[5]282神权政治是一种赎罪政治，无论是对浮士德还是对普通的妇人，它都在很大程度上满足了人们的"犯罪"欲望，同时又能求得表面的秩序。人们制造了自己的恶魔。王晓鹰在舞台上对于绞索意象的运用过于僵硬，流于表面。神权政治给每个人的脖子上都套上了无形的绞索，判决只不过是枷锁的显形，死刑更在其次。它最坏的代价是：奇迹所向披靡、神话无处不在。我们在阿瑟·米勒的剧作中看到，丹弗斯副总督的宗教法庭为了维护上帝的"奇迹"导致许多人枉死。甚至后来，当丹弗斯已经醒悟到阿碧格的谎言之后，他仍然试图通过收买普洛克托、扳倒吕蓓卡来维护教权的"神迹"。吊诡的是，丹弗斯本人也险些落入阿碧格的指控。为什么指控者总是神圣的？神权政治要求人们献出自己的良知，然而这远远不够。正如历史学者高华批判的极左文化所导致的"废墟主义"：一切曾经的"左"都会变成"右"而被扫荡，最后只落得"白茫茫一片大地真干净"。[6]P267丹弗斯跟阿碧格一样都是神话制造者，像一场竞赛。正是在这个意义上，普洛克托说："上帝可真的死喽！"普洛克托变作了先知："这熊熊烈火是给那些在一项摆脱人们愚昧无知的庄严事业前畏缩退却的人准备的……"我们在电影的改编中看到作者如何强化了普洛克托这一角色的宗教色彩：当他说出"上帝死了"的时候，他置身水中。耶稣曾在海面上行走，被人看作是神的儿子（马太福音，14：25-33）。而此刻普洛克托置身水中，犹如耶稣失去了在水上行走的能力。电影在故事结尾增加了普洛克托、吕蓓卡、马莎·柯瑞三人受刑的场景，他们死前念诵祈祷文，似乎是在为所有的萨勒姆人赎罪。此外，电影增加了阿碧格逃跑前与普鲁克托告别的场面。这一改动险些使得阿碧格变成莎乐美。王晓鹰执导剧作中也使用了这一场景，仍然有讨好观众的嫌疑。而在原剧作结尾对这一形象的处理中我们看到，作者并不想给阿碧格这一角色留下太多的解释空间，像后来的阐释者们所做的那样。阿瑟·米勒并没有过多地关注宗教上的象征——宗教是一种底色——他关心的是一个更加实际的问题：如何在新大陆建立一个家园，而不是一个教会。米勒试图解释那些确定了美国社会精神内核的东西：人们相信自己的良知。事实上这也在无意中重返了《对观福音书》中耶稣的"良知"教诲：仅仅遵循"律法"是不够的；福音书同样晓谕信徒们：人需要用更积极的德性来实践信仰。[7]103如黑格尔所说："基督的世界并不从坟墓里去发现它的最终的真理。"[8]369故而米勒的剧作拒绝表现"受难场景"，他甚至反转了"朗吉努斯"场景（普洛克托反悔的举动戏弄了丹弗斯）。米勒没有让笔下的普洛克托变作耶稣再世，因为他不像一般的美国民众那样相信建立在宗教信仰基础上的世俗生活更安全、更适当。社会剧对于米勒而言有更加实在性的内容。这是他跟一般观众的区别。在社会剧而不是宗教剧的范围内他认为：凭借良知，妻子重新成为妻子，丈夫重新成为丈夫，他们不再互相批判。对于社会剧理念而言，在此处戛然而止就已经足够。这真正符合了社会剧的行动指向，与《长夜》结尾处"嫂子显灵"的那种非社会剧甚至是非戏剧的处理方式截然相反。约翰·西布利在黑格尔《历史哲学》的注释中说："'精神'的真髓在于自决，或者称为'自由'。在'精神'已经达到成熟的生长的时候，当一个人承认'良心'的制裁为绝对合法的时候，'个人'对于他自己便是法律，这种'自由'也便算是实现了。"[8]P96普洛克托拼死维护的自己的"名声"正是这样一种精神自决的产物，它代表了一个有权利的个人，一种普遍性的人格。而这正是新大陆公民精神的诞生。这种精神在"麦卡锡主义"的时代似乎死亡了，阿瑟·米勒因此重返萨勒姆。多年以后，我们在乔治·克鲁尼执导的电影《晚安，好运》（2005）中看到米勒同时代人爱德华·莫罗的一个回应："我们不要迎来一个又一个恐惧（we will not walk in fear, one of another），我们不会被恐惧驱使，进入一个无理性的年代（we will not be driven by fear into an age of unreason），如果我们深刻研究我们的历史和学说（if we dig deep into our history and doctrine），并记得我们不是那些胆怯的人的后代，不是那些害怕书写、拥护、宣传，并且捍卫那些在其时不受欢迎的事业的人的后代（and remember that we are not descended from fearful men, not from men who feared to write, to associate, to speak, and to defend the causes that were for the moment unpopular）……我们可以否认传统和历史（we can deny our heritage and our history），但我们无法逃脱为其后果负责（but we cannot escape responsibility for the results）。"阿瑟·米勒在20世纪50年代的遭遇是一个极端情境对其戏剧理念的拷问。剧作家成了他自己笔下的人物。后来在面对美国国会非美调查委员会的一次质询时，阿瑟·米勒借用《萨勒姆的女巫》中的一段台词抗辩说："我不是在庇护……我是在维护我自己的尊严，而且将来我还要这样做……" [9]104

阿瑟·米勒坦承这部剧诞生在麦卡锡主义的背景下，但他同样庆幸多年之后这部剧终于摆脱了那个政治事件的纠缠。然而，当我们在我们的舞台上看到这个故事的时候，必然意识到，阿瑟·米勒为我们展示的戏剧行动是建立在异国的遗产之上的。相比于普洛克托，剧中赫尔先生的行动和言辞更能抚慰人心——事实上今天的大部分新大陆公民也只能够达到赫尔律师的高度。他们的公民精神还只能采取这种有限的形式。这是米勒提供给观众的次优选。良心不能无所依凭，"一个人的灵魂中如果活跃着传统，他就有力量对抗转瞬即逝的东西" [10]P202。对于我们而言，我们必须寻找自己的遗产。我们的公民精神应当建立在自己的遗产之上，这样才能赋予民众以有机的力量，而不至于在功利主义的多愁善感中止步于日常的狂欢。

本文参考文献

［1］本雅明. 德意志悲苦剧的起源［M］. 李双志，苏伟，译. 北京：北京师范大学出版社，2013.

［2］阎立峰. 思考中国电视：文本、机构和受众［M］. 西安：陕西人民教育出版社，2009.

［3］马丁. 阿瑟·米勒论剧散文［M］. 陈瑞兰，杨淮生，选译. 三联书店，1987.

［4］卡恩斯，加勒迪. 美国通史（第12版）［M］. 吴金平，等译. 济南：山东画报出版社，2008.

［5］陀思妥耶夫斯基. 卡拉马佐夫兄弟［M］. 荣如德，译. 上海：上海译文出版社，2006.

［6］高华. 革命年代［M］. 广州：广东人民出版社，2010.

［7］卡本特. 耶稣［M］. 张晓明，译. 北京：工人出版社，1985.

［8］黑格尔. 历史哲学［M］. 王造时，译. 上海：上海书店出版社，2006.

［9］汤卫根. 论阿瑟·米勒《萨勒姆的女巫》的创作［J］. 外国文学研究，2002
（1）：102-106.

［10］布鲁姆·美国精神的封闭［M］. 战旭英，译. 南京：译林出版社，2011.

（本文原载《美育学刊》2016年第4期，有改动）

参考文献

［1］克尔凯郭尔.非此即彼（下卷）［M］.京不特，译，北京：中国社会科学出版社，2009.

［2］基尔克果（克尔凯郭尔）：恐惧与战栗：静默者约翰尼斯的辩证抒情诗［M］.赵翔，译，北京：华夏出版社，2014.

［3］阿格尼丝·赫勒.个性伦理学［M］.赵司空，译，哈尔滨：黑龙江大学出版社，2015.

［4］柏拉图.理想国［M］.郭斌和，张竹明，译，北京：商务印书馆，1986.

［5］亚里士多德.政治学［M］.吴寿彭，译.北京：商务印书馆，1965.

［6］清华大学出土文献研究与保护中心.清华大学藏战国竹简（壹）［M］.上海：中西书局，2010.

［7］司马迁.史记［M］.北京：中华书局，2011.

［8］海登·怀特.元史学：19世纪欧洲的历史想象［M］.陈新，译.南京：译林出版社，2009.

［9］李学勤.初识清华简［M］.上海：中西书局，2013.

［10］孙星衍.尚书今古文注疏［M］.北京：中华书局，1986.

［11］杜勇.《尚书》周初八诰研究［M］.北京：中国社会科学出版社，2017.

［12］黄晖.论衡校释［M］.北京：中华书局，1990.

［13］杨朝明.旧籍新识——周公事迹考证［D］.北京：中国社会科学院研究生

院，2000.

[14]曹娜.《金縢》与"金縢"故事［N］.光明日报，2016-02-15(16).

[15]杨振红.从清华简《金縢》看《尚书》的传流及周公历史记载的演变［J］.中国史研究，2012（3）：47-63.

[16]顾颉刚.古史辨：第2册［M］.上海：上海古籍出版社，1982.

[17]夏含夷.古史异观［M］.上海：上海古籍出版社，2005.

[18]林之奇.尚书全解［M］.台北：世界书局，1985.

[19]钱穆.论语新解［M］.北京：生活·读书·新知三联书店，2002.

[20]廖名春.清华简与《尚书》研究［J］.文史哲，2010（6）：120-125.

[21]曾运乾.尚书正读［M］.北京：中华书局，1964.

[22]董莲池.非王卜辞中的"天"字研究——兼论商代民间尊"天"为至上神［J］.中国文字研究，2007（1）：1-5.

[23]孔颖达.尚书正义［M］.上海：上海古籍出版社，2007.

[24]黄怀信.逸周书校补注译［M］.西安：西北大学出版社，1996.

[25]李民，王健.《尚书》译注［M］.上海：上海古籍出版社，2004.

[26]姜昆武.光明崇拜及其在封建政治中的遗痕与作用［J］.浙江学刊，1988(5)：90-95.

[27]张玉春.《竹书纪年》译注［M］.哈尔滨：黑龙江人民出版社，2003.

[28]孙诒让.墨子闲诂［M］.北京：中华书局，2001.

[29]张双棣，等.《吕氏春秋》译注［M］.北京：北京大学出版社，2011.

[30]班大为.中国上古史实揭秘：天文考古学研究［M］.徐凤先，译.上海：上海古籍出版社，2008.

[31]司马迁.史记［M］.杭州：浙江古籍出版社，1999.

[32]韦昭.国语注［M］.上海：上海古籍出版社，2008.

[33]徐元诰.国语集解［M］.北京：中华书局，2002.

[34]董增龄.国语正义［M］.成都：巴蜀书社，1985.

[35]陈桐生.《国语》的性质和文学价值［J］.文学遗产，2007(4):4-13.

[36]本雅明.德意志悲苦剧的起源［M］.李双志，苏伟，译，北京：北京师范大

学出版社，2013.

[37] 陈桐生.《论语》十论 [M]. 广州：暨南大学出版社，2012.

[38] 刘宝楠. 论语正义 [M]. 北京：中华书局，1990.

[39] 傅亚庶. 孔丛子校释 [M]. 北京：中华书局，2011.

[40] 徐扶明.《牡丹亭》研究资料考释 [M]. 上海：上海古籍出版社，2016.

[41] 胡文焕. 胡氏粹编五种 [M]. 明胡氏文会堂刻本，卷二：42-46.

[42] 冯梦龙. 燕居笔记 [M]//《古本小说集成》编委会. 古本小说集成. 上海：
上海古籍出版社，1994.

[43] 甄洪永. 汤显祖"至情说"的多维解读——兼论《牡丹亭》若干艺术问题
[J]. 中华戏曲，2014（1）：39-50.

[44] 齐元涛，凌丽君. 援史解经：诗经学的阐释传统 [J]. 北京师范大学学报
（社会科学版），2023（6）：79-85.

[45] 易闻晓. 赋、比、兴体制论 [J]. 文艺研究，2017（6）：55-62.

[46] 肖雅.《牡丹亭·冥判》论析——汤显祖与无情现实的对抗 [J]. 东华理工
大学学报（社会科学版），2022，41（3）：215-218.

[47] 田晓菲. 七发 [M]. 南京：译林出版社，2019.

[48] 毛效同. 汤显祖研究资料汇编 [M]. 上海：上海古籍出版社，2016.

[49] 汤显祖. 邯郸记 [M]. 王德保、尹蓉评注. 南昌：百花洲文艺出版社，2014.

[50] 黄义枢，刘水云. 从新见材料《杜丽娘传》看《牡丹亭》的蓝本问题——兼
与向志柱先生商榷 [J]. 明清小说研究，2010（4）：207-216.

[51] 汤显祖. 吴吴山三妇合评牡丹亭 [M]. 陈同，谈则，钱宜，评. 夏勇，点
校. 杭州：浙江古籍出版社，2016.

[52] 普契尼，阿达米，等. 普契尼：杜兰朵公主 [M]. 张敫，黄祖民，译. 台
北：世界文物出版社，1999.

[53] 李欧梵. 我的音乐往事 [M]. 南京：江苏教育出版社，2005.

[54] 卡尔洛·戈齐. 杜兰朵 [M]. 吕晶，译. 长春：吉林人民出版社，2004.

[55] 薄一荻. 从希腊公主到中国公主——杜兰朵公主的中国之路再探究 [J]. 中
国比较文学，2022（2）：178-189.

［56］杜渐.《一千零一日》选译［M］.沈阳：辽宁人民出版社，1981．

［57］方维规.起源误识与拨正：歌德"世界文学"概念的历史语义［J］.文艺研
　　　究，2020（8）：22-37．

［58］蔡拓.世界主义的新视角：从个体主义走向全球主义［J］.世界经济与政
　　　治，2017（9）：15-36，156-157．

［59］韦尔斯.世界史纲：生物和人类的简明史［M］.吴文藻，冰心，费孝通，译.
　　　南京：译林出版社，2015．

［60］刘觅.《图兰朵》文本的演变及其文化根源［D］.杭州：浙江大学，2007．

［61］吴祖强.普契尼：杜兰朵公主［M］.台北：世界文物出版社，1999．

［62］弗洛伊德.精神分析学引论·新论［M］.罗生，译.南昌：百花洲文艺出版
　　　社，2009．

［63］席勒.席勒文集：全6册（第4册）［M］.张玉书等，译.北京：人民文学出
　　　版社，2015．

［64］程秀丽.普契尼歌剧《图兰朵》的剧本分析［D］.长春：东北师范大学，
　　　2012．

［65］范希衡.《赵氏孤儿》与《中国孤儿》［M］.上海：上海古籍出版社，2010．

［66］艾克曼.歌德谈话录［M］.洪天富，译.南京：译林出版社，2002．

［67］薛维.歌剧幕后的故事［M］.郑州：大象出版社，2018．

［68］魏明伦.魏明伦戏剧（下）［M］.成都：四川文艺出版社，2018．

［69］滕修展，等.列仙传神仙传注译［M］.天津：百花文艺出版社，1996．

［70］拉康.拉康选集［M］.褚孝泉，译.上海：上海三联书店，2001．

［71］哈泽，拉奇.导读布朗肖［M］.潘梦阳，译.重庆：重庆大学出版社，
　　　2014．

［72］奥维德.变形记［M］.杨周翰译.北京：人民文学出版社，1984．

［73］米沃什.第二空间［M］.周伟驰，译.广州：花城出版社，2015．

［74］施韦泽.文化哲学［M］.陈泽环，译.上海：上海人民出版社，2008．

［75］林兆华，田沁鑫，等.多少春秋，总上心头［J］.读书，2004（02）．

［76］李学勤.十三经注疏·春秋左传正义（上中下）［M］.北京：北京大学出版

社，1999.

[77] 布鲁姆. 人应该如何生活 [M]. 刘晨光，译. 北京：华夏出版社，2009.

[78] 马基雅维利. 君主论·论李维 [M]. 张妍，胡数仁，译. 长沙：湖南文艺出版社，2011.

[79] 顾学颉. 元人杂剧选 [M]. 北京：人民文学出版社，1998.

[80] 徐岱. 艺术新概念：消费时代的人文关怀 [M]. 杭州：浙江大学出版社，2006.

[81] 李孟存、常金仓. 晋国史纲要 [M]. 太原：山西人民出版社，1988.

[82] 培根. 论古人的智慧 [M]. 李春长，译. 北京：华夏出版社，2006.

[83] 维尼·布罗迪. 日本机器人学家森昌弘的佛教式"恐怖谷"概念 [J]. 邵明，译. 宜宾学院学报，2012(8)：1-7.

[84] 乔治·奥威尔. 政治与文学 [M]. 李存捧，译. 南京：译林出版社，2011.

[85] 弗雷泽. 金枝 [M]. 徐育新，张泽石，汪培基，译. 北京：新世界出版社，2006.

[86] 钱穆. 孔子传 [M]. 北京：九州出版社，2011.

[87] 金安平. 孔子：喧嚣时代的孤独哲人 [M]. 桂林：广西师范大学出版社，2011.

[88] 佩特森. 面向终末的美德：罗马书讲疏 [M]，谷裕，译. 上海：华东师范大学出版社，2010.

[89] 马斯洛. 人性能达到的境界 [M]. 林方，译. 昆明：云南人民出版社，1987.

[90] 维科. 新科学（上）[M]. 朱光潜，译. 北京：商务印书馆1989.

[91] 韦尔南. 神话与政治之间 [M]. 余中先，译. 上海：生活·读书·新知三联书店，2005.

[92] 冯友兰. 中国哲学史新编（第一册）[M]. 郑州：河南人民出版社，2001.

[93] 张觉. 商君书校疏 [M]. 北京：知识产权出版社，2012.

[94] 李学功. 晋郭偃变法述略 [J]. 青海师范大学学报(哲学社会科学版)，1987(3)：30-33.

[95] 柯马丁. 秦始皇石刻：早期中国的文本与仪式 [M]. 刘倩，译. 上海：上海

古籍出版社，2015.

[96] 宇文所安. 追忆：中国古典文学中的往事再现 [M]. 郑学勤，译. 北京：生活·读书·新知三联书店，2014.

[97] 戴锦华. 电影批评 [M]. 北京：北京大学出版社，2015.

[98] 岩井俊二. 情书 [M]. 穆晓芳，译. 海口：南海出版公司，2009.

[99] 岩井俊二. 情书 [M]. 东京：角川书店，1995.

[100] 李心纯. 从中国古代的上巳节到日本的雏祭 [J]. 日本学刊，1996（2）：113-125.

[101] 安德烈. 女人需要什么 [M]. 余倩，王丹，译. 天津：天津人民出版社，2002.

[102] 弗洛伊德. 性学与爱情心理学 [M]. 罗生，译. 南昌：百花洲文艺出版社，2009.

[103] 艾略特. 艾略特诗学文集 [M]. 王恩衷，编译. 北京：国际文化出版公司，1989.

[104] 刘小枫. 沉重的肉身：现代性伦理的叙事纬语 [M]. 北京：华夏出版社，2004.

[105] 彼得·布鲁克. 空的空间 [M]. 邢历，译. 北京：中国戏剧出版社，1998.

[106] 徐岱. 基础诗学：后形而上学艺术原理 [M]. 杭州：浙江大学出版社，2005.

[107] 伊伯特. 伟大的电影 [M]. 殷宴，周博群，译. 桂林：广西师范大学出版社，2012.

[108] 柏拉图. 柏拉图对话集 [M]. 王太庆，译. 北京：商务印书馆，2004.

[109] 迈克尔·亨利. 斯派克·琼斯访谈——一切皆为创造 [J]. 孟贤颖，译. 世界电影，2014（6）：159-165.

[110] 马克·吐温. 亚当和夏娃日记 [M]. 冬虫，译. 北京：外语教学与研究出版社，2009.

[111] 柏拉图. 柏拉图全集·第2卷 [M]. 王晓朝，译. 北京:人民出版社，2003.

[112] 圣埃克苏佩里. 小王子 [M]. 薛菲，译. 杭州：浙江文艺出版社，2000.

[113] 施特劳斯. 论柏拉图的《会饮》[M]. 伯纳德特，编. 邱立波，译. 北京：华夏出版社，2012.

[114] 本雅明. 发达资本主义时代的抒情诗人：修订译本 [M]. 张旭东，魏文生，译. 北京：生活·读书·新知三联书店，2012.

[115] 布鲁姆. 莎士比亚笔下的爱与友谊 [M]. 马涛红，译. 北京：华夏出版社，2012.

[116] 卢梭. 爱弥儿（上卷）[M]. 李平沤，译. 北京：商务印书馆，1978.

[117] 阎立峰. 思考中国电视：文本、机构和受众 [M]. 西安：陕西人民教育出版社，2009.

[118] 罗伯特·阿·马丁. 阿瑟·米勒论剧散文 [M]. 陈瑞兰，杨淮生，选译. 三联书店，1987.

[119] 马克·C·卡恩斯，约翰·A·加勒迪. 美国通史（第12版）[M]. 吴金平等，译. 济南：山东画报出版社，2008.

[120] 陀思妥耶夫斯基. 卡拉马佐夫兄弟 [M]. 荣如德，译. 上海：上海译文出版社，2006.

[121] 高华. 革命年代 [M]. 广州：广东人民出版社，2010.

[122] 汉弗雷·卡本特. 耶稣 [M]. 张晓明，译. 北京：工人出版社，1985.

[123] 黑格尔. 历史哲学 [M]. 王造时，译. 上海：上海书店出版社，2006.

[124] 汤卫根. 论阿瑟·米勒《萨勒姆的女巫》的创作 [J]. 外国文学研究，2002（1）：102-106.

[125] 布鲁姆. 美国精神的封闭 [M]. 战旭英，译. 南京：译林出版社，2011.

　　本书是东华理工大学博士科研启动基金项目"影像——人类学的审美重构"
（编号：DHBK2020022）的最终成果。本书正文中的若干篇章曾以单篇论文形
式发表于期刊，在收入本书时做了修改和补充。

　　本书最初的写作计划是将一系列影视作品完全作为人类学的材料加以考察。
它所遵循的是埃德加·莫兰的电影人类学思想中的基本观点，即电影作为纯粹人
类学现象，不仅涵盖了现实领域，更涵盖了想象领域。由此引申，在某种意义
上，可以说电影是一种更"完美"的人类学材料。现实生活的影像化，以及主要由
非纪实影像构成的电影世界，对人们认识自身和建构自身的重要性和显著性日益
增加，它们涵盖了关于人类生存的几乎所有主题，并且还在不断延伸和探索新的
主题。人类创造理型的手段从来没有像今天的影像这样直接。而影像对人最大的
诱惑力就在这样的潜力当中。这就是为什么我们对影像会有欲望。它证明了我们
的灵魂对理型的欲望。这反转了柏拉图的洞喻。当初的写作设想即对一些影视作
品中所展示的关于人的重要主题做出整理和分析，并拟定了一些作品和主题作为
提纲。这种设想在本书的下编中得到部分实现。然而，正如读者现在所看到的，
除影视作品之外，本书最终还包括了对历史和戏剧作品的分析，成为一种泛文学
研究。这看似是计划之外的，但其实与最初的计划并没有本质的不同。毕竟最初
的计划针对的也并非电影的"媒介"属性，而更多的是其文学和哲学属性。对于
这些作品的分析，有一个统一的主题统摄其间，即个体伦理问题。由于自身的经
历以及对各种特殊处境中自身个体性的持续思考，我越来越多地思考一种纯粹个
体性的可能性和必然性。纯粹个体性的可能，与任何普遍伦理共同体必然会造就
纯粹个体这一事实，这两者之间似乎是矛盾的。除非纯粹个体性是"被给予的"
结果。个体可以觉察并体认这种被给予的个体性。同样，在各类文学作品中，越
是深入地体会人物成为纯粹个体的处境，就越是感到心灵的震撼。尤其是当读者

自己也有了某种近似的切身遭遇之后，就更能领会人物的心境和行动。由此，本书关注那些特殊的"给予个体性"的作品——它们被误解得如此严重以至于显得越来越平庸——并采用一种纯粹的个体伦理阐释的视角。作者曾经对多种作品所作的分析都被纳入这一写作框架。通过这些分析，个体伦理在多个维度上得到指认。

如果对全书作一个总结和反思，那么应当指出的是，对于纯粹个体伦理的思考似乎更像是一场思想实验。那是因为，不同于历史、戏剧、影视中的纯粹个体伦理，当下的个体伦理往往是一种"极弱"的伦理。它除了屈从于纯粹个体与纯粹联合在经济和行动上的基于"可交换性"（物）的"不可维持性"之外，还要面对形形色色的异化问题。从实践的角度看，倘若坚持一种"不可交换性"（人），个体经验的普遍失效是明显的，个体的普遍失败是永恒的，个体对个体性的拒斥也因此是普遍必然的。正因如此，超个体的伦理价值不断地被制造出来并大行其道。这些千篇一律并附带某种许诺的价值是纯粹个体的真正敌人，它们培养了现代人表面的聪慧和骨子里的软弱。人们乐于将自己托庇于利益交换的共同体。个人的生活、事业，无形中都把控在他者的手里。我在我不在之处思考，我在我不在之处生活。世界在拒绝真正的个体，个体也在拒绝真正的世界。仿佛世界只允许片刻的清醒。当被给予个体性的时刻真正到来的时候，在短之又短的震惊体验之后，异化的个体会拒绝"荒谬的考验"，并再次转向那种被许诺的"可交换性"。倘若没有一种普遍的可交换性，现代性的个体本身的存在是不可想象和不可承受的。但是，也正是对这种普遍的可交换性的依赖，限定了个体参与世界的方式。可交换性是个多重复杂的利益网络，个体最终将在其中无所适从、迷失自我。迷失的个体只能在震惊与许诺的循环往复中、在狂欢主义的漫延中消费着个体性短暂的快感，品尝着个体性漫长的忧郁。

当我们把思考的对象从纯粹的自然生命个体扩展至政治、经济、科技等宏大个体，思考的有效性依然成立。在整个世界面前，这些宏大的个体也面临着随时被"给予个体性"的处境。

李光柱

2025年2月